HEYNE BÜCHER

Fantasy

Herausgegeben von Friedel Wahren

Von **Robert N. Charrette** erschienen in der Reihe
HEYNE SCIENCE FICTION & FANTASY:

Im BATTLETECH®-Zyklus:

Wölfe an der Grenze · 06/4794
Ein Erbe für den Drachen · 06/4829
Wolfsrudel · 06/5058

Im SHADOWRUN™-Zyklus:

Laß ab von Drachen · 06/4845
Wähl deine Feinde mit Bedacht · 06/4846
Such deine eigene Wahrheit · 06/4847
Trau keinem Elfen · 06/4985
Gerade noch ein Patt · 06/5483

SCHATTENKRIEG-Trilogie:

1. *Prinz des Dunkels* · 06/9090
2. *König des Unheils* · 06/9091
3. *Ritter des Zwielichts* · 06/9092

DIE CHRONIKEN VON AELWYN:

1. *Der Turm der Zeit* · 06/9113
2. *Das Schlangenauge* · 06/9114 (in Vorb.)
3. *Der magische Pakt* · 06/9115 (in Vorb.)

ROBERT N. CHARRETTE

DER TURM DER ZEIT

Erste Chronik von Aelwyn

Roman

Deutsche Erstausgabe

WILHELM HEYNE VERLAG
MÜNCHEN

HEYNE SCIENCE FICTION & FANTASY
Band 06/9113

Titel der Originalausgabe
TIMESPELL
FIRST CHRONICLE OF AELWYN
Übersetzung aus dem amerikanischen Englisch
von Christian Jentzsch
Das Umschlagbild malte Keith Parkinson
www.keithparkinson.com

Umwelthinweis:
Dieses Buch wurde auf chlor- und
säurefreiem Papier gedruckt

Deutsche Erstausgabe 11/2000
Redaktion: Joern Rauser

Erstveröffentlichung bei HarperPrism,
An Imprint of Harper Paperbacks,
A Division of HarperCollins*Publishers,* New York
Dieses Werk wurde vermittelt durch die literarische Agentur
Thomas Schlück GmbH, Garbsen

http://www.heyne.de
Printed in Germany 2000
Umschlaggestaltung: Nele Schütz Design, München
Technische Betreuung: M. Spinola
Satz: Schaber Satz- und Datentechnik, Wels
Druck und Bindung: Ebner Ulm

ISBN 3-453-17883-1

Für PRH – der Weg von Hawkmoor
zur Sechsten Welt war lang, aber ein großer Teil
davon ist hier hindurch gelaufen.
Danke für die Hilfe, die Ideen und natürlich
die Kameradschaft.
Für die Fehler ist einzig und allein
der Autor verantwortlich.

Prolog

Yan Tanafres' Herz raste, als er den Kopf neigte, um die Weihe von Bischof Colym Danashev entgegenzunehmen. Er wollte lächeln, bewahrte aber eine ernste Miene. Das Gesicht des alten Prälaten drückte ganz und gar grimmige Würde aus. Zweifellos würde er Leichtfertigkeit oder auch jegliche Zurschaustellung von Freude bei diesem Anlass missbilligen. Bischof Colym hielt nicht viel von Magie und Zauberern.

»Kommst du bereitwillig, um dich in Horeshs Licht zu stellen und dich der Prüfung durch die Götter zu unterwerfen?«

Die Frage wurde auf Nitallisch gestellt, der Sprache der Kirche, der Gelehrten und Gebildeten. Yan antwortete in derselben Sprache. *»Assentar.«*

Gewiss war er bereitwillig hierher gekommen, jedenfalls im eigentlichen Wortsinn. Yan konnte nicht viel mit der Triadischen Kirche anfangen. Nicht, dass er nicht an die Götter glaubte. Kein geistig gesunder Mann konnte ihre Existenz abstreiten. Vielmehr waren es die Kirchenhierarchie und deren dogmatische Überzeugungen, die er ablehnte. Er sah die Welt nicht so, wie die Kirche sie sah. Dieses Ritual war ihr Ritual, nicht seines. Die Zeremonie stellte eine Formalität dar, den letzten Schritt auf seinem langen Weg des Lernens. Er war aus politischer Notwendigkeit hier, nicht aus religiöser. Das Reichsgesetz besagte, dass er von der Triadischen Kirche anerkannt werden musste, also hatte er sich der Prüfung durch die Kirche unterworfen, um heute hier zu sein. Man musste die Gesetze befolgen, wenn man in den Grenzen des Koronareichs Zauberkunst betreiben wollte.

Yan begriff die Bedeutung des Rituals – welcher Zauberer tat das nicht? –, doch obwohl es eigentlich seine Zeremonie war, hatte er im Grunde keinen Anteil daran. Was auch gut so war. Seine Gedanken waren bei allen möglichen Dingen: dem klaren Morgenhimmel, dem Geschrei der Vögel, die über dem nicht weit entfernten Hafen kreisten, der kühlen Meeresbrise, die durch das dünne weiße Leinen seines Zeremoniengewands pfiff. Er schien sich mit seinen Gedanken in der Zeit verloren zu haben, da sich seine Pläne für die Zukunft mit Erinnerungen der Vergangenheit vermischten. Hätte er bei diesem Ritual eine tätige Rolle übernehmen müssen, hätte er alles verdorben.

Bischof Colym schien Yans Geistesabwesenheit nicht zur Kenntnis zu nehmen. Der Prälat nahm ein Weihrauchfass von einem Altardiener entgegen und schwenkte es drei Mal über Yans geneigtem Haupt. Die Weihrauchwölkchen stiegen gen Himmel, doch es quoll genug heraus, um Yans Nase mit dem schweren, widerlichen Duft zu füllen. Als die Segnung beendet war, drehte der Bischof sich um und ging in die Kathedrale zurück, wo er die Morgenmesse lesen würde.

Ein Quartett Altardiener heftete sich an die Fersen des Bischofs, während die sechs in den Farben ihres jeweiligen Ordens gekleideten Priester, die ihn beim Lesen der Messe unterstützen würden, sich um den knienden Yan aufstellten. Ein grau gekleideter Arm bedeutete Yan, sich zu erheben.

Grau war die Farbe der Einthofiten, Priester, deren Hingabe dem Gott des Lernens galt. Sie waren die wachsamen Hüter der Kirche. Immer auf der Suche nach Anzeichen des Makels der alten Schwarzmagie, anerkannten sie nur jene als Zauberer, die sie als gründlich und umfassend ausgebildet und moralisch korrekt betrachteten, und ohne ihre Anerkennung konnte niemand eine Reichszulassung für die Anwendung von Magie erwerben.

Yan schaute auf und in das Gesicht von Fra Shain. Der Priester war Yans oberster Prüfer gewesen – und wichtig war die Anerkennung des Einthofiten, nicht die Zurschaustellung seiner prächtigen Kleidung. Das Lächeln auf dem Gesicht des Mannes war freundlich und verriet Yan, was er wissen wollte.

Yan war als moralisch korrekt eingestuft worden. Was das auch bedeuten mochte. Und warum auch nicht? Er erwies den Göttern Ehre, wie es sich für jeden Mann ziemte, und er hatte sich nie genug für die Triadische Lehre interessiert, um auch nur in Versuchung zu geraten, sich einer Ketzerei schuldig zu machen. Die Befragung war alles in allem auch nur eine Formalität gewesen.

Yan erhob sich und betrat – umringt von den Priestern – die Kathedrale. Die morgendlich kühlen Schatten auf der Treppe wichen der ausgeprägteren Kälte des Kirchenschiffs. Vor ihnen hub der Bischof mit dem Singen der Begrüßung an, während er dem Allerheiligsten nähertrat. Yan und seine priesterliche Eskorte verließen das Mittelschiff und bewegten sich in ein Meer aus buntem Licht hinein, das die Morgensonne durch das große Fenster in der Ostmauer warf. Die Farben leuchteten strahlend, ganz erstaunlich, beinahe magisch. Es gab so viele Schattierungen und Abstufungen und klare, kräftige Primärtöne. Er lächelte, als er sie sah.

Die meisten der mit ihm im gleichen Jahr geborenen Kinder hatten ihre Lehrzeit längst hinter sich. Er wusste, dass seine Bummelei in der Kindheit im Grunde nicht auf einen ihm innewohnenden Makel zurückzuführen war, obwohl er sich in den langen dunklen

Nächten, in denen er sich mit arkaner Theorie herumschlug, schwer getan hatte, daran zu glauben. Noch ein Fehler bei seiner Verbindung von Herz und Verstand, nahm er an. Sein Verstand wusste, dass der Weg eines Magiers anders war als der eines gewöhnlichen Mannes. Mit Sicherheit länger. Er hatte sich davon aber nicht von seinem Weg abbringen lassen, weil der Lockruf der Magie zu stark gewesen war. Und jetzt war er beinahe frei, diesem Lockruf zu folgen.

Der Bischof erreichte den Rand des Allerheiligsten und verbeugte sich, bevor er die Stufen zum Altar erklomm. Drei Reihen Kerzen brannten auf dem schlichten Altar und ließen das Gewirr der Mineraladern in dem dunkelgrünen Stein funkeln. Malachit, stellte Yan fest, mit Quarzadern und Sprenkeln aus Katzensilber. Er wusste, dass es noch andere Einschlüsse gab, die er aus dieser Entfernung nicht erkennen konnte. Es musste sie geben, wenn der Stein geeignet war, als Altar zu dienen.

Der Bischof verneigte sich vor dem Altar und verharrte in dieser Haltung, während die Altardiener sich trennten und in ihrem steifen Zeremonienschritt um ihn herum gingen, bis sie ihre Plätze an den Seiten des Allerheiligsten erreicht hatten. Die Priester, die Yan begleiteten, blieben vor dem Allerheiligsten stehen. Fra Shain nickte Yan einmal zu und bedeutete ihm damit, sich hinzuknien. Er tat es. Sofort kroch die Kälte des Steinbodens durch den fragwürdigen Schutz seines Leinengewands und in seine Knie. Einer nach dem anderen verließen ihn die Priester. Im Vorbeigehen richtete jeder Segensworte von *der* Gottheit an ihn, der der betreffende Priester besonders ergeben war. Ein grün gekleideter Priester der kriegerischen Gottheit Vehr mahnte ihn, Leiden freudigen Herzens zu ertragen, und zwar um der Besserung willen, die es für jene mit sich brachte, die verstanden, dass Leiden der

Erleuchtung vorausging. Das war eine Äußerung, die Yan oft genug von seinem Meister gehört hatte. Wussten die Vehriten, wie kalt der Kathedralenboden war? Wahrscheinlich.

Bischof Colym nahm den heiligen Spiegel vom Altar und hob ihn hoch, sodass er das Licht einfing, das durch das Hauptfenster fiel, und seine Strahlen durch die Kathedrale blitzten. Lichtstrahlen beleuchteten die farbenprächtigen Gemälde an der gewölbten Decke und in den Wandnischen und brachten den neuen Tag zu Darstellungen aus den Triadischen Schriften, während sie gleichzeitig die in der Kirche versammelten Gläubigen mit vorübergehender Blindheit schlugen.

Yan war darauf vorbereitet gewesen und hatte den Kopf geneigt, um seine Augen abzuschirmen. Er brauchte nicht an seine irdische Sterblichkeit erinnert zu werden, wie er auch kein Auge für die Pracht der Gemälde oder für die spärliche Menge hatte. Seine Blicke durchforsteten das Allerheiligste auf der Suche nach dem, was da sein musste, und er war bestürzt, dass es nicht unmittelbar zu sehen war. Dann betrat Fra Shain das Allerheiligste durch eine Tür zu Yans Linken. Der Priester trug ein dickes Samtkissen, auf dem ruhte, was Yan gesucht hatte.

Auf dem Kissen lag das wahre Ende von Yans langer Lehrzeit: sein *Claviarm*, das Amulett, dessen Herstellung als die letzte Arbeit eines Zauberlehrlings galt. Unter der Anleitung seines Meisters hatte er den Talisman mit akribischer Sorgfalt nur aus den besten Materialien hergestellt – oder wenigstens den besten, die er sich leisten konnte. Neun Monate hatte er gebraucht, um es herzustellen, neun Monate, in denen er in ständiger Furcht gelebt hatte, er könne einen Fehler machen und einen Bestandteil zerstören – oder seine handwerklichen Fähigkeiten seien nicht ausreichend für die Aufgabe und das Amulett werde nicht wirkten. Doch am Ende hatte er das *Claviarm* vollendet, und obwohl es viel ungeschlachter war als das seines Meisters, hatte Gan Tidoni Yans Können gepriesen.

Abgesehen davon, dass das *Claviarm* der Höhepunkt seiner Lehrzeit war, handelte es sich bei ihm auch um das grundlegendste Werkzeug des Zauberers. Wenn er es hielt, konnte Yan die Kraft der Magie leichter bündeln und die Energien des Zaubers besser lenken. Nicht, dass er bisher Gelegenheit dazu gehabt hätte. Nach der Fertigstellung des *Claviarm* hatte Gan Tidoni ihn durch das Binderitual geführt. Und ihm das *Claviarm* dann abgenommen, da Yan noch die Anerkennung seitens der Kirche fehlte. Yan hatte kaum einen Vorgeschmack auf die Macht bekommen, doch die kurze Begegnung hatte ausgereicht, um ihn davon zu überzeugen, dass er an seinem Wahltag die richtige Entscheidung getroffen hatte, als er den von ihm gewählten Weg einschlug. Schon bald würde er sein *Claviarm* zurück bekommen. Er würde in der Lage sein, die Magie zu kosten, wann immer er wollte. Bald würde er die Kunst ausüben, die er so lange studiert und so mühsam erlernt hatte.

Fra Shain schlich mit unerträglicher Langsamkeit durch das Allerheiligste, da er Yans *Claviarm* zum Altar trug und vor den Spiegel legte, den der Bischof aufrecht dorthin gestellt hatte. Die Glocken im Südturm der Kathedrale fingen an zu läuten und im Allerheiligsten begann die Messe.

Yans Verstand weigerte sich, sich auf das Ritual zu konzentrieren. Er begriff plötzlich, dass er den Leuten in der Kathedrale kaum Beachtung geschenkt hatte. Ein paar waren anwesend, aber er konnte sich nicht erinnern, abgesehen von Gan Tidoni vertraute Gesichter oder Gestalten unter den versammelten Schatten gesehen zu haben. Yan wollte wissen, wer diese Messe besuchte, wer gekommen war, um dabei zu sein, wenn der neue Zauberer sein *Claviarm* empfing. Yan wollte sich umschauen, aber das ziemte sich nicht. Der Bischof stand nah vor ihm und intonierte das Credo des Glaubens. Wenn Yan sich umsah, würde der Bischof es zur Kenntnis nehmen und missbilligen. Er fürchtete, dass es noch nicht zu spät für Bischof Colym war, ihm die Anerkennung der Kirche zu verweigern.

Die Messe dauerte an. Yans Knie fühlten sich tot an, durch den Druck des Steinbodens zusammengestaucht. Er wackelte versuchsweise mit den Zehen.

Zwei der Priester näherten sich dem Altar, Fra Shain und der Vehrit. Der Einthofit hob das Kissen wieder auf, während der Vehrit einen anderen Gegenstand nahm, der unbemerkt auf dem Stein gelegen hatte, ein langes zweihändiges Schwert. Der Bischof nahm seinen Platz zwischen den beiden geringeren Priestern ein und alle drei schritten Yan entgegen, um dann auf halbem Weg zwischen ihm und dem Altar innezuhalten.

Yan spürte ein Summen im Kopf, ein merkwürdiges Gefühl, das ihm *dort drüben* sagte, und stellte fest, dass sein Blick von seinem *Claviarm* angezogen wurde. Ihm wurde klar, dass er genau das erlebte, worauf Gan Tidoni ihn vorbereitet hatte: das Band des Zauberers zu seinem *Claviarm*. Das hatte sein Meister gemeint, als er sagte, Yan werde das *Claviarm* erkennen und das *Claviarm* ihn. Es fühlte sich … richtig an.

Ihm entging das meiste von dem, was der Bischof als nächstes sagte.

»… und erblicke zu meiner anderen Seite das Symbol der Macht unserer himmlischen Herren und Herrinnen, der Hüter dieser Welt, die wir Aelwyn nennen. Wie das Schwert der Gerechtigkeit in uralten Zeiten die Ungläubigen erschlagen hat, so wird es auch diejenigen erschlagen, welche so irregeleitet sind, in deren verruchte Fußtapfen zu treten.«

Jetzt, da sich das *Claviarm* so nah bei ihm befand, verstärkten sich Yans mystische Sinne, und er nahm schockartig zur Kenntnis, dass alle drei Priester in eine Aura der Macht gehüllt waren. Ihm blieb keine Zeit, über diese Erkenntnis nachzudenken, denn der Bischof trat vor und legte Yan die Hand auf die Stirn.

»Entsagst du dem dunklen Weg?«

So sehr ihn die Mysterien der Magie auch sein Leben lang gereizt hatten, Yan hatte sich niemals zu der Macht hingezogen gefühlt, die die verbotene schwarze Magie angeblich in Aussicht stellte. Was für ein Verlust war es, etwas aufzugeben, das man nicht brauchte?

»Assentar.«

Die Hand des Bischofs verweilte noch einen Augenblick auf Yans Stirn, während der alte Prälat ihn anfunkelte. War seine Miene eine Spur grimmiger als zuvor? Wie konnte man das sagen? Bischof Colyms Miene wirkte gewohnheitsmäßig finster.

»In dir spüre ich nicht den Makel des Betrügers«, sagte der Bischof in der Umgangssprache, indem er die Hand wegnahm. Er griff hinter sich und nahm das *Claviarm* vom Kissen. Als er sich wieder Yan zuwandte, hielt er ihm das *Claviarm* hin.

»Empfange von meiner Hand diesen Talisman, den du selbst gefertigt hast. Auch dein Leben ist das, was du daraus machst, und du sollst nur ernten, was du gesät hast. Vergiss niemals, wer dir die Macht verleiht, über die du durch diesen Talisman gebietest.«

Yan nahm das *Claviarm* vom Bischof entgegen. Als seine Finger die Kette berührten, traf ihn ein Schlag, als berühre er Metall im Winter. Auch damit hatte er gerechnet und er unterdrückte den Wunsch, die Hand zurückzuziehen. Gan Tidoni hatte ihn vor diesem ganz üblichen Phänomen gewarnt, das ein Ergebnis der Wiedervereinigung des Zauberers mit seinem *Claviarm* war.

Mit langsamen, ehrerbietigen Bewegungen streifte Yan sich die Kette über den Kopf, sodass das *Claviarm* auf seiner Brust hing. Jetzt war alles gut. Tatsächlich sogar besser denn je. Nun, da das *Claviarm* um seinen Hals hing, war er endlich ein Zauberer.

Als Yan wieder auf den Stufen der Kathedrale stand, eilten seine Mutter Alys und seine Schwester Dancie zu ihm, um ihn zu begrüßen. Dav Tanafres, sein Vater, hinkte hinter ihnen die Stufen empor, wobei er jedesmal schwankte, wenn er sein Holzbein mit seinem Gewicht belastete. Davs Gesicht war wie immer zu einer strengen Miene der Missbilligung verzogen. Mitten in der fröhlichen Wiedervereinigung mit der weiblichen Seite seiner Familie ging Yan auf, dass weder sein Bruder noch jemand aus dessen Familie anwesend war.

»Wo ist Fal?«

Seine Mutter blickte plötzlich zu Boden und seine Schwester sah ihren Vater an.

»Immer noch keine Vernunft.« Dav räusperte sich und spie auf die Treppe. »Es ist mitten in der Woche, Junge. Das Geschäft muss geöffnet sein. Man kann nicht einfach zumachen und in die Stadt laufen, wenn kein Feiertag ist. *Manche* Leute wissen, was Verantwortung bedeutet.« Dav warf einen giftigen Blick auf den gutgekleideten Mann, der ein paar Schritte abseits der Familie stand. »Du hast deinen Willen bekommen. Ich kann nicht sagen, dass ich mit ihr immer einer Meinung bin, aber ich muss sagen, Alys hatte recht, dass wir dir nicht vorwerfen können, dass du es wenigstens versuchen wolltest. Aber deine Lehrzeit ist um und du bist jetzt hier fertig, stimmt's, Junge?«

»Ich habe gerade erst angefangen, Vater.«

Davs Mund bekam einen harten Zug, wobei seine Bartstoppeln wie Borsten hervortraten. »Rede keinen Unsinn. Du bist noch nicht zu alt, um einen ehrlichen Beruf zu lernen. Ich war älter als du, als ich das Schwert an den Nagel gehängt und ein Handwerk ergriffen habe. Im Geschäft ist noch Platz für jemanden.«

»Yan wird nie ein Schuhmacher, Dav«, sagte Alys zu ihrem Mann. »Dafür ist er zu gescheit.«

Dav fuhr zu ihr herum. »Willst du damit sagen, ich sei dumm, Weib?«

»Das habe ich nicht gesagt.«

»Die Schuhmacherei ist ein ehrliches Handwerk. Gut genug für mich. Gut genug für Fal. Gut genug, um dafür zu sorgen, dass du ein Dach über deinem undankbaren Kopf hast, Weib.« Alys krümmte sich unter den Schlägen, die die Zunge ihres Mannes austeilte, und fing an zu schluchzen. Er hob die Hand. »Ich sollte dir etwas Vernunft einbläuen.«

Ohne nachzudenken, trat Yan zwischen die beiden. Davs zu Schlitzen verengte Augen starrten in Yans.

»Du bist nicht zu groß für eine Tracht Prügel, Junge.«

»Aber du bist zu klug, es darauf ankommen zu lassen, Vater.«

Zu Yans Überraschung huschte Davs Blick zum Amulett auf Yans Brust. Der Mund des alten Mannes zuckte, während er Dav beäugte, und zwar auf dieselbe abschätzende Art und Weise, wie er Kunden ansah, während er darüber nachdachte, wie viel er ihnen abknöpfen konnte. Yan machte keinen Rückzieher, doch mehr aus Unsicherheit denn aus Überzeugung. Dav Tanafres hatte eine unheimliche Begabung, in anderen Furcht zu spüren, und seine übliche Reaktion bestand darin zuzuschlagen.

Yan dachte kurz darüber nach, was er tun würde, wenn sein Vater ihn tatsächlich schlug. Die meisten

Leute würden erwarten, dass er einen Zauber gegen seinen Vater einsetzte, aber in dieser Hinsicht konnte er nichts tun. Gan Tidoni hatte ihn keine Zauber gelehrt, die sich für den Kampf eigneten. Außerdem wäre es moralisch falsch. Wenn sein Vater zur Gewalt griff, würden Fäuste und Füße die Auseinandersetzung entscheiden. Seine letzte Tracht Prügel lag Jahre zurück, aber Yan hatte nicht vergessen, wie viele Schläge er von seinem Vater eingesteckt hatte. Yan war mittlerweile zwar älter, größer und stärker, aber er bezweifelte, dass er seinem Vater, dem ehemaligen Soldat, gewachsen war, selbst wenn er es über sich brachte, ihn zu schlagen. Alte Lektionen, viel zu sehr beherzigt.

Davs Blick huschte wieder zum *Claviarm*. Langsam ließ er den Arm sinken. »Niemand sagt mir, dass ich dumm bin.«

»Das hat auch niemand getan«, sagte Yan. Zwischen den Schluchzern seiner Mutter hörte er seine Schwester vor Erleichterung seufzen.

»Ist auch besser so.« Dav zog an seinem Wams, bis das Kleidungsstück wieder ordentlich saß. »Tja, wir haben gesehen, wie du deinen Magiekram bekommen hast. Es wird Zeit, nach Hause zu gehen. Es wartet ein Haufen Arbeit, die getan werden muss. Hast du Arbeit, Junge?«

»Ich habe Aussichten.«

»Mein Dach ist nur gut für solche, die sich ihren Lebensunterhalt verdienen können.«

»Dav«, sagte Alys flehentlich.

»Man muss praktisch sein, Alys. Ich will keinen Streit.«

»Aber Dav.«

Davs Zorn flammte erneut auf, doch ein Seitenblick auf seinen weiß gewandeten Sohn kühlte ihn ab. »Wenn du darüber reden willst, Alys, dann tun wir es zu Hause, nicht mitten auf der Straße, wo uns alle Klatschmäuler hören können. Hast du verstanden, Alys?«

»Ja, Dav.«

»Gut.« Dav wandte sich an Yan. »Ich habe dir ein Angebot gemacht, Junge, und du hast es abgelehnt. Ich habe getan, was ein Mann tun sollte. Schön, ich sag's dir nur einmal. Ich werde dich nicht mehr durchfüttern. Du hast deine Wahl getroffen und jetzt kannst du auch damit leben. Nicht viele haben das Glück, einen zweiten Wahltag zu erleben. Und noch weniger treten ihr Glück mit Füßen. Wir sind jetzt fertig miteinander, Junge. Für dich ist unter meinem Dach kein Platz mehr. Hast du verstanden?«

Yan nickte.

»Gut.« Dav streckte den Arm aus und scheuchte Alys und Dancie die Treppe herunter. Er schaute nicht zurück, aber Dancie tat es. Ihre Augen waren voller Tränen.

Yan war enttäuscht und wütend. Er wusste nicht, was er tun sollte. Dann fiel ihm wieder ein, dass jemand darauf wartete, mit ihm reden zu können, und er schämte sich, dass sein ehemaliger Lehrer diesen Familienstreit miterlebt hatte. In dem Bemühen, es nicht zu offensichtlich zu tun, versuchte Yan abzuschätzen, wie sein Meister den Vorfall aufgenommen hatte.

Gan Hebrim Tidoni stützte sich auf seinen Stab und ließ den Blick über die Stadt schweifen, als gehe in der unmittelbaren Umgebung nichts von Interesse vor. Yan wusste es besser, war aber erleichtert, dass der Gan es vorzog, höflich zu sein.

Gan Tidonis Aussehen verriet nichts über seinen Beruf. In seinen Stab waren keine arkanen Sigillen eingeritzt und er war auch nicht mit Juwelen besetzt, wie dies bei einem Ritualstab der Fall gewesen wäre. Es war lediglich ein schlichter Gehstock, wie er für einen Mann seines Alters und Körperumfangs angemessen schien. Sein *Claviarm* war unter ganz gewöhnlicher Kleidung verborgen. Er trug ein samtenes Wams, dessen Ober- und Unterärmel geschlitzt waren, sodass das feine weiße Leinen darunter sichtbar wurde, und die Manschetten und der Kragen seines Hemds waren mit einer einfachen Spitzenschlaufe gesäumt, das kleinste Zugeständnis, das die Mode verlangte. Die mit Stoff bedeckte Knopfleiste an der Seite von Tidonis Hose war mit einem Streifen Satin abgesetzt und steckte in Stiefeln aus feinem Tandra-Leder, die ein Teil von Davs Bezahlung für Yans Lehre waren. Die prall gefüllte Börse an Tidonis Hüfte glich dem Gürtel, an dem sie hing, und dem Rest der Lederarbeiten, die der Gan trug, ebenfalls Teil der Bezahlung. Man konnte Hebrim Tidoni für nichts anderes halten als den feinen Herrn, der er war, ein viel besserer Meister, als ihn der Sohn eines Schuhmachers verdient hatte.

Yan verbeugte sich vor ihm. »Es tut mir leid, Gan Tidoni.«

Der Gan betrachtete ihn einen Augenblick lang, bevor er leise fragte: »Für dich selbst oder für sie?«

»Beides, nehme ich an.«

»Verständlich.«

Eine peinliche Stille dehnte sich, während Yan sich erfolglos bemühte zu erraten, was der Gan dachte. Als Yan tief Luft holte, um sich zu beruhigen, spürte er das ungewohnte Gewicht des *Claviarm* auf seiner Brust. Zumindest das war erfreulich.

»Ich trage mein *Claviarm*, Meister.«

Die kühle Miene auf dem Gesicht des alten Zauberers wich einem stolzen Lächeln. »Hast du daran gezweifelt, dass es so kommen würde?«

Jede andere Person hätte Yan belogen. »Vielleicht ein wenig.«

»Unnötigerweise. Dir fehlt das Vertrauen in deine Fähigkeiten, aber das wird sich mit der Zeit ändern. Merk dir meine Worte, Aelwyn wird sich an dich erinnern. Du hast Talent, Yan.«

»Ich weiß nur, was Ihr mich gelehrt habt.«

Die Augen des Gan funkelten. »Das stimmt nicht.«

»Ich meinte, dass ich nichts über Magie wüsste, wenn Ihr nicht wäret.«

»Auch das stimmt nicht.«

Die neckenden Antworten, die keine waren, ärgerten Yan noch genauso wie in seiner Lehrzeit. »Ich bin nicht mehr Euer Lehrling. Warum spielt Ihr mit mir?«

»Spielen? Ich halte nur länger an meiner Rolle als Lehrer fest, als ich sollte. Wenn man alt wird, findet man es zunehmend schwieriger, sich an die Veränderungen im Leben zu gewöhnen. Aber die Jugend, ja, die Jugend besteht aus Veränderungen – und ich weiß, dass du jetzt das Gefühl hast, für Veränderungen bereit zu sein. Das Alte reicht dir nicht mehr, auch wenn du noch nichts Neues gefunden hast, das es ersetzen könnte. So nehmt denn meine Entschuldigung an, junger Zauberer. Ich wollte Eure Leistungen nicht schmälern.«

»Leistungen? Ich bin ein unerfahrener Initiat. Ihr macht Euch immer noch über mich lustig, Meister.«

»Dein Meister bin ich nicht mehr, wie du selbst gesagt hast.«

»Aber ich dachte, Ihr würdet mich weiterhin ausbilden. Es gibt so viele Dinge, die ich nicht weiß, so viele Dinge, die ich noch lernen muss. Ich bin bereit für die größeren Geheimnisse, Gan Tidoni.«

»Bist du das? Nun, das bin ich auch«, erwiderte der Gan. »Du kannst sie mich lehren, wenn du sie enträtselt hast.«

Verblüfft von der Antwort des Gan wusste Yan nicht, was er von dessen nachsichtigem Lächeln halten sollte.

»Deine Lehre ist beendet, obwohl ich dir weiterhin mit meinem Rat zur Seite stehen werde, solange du ihn wünschst. Wenn du jedoch eine ständige Parade von Geheimnissen erwartest, für die dir die Augen geöffnet werden, wirst du enttäuscht sein. Die Magie ist schwächer in diesen Zeiten, als sie es einmal war, und viele Geheimnisse erschließen sich uns nicht mehr. Von denen, die geblieben sind, kenne ich nur sehr wenige. In eines der zwei größten Mysterien habe ich dich bereits eingeweiht. Das ist der Schlüssel zu deiner eigenen Magie.« Tidoni zeigte mit einem Stummelfinger auf Yans *Claviarm*. »Aber wie ich schon sagte, es gibt noch ein anderes großes Geheimnis.«

Yan wartete, während der Gan innehielt. Der Augenblick dauerte an und strapazierte Yans Geduld über Gebühr. »Und das wäre?«

»Es ist ein Geheimnis, zugleich eine Verpflichtung, eine Verpflichtung, die ich als dein Lehrer an dich weitergeben muss. Es ist außerdem etwas, das ich sehr gerne als ein Magier an einen anderen weitergebe. Weißt du, warum?«

»Nein, Meister Tidoni.«

»Nicht mehr Meister, schon vergessen?«, mahnte der Gan ihn mit erhobenem Zeigefinger und einem Lächeln. »Wir sind jetzt Gefährten auf der Suche.«

»Ihr sprecht schon wieder in Rätseln.«

Gan Tidoni kicherte. »Wieder ein Rätsel, ja. Aber das Leben an sich ist ein Rätsel, nicht wahr?«

»Eines, das mit der Zeit gelöst werden kann«, fügte Yan zuversichtlich hinzu.

»Wie auch dieses große Geheimnis, wie wir hoffen dürfen. Vielleicht wirst du, mein ehemaliger Schüler, derjenige sein, der die Antwort findet.«

»Um eine Antwort zu finden, muss ich erst die Frage kennen.«

»Vielleicht. Wenn es eine Frage wäre, dann gewiss.

Aber dieses Geheimnis ist eine Wahrheit, wenngleich immer noch ein Rätsel.«

»Und was mag dieses Geheimnis, diese Wahrheit, dieses Rätsel wohl sein?«

»Ich werde es dir sagen.« Tidoni hielt wiederum inne. Die Stille dehnte sich erneut und Yans Gedanken irrten ab. Der Gan schien sich in Gedanken zu verlieren und Yans Neugier knabberte zunächst an ihm und nagte schließlich. Als Yan dann das Gefühl hatte, platzen zu müssen, nahm Tidoni sich zusammen und sagte: »Ich werde es dir in den Worten sagen, die mein Meister benutzt hat. Das Wesen der Magie ist jetzt so wie eh und je, wie es war, als ich mein erstes *Claviarm* empfing. An jenem Tag sagte mein Meister zu mir: ›Wahre Magie muss allein gemeistert werden. Die großen Zaubermeister haben gelernt, sind aber nie gelehrt worden.‹«

Die Stimme des Gan verlor sich beim Sprechen, sodass er die letzten Worte beinahe flüsterte.

»Ihr seid ein großer Zaubermeister, Meister Tidoni. Werdet Ihr mit mir teilen, was Ihr gelernt habt?«

»Einem Jüngling wie dir mag es so erscheinen, als sei ich ein großer Zaubermeister, aber wenn du die Welt bereist, wirst du feststellen, dass es viele gibt, die größer sind als ich.« Hebrim Tidoni lächelte traurig. Dann begegnete er Yans Blick und das Lächeln erblühte zu des Wortes wahrer Bedeutung. »Aber *du*, mein Junge, du hast Möglichkeiten.«

Tidoni schlug ihm auf den Rücken. »Aber heute ist dein *Akcheptio Claviarorum* und das ist eine Zeit des Feierns. Heute ist ein Tag der Freude. Morgen kannst du wieder über die Tiefen der Philosophie und der Magie grübeln. Als derjenige, welcher dich zu diesem Tag geführt hat, erteile ich dir heute einen letzten Befehl.«

»Und der wäre?«

»Komm jetzt mit mir ins Clevere Karnickel. Frau Dybella hat eine Scheibe Schinken und die besten Eier von heute auf die Seite gelegt. Ihre Tochter wird mittlerweile eine erstklassige Butter angerührt und mit Honig verfeinert haben. So ein Aufstrich auf frischem Brot macht selbst einen satten Mann hungrig.«

Das Gerede des Gan weckte gewiss ein Hungergefühl in Yan, was seinen leeren Magen dazu veranlasste, lautstark gegen das ausgefallene Frühstück zu protestieren. An jenem Tag sprachen sie nicht mehr über Magie, doch Yan dachte oft daran und grübelte über die Fragen, was wohl echte Magie war und was einen Zauberer denn eigentlich groß machte. Er kam zu dem Schluss, dass er keine Antworten auf seine Fragen wusste, aber im Geiste lauschte er immer wieder Gan Tidonis Worten, er, Yan, habe Möglichkeiten, und fragte sich, welcher Art diese wohl sein mochten.

~ 1 ~

Wütendes Geschrei riss Yan aus dem Schlaf. Einen Augenblick lang war er verwirrt und glaubte, das heisere, harsche Gebrüll sei einer der Wutanfälle seines Vaters. Er holte tief Luft. Der strenge Geruch der Chemikalien, der durch den Duft frischer Frühlingskräuter ein wenig aufgelockert wurde, verriet ihm, dass er sich in seiner kleinen Wohnung über dem *Pflug und Anker* befand, nicht in dem Haus, in dem er aufgewachsen war. Der Lärm wurde nicht von seinem Vater verursacht, konnte gar nicht von ihm verursacht worden sein. Höchstwahrscheinlich hatten die Vorgänge nicht das Geringste mit ihm zu tun.

Aber der Krach dauerte an, kam weder näher noch entfernte er sich. Yan richtete den Blick auf das winzige Fenster und sah, dass die Sterne der Nacht im beginnenden Morgengrauen langsam verblassten. Es war viel zu früh für solchen Unsinn.

Er schlug die Bettdecke zurück und lief durch das Zimmer, um den Kleiderstapel nach seinem Gewand zu durchwühlen. Bis er es übergestreift hatte, war das einzig Warme an ihm sein Kopf unter der weißen Kappe. Er zitterte, während er die Knöpfe auf der Vorderseite des Gewands schloss und das *Claviarm* kalt auf seiner Brust lag. Die kühle Luft eignete sich bestens zum Schlafen, aber sich gleich als erstes früh am Morgen ungeschützt darin zu bewegen, war zu viel verlangt.

Er lüftete seine Kappe und massierte seine Kopfhaut. Dann ging er gähnend zum Fenster und schaute hinaus. Der Krach schien von der Straße zu kommen, wo irgendein Streit im Gange war. Der Lärm, der von jenseits des *Pflug und Anker* kam, erreichte seine Ohren nur verzerrt. Er konnte keines der Wörter verstehen, die voller Empörung herausgeschrien wurden. Der Knall einer Peitsche und das Wiehern von Pferden waren dafür unverkennbar. Es mochte sich um einen Streit unter Fuhrleuten handeln, obwohl es noch zu früh am Tag für die Rückkehr der Erzkarren aus den Bergen nach Talinfad war. Neugierig geworden, ging er barfuß durch das kleine Schlafgemach und duckte sich durch den Türbogen in das größere Zimmer hinein, das ihm als Werkstatt und Arbeitszimmer diente. An der Tür hielt er inne, während er daran dachte, dass die Leute von Zauberern immer erwarteten, dass sie die Formen des Anstands wahrten. Er formte in Gedanken die Symbole des Rufens und richtete den Zauber auf seine abgelegte Leinenkappe, die vom Boden sprang und in seine wartende Hand flog. Er setzte sie auf und ging die Treppe hinunter.

Die Lautstärke des von der Straße einfallenden Lärms verriet Yan, dass die Fensterläden im Gastraum geöffnet waren. Das eine oder andere Mal war er von dienstlichen Ausflügen erst im Morgengrauen zurückgekehrt und bei diesen Gelegenheiten waren die Läden immer noch geschlossen gewesen. Er begriff die Ursache für einen solch ungewöhnlichen Umstand, als er einen flüchtigen Blick auf Röcke erhaschte, die im Hinterzimmer verschwanden. Frau Kavarin war eine freundliche Person, aber sie liebte den Klatsch. Offensichtlich hatte sie diese Quelle möglicherweise interessanter Klatschgeschichten stark gereizt, aber ebenso offensichtlich wollte sie beim Aufschnappen derselben nicht erwischt werden.

Durch das offene Fenster konnte Yan die Ursache des Problems sehen. Draußen auf der Straße war ein Karren mit Feuerholz umgekippt. Ein derartiger Unfall war nicht weiter überraschend, wenn man den Zustand der vom Winter arg mitgenommenen Straße in Betracht zog. Meist arbeiteten die Fuhrleute jedoch gemeinsam an der Beseitigung solcher Hindernisse, ohne dabei mehr als ein paar Flüche zu äußern oder raue Witze über die fahrerischen Fähigkeiten des verunglückten Fuhrmanns zu reißen. Die Ladung des umgestürzten Karrens hatte sich über die gesamte Breite der Straße verteilt und ein hitziger Streit war im Gange. Yan blieb vor der Tür zum Hinterzimmer stehen.

»Was ist da draußen los, Frau Kavarin?«

»Ich weiß nicht, Meister Tanafres.«

Sie sagte nichts weiter, sondern beschäftigte sich in der Kochnische. Wahrscheinlicher war, dass sie noch nicht alle Einzelheiten kannte und ihren Ruf als wohlunterrichtete Frau nicht aufs Spiel setzen wollte. Yan ging zum Fenster, um selbst nachzusehen. Schwere Schritte auf der Treppe hinter ihm besagten, dass sein Hauswirt, Herr Ness, sich schließlich selbst aus dem Bett erhoben hatte, um dem Krach vor seiner Türschwelle auf den Grund zu gehen.

Die Straße draußen vor dem *Pflug und Anker* wurde durch den umgestürzten Karren und seine Ladung vollkommen blockiert. Das Kutschpferd stand mit den Resten der gebrochenen Kandare schläfrig vor dem Haus gegenüber. Yan beneidete das Tier um seine Fähigkeit, die auf der Straße krakeelenden Menschen zu überhören. Der junge Knecht des Fuhrmanns errichtete am Straßenrand wacklige Stapel gebündelter Scheite, während sein Herr in einen Streit mit dem Kutscher eines Gefährts vertieft war, das passieren wollte.

Und was für ein Gefährt das unter den Schichten dicken Reisestaubs war. Bei Tageslicht und gereinigt würden der glänzende Lack und die goldenen Verzierungen in der Sonne blitzen und die eleganten Linien durch ihre verfeinerte Form beeindrucken. Die Kutsche bot Platz für vier Personen, obwohl Yan nicht erkennen konnte, wie viele darin saßen, weil die Vorhänge an den Fenstern zugezogen waren. Zwei Lakaien klebten an der Rückseite, ominöse Gestalten mit ihren breitkrempigen Hüten und weiten Umhängen. Ein dritter Mann mit Umhang saß neben dem streitlustigen Kutscher. Das Glitzern von Waffengriffen im Gürtel des Mannes ließ vermuten, dass er und die anderen beiden nicht nur Diener, sondern auch Wachen waren. Sechs Pferde, farblich zueinander passende Tiere, mit Schmuckgeschirr und Federn herausgeputzt, standen unruhig in ihren Kandaren und bliesen Dampf aus den Nüstern. Ein Postillion saß auf dem linken Führungspferd und starrte mürrisch nach vorn.

Auf die Tür der Kutsche war eine Art Wappen gemalt. Staub und Zwielicht ließen Yan im Zweifel, was die Farben betraf, aber das Bild an sich war klar zu erkennen: Das Hauptfeld war dunkel und wurde von einem Fallgitter ausgefüllt. Die obere linke Ecke des schildförmigen Wappens war durch ein Feld ersetzt, in dem ein dunkler Vogel die Flügel spreizte. Der Kaiserliche Rapenar?

Wimpel mit dem Zeichen des Fallgatters, aber nicht des Vogels, flatterten an kurzen Stangen an den Ecken der Kutsche. Yan kannte die Wappenzeichen nicht, wusste aber, dass ihre Anwesenheit den Besitzer der Kutsche als bedeutende Person kennzeichnete, selbst wenn der Vogel nicht der Kaiserliche Rapenar war. Warum jedoch jemand von Bedeutung zu so einer frühen Stunde unterwegs sein sollte, konnte Yan nicht einmal mutmaßen.

Herr Ness riss die Haustür auf und ließ das Gezänk vorübergehend verstummen. Yans Hauswirt schien die Reaktion der Kutschenwachen nicht zur Kenntnis zu nehmen, doch Yan bemerkte sehr wohl, wie die beiden hinten am Ende unter ihren Umhang griffen und sich erst wieder entspannten, als für sie offensichtlich war, dass Herr Ness keine Bedrohung für ihren oder ihre Schutzbefohlenen darstellte. Kurz darauf stritten drei Personen, als der schmähende Kutscher Herrn Ness für dessen Nachlässigkeit bei der Instandhaltung der Straße vor seinem Haus zusammenstauchte. Schon nach kürzester Zeit waren die drei Männer mehr an der Verleumdung der jeweiligen Ahnenreihen der anderen als an der Klärung der Frage interessiert, wer die Straße zu räumen habe.

Ein zartes, kaum hörbares Klopfen aus dem Innern der Kutsche ließ den Kutscher mitten in einer Beschimpfung verstummen. Herr Ness und der Fuhrmann folgten dem Blick des Kutschers zurück zu seinem Gefährt. Eine zierliche, schlanke Hand schob sich durch die Vorhänge vor den Kutschenfenstern. Bevor der schwere Stoff zurückfiel, gewann Yan einen flüchtigen Eindruck von einem blassen, schmalen Gesicht und dunklen Augen.

Die Hand zeigte nur auf den umgestürzten Karren auf der Straße und zog sich dann wieder zurück. Diese eine Geste ließ die Lakaien hinten von der Kutsche springen. Einer von ihnen bestand darauf, dass der Kutscher ebenfalls abstieg. Mit einem gekränkten Blick auf seinen verborgenen Passagier schwang der Kutscher sich widerstrebend von seinem Sitz. Sein Begleiter mit dem dunklen Umhang blieb auf dem Kutschbock, stellte sich aber hin, um die Gegend rings um die Kutsche besser beobachten zu können. Die Hand des Mannes ruhte auf einem Pistolenkolben.

Eine der Wachen nahm den Fuhrmann bei der Schulter, die andere verfuhr mit Herrn Ness ebenso. Sie führten die beiden zu dem umgestürzten Karren und stellten sich alle an dessen einer Seite auf. Die fünf Männer packten zu und richteten den Karren auf. Als er wieder auf den Rädern stand, schoben sie ihn an den Straßenrand. Yan bemerkte, dass der Fuhrmann hinter vorgehaltener Hand grinste und lediglich stöhnte und ächzte, ohne beim Aufrichten des Karrens wirklich seine ganze Kraft einzusetzen. Er überließ seinen neugewonnenen Helfern die Arbeit, eine unbedeutende Genugtuung für den Mann – und das Beste, was er unter den gegebenen Umständen erreichen konnte.

Kutscher und Wachen stiegen wieder auf und der Kutscher nahm die Zügel und fiel in die lautstarke Aufforderung des Postillions an die Pferde ein, sich wieder in Bewegung zu setzen. Holz knackte, als die Kutsche über die noch auf der Straße liegenden Scheite fuhr. Im Vorbeifahren schwang der Kutscher die Peitsche und traf die Schulter des Fuhrmanns.

»Sei dankbar, dass du für das Aufhalten nicht noch mehr kriegst!«

Der Fuhrmann knurrte und machte Anstalten, nach der Peitschenschnur zu greifen, doch Herr Ness legte eine ganz merkwürdige Klugheit an den Tag und hielt den Mann zurück. Die Wache auf der Yan zugewandten Seite lachte, während die Kutsche die Straße entlang zum Stadttor rumpelte.

Der Fuhrmann schüttelte Herrn Ness' Hand ab.

»Mach schon, Junge, wir sehen besser zu, dass wir die Straße frei räumen, bevor uns der nächste vornehme Klapperkasten noch mehr kostet.« Er wandte sich an Herrn Ness. »Ihr solltet dafür bezahlen.«

»Ich bezahle für gar nichts.«

»Wäre die Straße in einem besseren Zustand …«

»Die Straße? Wenn Ihr wüsstet, wie man mit so einem Karren umgeht …«

»Wie man mit so einem Karren umgeht? Du fetter Sohn einer …«

»Wag es nicht, mich …«

Seufzend wandte Yan sich vom Fenster ab.

Der Geruch nach frischem Brot war eine willkommene Ablenkung von dem neuen Streit. Yan ging ins Hinterzimmer und setzte sich an den Tisch, ein Recht, das nur Langzeitmietern gewährt wurde. Er nahm sich ein Brötchen aus dem Durcheinander auf dem Tisch und bedauerte seine Entschiedenheit augenblicklich. Er ließ es fallen und lutschte an seinen verbrannten Fingern.

»Die sind immer noch ziemlich heiß, werter Herr«, sagte Frau Kavarin unnötigerweise.

»Das habe ich bemerkt.«

»Es ist sogar für Euch noch sehr früh, Meister Tanafres. Wollt Ihr Euer Frühstück?«

»Warum nicht? Ich glaube, nach diesem Radau würde ich ohnehin keinen Schlaf mehr finden.«

»Obwohl, wer früh aufsteht, kann viel erledigen.«

Sie schwatzte weiter, redete über Kleinigkeiten: die Güte der Milch von heute, das Aussehen des Morgenhimmels, die Aussichten für das Wetter in diesem Frühling und andere ähnlich heimelige Dinge. Und als sich diese Themen erschöpft hatten, ging sie zum Klatsch über, den sie bevorzugte. Die Häuser entlang der Straße zum Stadttor waren eine gemütliche Umgebung, aber Yan fühlte sich ihr nicht verbunden. Wer was über wen gesagt und wer wen mit wem gesehen hatte, war für ihn kaum von Interesse. Was kümmerte es ihn, wessen Sohn dabei erwischt worden war, wie er eine Torte von Toby Bakers Tischen gestohlen hatte? Er versuchte an andere Dinge zu denken, aber sein Geist weigerte sich hartnäckig, sich zu sammeln. Das Geschwätz seiner Hauswirtin lenkte zu sehr ab, um ihm ein konzentriertes Nachdenken zu gestatten, und langweilte zu sehr, um zuhören zu können. Plötzlich begriff er, dass sie zu reden aufgehört hatte und ihn erwartungsvoll ansah. Sie musste eine Frage gestellt haben.

»Ich sagte: Meint Ihr, Ihr habt sie dann fertig?«

»Wann habe ich was fertig?«

»Frau Bestillios Salbe natürlich. Sie sagte, sie käme heute vorbei, um sie abzuholen.«

Yan seufzte. Er hatte vergessen, die Salbe herzustellen. Es dauerte nur eine Stunde, um die Kräuter zu zerstampfen und die Paste zu mischen, aber irgendwie hatte er sich in der letzten Woche nicht dazu überwinden können. »Was hat sie gesagt, wann sie käme?«

»Vor dem Mittag.«

Salben und Pasten und hin und wieder ein Trank waren seine Handelsware geworden. Er hätte ebensogut Apotheker sein können. Was nützte all sein Wissen, wenn er sich darauf beschränken musste, Kräutermedizin für Hausfrauen herzustellen?

Vor einem Jahr hatte es scheinbar so viele Möglichkeiten gegeben. Gan Tidonis Geschenk hatte es ihm ermöglicht, Ausrüstung und Hilfsmittel zu kaufen und diese kleine Wohnung zu mieten. Er war so stolz gewesen an dem Tag, als er sein Schild aufgehängt hatte. Er hatte es selbst gemalt, sodass er es mit einer kleinen Illusion verschönern konnte. Obwohl kleiner als das Schild für den *Pflug und Anker*, an dem es hing, fiel es ins Auge. ›Tanafres, Gelehrter und Thaumaturg‹, stand darauf. ›Tanafres, Kritzler und Kräuterkundiger‹, wäre zutreffender gewesen.

War seit seinem *Akchepthio Claviarorum* wirklich schon ein Jahr vergangen?

Das war es. Ein langes, enttäuschendes Jahr. Er hatte den ganzen Frühling und Sommer auf einen Ruf aus dem Dochay-Palast gewartet. Von Dochay Komat Junivall hieß es, er sei ein Förderer der Künste, die arkanen eingeschlossen. Hielt er nicht Gan Tidoni in seinen Diensten? Doch kein Ruf war gekommen. Weder vom

Dochay noch von einem der Adligen seines Hofes. Schließlich hatte Yan sich gesagt, wenn der Hof nicht zu ihm komme, müsse er eben an den Hof gehen. Er hatte seinen Stolz heruntergeschluckt und seinen alten Meister darum gebeten, ihn bei Hof vorzustellen. Die Erinnerung an jenes erste demütigende Gespräch schmerzte immer noch.

Gan Tidoni hatte ihn zu einem feudalen Herrenhaus im Schatten des Dochay-Palasts geführt, in das Heim der Lady Evenara Shessandini, der Witwe des Thley von Choriam und einer höchst einflussreichen Hofdame.

»Ich bin dieser Tage sehr beschäftigt, Mylady«, hatte Gan Tidoni zu ihr gesagt. »Der Dochay stellt so viele Forderungen. Vielleicht erlaubt Ihr mir, einen Kollegen vorzuschlagen, der in höchstem Maße geeignet ist, Eure eigenen Bedürfnisse in dieser Hinsicht zu befriedigen.«

»Noch ein Zauberer?« Lady Evenara klang entzückt, gespannt und argwöhnisch zugleich. »Wie großmütig von Euch, Gan Tidoni. Wie lautet der Name dieses weisen Herrn?«

»Er heißt Yan Tanafres – und ist in dieser Gegend geboren.«

Der Gan hatte Yan zugenickt und Yan hatte sich vor der Thleywitwe verbeugt. Die Lady hatte ihn mit sauertöpfischer Miene von oben bis unten betrachtet. Yan hatte zwar seine besten Kleider getragen, aber unter ihrem Blick kam er sich wie ein Schweinehirt vor, der sich gerade im Dreck gesuhlt hatte.

»Tanafres? Ich habe noch nie von ihm gehört«, hatte sie gesagt, als sei er gar nicht anwesend. »Kann er Universitätszeugnisse vorweisen?«

»Nichts derart Offizielles, Mylady. Aber Ihr braucht in dieser Hinsicht keine Bedenken zu haben, denn er war mein Schüler.«

»Oh. Nun, ich bin sicher, dass er eine gute Ausbildung genossen hat, mein lieber Gan, aber eine Dame meines Standes muss den Meister in ihren Diensten haben und nicht den Schüler. Er kann unmöglich Euer Fachwissen besitzen.«

»Aber, Mylady …«

»Na, na, mein lieber Herr Zauberer. Ich muss an meinen Ruf denken.«

»Mit derlei Nachlässigkeit erweist Ihr Eurem Namen keinen Dienst, junger Mann«, schalt ihn Frau Bestillio. Sie hatte eine Leidensmiene aufgesetzt, einerseits infolge ihrer Verfassung, andererseits aufgrund der Zumutung, sich den Weg durch das Stadttor umsonst gemacht zu haben. »Ein Mann, der seine Versprechen nicht hält, ist kein Mann vor dem Herrn Einthof und dem Licht des Horesh.«

»Ich bedaure wirklich außerordentlich, Frau Bestillio«, erwiderte Yan aufrichtig, obwohl er mehr die Zumutung bedauerte, die sie für ihn bedeutete. »Ich muss Euch bitten, noch einmal wiederzukommen. Eure Salbe wird gegen Mittag fertig sein.«

»Gegen Mittag? Letzte Woche sagtet Ihr, heute morgen. Ich habe furchtbare Schmerzen, junger Mann. Wenn Ihr mir keine Linderung verschaffen könnt, muss ich mich anderswo danach umsehen.«

Das war es ganz gewiss nicht, was Yan wollte. Er brauchte den geschäftlichen Verkehr mit der alten Frau. Wie ihre Freundin, Frau Kavarin, war Frau Bestillio ein Klatschweib und einer seiner ganz wenigen Kunden innerhalb des Stadttors. Ihre Worte konnten ihn Kunden kosten und ihm Kunden bringen. Er warf sich in Positur und sprach mit tiefer und, wie er hoffte, autoritätsgeladener Stimme: »Die Sterne machen es erforderlich, dass die Salbe zu einer bestimmten Uhrzeit hergestellt werden muss, wenn sie ihre größte Wirkung entfalten soll. Ihr wollt doch, dass die Magie wirkt, oder nicht?«

»Oh. Ja, natürlich. Die Sterne, sagt ihr?«

»In der Tat. Sie beherrschen alles. Die beste Magie kann nur gewirkt werden, wenn sie richtig stehen.«

Die alte Frau nickte wissend. »Genau das sagt Ollem der Weise auch.«

Das wusste Yan. Er wusste auch, dass Frau Bestillio eine begeisterte Anhängerin des quacksalbernden Astrologen war. Dementsprechend hatte er seine Worte gewählt. Er hasste es, wie dieser Scharlatan zu klingen, aber Frau Bestillio begriff den tatsächlichen Einfluss der Sterne ebensowenig wie Ollem der Weise und Yan konnte ihn ihnen nicht erklären. Nicht, dass er eine Rolle gespielt hätte. Abgesehen davon, dass sie eine praktische Entschuldigung waren, hatten die Sterne nichts mit der Wirksamkeit der medizinischen Salbe zu tun, die er der guten Frau verkaufte.

Noch ein paar bedeutungslose Versicherungen mehr beschwichtigten Frau Bestillio, die sich daraufhin verabschiedete. Yan stellte sein gezwungenes Lächeln ab und stieß vor Erleichterung einen tiefen Seufzer aus, kaum dass die massige Gestalt aus der Tür heraus war. Schon im nächsten Augenblick hörte er ihre brüchige alte Stimme ein Gespräch beginnen. Er konnte nicht sehen, mit wem sie redete, aber das spielte auch keine Rolle. Sie beklagte sich. Wie es schien, waren Klagen eine bessere Gesprächsgrundlage als Zusicherungen. Er konnte nur hoffen, dass sie mit ihrem Lob genauso schnell bei der Hand sein würde, sobald sie ihre Medizin hatte, aber irgendwie bezweifelte er das. Er schob seinen Stuhl zurück und stand auf. Was konnte er tun? Frau Bestillios Stimme folgte ihm, während er durch die Stube ging. Wenigstens hatte die Frau noch mehr als seine Dienste, worüber sie sich beschweren konnte. Gerade nörgelte sie darüber, wie sie heute in der Früh geweckt worden war und wie das ihrer Verfassung geschadet hatte. Während er versuchte, Frau Bestillios Klagen aus seinen Gedanken zu vertreiben, erklomm er die Treppe.

»So wirst du dir keine Reputation erwerben.«

Wären diese Worte von einer anderen Stimme geäußert worden, hätten sie Yan getroffen. Er drehte sich um und sah seine Schwester in der Tür stehen und den Kopf schütteln. Dancies Mund war zu einer Miene der Missbilligung verzogen, aber ihre Augen straften den Ausdruck Lügen. Sie funkelten schelmisch.

»Was machst du denn hier?«

Sie trafen sich in der Mitte der Gaststube und umarmten sich.

»Ich reiße nach Essarin aus, um dort einen gemütlichen Harem zu finden.«

»Weiß Vater davon?«

»Papa weiß, dass ich nicht da bin.« Sie schlug auf den Lederbeutel, den sie sich umgehängt hatte. Ihre Fröhlichkeit war plötzlich wie weggeblasen. »Ich muss ein paar Lieferungen machen. Er schickt die Tochter, weil er hofft, dass sie bezahlt wird, wo sein griesgrämiges Gesicht die Kundschaft verscheuchen würde. Natürlich weiß er nicht, dass ich dich besuche. Er würde mir das Fell gerben, wenn er es wüsste.«

»Gerben ist seiner Gilde nicht gestattet.«

»Gegen seine Art der Gerberei gibt es keine Gesetze.«

Das war ein alter Witz zwischen ihnen, ein Witz, der die Absicht verfolgte, die Schmerzen zu verbergen, dem es aber nie richtig gelang. Doch der Witz war wie die Schmerzen etwas, das sie gemeinsam hatten. Sie lächelten einander traurig an, da beide nicht gewillt waren, noch mehr zu diesem Thema zu sagen.

Dancie sah sich in der leeren Gaststube um. »Wie geht das Geschäft?«

»Ich erwarte jetzt jeden Tag eine Nachricht von Seiner Gnaden.« Ihre Miene verriet ihm, dass sie das nicht mehr glaubte. Nun, er glaubte es auch nicht mehr. Ein wenig ernster sagte er: »Wie ist es denn bisher gegangen? Ich komme zurecht.«

»Papa lässt mich immer arbeiten, wenn er sagt, wir kommen zurecht.« Sie zog sich andeutungsweise in Richtung Tür zurück. »Vielleicht hast du keine Zeit für einen Besuch, da du doch die Salbe anfertigen musst und alles.«

»Ja, ich muss die Salbe rühren, aber ich kann reden, während ich arbeite.« Er hielt ihren Arm fest. »Komm mit nach oben. Ich verspreche, dass ich dich nicht arbeiten lasse.«

Einen Augenblick sah sie unentschlossen und vielleicht ein wenig verängstigt aus, dann nickte sie. Yan führte sie die schmale Stiege zur Dachstube hinauf, für die er eine viel zu hohe Miete bezahlte. Sie zögerte in der Tür, als er sie weit aufstieß. Ihre Blicke huschten über das Durcheinander auf dem langen Tisch, der die Kammer zum größten Teil ausfüllte, über die Päckchen, Bündel und Säcke, die an Haken von den Holzbalken hingen, und verweilten lange auf dem Kristall und seinem Ständer, einem gewundenen Bronzestab.

»Es ist sicher«, sagte er zu ihr und lächelte, um sie zu beruhigen.

Er ging an ihr vorbei und machte sich an die Arbeit. Dancie wanderte im Arbeitszimmer umher, während er Schößlinge von den Kräuterbüscheln auswählte, die an den Balken hingen. Sie war so klein, dass sie sich nicht ducken musste, um den Balken auszuweichen. Sie sah sich alles an und schnüffelte hier und da, fasste aber nichts an – und dafür war er dankbar. Sie konnte nicht wissen, was ungefährlich war und was nicht, und es war ihm lieber, wenn er sie nicht von den Dingen fernhalten musste, die sie nicht anfassen durfte. Ihre Neugier war ein schüchternes Reh und er hatte nicht die Absicht, es zu verscheuchen.

Er band die Kräuter zusammen und belegte sie mit einem Zauber, um ihre Wirkung zu verstärken, bevor er sie in seinen Bronzemörser legte. Während er sie zermahlte, fragte er nach der Familie. Sie sprach hauptsächlich über Fals Kinder und wechselte dann auf andere Dorfbewohner, ohne viel über ihre Eltern zu sagen.

»Maismehl?«, fragte sie, als er das gelbliche Pulver in den Mörser sprenkelte.

»Davon bekommt man eine gute Paste für die Kräuter«, sagte er, während er einige wohlriechende Öle hinzufügte.

Als die Mischung fertig war, kratzte Yan die Salbe aus dem Mörser und füllte sie in einen kleinen irdenen Topf. Mit sparsamen Handgriffen zog er ein Stück Leinen über die Öffnung und band es mit einer dünnen Lederschnur fest. Dancie roch an dem Gefäß.

»Das ist Magie?«

»Eigentlich nicht. Aber gute Medizin. Jeder Arzt könnte dasselbe tun.«

»Du hörst dich unglücklich an.«

»Soll ich das denn nicht sein? Ich stelle Kräutermedizin für Leute her, die zu kultiviert sind, um zu einer Kräuterhexe zu gehen, die aber zu arm sind, um sich einen Arzt leisten zu können. Manchmal kann ich ihnen helfen und manchmal nicht, aber meine eigentlichen Fähigkeiten kommen dabei nicht zum Tragen. Die Klagen, mit denen die Leute zu mir kommen, bedürfen keiner richtigen Magie, also braue ich einfache Kräuterkuren zusammen und wende schlichte Naturphilosophie an, um ihre Probleme zu kurieren. Ich wende an, was ich über die natürliche Welt weiß. So hatte ich mir das Zauberer-Dasein nicht vorgestellt.«

»Was ist mit deinen... Wie nennst du sie noch gleich?«

»Experimente.«

»Ja, genau, was ist damit? Ist das nicht genau das, was Zauberer tun?«

»Zum Teil. Aber die verlaufen auch nicht besonders.«

»Vielleicht solltest du es mit einem ehrlichen Beruf versuchen. Vielleicht mit der Schusterei?«

»Niemals«, sagte er mit übertriebener Vehemenz. Sie lachten beide. »Außerdem habe ich einen ehrlichen Beruf. Zumindest ist er so lange ehrlich, wie ich nicht vorgebe, Magie zu wirken, wenn ich es gar nicht tue.«

»Also bist du ein Zauberer, der nicht zaubert?« Sie sah verwirrt aus. »Das will mir nicht einleuchten. Ich meinte nicht wirklich, dass du Schuhe machen sollst wie Papa. Ich dachte nur, ich weiß nicht, ich glaube, ich meinte, du solltest vielleicht einen guten Beruf haben.«

»Einen, der die Billigung der Kirche hat?«

Sie nickte.

»Die habe ich auch.« Er zeigte auf einen Stapel Papiere. »Daher stammt der größte Teil meines mageren Einkommens.«

»Du machst Papier?«

Er hätte beinahe gelacht, beherrschte sich aber, als ihm klar wurde, dass er sie damit in Verlegenheit bringen würde. »Nein. Ich schreibe darauf. Die Leute kommen zu mir und sagen mir, was sie geschrieben haben wollen, und ich schreibe auf, was sie mir sagen. Ich lese ihnen auch Briefe vor, die sie mir bringen. Ich erledige eine Menge Schreibarbeit für Gan Lym.«

Dancie betrachtete staunend die geschriebenen Worte. »Die Arbeit eines gebildeten Mannes. Ich schätze, Papa hat nicht sein ganzes Geld verschwendet.«

»Er hat gar nichts davon verschwendet. Und Schreiber zu sein, ist nicht die Arbeit eines gebildeten Mannes, sondern nur eine Methode, über die Runden zu kommen. Es ist eine Verschwendung meiner Bildung.«

»Wenigstens bist du aus dem Haus.«

Das stimmte. »Dein Wahltag ist auch bald.«

Dancie ging zum Fenster und starrte nach draußen, wobei sie die Arme so um sich legte, als umarme sie sich selbst. »Wer würde auf Mama aufpassen, wenn ich nicht mehr da wäre?«

»Hilft es, wenn du bleibst?«

»Ich weiß es nicht.« Sie schwieg eine Weile und er wartete geduldig. »Aber ich muss. Ich bin nicht wie du, Yan. Du kannst alles Mögliche. Aber ich bin nicht gescheit und ich habe auch keine Magie.«

Was sollte er dazu sagen? »Ich würde dir gern helfen.«

»Du kannst nichts tun. Ich komme schon zurecht. Mama kommt auch zurecht. Seitdem du nicht mehr da bist, ist es nicht mehr ganz so schlimm.«

Er wusste, dass sie log, wollte ihr aber nicht widersprechen.

»Hier. Gib mir den Beutel.«

Sie reichte ihn ihm und er holte die Arbeiten seines Vaters heraus. Wie immer waren sie handwerklich gut gemacht. Er nahm jedes einzelne Teil in die Hand, befühlte es, machte sich mit seiner Form vertraut. Wie er es immer tat, wenn Dancie die Ware in die Stadt brachte, wirkte er verstohlen die Zauber, die alle Teile fester verbanden und das Gesamtwerk stärkten. Er fügte noch eine Illusion hinzu, um die kleinen Mängel zu verbergen. Unbedeutende Magie, aber während er sie wirkte, brauchte er an nichts anderes als an die Magie zu denken.

~ 2 ~

Herr Ness polterte vor Yan die Treppe herunter und murrte sich dabei etwas in den Bart, wie er es immer tat. Ness' Hausordnung gestattete keine Fremden ohne Begleitung im Obergeschoss. Wenn also gerade niemand anders zur Verfügung stand, musste der Gastwirt selbst Botschaften überbringen. Den Boten zu spielen, gefiel Ness noch weniger, als Yan zum Mieter zu haben.

Da es erst kurz nach Mittag war, saßen mehrere Leute in der Gaststube beim Mittagessen. Bis auf einen Mann, den Yan nicht kannte, waren alle Stammgäste. Dieser eine stand nah bei der Tür, einen zerschlissenen Rucksack neben den Füßen, der mit den Erzeugnissen des Kesselflickerhandwerks behangen war, und einen mürrischen Ausdruck auf dem hohlwangigen wettergegerbten Gesicht. Seine rustikale Kleidung war staubig und an den groben Stiefeln klebte getrockneter Lehm. Der Mann trug ein Triadisches Amulett auf der Brust, ein Dreieck aus Hornblattzweigen und gelbem Zwirn.

»Dieser Mann sagt, in seinem Dorf gäbe es einen kranken Mann«, erklärte Ness, indem er mit dem Daumen auf den Provinzler zeigte, bevor er im Hinterzimmer verschwand.

»Wohl eher verflucht«, sagte der Mann, sobald Ness außer Hörweite war.

Das mochte eine Erklärung dafür sein, warum kein Arzt oder Priester, sondern ein Zauberer gesucht wurde. Andererseits wäre den meisten Opfern eines ›Fluchs‹, mit denen Yan sich befasst hatte, mit einem

Angehörigen eines der beiden anderen Berufsstände besser gedient gewesen. Dennoch, Yan war neugierig und er lud den Mann ein, sich an den Tisch zu setzen, an dem er üblicherweise seine Kundengespräche führte. Der Mann folgte ihm, wobei er seinen Rucksack hinter sich her schleifte. Als beide saßen, lächelte Yan den Mann freundlich an. »Also, mein Herr, warum sagt Ihr, der Mann sei verflucht?«

»Ich rede nicht gern darüber«, antwortete der Mann, während sein Blick mit einigem Unbehagen über die Mittagsgäste huschte.

Yan sah, dass mehrere der Anwesenden seine Frage verstanden hatten und jetzt aufmerksam zuhörten. Flüche waren gutes Futter für die Gerüchteküche. Indem er seine Hand auf dem Tisch scheinbar geistesabwesend bewegte, zeichnete Yan die Runen des Abgeschiedenheitszaubers nach, mit dem er den Tisch schon vor längerer Zeit belegt hatte, und weckte ihn. Die Zuhörer würden jetzt nicht mehr als ein leises Murmeln hören. »Ihr könnt ganz offen reden«, sagte er zu dem Provinzler.

»Was habt Ihr getan?«, fragte der Mann argwöhnisch.

Interessant, dass er die Magie erkennen konnte. Vielleicht war er sensibel dafür. »Nicht viel. Ich habe lediglich für etwas Abgeschiedenheit gesorgt.«

Das Gesicht des Mannes verzog sich zu einer Miene, die zu gleichen Teilen aus Widerwillen und Missbilligung zu bestehen schien. »Ich wäre gar nicht gekommen, aber Dav hat darauf bestanden und ich war ihm den Gefallen schuldig.«

»Ist Dav derjenige, von dem Ihr sagt, er sei verflucht?«

Der Mann sah Yan an, als sei er ein Idiot. »Dav ist der Gastwirt.«

»Dann hat er Euch geschickt.«

Ein knappes Nicken.

»Warum hat er Euch zu mir geschickt, wenn er den Mann für krank hält? Ich glaube, Ihr wisst sehr wohl, dass ich weder Arzt noch Priesterheiler bin.«

»Nicht gezielt zu Euch. Das ist Euer Schild da draußen, oder?«

»Ja.«

»Habt Ihr die Magie selbst gewirkt?«

Also hatte der Mann auch das erkannt. Er musste sensibel für Magie sein. Wenn er den Kranken für verflucht hielt, war vielleicht tatsächlich ein Fluch im Spiel. »Ja.«

»Dann seid Ihr, was Dav sucht.«

»Ihr habt also diesen Kranken gesehen und sucht jetzt einen Magier.«

»*Ich* suche gar nichts. Ich will nichts damit zu tun haben. Wie ich schon sagte, ich bin Dav nur einen Gefallen schuldig.« Der Mann hielt kurz inne, um dann mit sauertöpfischer Miene fortzufahren. »Dav sagte, er zahlt gutes Silber für Hilfe.«

Silber konnte Yan nicht so ohne weiteres ablehnen. Wichtiger noch schien, dass wenn der fragliche Mann tatsächlich unter einem Fluch litt, Yans magische Fähigkeiten gefragt sein würden. »Habt Ihr etwas gesehen, das Euch dazu veranlasst hat zu glauben, dass dieser Kranke an mehr leidet als einer gewöhnlichen Krankheit?«

Der Mann richtete den Blick vor sich auf den Tisch. Ohne Yan anzusehen, sagte er: »Ich habe nichts gesehen.«

Sein Verhalten sagte etwas anderes. »Wenn ich diesem Mann helfen soll, muss ich mehr wissen. Wenn Ihr mir etwas über die … äh … Krankheit sagt, kann ich mich besser darauf vorbereiten, ihm zu helfen.«

»Hört her, ich sagte, ich würde jemanden suchen. Das ist alles. Ich habe getan, was ich gesagt habe, und jetzt habe ich nichts mehr damit zu tun.«

Der Mann stand auf und schulterte seinen Rucksack. Er würde die Geschichte dieses kranken oder verfluchten Mannes ganz zweifellos nicht weitererzählen.

»Wartet«, rief Yan dem Mann hinterher, der bereits unterwegs zur Tür war. »Ich muss meine Sachen holen.«

Der Mann achtete nicht auf ihn und ging hinaus auf die Straße. Yan eilte zur Tür, über die schroffe Art des Mannes verärgert. Zu seiner Überraschung hatte der Mann die Richtung zum Stadttor eingeschlagen.

»Wenn Ihr mich nicht hinführen wollt, müsst Ihr mir sagen, wo ich diesen Mann finde.«

»In Crampton«, rief der Mann, ohne sich umzudrehen. »Crampton-am-Drivvaner. Jedermann kennt es.«

Yan hatte noch nie davon gehört.

Doch Herr Ness wusste sogar den Weg dorthin.

Yan packte eine Auswahl seiner Kräuter, Pulver und Öle sowie seine Ritualwerkzeuge in seine Reisetasche. Er wusste nicht, was er benötigte und ob er überhaupt etwas benötigen würde, aber die Aussicht auf eine Gelegenheit, sich tatsächlich mit einem magischen Phänomen zu befassen, erregte ihn. Er war sicher, er würde sich der Aufgabe als gewachsen erweisen.

Also machte er sich forschen Schrittes auf den Weg, zunächst die Camnorstraße entlang. Das Dorf, in dem er aufgewachsen war, lag an dieser Straße und Yan erwog, seine Familie zu besuchen, verwarf die Idee aber sofort wieder. Er ging weiter. Es blieben noch ein paar Stunden Tageslicht zum Arbeiten und sein Vater würde da sein. Außerdem würde Dancie noch nicht aus Talinfad zurück sein und damit würde sich sein Willkommensein um die Hälfte verringern. Er warf nicht einmal einen Blick auf den Weg, der zum Haus seiner Familie führte. Einige Meilen weiter verließ er die Grenzen des ihm bekannten Landes und noch ein paar Meilen weiter stieß er auf die Kreuzung, die ihm Herr Ness als die Abzweigung beschrieben hatte, die ihn nach Crampton führen würde.

Die Sonne küsste bereits die Gipfel der Berge im Westen, als er das gesuchte Dorf erreichte. Das gute Dutzend Häuser, aus denen Crampton-am-Drivvaner bestand, lag am Zusammenfluss des Drivvaner und dreier kleinerer Wasserläufe. Der Zusammenfluss war eine praktische Stelle für eine Brücke, also war eine Brücke errichtet worden und Crampton war darum herum entstanden.

Die meisten Gebäude waren einfache strohgedeckte Hütten, die sich um eine kleine Kapelle mit schmalem Turm scharten. Ein Stück den Drivvaner aufwärts erhob sich eine Mühle, eines von zwei mehrstöckigen Gebäuden. Das zweite stand nah bei der Brücke und an einem Pfosten neben der Tür hing ein verwittertes Schild. Yan konnte nicht erkennen, was darauf stand, aber seine bloße Anwesenheit kennzeichnete das Gebäude als das Gasthaus des Dorfs.

Der schmale Weg, der sich von der Hauptstraße nach Crampton wand, teilte sich jenseits der Brücke in zwei noch schmalere Wege, die tiefer ins Hügelland führten. Die Brücke war ein Nadelöhr für Reisende und ein guter Standort für ein Gasthaus, obwohl der Zustand des Gasthauses darauf schließen ließ, dass das Verkehrsaufkommen nie besonders hoch war.

Als er sich dem Gasthaus näherte, kam ein Hund herausgelaufen und bellte ihn an. Er brachte das Tier mit einem Wort und einem Lächeln zum Schweigen. Dann schaute er durch ein Fenster. Dieses Gasthaus war kleiner als der *Pflug und Anker* – und auch düsterer. Um die wachsende Kühle des späten Frühlingsabends zu vertreiben, brannte ein kleines Feuer im Kamin. Im Gastraum gab es keinen Tresen, sondern nur drei ausgiebig benutzte Tische und die entsprechenden Stühle. Ein Durchgang hinten führte offenbar in die Küche, ein anderer, dunklerer zu einer Treppe.

Auf dem Schild klebte noch genug abblätternde Farbe, um einen Hornblattbaum darzustellen. Zumindest behaupteten das die Buchstaben unter dem Bild. Vom Bild her wäre Yan nicht darauf gekommen.

Als er die Tür öffnete, schlug sie gegen eine Glocke, die metallisch bimmelte. Ein stämmiger Mann, der sich die Hände an einem Tuch abwischte, tauchte als Antwort auf ihren Ruf auf. Der Mann war von ähnlichem Schlag wie Herr Ness, wenngleich mit spärlicherem Haarwuchs. Er blinzelte Yan einen Augenblick an, dessen Silhouette sich in der Tür vor dem Hintergrund des Draußen deutlich abzeichnete. Nachdem der Gastwirt Yans Tasche gesehen hatte, breitete er die Arme aus und setzte ein Lächeln auf. Seine Worte waren zwar eine gebräuchliche Begrüßungsfloskel, schienen aber von wahrer Begeisterung unterlegt zu sein.

»Willkommen, Reisender. Die Nacht bricht herein und es gibt keinen Platz, der sich besser für eine Unterbrechung Eurer Reise eignete.«

»Ich danke Euch, Gastwirt, aber ich bin kein Reisender, der sich ausruhen muss. Ich komme, weil ich gerufen wurde. Ihr seid Dav?«

Der Gastwirt wurde schlagartig ernst. Er nickte, während sein Blick noch einmal über Yans Tasche und Stab huschte. »Ihr seid ein Weiser?«

»Ich bin Yan Tanafres, ein Magier.«

»Seid Ihr anerkannt?«

»Ja.«

»Horesh scheine auf uns.« Dav beschrieb das Zeichen der Triade. »Rea«, rief er in die Küche. »Bring Ale. Wir haben einen Gast.« Er zeigte auf einen Tisch. »Ihr müsst müde und durstig sein, Meister Magier.«

»Euer Bote sagte, Ihr hättet einen Kranken hier, und deutete an, er sei verflucht.«

Davs joviale Art schien plötzlich wie weggeblasen und er beschrieb wieder das Zeichen der Triade. »Für einen Mann weniger Worte sagt Galon oft zu viel.«

»Er hat so viel gesagt, wie er musste, um mich hierher zu lotsen. Euer Gast – er ist doch ein Gast? Nun, welcher Art seine Beschwerden auch sein mögen, es ist das Beste, wenn ich ihn mir möglichst bald ansehe.«

Ein schlankes Mädchen, vermutlich die Rea, die Dav gerufen hatte, kam mit einem Krug Ale aus der Küche. Die Farbe ihrer Haut und ihrer Haare entsprachen Davs, also war sie wahrscheinlich seine Tochter. Sie war jung und auf eine rustikale Art hübsch.

Yan schüttelte den Kopf, als sie ihm das Ale anbot. »Später vielleicht.«

»Ich habe noch nie einen Magier gesehen.«

Sie trank selbst einen Schluck von dem Ale, wobei sie ihn auf eine abschätzende Weise von oben bis unten musterte. Sie lächelte einladend. Er antwortete darauf seinerseits mit der Andeutung eines Lächelns, da er begriff, dass es hier Vergütungen über das Silber hinaus geben mochte, nachdem er seine Arbeit getan hatte. Ihre Blicke ruhten auf ihm, während Dav eine Kerze am Kaminfeuer entzündete und sie in eine Laterne stellte. Nichts an dem Gastwirt deutete darauf hin, dass er das kleine Intermezzo bemerkt hatte.

Draußen war es zwar noch hell, doch die Gaststube lag bereits in Dunkelheit und auf der Treppe zum oberen Stockwerk war es noch finsterer. Der Gastwirt führte Yan die wacklige Stiege empor. Yan nahm einen sauren Geruch wahr, als sie oben ankamen. In diesem Haus war tatsächlich jemand krank. Der Gestank wurde stärker, während sie durch den schmalen Flur zum anderen Ende gingen. Dav öffnete die Tür, ohne anzuklopfen, und ließ damit eine Wolke frischen Gestanks nach Erbrochenem und menschlichen Ausscheidungen auf sie los.

Im Licht von Davs Laterne sah Yan einen alten Mann auf dem Bett liegen, das die Stube beinahe ausfüllte. Die Bettdecke lag halb neben dem Bett, offensichtlich eine Folge dessen, dass der Mann um sich getreten und geschlagen hatte, da die Decke so eng wie ein Schleier um den Körper des Mannes gewickelt war. Ein Arm war ausgestreckt, die Hand zu einer Klaue gekrümmt. Der Mann hätte eine Leiche sein können, aber ein in unregelmäßigen Abständen erklingendes hohles Rasseln verriet Yan, dass der Mann noch atmete.

Verflucht oder nicht, dieser Mann war am Ende.

Yan stellte seine Tasche ab, ging zum Fenster und machte sich daran, die Läden zu öffnen. Es würde draußen nicht mehr lange hell sein, und er brauchte alles Licht, das er bekommen konnte.

»Bitte, Meister Tanafres, haltet ein. Man wird seine Schreie auf der Straße hören.«

»Ich brauche mehr Licht, wenn ich etwas tun soll.«

»Kerzen?«

»Dafür ist später noch Zeit. Sonnenlicht ist besser.«

Der Gastwirt verfiel in ein mürrisches Brüten.

Yan sah sich den Mann genauer an. Es waren weder Wunden noch offensichtliche Spuren einer Verletzung zu erkennen. Da es ihm widerstrebte, den Mann mit seinen magischen Sinnen zu untersuchen, beschränkte Yan sich zunächst darauf, den Gastwirt nach den körperlichen Anzeichen des Kranken zu befragen, während er gleichzeitig eine oberflächliche Untersuchung vornahm. Das Fieber überraschte ihn nicht. Was der Gastwirt sagte und was die Untersuchung Yan verriet, stand im Einklang mit einer gewöhnlichen Krankheit. Einige Symptome konnte Yan behandeln, aber eine derart weit fortgeschrittene Krankheit überstieg Yans medizinische Fähigkeiten, vielleicht sogar diejenigen eines richtigen Arztes.

»Hat der Dorfpriester ihn sich angesehen?«

»Nein.« Yans harter Blick ließ den Gastwirt einen Schritt zurückweichen. »Lieber Meister Tanafres, er hat mich schwören lassen, nicht die Kirche hineinzuziehen. Außerdem kennt unsere Priesterin sich nicht mit den heilenden Künsten aus. Sie ist eine Baaliff.«

Das war seltsam. Aus welchem Grund sollte der Mann der Kirche ausweichen wollen? Yan deutete mit einem Kopfnicken auf den Kranken. »Was ich für ihn tun kann, wird ihn nicht wieder gesund machen. Ein Heiler ist seine beste Hoffnung.«

»Bitte, mein Herr. Tut, was Ihr könnt, aber verlangt nicht von mir, meinen Eid zu brechen.«

»Ich habe keinen Eid geschworen. Schickt jemanden in meinem Namen in die Stadt. Im Tempel gibt es Heiler.«

»Es ist spät, mein Herr. Niemand aus dem Dorf wird in der Dunkelheit reisen.«

Yan kannte diese Art Einstellung sehr wohl. Hauptsächlich war es abergläubische Furcht, die das Landvolk davon abhielt, ihre vertraute Umgebung während der Nacht zu verlassen. Hin und wieder war die Erwartung von Gefahr auch tatsächlich berechtigt, aber Yan hatte in letzter Zeit kein Gerede über Banditen oder übernatürliche Heimsuchungen gehört. »Dann morgen früh. Euer Freund Galon war so rechtzeitig bei mir in Talinfad, dass ich Euer Dorf noch vor Einbruch der Dunkelheit erreicht habe. Ein junger Mann, der gut zu Fuß ist, sollte in der Lage sein, bis zum Abend mit einem Priester zurückzukehren. Wenn jemand ein Pferd erübrigen kann, wird das die Überlebensaussichten dieses Mannes erheblich verbessern.«

»Ich werde versuchen, jemanden zu finden.«

»Wenn Ihr es nicht tut, geht der Tod dieses Mannes zu Euren Lasten.«

»Sagt so etwas nicht, mein Herr. Ich habe nach Euch geschickt, oder etwa nicht? Ich habe alles getan, was man vernünftigerweise von mir erwarten kann. Ich hätte auch einen Priester gerufen, wenn er es mir nicht ausdrücklich verboten hätte. Horesh weiß, dass ich getan habe, was ich konnte.«

Es hatte wenig Sinn, den Gastwirt noch weiter zu bedrängen. Nach seinen Maßstäben hatte er tatsächlich getan, was er konnte.

»Gastwirt, hat Euch dieser Mann seinen Namen verraten?«

»Nein, Meister. Obwohl sein Gewand zerlumpt war, habe ich an seiner Sprache gleich den feinen Herrn erkannt. Ich dachte, er wolle unerkannt bleiben, und bin deshalb nicht in ihn gedrungen.«

Vielleicht träumte der Gastwirt von einer Belohnung. »Also habt Ihr ihn bewirtet.«

»Mit gutem Essen und Ale, mein Herr«, sagte Dav rasch. »Nichts davon war schlecht oder verdorben. Ich habe vom selben Eintopf gegessen und aus demselben Fass getrunken. Rea auch und noch dazu mehrere Leute aus dem Dorf. Keiner von uns ist krank geworden. Bei V'Delmas heilendem Herz, er ist nicht krank geworden, weil er bei mir eingekehrt ist.«

»Ich wollte auch nichts dergleichen andeuten. Ich wollte nur fragen, was er gesagt und getan hat. Erzählt mir, unter welchen Umständen er hier eingetroffen ist.«

Dav ordnete einen Augenblick seine Gedanken, vielleicht auch in der Absicht, alles ins beste Licht zu rücken. »Der Fremde traf letzte Nacht ein, heil und gesund. Nicht einmal ein Anflug von Erkältung, obwohl der Regen ihn völlig durchnässt hatte. Er aß und trank wie jeder hungrige Mann nach einem Tag des Wanderns. Er hat wenig geredet und die Leute in der Gaststube haben auch kaum mit ihm gesprochen. Das ist hier in der Gegend so ihre Art und schließlich war er ja auch ein Fremder.

Am Morgen, als ich Rhea geschickt habe, um ihn zu wecken, wie er verlangt hatte, kam sie schreiend und weinend und in einem solchen Zustand zurück, dass ich kein vernünftiges Wort aus ihr herausbekommen konnte. Ich bin selbst in seine Stube gegangen und da fand ich ihn so vor, wie Ihr ihn jetzt seht, als einen schwachen weißhaarigen alten Mann. Als ich ihn davor zuletzt gesehen hatte, wie er die Treppe heraufging, war er mit der Kraft eines Mannes in der Blüte seiner Jahre gegangen und sein Haar war schwarz wie die Nacht gewesen.

Ich war völlig außer mir und verängstigt, als ich sah, wie er schrie und tobte. Obwohl ich große Angst um mein eigenes Wohlergehen hatte, bin ich zu ihm gegangen. Ich dachte, wenn er irgendeine Seuche hätte, müsste ich ihn aus dem Gasthaus schaffen, bevor er andere ansteckt.«

»Ihr hättet Euch selbst anstecken können.«

»Das wusste ich«, sagte Dav freimütig. »Aber sollte er in diesem Bett an einer Seuche sterben, stirbt mein Geschäft gleich mit ihm.«

»Also wolltet Ihr ihn verschwinden lassen und nichts sagen.«

»Zu meiner Schande muss ich gestehen, dass mir dieser Gedanke gekommen ist, aber als ich an sein Bett trat, setzte er sich plötzlich auf und redete mit mir. Sehr klar. Er sagte zu mir, ich solle einen Weisen holen. Als ich antwortete, ich werde unsere Priesterin rufen, verbot er es mir mit der Warnung, wenn ich es täte, werde ich so enden wie er. Ich sah, wie er sich verändert hatte, und fürchtete mich sehr davor. Also sprach ich mit Galon, schickte ihn los und kehrte zu dem

Mann zurück, um ihn davon in Kenntnis zu setzen. ›Gut‹, sagte er, um mich dann noch davor zu warnen, seine Sachen anzufassen. Er habe sie geschützt, sagte er. Dann ist er wieder eingeschlafen. Seitdem hat er kein verständliches Wort mehr geäußert.«

»Aber er hat gesprochen?«

»Er hat Geräusche von sich gegeben, die sich nach Sprache anhörten, aber ich konnte sie nicht verstehen. Er hat auch andere Geräusche von sich gegeben, die nichts mit Sprache zu tun hatten.« Ein Schauder überlief den Gastwirt.

Obwohl der Gastwirt in Berührung mit dem Mann gekommen war, war er nicht krank geworden, was vermuten ließ, dass dessen Gebrechen nicht ansteckend war. Die dramatischen Begleiterscheinungen ließen auf Magie schließen, wenngleich Yan keinen Fluch kannte, der sich auf diese Weise äußerte. Gewöhnlich wirkten Flüche sich langsamer aus. Yan erwog die Möglichkeit, dass der Mann von einem auszehrenden Geist besessen war, aber er spürte nichts von der Böswilligkeit, die in solchen Fällen in die Welt einsickerte. Merkwürdigerweise widerstrebte es Yan aber auch weiterhin, seine magischen Sinne zu benutzen.

Er sagte sich, dass er nur vorsichtig war. Wenn dieser Mann unter einem Fluch litt, mochte dieser im Augenblick der Verbindung der Auren, die erforderlich war, um das Wesen des Fluchs zu verstehen, magisch auf ihn übertragen werden. Er wollte so viel wie möglich in Erfahrung bringen, bevor er dieses Risiko einging. Zu wissen, wer oder was der Mann war, würde es ihm erleichtern, dessen Aura zu lesen und nicht mit dem Fluch in Berührung zu kommen.

»Vielleicht ist etwas bei seinen Sachen, das uns verrät, wer er ist.«

»Seine Sachen sind noch da, wo er sie abgestellt hat, Meister. Ich schwöre, ich habe nichts angerührt.«

»Das ist gut. Wir finden darunter vielleicht etwas, das uns weiterhilft.«

Yan sah sich in der Stube um. In einer Ecke lagen eine zusammengerollte Decke, ein Hut, ein Rucksack und ein Wanderstab. Auf dem Stuhl neben dem Bett sah er einen Kleiderstapel. Yan konnte keine Magie spüren, die die Sachen des Kranken schützte, und fand nichts, das auch nur an eine Schutzvorrichtung erinnerte. Auf der anderen Seite spürte er sowohl in den Sachen in der Ecke als auch in den Kleidern arkane Energie. Der Stab war ein offensichtlicher Träger derselben, doch was die Energie in dem Kleiderstapel enthielt, war nicht unmittelbar deutlich.

Yan richtete seine Aufmerksamkeit zunächst auf die Gegenstände in der Ecke. Die Decke war lediglich ein Reiseschlafsack, in dem nichts anderes steckte. Der Rucksack enthielt verschiedene Kleinigkeiten, wie Wanderer sie bei sich hatten, sowie einen Satz feuchte Kleidung, die nach Schimmel roch. Diese Kleidung musste der Mann im Regen getragen haben. Der Hut war zwar feucht, aber nicht eingepackt worden, sodass er nicht vom Schimmel befallen war. Seine verdreckte Feder wirkte ebenso verloren, ramponiert und teilnahmslos wie ihr Besitzer.

Der Stab sah gewöhnlich aus, doch Yan wusste es besser. Er hatte die Magie in ihm gespürt. Mit Ausnahme eines schmalen Bronzebands an den beiden Enden wies er keinerlei Schmuck oder Verzierungen auf. Das Holz war dunkel und hatte einen öligen Glanz. Als Yan den Stab aufnahm, erwies er sich als überraschend leicht und widerstandsfähig gegenüber allen Bemühungen, ihn zu biegen. Was dieses merkwürdige Holz auch sonst noch sein mochte, stark war es auf jeden Fall. Ohne weiteres Studium konnte er den Zauber nicht enträtseln, der in dem Stab verankert war, sondern nur spüren, dass die Magie etwas mit Kampf zu tun hatte. Es schien so, als sei der Stab die einzige Waffe, die der Wanderer bei sich hatte, also überraschte Yan die Natur des Zaubers nicht weiter.

Ein in einem Stab verankerter Kampfzauber schien jedoch durchaus ungewöhnlich. Die meisten Leute, die eine durch Magie gestärkte Waffe besitzen wollten, bevorzugten ein Schwert. Welcher Wanderer würde einen verzauberten Stab bei sich haben? Vermutlich ein Magier, aber dieser Stab fühlte sich grundlegend anders an als Gan Tidonis.

Yan richtete seine Aufmerksamkeit auf die anderen Habseligkeiten des Mannes. Der Haufen auf dem Stuhl neben dem Bett sah wacklig aus, als sei er in aller Eile entstanden. Unter einem Leinenhemd ragte der mit Silber beschlagene Knauf eines prächtigen Dolchs hervor, der wertvoll genug schien, um die Annahme des Gastwirts zu bestätigen, dass es sich bei diesem Wanderer keinesfalls um einen mittellosen Mann handelte. Der Dolch war jedoch nicht die Quelle der Magie, die Yan spürte. Als er das Hemd hochhob, um sich diesen Dolch genauer anzusehen, löste sich etwas aus den Falten des Kleidungsstücks und fiel scheppernd zu Boden. Der Gastwirt keuchte laut und beschrieb das Schutzzeichen der Triade. Er lächelte albern, als Yan ihm einen Blick zuwarf.

Yan bückte sich, um den Gegenstand auf dem Boden zu untersuchen, und sah augenblicklich, dass er der Träger der Magie war, die er in dem Haufen gespürt hatte. Es handelte sich um eine mit Edelsteinsplittern besetzte Silberscheibe, in die winzige Sigillen eingraviert waren. Eine Glaskuppel in der Mitte der Scheibe überdeckte irgendeinen dunklen Gegenstand. Die Silberscheibe war ein *Claviarm*. Doch wessen? Yan hatte keine Verbindung zwischen der Scheibe und dem Mann im Bett gespürt.

Gehörte dieses *Claviarm* dem Wanderer oder hatte er es einem Magier abgenommen?

Yan bündelte seine Aufmerksamkeit und betrachtete das Amulett mit seinen arkanen Sinnen. Es war tätig und pulsierte so, wie es das sollte, wenn sein Schöpfer in der Nähe war. Das Amulett war nicht Yans und nichts sprach dafür, dass der Gastwirt ein Zauberer war, also musste der Mann in dem Bett ein Magier sein.

Irgendetwas konnte nicht stimmen, wenn der Schöpfer des *Claviarm* es abgenommen und beiseite gelegt hatte. Die Wahrscheinlichkeit für das Vorhandensein unheilvoller Magie hatte sich soeben verhundertfacht.

Yan untersuchte die übrigen Habseligkeiten des Wanderers und fand nichts, was einen Hinweis auf diesen selbst oder seinen Beruf gegeben hätte, nichts, woraus man hätte schließen können, was mit dem Mann nicht stimmte. Nachdem er alle Sachen vom Stuhl geräumt hatte, nahm Yan darauf Platz und sah sich den Mann genauer an.

Eine Zeitlang war in der Stube kein anderes Geräusch zu hören als der rasselnde Atem des Mannes. Dann stieß er ein langgezogenes Ächzen aus und fing an, sich hin und her zu werfen, wobei er sich krümmte und wand und seltsame, halb gemurmelte Wörter vor sich hin plapperte. Dav fiel plötzlich wieder ein, dass er etwas Dringendes zu erledigen hatte, und ließ Yan mit dem Magier allein. Wenn der Mann denn ein Magier war.

Da er nicht stören wollte, was er nicht verstand, blieb Yan neben dem Bett sitzen und lauschte dem wirren Gerede des Mannes. Seine Worte waren so zusammenhanglos, dass sie überhaupt keinen Sinn ergaben. Selbst die nicht gemurmelten, sondern klar verständlichen Worte waren oft in einer Sprache gehalten, die Yan unbekannt war. Dann gab es noch die Zischlaute, die für eine menschliche Kehle nicht geschaffen zu sein schienen. Nicht weiter überraschend, dass Galon den Mann für verflucht hielt. Es war ein Wunder, dass der Gastwirt sein Versprechen nicht gebrochen und aus Angst, der Magier sei von einem Dämon besessen, einen Priester geholt hatte.

Yan erschrak, als ihn der Mann plötzlich ansah. Die Augen des Wanderers waren von einem dunklen, klaren Grau.

»Seid gegrüßt, Bruder in der Kunst.« Yan sagte nichts, aber der Mann fuhr fort, als habe er dies getan. »Ich hatte gehofft, dass der Mann hier so viel Verstand haben würde, einen Magier zu rufen. Ich habe Euch schon bei Eurer Ankunft erkannt, konnte aber erst jetzt etwas deswegen unternehmen. Wer seid Ihr?«

Yan fand seine Stimme wieder und antwortete: »Ich bin Yan Tanafres.«

»Und Euer Meister ist?«

»Hebrim Tidoni.«

Der Mann runzelte die Stirn, als suche er in seiner Erinnerung nach einem Gesicht, das er mit diesem Namen verbinden konnte. »Wird er kommen, wenn Ihr ihn ruft?«

»Wenn es um eine Sache von Bedeutung geht.«

»Bedeutung? Ach so. Seht Ihr das denn nicht? Spürt Ihr es nicht?«

Yan befürchtete, der Mann werde wieder ins Delirium fallen, und wollte diese Gelegenheit nicht verstreichen lassen, etwas über ihn zu erfahren. »Wie lautet Euer Name, Meister? Vielleicht hat Gan Tidoni schon von Euch gehört und kommt um der Ehre Eures Namens willen.«

Der Mann lächelte, doch seine Augen bekamen einen traurigen Ausdruck. »Ich bin jetzt über Namen hinaus.«

»Ich muss Euch doch irgendwie anreden können.«

»Nennt mich Adain«, sagte er schließlich.

»Das ist ein Saü-Name und Ihr seid merinisch.«

Wieder dieses bittersüße Lächeln. »Und doch ist es mein Name.«

Auch bei Bewusstsein war dieser Mann noch ein Rätsel. Aber er war auch krank und vielleicht blieb keine Zeit mehr für die Wortspiele, die ältere Magier so liebten. »Bei Einthof, ich will Euch nichts Böses. Ich will Euch nur helfen und das kann ich nicht, wenn Ihr mir Dinge verheimlicht. Wie seid Ihr hergekommen? Wohin seid Ihr unterwegs? Und was noch wichtiger ist, wie kommt es, dass Ihr in dieser Verfassung seid?«

Adain wandte den Kopf zum Fenster. Er sagte nichts. Draußen brach die Nacht über die strohgedeckten Dächer Cramptons herein.

»Ich muss mehr über Euch wissen, wenn ich Euch helfen soll.«

»So wie ich über Namen hinaus bin, so bin ich auch über jede Hilfe hinaus.«

»Habt Ihr eine Ahnung, was mit Euch geschehen ist?«

Der Mann drehte den Kopf wieder zurück, hob eine bleiche Hand und betrachtete die unter der Haut pulsierenden Adern. »Ich sehe. Ich fühle. Das Warum kann ich vielleicht ansatzweise verstehen. Das Wie?« Er schüttelte den Kopf. »Das spielt keine Rolle mehr.«

Seine Hand fiel auf das Bett und er seufzte tief. Diesmal überließ Yan ihn seinem Schweigen. Offenbar würde Adain reden, wenn er wollte, aber nicht auf Yans Drängen antworten. Schließlich sprach Adain weiter und seine Stimme schien von weither zu kommen.

»In den Tiefen der Welt rühren sich bedeutende Kräfte.«

»Wovon redet Ihr? Seht Ihr voraus?«

»Eine Veränderung im Ursprung der Magie steht uns bevor.« Adain hielt kurz inne. »Jeder wahre Magier muss es spüren.«

»Ich spüre nichts dergleichen.«

Adains Kopf fuhr herum und er spießte Yan mit seinem durchdringenden Blick förmlich auf. »Ich misstraue Eurem Mangel an Empfindung.«

»Ihr seid krank. Vielleicht sollten wir darüber reden, wenn es Euch wieder besser geht.«

»Unwahrscheinlich.«

Unsicher, ob Adain damit meinte, er werde sein Geheimnis für sich behalten, wenn er wieder gesund sei, oder ob er zu wissen glaubte, dass er sich nicht mehr aus diesem Bett erheben würde, sagte Yan: »Ihr seid wieder bei Sinnen. Das ist ein gutes Zeichen. Morgen werdet Ihr die Dinge anders sehen.«

»Nein«, sagte Adain entschieden. »Das Rad des Universums dreht sich und wir alle haben unseren Platz darauf. Alles in seiner Ordnung, jeder an seinem Platz. Unsere Räder haben sich miteinander verzahnt. Ich bin hierher gekommen und Ihr seid zu mir gekommen. Ich gehe und Ihr müsst gehen. Das ist die Ordnung, die ist, die Ordnung, die sein wird. Ihr müsst diese Last mit mir teilen.«

Adain schloss die Augen und verfiel in Schweigen. Yan wollte ihn noch einmal fragen, was er damit meine, konnte aber die Worte für seine Frage nicht finden. Nach einigen Minuten wurde Adain unruhig und fing an, mit seinen Gliedern zu strampeln, um sich zu schlagen und auszutreten, als wehre er einen Feind ab, der ihn angriff. Er schrie etwas in einer gutturalen Sprache, dann keuchte er einmal und erschlaffte. Kurz darauf atmete er tiefer und lag still.

Yan fand Adains regelmäßigere Atmung ermutigend. Adain klang viel besser, gesünder, als bei Yans Ankunft. Der Rückfall ins Delirium schien jedoch beunruhigend. Alles in allem war dies eine schwierige und verwirrende Lage. Yan blieb noch eine Stunde an Adains Bett und wartete vergeblich darauf, dass der Magier wieder erwachte, doch der lag so still, reglos und leblos wie eine Leiche da. Nur seine langsamer und steter Atem war Beweis dafür, dass er noch lebte. Durch das Fenster hörte Yan die Jagdrufe der Nachtvögel und die schrillen Schreie der Fledermäuse. Die Insekten waren still und verbargen sich vor ihren Jägern. Sie wussten, dass der Tod umging.

Yan war müde, da dieser Tag sehr früh mit dem Krach auf der Straße vor dem *Pflug und Anker* begonnen hatte. Was Adain auch so weit gebracht haben mochte, es war stark, zu stark für einen müden jungen Magier. Vielleicht sahen die Dinge am Morgen schon ganz anders aus.

Als Yan sich in die Stube zurückzog, die Dav für ihn vorbereitet hatte, nahm er Adains *Claviarm* mit. Einiges von dem, was der Magier im Delirium gemurmelt hatte, klang verdächtig nach Zauberspruch, wiewohl Yan keine magischen Energien gespürt hatte, da Adain keine Verbindung zu seinem *Claviarm* hatte. Sollte Adain sich in seinem Zustand das *Claviarm* umhängen … Ein Magier in den Fängen der Unvernunft konnte viel Schaden anrichten – also war es besser für alle im Gasthaus, wenn Yan das *Claviarm* bewachte.

Trotz seiner Erschöpfung lag Yan noch eine Zeitlang wach und lauschte den Geräuschen der Nacht. Einmal hörte er einen durchdringenden Schrei, als eine Eule eine Maus erlegte. Jäger und Gejagte, dachte er. Eines der Räder im Räderwerk des Universums. Irgendwann döste er ein.

Am Morgen erwachte er mit einem Rauchgestank in der Nase, der stechend nach verbranntem Fleisch roch. Frühstück war sein erster Gedanke, aber das Pflichtbewusstsein ließ ihn zunächst nach Adain sehen. Er fand die Stube des Magiers leer vor und sein Mund war plötzlich wie ausgedörrt. Er eilte die Treppe hinunter und folgte seiner Nase um das Gasthaus herum. Auf dem Feld hinter dem Haus sah er die Ursache des Rauchs, einen Scheiterhaufen. Eine dunkle menschliche Gestalt verbrannte in den Flammen. Aus der glühenden Masse, noch nicht von den stetig höher lodernden Flammen verzehrt, ragte Adains dunkler Wanderstab. Die Dörfler verbrannten den Magier und dessen Habseligkeiten.

Yan blieb nur zu hoffen, dass der Mann tot gewesen war, bevor sie den Scheiterhaufen angezündet hatten.

~ 3 ~

Die morgendliche Gastlichkeit des Gasthauses war weniger freundlich als am Abend zuvor. Das Frühstück wurde stumm serviert und schien armselig. Er war unerwünscht. Das sah Yan trotz seiner melancholischen Gemütsverfassung. Es war, als gebe Dav ihm die Schuld an Adains Tod und Yan war versucht, ihm recht zu geben. Letzte Nacht hatte er sich zu müde gefühlt, um eine gefährliche magische Arbeit zu beginnen. Er hatte sich eingeredet, dass dazu auch später noch Zeit sei. Dass er seine Furcht vor diesem Fluch überwinden könne, wenn es sich denn um einen Fluch handelte, und wenn er ihn besser verstand. Er hatte sich selbst belogen und Adain hatte dafür gebüßt.

Als er sein Frühstück beendet hatte, schaute er auf und sah, dass Dav ihn aus der Küchentür beobachtete. Kaum hatte er ihn bemerkt, als der Gastwirt sich ihm näherte.

»Da wäre immer noch die Stube, Meister Tanafres«, sagte er ernst.

»Ihr könnt die Kosten für Essen und Übernachtung von meinem Honorar abziehen.«

»*Seine* Stube.« Der Gastwirt schwitzte. »Sie muss gereinigt werden. Der Fluch muss von ihr genommen werden.«

»Ich glaube nicht, dass es Rückstände gibt.«

»Ich zahle gutes Silber. Drei Karten.«

»Nun gut.«

Yan erklärte sich bereit, Davs Ansinnen zu erfüllen, doch mehr zur Beruhigung seines Schuldgefühls als um des Nutzens willen, der daraus entstehen konnte. Rituelle Reinigungen fielen leicht, aber Yan hatte keinen Trost für Adains Seele. Daher fühlte er sich erleichtert, als er keine seelischen Rückstände des toten Magiers vorfand. Es war, als sei der Mann nie in der Stube gewesen. Yan empfand eine unbestimmte Überraschung. Hätte nicht etwas da sein müssen? Nun, es spielte keine Rolle. Während er die Zaubersprüche rezitierte und seine Pulver verteilte, bemerkte er, dass sich draußen eine kleine Gruppe von Dörflern versammelte, die ihn durch das Fenster beobachtete. Er war kein Publikum gewöhnt, aber er schlug sie sich aus dem Kopf und sammelte sich für das Ritual. Als er fertig war und seine Hilfsmittel und Gerätschaften eingepackt hatte, war er zuversichtlich, zumindest etwas auf diesem Ausflug richtig gemacht zu haben. Wenn Adains Geist umging, dann ganz sicher nicht in dieser Stube.

Müde von der kurzen Nachtruhe und der anschließenden Anstrengung, kehrte Yan in seine Stube zurück. Das Bett, das er zerwühlt zurückgelassen hatte, war inzwischen gemacht worden und sein Hut und Stab lagen darauf. Auf der Hutkrempe lag Geld, Silber auf Schwarz. Drei Karten minus zwei Zeine. Zweifellos der Abzug für Übernachtung und Frühstück und mehr, als sein Aufenthalt wert war. Nichtsdestoweniger war das Silber mehr, als er in dem ganzen Jahr seit seinem *Akchepthio Claviarorum* jemals für die Erledigung eines Auftrags bekommen hatte. Es war außerdem weit mehr, als er seinem Gefühl nach verdient hatte. Doch ob verdient oder nicht, er brauchte es.

Er nahm die länglichen Metallscheiben und steckte sie in seinen Gürtelbeutel.

Im Volksmund hieß es, von einer solchen Summe könne ein Mann Monate leben. Doch die Ausgaben eines Magiers waren wenig volkstümlich. Zwar konnte er von dem Geld sechs Wochenmieten im *Pflug und Anker* bezahlen, aber ihm war klar, dass das Geld nicht so lange vorhalten würde. Er nahm Hut und Stab und fügte sich der offensichtlichen Aufforderung, er möge seiner Wege gehen.

Die kleine Gruppe der Dörfler stand noch immer draußen. Wahrscheinlich blieben sie, um sich zu vergewissern, dass der Magier auch wirklich ging. Yan bemerkte eine neue Person unter ihnen, eine schlanke Gestalt in den gelben und blauen Farben eines triadischen Priesters. Der untersetzte, kahlköpfige Gastwirt stand neben der Priesterin und redete auf sie ein. Yan sah das Blitzen von Licht auf Metall, als der Gastwirt der Priesterin Geld gab. Yan bezweifelte nicht, dass die Stube in Kürze exorziert würde. Dieser Dav war ein praktisch veranlagter Mann und gehörte nicht zu der Sorte, die unnötig Risiken einging. Wahrscheinlich würde der Gastwirt auch noch einen Schuldfänger anwerben, falls er einen fand, der es wagte, es mit den gesammelten Missetaten eines Magierlebens aufzunehmen.

Wie auch immer, Yans Aufgabe hier in Crampton-am-Drivvaner war erledigt. Er setzte seinen Hut auf, nahm seinen Stab und marschierte los. Er spürte die Blicke der Dörfler auf sich ruhen, als er die Ansiedlung verließ.

Er versuchte sich einzureden, dass sich ihre Animosität nicht gegen ihn persönlich richtete. Es lag nur daran, dass er ein Magier war. Er fand jedoch keinen Trost in diesem Gedanken. Stattdessen ließ er ihn über die Leute nachdenken, die er auf seinem Weg nach Crampton getroffen hatte. Sie waren in seiner Anwesenheit ziemlich reserviert gewesen. Gestern hatte er dies noch als übliche Hinterwäldler-Reaktion auf Fremde abgetan und die unbeholfene, verlegene Höflichkeit jener, die ein paar Worte mit ihm wechselten, als den Respekt des Ungebildeten vor einem Mann von Bildung erachtet. Jetzt sah er dies in einem anderen Licht. Diese Leute umgab eine Aura der Wachsamkeit, ja fast der Angst. Jetzt erinnerte er sich auch an Hände, die verstohlen das Zeichen der Triade zum Schutz vor allem Bösen beschrieben hatten. Was hatten sie von ihm gedacht? Hatten sie ihn für einen Schwarzmagier gehalten? Waren sie so ungebildet, dass sie glaubten, es gebe immer noch Schwarzmagier?

Yan fand es bestürzend, dass Leute, die ihn gar nicht kannten, sich ganz einfach deshalb vor ihm fürchteten, weil er Magie studiert hatte. Die Bewohner von Outgate, der Vorstadt, in der er lebte, waren nicht so. Sie wussten, dass er nicht böse war. Oder nicht?

Doch diese Fremden sahen nur seinen Beruf und nicht seine Person.

Sie waren so einfältig.

So ängstlich.

Aber war er besser als sie?

Er war stolz auf seine Bildung, aber er hatte nichts für Adain getan. Was hatte ihm seine Bildung da genützt? Welche Hilfe war ihm sein Verständnis der Magie gewesen? Er hatte sich vor dem Absonderlichen, das mit Adain geschah, ebenso gefürchtet wie die Dörfler.

Etwas verbittert wurde ihm klar, dass ihn diese Furcht eigentlich nicht hätte überraschen dürfen. Er war in einem der Dörfer in der Nähe Talinfads geboren und als einer der kleinen Leute aufgewachsen, von denen er jetzt so geringschätzig dachte. Er hatte seinen Verstand geöffnet und gelernt.

Warum konnten sie das nicht?

Dennoch, er musste zugeben, dass der Magier Adain auch ihm Furcht eingeflößt hatte. Nicht, weil er ein Magier war, obwohl Yan eine gewisse Unruhe angesichts der Seltsamkeiten im Zusammenhang mit Adain empfand. Auch nicht wegen seiner Phantastereien, wenngleich sie bestürzend waren, sondern mit dem, was er gesagt hatte, als er bei klarem Verstand gewesen war. Düstere Vorhersagen größerer Veränderungen waren unter Straßenpropheten und geldgierigen Scharlatanen weit verbreitet, wurden jedoch nur selten bei jenen angetroffen, die tatsächlich Zugang zu wahrer Magie hatten. Das brachte einen ins Grübeln.

Adains *Claviarm* lastete schwer in Yans Gürtelbeutel, fast so schwer wie Adains Worte auf seinem Gemüt. *Jeder wahre Magier muss es spüren.* Yan hatte nichts gespürt. Er wusste nicht einmal, was Adain mit dem *Ursprung der Magie* meinte.

Zu was für einer Art Magier machte das Yan?

War er überhaupt ein Magier? Oder war er nur ein stümpernder Handwerker von begrenzten Fähigkeiten?

Nein. Er *war* ein Magier. Oder zumindest auf dem Weg, einer zu werden. Er hatte zu hart gearbeitet und zu lange gelernt, um sich von den Phantastereien eines Irren aus der Fassung bringen zu lassen. Hatte Gan Tidoni nicht gesagt, er habe Möglichkeiten? Hatte ihn der misstrauische Adain nicht sogar ›Bruder in der Kunst‹ genannt?

Aber was, wenn sie sich irrten? Was, wenn sie ihn nicht klar sahen, wie er zunächst die Reaktionen der gewöhnlichen Leute nicht richtig eingeschätzt hatte? Ein Jahr lang hatte Yan sich alle Mühe gegeben, sich einen Namen als Magier zu machen, sich alle Mühe gegeben, mehr über die Geheimnisse zu erfahren, von denen Gan Tidoni gesagt hatte, er müsse sie selbst lösen. Und ein Jahr lang war er gescheitert.

Vielleicht war er in Wirklichkeit kein *Magier*. Vielleicht war er nur ein Stümper, dazu verurteilt, niemals hinter die inneren Geheimnisse zu kommen. Er dachte an Ollem den Weisen und stellte sich sein eigenes Gesicht unter dem Turban vor, den der alte Scharlatan trug.

Dieses Bild verfolgte Yan den ganzen Weg nach Talinfad zurück. Beunruhigt ging er am *Pflug und Anker* vorbei und durch das Stadttor zu Gan Tidonis Stadthaus. Er wollte mit seinem alten Meister reden, wollte hören, was Gan Tidoni über seine Ängste und über Adains Äußerungen zu sagen hatte. Bei seinem Eintreffen öffnete Olvon, Tidonis Diener, die Tür.

»Der Herr ist nicht da«, sagte Olvon in seinem wie üblich gelangweilten, müden Tonfall.

»Aber ich muss ihn sofort sprechen«, beharrte Yan.

»Er wird Euch sprechen, wenn es *ihm* genehm ist. Ich werde ihm sagen, dass Ihr da wart.«

»Sag es ihm. Sag ihm gleich nach seiner Rückkehr, dass es äußerst dringend ist. Sag ihm, dass es um eine Angelegenheit der Kunst geht.«

»Ich sage es ihm«, erwiderte Olvon unverbindlich.

Enttäuscht kehrte Yan in den *Pflug und Anker* zurück. Es dauerte drei Tage, bevor er eine Einladung bekam, Gan Tidoni zu besuchen, drei Tage, in denen Yans Experimente ruhten, da er mit seinen Ängsten rang.

Yan eilte schnurstracks in die Stadt und erzählte Tidoni die ganze Geschichte seines Ausflugs nach Crampton. Er hielt sich an die Tatsachen und ließ seine Gefühle und Gedanken aus. In Anwesenheit seines alten Meisters fühlte er sich deretwegen ein wenig schuldig. Seine Befürchtungen kamen ihm jetzt albern vor. Als er seine Geschichte beendet hatte, nahm er Adains *Claviarm* aus seinem Beutel.

»Das hat ihm gehört.«

Der Gan nahm es ihm ab und hielt es hoch, sodass das Licht, das durch das Fenster fiel, vom glänzenden

Metall gespiegelt wurde. Er setzte seine Brille auf und beobachtete ein paar Augenblicke lang, wie das Amulett sich an seiner Kette drehte, um es dann zu nehmen und eingehend zu begutachten.

»Schön. Sehr schön. Klassischer Stil. Beachte die Darstellung der Sigille für die Sichel. Erdaffinität«, murmelte er, da er das *Claviarm* neigte, sodass jede Stelle Licht reflektierte. »Ja, eindeutig Erde, aber auch mehr als das. Höchst ungewöhnlich. Ich glaube, diese Sigillen weisen auf einen astralen Aspekt hin. Ja, ich glaube, das stimmt. Das würde zu dem schwarzen Diamant im Kristall passen.«

Yan beugte sich vor. »Erkennt Ihr es wieder, Gan Tidoni? Kanntet Ihr Adain?«

»Nein auf deine erste Frage, aber es gibt auch keinen Grund, warum ich es kennen sollte. Ein Magier kann viele verschiedene *Claviarms* in seinem Leben haben. Es ist lediglich ein Instrument der Bündelung. Selbst wenn ich den Mann gekannt hätte, müsste ich dieses Amulett nicht unbedingt zu Gesicht bekommen haben.« Der Gan lehnte sich zurück und verstaute die Brille wieder in dem Etui an seinem Gürtel. »Adain? Ich kann mich an keinen Magier dieses Namens erinnern. Du bist sicher, dieser Adain war trotz seines Namens kein Saü.«

»Ja.«

»Hmm. Ich würde sagen, dieses *Claviarm* entspricht nicht der magischen Tradition der Saü. Dieser Magier wäre auch ohne sein rätselhaftes Leiden ein mysteriöser Mann. Ich frage mich, wohin er unterwegs war.«

»Der Gastwirt hat mir gesagt, er hätte sich nach dem Zustand der Straße von Crampton nach Talinfad erkundigt. Ich halte es für wahrscheinlich, dass er hierher unterwegs war. Vielleicht sogar zu Euch.«

»Eine ungerechtfertigte Annahme. Talinfad hat einen Hafen. Diese Stadt wäre das Ziel eines jeden

Wanderers in diesem Landesteil, der ein Schiff besteigen wollte. Wenn er auf ein Schiff wollte, kann er jedes beliebige Ziel gehabt haben.« Gan Tidoni fuhr geistesabwesend mit einem Finger die Kante des *Claviarm* entlang. »Ich frage mich, wo er seine Reise begonnen hat.«

»Was spielt es für eine Rolle, woher er kam oder wohin er unterwegs war?« Yan kamen alle Mutmaßungen über Adains Reisepläne unwichtig vor. Der Magier hatte eine unheilvolle Botschaft befördert. Wenn sie sich über irgendetwas Gedanken machten, schien diese Botschaft wichtiger zu sein. »Adain sagte, dass sich bedeutende Kräfte rührten. Er behauptete, uns stehe eine Veränderung im Ursprung der Magie bevor.«

»Das sagtest du bereits. Bist du sicher, dass er nicht phantasiert hat?«

»Nein«, bekräftigte Yan. »Aber in seinen Worten lag *Wahrheit*. Ich kann es nicht erklären.«

»Hast du seine Aura beobachtet, als er diese Worte aussprach? Das Gefühl für die Wahrheit ist bekanntermaßen unzuverlässig, wenn man es mit einem gestörten Geist zu tun hat.«

Yan sah weg. »Ich habe seine Aura nicht gelesen.«

»Nicht?«

Yan wusste, dass er es hätte tun sollen. »Das sagte ich doch.«

»Das war keine Kritik. Ich versuche lediglich, alle Tatsachen zusammenzutragen.«

Yan hatte den Tonfall zur Kenntnis genommen, den Gan Tidoni angeschlagen hatte. Berechtigte Kritik. Das machte es umso schmerzlicher.

Tidoni legte den Zeigefinger der rechten Hand auf die Unterlippe. »Und er machte einen gefassten Eindruck, als er von diesen folgenschweren Dingen sprach? Einen vernünftigen Eindruck?«

»Das tat er. Ich war derjenige, der nicht gefasst war.«

»Also hast du dir nicht zugetraut, astrale Verbindung mit ihm aufzunehmen. Das war klug. Wenn er verflucht war, wärst du vielleicht ein Opfer derselben verzerrten Magie geworden.«

»Aber ich war nicht wirklich klug. Ich war nur verängstigt. Ich habe nicht getan, was ich hätte tun sollen.«

»Wenn wir alle immer täten, was wir tun sollten, wäre diese Welt ein viel glücklicherer Ort und es gäbe nur wenige, die der Botschaft der segensreichen Vereinigung mit Horesh nach dem Tode lauschen würden. Niemand würde abtreten wollen.«

Dergleichen billige Entscheidungen wollte Yan nicht hören. »Aber ich bin Eurer Ausbildung nicht gerecht geworden.«

»Und wie wärst du ihr gerecht geworden?« Er wartete Yans Antwort nicht ab. »Du bist gegangen, als du gerufen wurdest, und bist etwas begegnet, dem du bisher noch nie begegnet bist. Plötzlich war deine ganze Ausbildung nicht mehr zuständig. Du hast gezögert. Und zwar verständlicherweise. Glaubst du, du wärst der erste Magier, der je so ins Stolpern geraten ist? Schlag es dir einfach aus dem Kopf. Wenn du das Leiden des Mannes korrekt beschrieben hast, und aufgrund vergangener Erfahrung habe ich keinen Grund, an deinen Beobachtungen zu zweifeln, wäre Adain mit oder ohne deine Einmischung gestorben.«

»Dann wisst Ihr, was mit Adain geschah?«

»Das Physikalische hast du mir beschrieben. Was das Magische betrifft, kann ich nur Vermutungen anstellen. Ich bin nicht sicher, aber ich habe das Gefühl, dass du mit deinem gegenwärtigen Verständnis der Kunst nicht in der Lage gewesen wärst, dem Mann zu helfen. Jede Magie, die einen Magier so rasch dahinsiechen lässt, muss in der Tat mächtig sein, mächtiger als alles, womit du es bisher zu tun hattest. Sie wäre über deinen Horizont gegangen, Yan.

Aber das hättest du selber wissen müssen. Hinter deiner Erregung steckt noch mehr, nicht wahr?«

Gidani konnte man nichts vormachen. Da war noch mehr, aber es war mehr von demselben. Alles an dem Ausflug nach Crampton, alles, was Adain gesagt hatte, schien Yans Vertrauen in seine Fähigkeiten und seine Berufung zum Magier zu erschüttern. Dies schien der rechte Zeitpunkt zu sein, die Frage zu stellen, die er eigentlich stellen wollte.

»Die Vorzeichen, die Adain erwähnt hat, Meister. Spürt Ihr sie?«

Gan Tidoni saß eine Weile stumm da und schien über etwas nachzudenken. Schließlich sagte er: »Nein. Aber ich habe auch nicht nach Vorzeichen Ausschau gehalten. Voraussicht war noch nie meine Stärke.«

Jeder wahre Magier muss es spüren, hatte Adain gesagt. Gan Tidoni hatte nicht sofort geantwortet. Yan wusste, dass Tidoni ein wahrer Magier war, dafür hatte er in seiner Lehrzeit genügend Beweise gesehen. Als gestehe er ein Verbrechen, sagte Yan: »Ich spüre auch nichts.«

»Das dachte ich mir«, sagte Tidoni und rupfte damit sofort das winzige Pflänzchen von Yans wiederhergestelltem Selbstvertrauen aus.

Das Rad des Universums dreht sich und wir haben alle unseren Platz darauf, hatte Adain gesagt. *Alles in seiner Ordnung, alles an seinem Platz.* Und wo war Yans Platz? War er ein Anwender, der nicht spüren konnte, was jeder wahre Magier spüren musste? Was war sein Fehler? Oder lag der Fehler in der Magie selbst?

Wenn Magie schlicht die Auferlegung des geübten Willens auf das Universum war, hätte er erfolgreich sein müssen. Er war geübt. Er besaß den Willen. Sein ganzes Leben lang hatte er ein angesehener Magier sein wollen. Als Gan Tidoni ihn an Yans Wahltag als Lehrling angenommen hatte, wusste er, dass ihm sein Herzenswunsch erfüllt worden war. War er einem Traum nachgejagt, der in Wahrheit keine Bedeutung für ihn besaß?

Yan hatte die Bewegungen und Verschiebungen nicht gespürt, von denen Adain gesprochen hatte, und dieses Versagen hatte Gan Tidoni nicht überrascht. Wo waren Yans große Möglichkeiten jetzt? Was hatte er getan, dass er sie verloren hatte? War sein Mangel an Empfindung ein Zeichen, dass er es in der Kunst niemals zu wahrer Meisterschaft bringen konnte?

Vielleicht war es nur seine Unerfahrenheit, eine Sache, die sich mit der Zeit und mit Beharrlichkeit von selbst erledigte.

Oder vielleicht hatte er auf der Straße des Lebens auch eine falsche Abzweigung genommen und hätte es nie mit der Kunst versuchen dürfen.

Gan Tidonis Hand auf seiner Schulter riss ihn aus seiner selbstmitleidigen Versunkenheit. »Du machst dir zu viele Gedanken über etwas, bei dem es sich höchstwahrscheinlich um die Phantastereien eines von Krankheit vergifteten Geistes handelt.«

Er wünschte, er möge eine Möglichkeit finden, das zu glauben. »Vielleicht habt Ihr recht.«

»Du hast mir früher immer vertraut. Vertrau mir auch jetzt. Du bist ein junger Mann und das ganze Leben liegt noch vor dir. Der Weg eines Magiers ist kein leichter und steht auch nicht allen offen. Du hast die Schwelle überschritten, an und für sich bereits eine beachtliche Leistung. Sich jetzt abzuwenden, hieße, eine wunderbare Gabe wegzuwerfen. Ich kann dir versichern, wenn du die Kunst jetzt aufgibst, wird deine Seele erstarren. Du wirst verbittert und hasserfüllt werden.« Tidoni kicherte in vorsätzlichem Bemühen, die Stimmung aufzuheitern. »Es gibt schlechtere Leben. Du könntest Arbeiter in den Minen sein.«

Der bloße Gedanke daran, unter der Erde eingesperrt zu sein, ließ Yan schaudern. Er war dankbar, dass er kein Minenarbeiter geworden war. Doch kein Minenarbeiter zu sein, hatte keine Bedeutung für das, was er tatsächlich war. »Das Leben hier ist armselig genug, auch für jene, die nicht nach Erz graben.«

»Dann ist hier vielleicht nicht der Ort, wo du dein Leben am besten führen kannst.« Der Gan wartete einen Augenblick, um Yan Gelegenheit zu einer Antwort zu geben, und sagte dann, als keine kam: »Du musst deinen eigenen Weg zu bedeutenderer Magie und einem besseren Leben finden. Ich verlange nur, dass du dir deine Möglichkeiten klar vor Augen führst. Triff die bestmögliche Entscheidung.«

Doch Yan hörte gar nicht mehr richtig zu. Die Erwähnung der Minen hatte ihn auf eine Idee gebracht. Talinfad war eine der Städte der Eisenliga von Merom, einer Kooperative der Stadtstaaten dieser Insel, die ihren Reichtum einem in Merom im Übermaß vorhandenen Bodenschatz verdankte: dem Eisen. Und Eisen war, wie jeder Lehrling lernte, den Wirkungsweisen der Magie abträglich. Hier auf Merom war das Eisen überall.

Vielleicht lag der Fehler nicht in ihm, sondern im Land.

Vielleicht würde er die wahre Magie anderswo finden.

Der bloße Gedanke an einen anderen Ort war schon anziehend. Yan stellte fest, dass ihm das Wo eigentlich gleich war. Irgendwo. Es musste überall besser sein.

»Ich glaube, Ihr habt recht, Gan Tidoni. Ich glaube, woanders käme ich besser zurecht. Irgendwoanders als in Talinfad, insbesondere woanders als in Merom.«

Gan Tidonis Brauen zogen sich über seinen Augen

zusammen. »Willst du damit sagen, das Land sei für deine Probleme verantwortlich?«

»Warum sollte es nicht so sein? Hier gibt es so viel Eisen. Eisen ist das antithetische Metall, der Verderber der Magie.«

»Andere Magier praktizieren hier«, sagte Gan Tidoni ruhig.

»Sagt Ihr mir nicht immer, dass alle Magier sich unterscheiden? Vielleicht ist es das, was mich unterscheidet. Vielleicht ist es das Eisen. Vielleicht reagiere ich empfindlicher auf das Eisen.«

Stirnrunzelnd erklärte Tidoni: »Es liegt weder am Eisen noch an der Magie. Beides ist natürlich. Probleme können nur entstehen, wenn man versucht, den natürlichen Zustand zu ändern. Es zu etwas macht, das es nicht sein sollte. Es gibt keine Probleme, wenn alles seine natürliche Ordnung hat. Letzten Endes liegen alle Probleme wie auch ihre Lösungen in einem selbst.«

Yan wollte davon nichts hören. Der Gedanke, der Boden unter ihm könne das Problem sein, regte seinen Geist zu neuen Ideen und neuen Träumen an. Er wirkte befreiend. Gewiss würde es leichter für ihn sein, seinen Beruf anderswo im Reich auszuüben.

Vielleicht in Sharhumrin. Ja, in Sharhumrin, Hauptstadt und Herz des Koronareichs und größte Stadt der Welt. Die große Reichsakademie befand sich dort. In der Stadt wimmelte es von Gelehrten. Dort würde er andere finden, mit denen er studieren konnte, andere, mit denen er gemeinsam forschen konnte, andere, die ihn verstehen würden. Die Hauptstadt musste ein wunderbarer Ort sein, unberührt vom rückständigen Provinzialismus Talinfads, unberührt von der unaufgeklärten Voreingenommenheit Meroms. In Sharhumrin würde man seine Fähigkeiten zu schätzen wissen und bessere Verwendungsmöglichkeiten für sie haben, als die Testamente zu schreiben, in denen dem Erben des Bauernhofs eine einzige Kuh vermacht wurde. Noch besser, niemand dort würde wissen, dass er der Sohn eines Schuhmachers war.

»Ich sagte, du scheinst zu abgelenkt zu sein, um unser Gespräch fortzusetzen.« Gan Tidoni klang verärgert.

Sollte er verärgert sein. Er erzählte Yan immer, er solle seinen eigenen Weg gehen, und jetzt, da Yan einen gefunden hatte, wollte der alte Magier nichts davon hören. Yan musste über vieles nachdenken. »Vielleicht sollte ich in den *Pflug und Anker* zurückkehren.«

»Das wäre vermutlich das Beste. Geh nach Hause und schlaf dich aus. Wir können das Gespräch fortsetzen, wenn du einen klareren Kopf hast.«

Yan ging zum *Pflug und Anker* zurück und seine Gedanken drehten sich dabei im Kreis. Merom zu verlassen, kam ihm irgendwie richtig vor. Aber …

Lief er davon?

Und wenn es so war? Spielte es eine Rolle? Was hatte er in Talinfad zu erwarten? Er hatte ein Jahr in dem Bemühen verbracht, zur Kenntnis genommen zu werden – und nichts erreicht. Ein Jahr in dem Bemühen verbracht, seine Magie zu entwickeln, und das in einem Land, dessen Knochen der Magie feindlich gegenüberstanden. Schlimmer konnte er es anderswo kaum treffen.

Der Rest der Woche verging langsam, umso langsamer, da sein letztes Experiment scheiterte und die Kundschaft ausblieb. Jede Nacht lag Yan wach und dachte daran, wie ihm das Silber, das er in Crampton verdient hatte, durch die Finger rann. Dass er nicht mehr vollbringen konnte als ganz einfache Magie. Wie die Leute auf der Straße ihn ansahen und dass sogar die Stammgäste des Gasthauses kaum mehr zu ihm sagten als das, was die grundlegendsten Regeln der Höflichkeit geboten. Kurzum, er dachte daran, wie unglücklich er war. Wichtiger noch, er dachte daran, wie klar auf der Hand lag, dass sich nichts ändern würde, solange er blieb, wo er war.

Am Tage, wenn er nicht gerade eine Prozedur vermasselte, marschierte er in seiner Dachstube auf und ab und wich den Balken aus. Die Enge der Dachstube störte ihn. Er konnte kaum aufrecht stehen und nicht einmal die Hälfte ihrer Grundfläche abschreiten. Sie war so beengt. Langsam kam sie ihm wie eine Metapher für sein Leben in Merom vor.

In Sharhumrin würde es besser sein.

Aber er war nicht in Sharhumrin. Er war in Outgate, in Talinfad, in Merom. Nein, wirklich, was war so schlecht daran? Er war in Merom geboren, und zwar in einem Dorf in Sichtweite der Türme von Talinfads Kathedrale. Er war im Hause eines Schuhmachers in einem kleinen Dorf geboren. All das hatte er hinter sich gelassen. Er hatte jetzt ein eigenes Quartier, hier in einem Gasthaus in Outgate. Das auch sein eigenes blieb, solange er die Miete zahlte. Er hatte es weit gebracht.

Seit Gan Tidonis Geschenk am Tage seines *Akchepthio Claviarorum* war das in Crampton verdiente Silber die größte Geldsumme, die er je beisammen gehabt hatte. Für ihn war es ein Vermögen. Genug, um sich ein Exemplar von Arkyns *Eigenschaften des Feuers* zu kaufen, das er in Meister Corbelones Geschäft gesehen hatte und wonach es ihn gelüstete. Aber dann würde er das Geld ausgegeben haben und wieder arm sein.

Ohne jede Aussicht auf mehr.

Ohne eine Möglichkeit, von allem wegzukommen.

In der Mitte der Woche kehrte er von einem Einkauf zurück und musste feststellen, dass sein Destillierkolben geplatzt und sein Inhalt verdampft war. Ohne einen Gedanken daran zu verschwenden, ob gerade jemand vorbeiging, warf er die unnützen Scherben aus dem Fenster. Kurz darauf folgten ihnen seine Einkäufe. Den Rest des Tages verbrachte Yan damit, die weit entfernten Berge anzustarren. Die Nacht kam und sein Magen war zu gereizt, um zum Abendmahl nach unten zu gehen. Er starrte weiterhin aus dem Fenster und ließ sich wieder und wieder alle Argumente durch den Kopf gehen. Als Arsha aufging, um sich zu den anderen beiden Monden zu gesellen, zog er sich aus und ging ins Bett. Dort lag er noch wach und machte sich Gedanken, als die Morgenglocken der Kathedrale läuteten. Da wusste er, dass er gehen musste.

Doch damit waren ganz eigene Probleme verbunden. Das Silber reichte zwar für ein Buch, aber nicht für die Seereise nach Sharhumrin, geschweige denn dafür, ihm die Türen zu öffnen, sobald er einmal dort war. Er hatte kein Geld gespart, da er alles in Glaswaren, Bronzearbeiten, Bücher und all jene magischen Materialien gesteckt hatte, die er nicht selbst sammeln konnte. Obwohl sein Arbeitszimmer nicht annähernd so gut ausgestattet war wie Gan Tidonis, war es ihm doch gelungen, sich ein umfangreiches Inventar zuzulegen.

Abzüglich eines Destillierkolbens.

Es hatte keinen Sinn zu bleiben.

Nachdem er gefrühstückt hatte, ging er zum Zollhaus und erfuhr dort, dass in ein oder zwei Tagen ein Schiff mit Bestimmungshafen Sharhumrin ablegen würde: die *Mannars Gnade* aus Offat. Der Hafenmeister ging nicht davon aus, dass in den nächsten Wochen noch ein anderes Schiff die direkte Route segeln würde.

Wochen!

Yan eilte in den *Pflug und Anker* zurück und machte sich daran, sich aller Dinge bis auf die wenigen zu entledigen, die er mitnehmen würde. Die Kräuter und Pulver bekam Gentla, die Apothekerin, die im Gegenzug einen Wechsel auf ein Handelskontor in Sharhumrin ausstellte. Kein Bargeld, aber Mittel, die Yan dringend brauchte, wenn er an seinem Bestimmungsort angelangt war. Für die Bronze und das Glas bekam er weniger, als er gehofft hatte. Die entsprechenden Handwerker machten geltend, die äußerst speziellen Gegenstände kaum wiederverkaufen zu können, und boten im Wesentlichen lediglich den Materialwert. Obwohl er den Verdacht hatte, übervorteilt zu werden, stimmte Yan zu. Er brauchte das Geld.

Die Bücher waren das größte Problem, aber Meister Corbelone machte ihm einen anständigen Preis. Yan trennte sich sogar von seiner Ausgabe von Arkyns *Prinzipien*. In Sharhumrin würde er eine neue erwerben. Wenn es sein musste, würde er sich sogar mit einem dieser neumodischen gedruckten Exemplare begnügen.

Es dunkelte bereits, als er das Haus seiner Familie in der Ledergasse erreichte. In der stehenden Abendluft trieb der Gestank von der Gerberei ins Dorf. Die meisten Geschäfte hatten die Läden zugeklappt und für den Tag geschlossen, doch die Läden am Geschäft seines Vaters waren noch auf und die Schuhe standen noch immer in Reihen auf der Ladentheke. Licht im Geschäft verhieß, dass er noch arbeitete. Yan ging hinten herum, da er es vorzog, die Wohnstube zu betreten und nicht das Geschäft.

Noch bevor er die Tür erreichte, hörte er Gesprächsfetzen. Er erkannte die Stimmen von seiner Mutter Alys, Dancie und Fals Frau Sonia. Die Frauen redeten über den Dorfklatsch, wie sie es immer taten. Yan kündigte sein Eintreffen an, als er in die Tür trat und nach oben griff, um das verrostete Stück Eisen anzufassen, das an den Rahmen genagelt war.

Der Zeitpunkt hätte besser sein können. Seine Mutter schaute von ihrer Arbeit auf und lächelte, um dann das Gemüse fallen zu lassen, das sie gerade säuberte, damit sie ihn umarmen konnte. Yan erwiderte das Lächeln, aber in diesem Augenblick kam sein Vater aus dem Geschäft herein. Alys hielt gerade außerhalb von Yans Reichweite inne, während ihr wachsamer Blick zu ihrem Ehemann huschte. Dav sagte nichts, doch Alys änderte ihre Gehrichtung, als wolle sie etwas aus der Anrichte hinter Yan holen.

Dav Tanafres musterte Yan aus zu Schlitzen verengten Augen.

»Was willst du hier?«

»Ich verreise bald. Ich bin gekommen, um mich zu verabschieden.«

»Dann tu es und mach dich auf den Weg«, sagte sein Vater schroff. Er zog einen hochlehnigen Stuhl von der Wand an den Tisch und setzte sich. »Es war ein langer Tag und ich bin hungrig. Das Essen reicht nicht für noch einen.«

»Schon gut. Ich hatte nicht vor zu bleiben.« Yans Magen knurrte protestierend. Er hatte seit dem Frühstück nichts mehr gegessen. Er war zu beschäftigt gewesen. »Ich bin nur gekommen, um mich zu verabschieden.«

Sein Vater starrte ihn mit eisigem Schweigen an.

»Wohin gehst du?«, fragte Fal.

Yan hatte seinen älteren Bruder kaum zur Kenntnis genommen. Fal sah gut aus, gesund, aber älter. Falten vom Blinzeln bei der Arbeit gruben sich bereits um die Augen herum ein. Yan bedachte ihn mit einem Lächeln. »Nach Sharhumrin.«

»Hast du einen Gönner gefunden?«, fragte Dancie eifrig, obwohl sie sich damit einen finsteren Blick von ihrem Vater einhandelte.

»Das werde ich noch.«

»Also bis jetzt nicht.« Sein Vater räusperte sich. »Nichts als Hirngespinste.«

Dancie schüttelte den Kopf, seine Mutter hatte die Stirn gerunzelt und lächelte traurig. Sie sah älter aus, als sie tatsächlich war.

»Nun, Weib, wo bleibt das Essen?«, wollte Dav wissen.

Alys und Dancie sprangen, um es zu holen, während Fal und seine Familie ihre Plätze am Tisch einnahmen.

Von der Gemeinschaft ausgeschlossen, stand Yan am Rande des Lichtkreises der Lampe, die sich auf dem Tisch befand. »Tja, ich muss gehen.«

»Sei vorsichtig unterwegs«, sagte seine Mutter besorgt, während sie den Eintopf neben dem Tisch auf den Boden stellte.

»Er ist ein mächtiger Magier«, schnauzte sein Vater. »Was hat er zu befürchten? Lass ihn gehen. Du hast eine Familie zu füttern.«

Sie fing an, Eintopf auf die Teller zu löffeln. Dav bekam seine Portion zuerst und machte sich geräuschvoll darüber her.

Immer zuerst. Immer nach *seinem* Willen.

»Lebt wohl, ihr alle«, sagte Yan leise.

Er ging hinaus. Trotz des Gestanks von der Färberei kam ihm die Luft hier draußen irgendwie sauberer vor. Er war hier aufgewachsen, aber dennoch war dies kein Heim für ihn. Wenn er sich erst einmal in Sharhumrin niedergelassen hatte, würde alles anders werden. Dafür würde er sorgen.

Er machte sich auf den Rückweg nach Talinfad.

Dancie holte ihn am Ende der Ledergasse ein.

»Weiß er, dass du das Haus verlassen hast?«, fragte Yan.

»Das ist mir gleich.«

»Ich will nicht der Grund dafür sein, dass er dich verprügelt.«

»Das wirst du auch nicht.«

Sie gingen schweigend am letzten Haus des Dorfs vorbei und den Hügel hinauf. Auf der Kuppe umarmten sie sich. Die Berührung erinnerte Yan daran, wie erwachsen seine kleine Schwester geworden war, seitdem er das Haus verlassen hatte, um bei Gan Tidoni in die Lehre zu gehen.

»Wenn ich weg bin, kannst du dich bei deinen Ausflügen in die Stadt nicht mehr davonstehlen.«

»Nicht mehr, um *dich* zu besuchen, meinst du«, sagte sie mit einem verschmitzten Grinsen.

Sie war in der Tat erwachsen geworden. »Machst du noch andere Hausbesuche?«

»Das verrate ich nicht. Ein Mädchen muss seine Geheimnisse haben.«

»Sei vorsichtig, Dancie. Vater wird es nicht gefallen, wenn dein Freund kein erstklassiger, tüchtiger Handwerker ist.«

»Ich bin vorsichtig.«

Er hoffte es. »Ich schreibe dir, sobald ich in der Hauptstadt eingetroffen bin.«

»Aber wer soll deinen Brief lesen?«

»Du könntest es, falls du eine anständige Wahl triffst.«

Sie warf den Kopf in den Nacken und schaute weg. Ihre langen dunklen Haare verbargen ihr Gesicht. »Ich weiß nicht.«

»Wenn du nicht selbst Lesen lernst, kannst du dir den Brief auch vorlesen lassen. Es gibt massenhaft Schreiber in Talinfad. Kesem Fanalli in Outgate hat einen guten Ruf. Er soll fast ein Gelehrter sein, habe ich gehört. Frau Kavarin kann euch einander vorstellen.«

»Du hast doch gesagt, anderer Leuts Briefe zu lesen und zu schreiben, wäre keine gute Arbeit für einen Gelehrten.«

Er zuckte die Achseln. »Für manche ist es ganz in Ordnung. Lesen und Schreiben ist ihre Berufung. Aber jemandem wie mir, der mit der Magie in Berührung gekommen ist, kommt solch eine Arbeit minderwertig und unnütz vor.«

»Un-was?«

»Unbedeutend. Als würde man Arbeitsschuhe verzieren. Man kann es tun, aber es kommt einem sinnlos vor. Es ist Zeitverschwendung.«

»Du hast noch nie gern Zeit verschwendet. Außer wenn es Papas Zeit war.«

Er griff nach ihren Rippen, um sie zu kitzeln, doch sie wich ihm tänzelnd aus. Sie war schneller, als er es gewohnt war. Sie lachten einen Augenblick, dann wurde Yan wieder ernst.

»Es ist Zeit, leb wohl zu sagen.«

»Gute Reise, meinst du.«

»Trotzdem.«

Lächelnd küsste er sie auf die Stirn und marschierte los. Als er sich auf der Kuppe des nächsten Hügels umschaute, sah er sie immer noch mitten auf der Straße stehen. Er winkte ein letztes Mal und sie winkte zurück.

Er verbrachte seine letzte Nacht in der Dachstube über dem *Pflug und Anker* damit, einen Brief an Gan Tidoni zu schreiben. Er versuchte alle seine Argumente ins Feld zu führen, sie so auszubreiten und in eine Folge zu bekommen, dass sie Sinn ergaben, dass der Gan ihn verstünde – doch all seine Bemühungen kamen ihm unzulänglich vor. Er machte einen letzten Versuch, löschte die Tinte, faltete das Papier und versiegelte es. Es war nicht vollkommen, aber er hatte eine Möglichkeit gefunden, seine Empfindungen in Worte zu kleiden.

Am Morgen stand er auf der Straße vor Gan Tidonis Stadthaus, immer noch unentschlossen, ob er den Brief abliefern sollte oder nicht. Leute bemerkten ihn, da er einfach nur dastand, und er fühlte sich immer befangener, konnte sich aber noch nicht entscheiden, ob er den Brief abgeben oder hingehen und persönlich mit Gan Tidoni sprechen sollte. Er wirkte einen Illusionszauber auf sich selbst, sodass er zumindest weniger auffallen würde. Wer wollte sich schließlich einen verkrüppelten Bettler schon genauer ansehen?

Er wusste, dass er eigentlich zu seinem alten Meister gehen und persönlich mit ihm reden sollte. Der Gan verdiente es, Yans Entschluss auch von Yan zu erfahren. Aber er war sicher, dass Gan Tidoni seine Entscheidung missbilligen würde. Er hatte den Brief geschrieben, um seinem alten Meister nicht gegenübertreten zu müssen, und jetzt war er nicht einmal sicher, ob er ihn überhaupt abliefern konnte.

Vielleicht sollte er doch bleiben.

Er dachte an die Dachstube im *Pflug und Anker* und wusste, dass er sie nicht mehr ertrüge. Außerdem hatte er seiner Familie gesagt, dass er verreiste.

Er betrachtete den Brief in seiner Hand. Er konnte ihn Olvon geben und dem Diener sagen, ihn erst dann abzuliefern, wenn er längst weg war. Das war eine Lösung, die eines Feiglings würdig war, aber war der Brief als solcher nicht ohnehin die Lösung eines Feiglings?

Auf der anderen Straßenseite öffnete sich die Tür. Zögernd und verunsichert wich Yan in die Schatten zurück. Er beobachtete, wie der Gan in der Tür erschien und nach rechts und links schaute. Die Stirn des alten Magiers runzelte sich, als sein Blick über Yan huschte, doch er schien Yan nicht zu erkennen. Nach einem kurzen Wortwechsel mit Olvon trat Gan Tidoni auf die Straße und machte sich auf den Weg in Richtung Stadttor.

Yan sah ihm nach.

Er konnte ihm immer noch nachlaufen.

Gan Tidoni war kurze Zeit später im morgendlichen Verkehr, der sich in die Stadt wälzte, untergetaucht.

Yans Blick fiel auf den Brief in seiner Hand. Eigentlich erklärte er seine Gedanken nicht besonders gut. Er würde nicht das leisten, was er leisten sollte. Der Gan würde ihn nicht verstehen. Mit einem Seufzer riss er das Blatt entzwei, dann noch einmal und noch einmal, bis nur noch kleine Schnipsel übrig waren. Eine sanfte Meeresbrise erfasste sie und wehte sie ihm aus der Hand. Die Fetzen wurden über die Straße gewirbelt und nahmen seine Worte mit.

Yan ließ den Zauber in sich zusammenfallen, dann trat er auf die Straße und schlug die Richtung zum Hafen ein.

~ 4 ~

Als Yan schließlich auf dem Kaivorplatz stand, war seine Hand von den Griffen seiner Reisetasche wundgescheuert. Er war es nicht gewöhnt, so viel auf einmal darin zu tragen, insbesondere dann nicht, wenn er noch dazu die zusätzliche Last eines Seesacks zu schultern hatte, der den Rest seiner weltlichen Güter enthielt. Da er noch eine Menge Zeit bis zum Auslaufen des Schiffs hatte – die Gezeiten würden erst kurz vor dem Mittag wechseln –, war er der Ansicht, sich einen Augenblick ausruhen zu können. Er stellte seine Tasche ab und lehnte den Seesack dagegen. Während er sich seine wunde Hand rieb, sah er sich das geschäftige Treiben der Leute an, die hier am Vormittag über das Kopfsteinpflaster schwärmten.

Jeder Atemzug roch nach Meer und Freiheit. Tatsächlich schien es so, als sei er vom Meer umgeben. Der Platz war Talinfads Fischmarkt. Fischer, Krebs- und Krabbenfischer und Muschelsucher standen ebenso hier herum wie die Seegrassammler, Kafdenwhaljäger, Strandkämmer und Austerntaucher. Sie hatten alles gesammelt, was das Meer zu bieten hatte, und es hier für die Einwohner Talinfads zur Begutachtung ausgebreitet. Natürlich war das Beste mittlerweile längst verkauft, es sei denn, irgendein Boot war wegen einer Verzögerung oder absichtlich später eingelaufen.

Auf jeden Verkäufer kamen eine Handvoll oder noch mehr Käufer und das bedeutete, dass es kaum Freiraum auf dem Platz gab, da die Bewohner der Stadt vom Angebot des Fischmarkts reichlich Gebrauch machten und die Lieferanten anderer Waren wiederum die Anziehungskraft des Marktes ausnutzten, um ihre eigenen Waren feil zu bieten. Die sich daraus ergebende Menschenmenge war größer, als Yan es gewöhnt war. Außerdem war er sich der unfreundlichen Blicke und kaum verhohlenen Schutzzeichen unangenehm bewusst, die alle an seine Adresse gerichtet waren. Yan hatte die Bewohner Talinfads für weltoffener gehalten. Jedenfalls hatten die Bewohner Outgates nicht so auf ihn reagiert. Oder waren sie dort nur verstohlener gewesen?

Er war froh, dieses Provinzkaff bald hinter sich zu lassen.

Yan schaute an den Scharen der Käufer und Verkäufer vorbei in den Hafen. Ein Schiff, dessen großflächige weiße Segel sich in der Meeresbrise blähten, lavierte langsam durch die Bucht in Richtung des offenen Meeres. War das möglich? Der Hafenmeister hatte gesagt, der Kapitän der *Mannars Gnade* sei ein ungeduldiger Mann. Konnte er vor dem Gezeitenwechsel Segel gesetzt haben? Das Schiff war zu weit entfernt, um schmückende Einzelheiten ausmachen zu können, die das Schiff erkennbar gemacht hätten, und die Flaggen und Wimpel, die es gehisst hatte, sagten ihm nichts.

Er warf sich seinen Seesack über die Schulter, nahm seine Tasche und eilte zum Wasser. Vielleicht würde er es erkennen, wenn er näher herankam. Aber das Schiff konnte einfach nicht die *Mannars Gnade* sein. Das durfte nicht sein. Er konnte hier nicht noch *Wochen* festsitzen.

Plötzlich war die Menge nicht mehr zwischen ihm und dem Wasser und seine schnellen Schritte hätten Yan beinahe über die Kaimauer getragen. Im letzten Augenblick verlagerte er sein Gewicht, fing sich an einem Pfahl und konnte es gerade noch vermeiden, in den Hafen zu fallen. Er mühte sich, etwas an dem abfahrenden Schiff festzustellen, an dem er es hätte erkennen können, aber die Entfernung war immer noch zu groß. Er starrte so angestrengt auf das Schiff, dass ihm die Tatsache, dass keine fünfzig Schritt von ihm entfernt noch ein anderes am Kai festgemacht hatte, nur langsam zu Bewusstsein kam.

Voller Hoffnung sah Yan sich das Schiff von oben bis unten an. Es handelte sich um eine große hochseetüchtige Karavelle, deren hohes Achterdeck und der Heckaufbau ihm die Sicht auf den Rest des Schiffs versperrte. Doch Yan sah, was er sehen musste: Über dem Heckaufbau stand eine geschnitzte Holzfigur Wache, deren Kleid von dunkelblauer Farbe war, auf der weiße Sterne glitzerten. Yan brauchte nicht erst die in die flankierenden Laternenmasten geschnitzten Sigillen zu lesen, um darin Mannar, die Göttin der Luft, zu erkennen.

Er hatte sein Schiff doch nicht verpasst.

Yan schob sich in Richtung der *Mannars Gnade* durch die Menge. Die meisten Leute, an denen er vorbeikam, beachteten ihn nicht und behandelten ihn wie einen gewöhnlichen Passanten. Jene, die ihn tatsächlich zur Kenntnis nahmen, bemerkten auch sein *Claviarm*. Weder lächelten sie ihn an noch nickten sie höflich. Sollten Argwohn und Misstrauen sein Schicksal sein? Sie erwiesen doch Gan Tidoni Respekt. Das kam ihm ungerecht vor. Schließlich war Yan von der Triadischen Kirche anerkannt worden – und kein Schwarzmagier. Er war sicher, dass die Dinge in Sharhumrin besser standen. Die Reichshauptstadt musste ein aufgeklärterer Ort sein als diese Provinzstadt.

Ein Fuhrwerk versperrte Yan den Weg zum Schiff, aber der Platz hinter ihm war größtenteils frei. In dem Glauben, besser sehen und vielleicht den Kapitän ausmachen zu können, ging er um die Pferde herum und flüsterte im Vorbeigehen jedem von ihnen eine Begrüßung zu. Zumindest sie waren freundlich. Auf der anderen Seite hielt er inne, da er angesichts der regen Betriebsamkeit rings um die Landungsbrücke zur *Mannars Gnade* nicht im Weg stehen wollte.

Er wusste nicht viel über die auf See vorherrschenden Sitten und Gebräuche, aber ihm war klar, dass man nicht ohne Erlaubnis ein Schiff betrat. Dafür zu sorgen, dass irgendein Besatzungsmitglied den Kapitän holte, würde Geld kosten. Im Geiste zählte Yan sein Geld. Er hatte genug, aber jede unvorhergesehene Ausgabe würde seine Reserven angreifen. Bis zum Mittag war noch Zeit. Vielleicht tauchte der Kapitän von allein auf.

Ein Trupp Schauermänner und Seeleute luden Fässer von einem Fuhrwerk. Der Mühe nach zu urteilen, die sie dabei aufwenden mussten, hatten die Fässer ein beträchtliches Gewicht. Ein Mann mittleren Alters, der wie ein Kaufmann gekleidet war, beaufsichtigte das Unternehmen mit pedantischer Sorgfalt. Das Gesicht des Mannes war mit Sorgenfalten überzogen, die sich vertieften, als die Arbeiter beinahe die Herrschaft über ein Fass verloren. Falls er nicht der Besitzer der Fracht war, so war er doch zumindest für sie verantwortlich. Er schien an dieser Bürde schwerer zu tragen als die Schauermänner an ihrer.

An seine eigene Bürde erinnert, stellte Yan sein Gepäck ab. Es war noch reichlich Zeit. Er konnte warten. Es war gewiss das Beste, den Arbeitern nicht in die Quere zu kommen.

Yan fiel auf, dass er nicht der einzige Beobachter des Verladevorgangs war. Ein halbes Dutzend abgebrüht aussehender Männer und eine Frau, die alle ein Schwert in einer Gürtelscheide und Lederwesten trugen, standen an der Landungsbrücke zum Schiff. Nur einer der Männer trug einen Brustharnisch aus angerostetem Metall, aber alle hatten eine geflochtene schwarz-weiße Kordel um den Schwertarm gebunden, die anzeigte, dass sie angeworbene Mitglieder der Schwertgilde waren. Hin und wieder wechselte der geharnischte Mann, offenbar der Anführer der Söldner, ein Wort mit dem Kaufmann. Nach jedem dieser kurzen Gespräche legte sich die hektische Betriebsamkeit des Kaufmanns ein wenig. Aber nur für ein paar Augenblicke.

Schließlich wurde Yan der Verladevorgang langweilig und er sah sich wieder um. Er hatte immer noch niemanden gesehen, bei dem es sich um den Herrn dieses Schiffs handeln mochte. Was, wenn der Kapitän unter Deck war und erst an Bord kam, wenn das Schiff ablegte? In diesem Fall bekam Yan vielleicht keine Gelegenheit, seine Passage zu buchen. Yan überprüfte den Sonnenstand. Es blieb noch immer genug Zeit, daher beschloss er, weiter zu warten.

Es würde ein sehr warmer Tag werden. Sogar hier im Hafen war die Brise aus der Stadt warm und ein Vorgeschmack auf die noch bevorstehende Sommerhitze. Yan setzte seinen Hut ab und fächelte sich damit Kühlung zu. Sein Marsch durch die Stadt und der anschließende Spurt über den Marktplatz hatten ihn durstig gemacht. Er sah sich nach einem Wasserhändler um. Der Erste, den er sah, war ein Bregil, der sich das Fass auf den muskulösen Rücken geschnallt hatte. Yan hatte auch zuvor schon Bregils gesehen, meistens als Wachen oder Träger der Karawanen von und zu ihren Bergfestungen. In Talinfad waren sie nicht alltäglich. In Outgate hatte er noch nie einen gesehen. Den Blick auf das Fass gerichtet, konnte Yan das kühle Wasser darin beinahe schmecken. Er winkte den Wasserverkäufer zu sich.

Als Yan in seinen Beutel griff, um den Shev zu suchen, den er brauchte, um den Händler zu bezahlen, entglitt die kleine Münze immer wieder seinen tastenden Fingern. Er klemmte seinen Hut unter das Kinn, um den Beutel mit der so frei gewordenen Hand festzuhalten, hatte die Münze aber noch immer nicht zu fassen bekommen, als der Bregil sich vor Yan aufbaute. Unter dem freimütigen Blick aus dessen großen dunklen Augen schien Yan sich noch ungeschickter anzustellen. Endlich bekam er die Münze zu fassen und hielt sie dem Händler hin.

Der Bregil grinste breit, wobei er seine kräftigen gelben Zähne bleckte.

»Leckeres klares Wasser, mein Herr«, sagte er, als er die Münze nahm. Mit seinem Schwanz nahm er eine der Tassen, die an seinem Fass hingen, und hielt sie vor sich, während er die Schöpfkelle ins Wasser tauchte. Mit der freien Hand zeigte er auf die kleinen Beutel an seinem Gürtel. »Nehmt Ihr das Wasser mit Kräutern? Ich habe Minze, aber auch Chazzblätter, falls Ihr einen kräftigeren Geschmack vorzieht.«

»Ich nehme es, danke.« Yan setzte seinen Hut auf und nahm die Tasse.

Der Blick des Händlers fiel auf Yans nun sichtbares *Claviarm* und blieb darauf haften. Die Pupillen des Bregil weiteten sich und füllten noch mehr von der dunklen Iris aus als zuvor. Seine Nase bebte und damit auch seine gegabelte Oberlippe. Er streckte die Hand aus, sodass sie über der Tasse schwebte, da Yan trank. »Ein betriebsamer Tag, mein Herr. Sehr betriebsam. Ich muss weiter, mein Herr. Wenn Ihr ausgetrunken habt, mein Herr.«

Yan trank den letzten Schluck Wasser und der Bregil riss ihm die Tasse geradezu aus der Hand. Während er zurückwich, übergab er sie seinem Schwanz und wackelte anstelle der Verbeugung, die er nicht ausführen konnte, mit dem Kopf, ohne das Fass über sich selbst zu leeren.

Sogar Bregils.

Niedergeschlagen richtete Yan seine Aufmerksamkeit wieder auf die *Mannars Gnade.*

Während er sich mit dem Wasserhändler beschäftigt hatte, war eine neue Person eingetroffen, die das Beladen des Schiffs beobachtete, ein untersetzter Mann mit einem breitkrempigen Hut und einer salzfleckigen Samtweste. Um die Hüfte trug der Mann einen scharlachroten Kummerbund. Ein breiter schwarzer Gürtel hielt die Schärpe an Ort und Stelle und stützte ein verwirrendes Netz von Riemen, die an einem kurzen Krummschwert in einer prächtigen Scheide befestigt waren. Unter den Zierschnörkeln, die in die Scheide eingraviert waren, machte Yan auch die Sigillen Mannars aus.

Yan nahm sein Gepäck und näherte sich dem Mann. »Seid Ihr der Herr dieses Schiffs?«

»Aye, mein Herr. Besitzer und Kapitän.« Der Kapitän bedachte Yan mit einem Seitenblick, rasch und abschätzend, beobachtete aber weiterhin den Verladevorgang, während er redete. »Vik Lorenalli, früher in Hellaspor, Learth und beinahe jedem anderen Hafen am Danteriff, aber zuletzt in Offat, wo die Winter zu kalt für einen heißblütigen Seemann sind, bei Mardian. Ihr werdet eine Passage nach Süden buchen wollen.«

»In der Tat.«

»Die Passage ist nicht umsonst, junger Herr. Ich bin noch selten einem jungen Burschen mit seiner weltlichen Habe auf dem Rücken begegnet, der gutes Silber in der Tasche hatte. Ihr seht nicht wie ein Seemann aus. Erwartet Ihr, Eure Passage abzuarbeiten?« Der Kapitän gab Yan keine Gelegenheit zu einer Antwort. »Das könnt Ihr getrost vergessen. Es ist noch früh im Jahr und ich will keine ungeschickten Landratten auf meinem Schiff arbeiten lassen, die von nichts eine Ahnung haben und sich bei jeder Bö die Seele aus dem Leib kotzen. Nicht bei dem Seegang, der uns vermutlich erwartet. Lasst Euch Zeit. Später im Jahr werdet Ihr leichter eine Koje finden.«

Yan war verärgert. »Ich habe Geld.«

Diese Antwort brachte ihm einen weiteren Seitenblick des Kapitäns ein. »Tatsächlich? Und was glaubt Ihr, wie viel es Euch kostet, mit der *Gnade* unserer Herrin zu fahren?«

»Fünf volle Silberstücke.«

Für einen kurzen Augenblick erstarrte der Mund des Kapitäns halb geöffnet. »Fünf Karten? Wollt Ihr bis nach Timedrin segeln?«

»Ich will nach Sharhumrin. Das ist doch Euer Bestimmungshafen, oder nicht?«

»Oh, aye.« Mit einem Grinsen wandte der Kapitän sich Yan vollends zu. »Die *Gnade* läuft bald aus. Macht Ihr Euch auf, aus Eurer Erbschaft ein Vermögen zu erwirtschaften?«

»Was bringt Euch auf den Gedanken, ich hätte eine Erbschaft gemacht?«

»Ihr seid ein junger Mann und Ihr habt genug Geld für die Passage. Ihr seht nicht wie ein Dieb aus.« Dann fiel Kapitän Lorenallis Blick auf Yans *Claviarm* – er schien es zum ersten Mal zu bemerken. Sein Lächeln war wie weggeblasen und seine Lippen pressten sich zu einer harten Linie zusammen. »Nur schade, dass ich keinen Platz an Bord habe.«

Yan schnitt selbst eine finstere Miene. »Vor einem Augenblick wart Ihr noch bereit, mich als Passagier aufzunehmen.«

Der Kapitän räusperte sich. »War ich das? Vielleicht habt Ihr mich missverstanden.«

»Ich glaube, ich verstehe nur zu gut.«

»Gut, dann versteht Ihr gewiss auch, dass ich ein beschäftigter Mann bin.«

»Ich verstehe, dass Ihr ein Mann seid, der am Geld interessiert ist. Ich habe vielleicht keine Erbschaft gemacht, aber ich kann es mir leisten, mehr zu bezahlen.« Yan hoffte, der Kapitän würde nicht zu viel mehr verlangen. Er wollte dringend von Merom weg, aber er musste etwas zum Leben übrig behalten, während er sich in Sharhumrin nach einem Gönner umsah.

»Wie viel mehr?«, fragte Lorenalli.

Der Kapitän hing am Haken. Doch bevor Yan ihn einholen konnte, brach an Bord der *Mannars Gnade* ein Streit aus. Kapitän Lorenalli warf einen Blick auf das Fass, das bewegungslos über dem Hauptdeck hing, und stürmte dann die Landungsbrücke hinauf, wobei er die letzten Schauermänner beiseite stieß. Yan folgte ihm, entschuldigte sich jedoch im Gegensatz zum Kapitän beim letzten Schauermann, als er sich an ihm vorbei drängte. Seine Unterredung mit Kapitän Lorenalli war noch nicht beendet und er befürchtete, der Kapitän könne die Gelegenheit nutzen und sich davor drücken, Yan die Passage zu gewähren.

Kaum an Bord, warf der Kapitän sich zwischen die Matrosen, die sich darüber stritten, wer für das Problem verantwortlich war. Aus den Beschimpfungen und wahllosen Anschuldigungen konnte Yan nicht heraushören, was sie so aufgebracht hatte. Nachdem Kapitän Lorenalli für Ruhe gesorgt hatte, verlangte er eine Erklärung.

»Die Hauptluke, Herr Kap'tän. Sie hat sich verkeilt«, antwortete einer der Matrosen. »Hätte Ab nicht darauf herumgehämmert …«

»Du Hurensohn«, schrie der Mann, der offensichtlich Ab war. »Du bist doch derjenige …«

»Wollt ihr wohl alle das Maul halten!«, brüllte der Kapitän. Er versuchte selbst, die Luke zu öffnen, und grunzte dabei vor Anstrengung, während sein Gesicht dunkel anlief. Doch wie sehr er sich auch mühte, der

Lukendeckel bewegte sich nicht. »Bei Baaliffs Eiern, sie sitzt fest.«

Das Fass, das über der Luke hing, senkte sich ein wenig, als die Männer am Seil nachließen. Hände reckten sich in die Höhe, um das Fass von der Luke weg zu ziehen und auf dem Deck abzustellen.

»Ihr faule Brut von einem Kafdenwhal«, bellte Kapitän Lorenalli. »Zieht das Seil straff. Wir haben keine Zeit für diesen Unsinn. Wir werden auf keinen Fall die Flut verpassen. Die Luke wird sich öffnen und bis dahin könnt ihr das Fass oben halten.«

Das Fass hob sich wieder.

Der Kapitän beorderte je zwei Matrosen auf die beiden Seiten der Luke und stellte sich selbst an ein Ende. Auf seinen Befehl hoben sie gemeinsam an, doch auch ihre vereinte Kraft reichte nicht.

»Sie sitzt immer noch fest, Herr Kap'tän«, sagte Ab unnötigerweise.

»Halt's Maul«, murmelte der Kapitän. Das Fass senkte sich wieder und er schrie die Männer am Seil an: »Sichert das Tau, ihr dämlichen Schwächlinge.«

Die anschließend lautstark geäußerten Einschätzungen des Kapitäns hinsichtlich der Abstammung der Männer am Seil fesselte die Aufmerksamkeit praktisch aller Anwesenden an Bord. Von den Seeleuten unbeachtet, bückte sich Yan und sah sich die Luke genauer an. Das Holz auf beiden Seiten des Rahmens war ganz eindeutig verbogen. Splitter auf dem Deck belegten, dass die Luke erst vor kurzem mit Gewalt geschlossen worden war. Das dadurch entblößte Holz war in der feuchten Luft aufgequollen, sodass die zuvor schon eng sitzende Luke nun noch enger saß. Er schlich sich zu einem freien Platz neben dem Süll und legte eine Hand auf das widerspenstige Holz. Er flüsterte die Worte eines Wiederherstellungszaubers, wobei er einmal ins Stocken geriet, als er die richtige Form für diese Anwendung suchte. Er wiederholte den Zauber, sicherer jetzt, und bündelte seine Willenskraft. Langsam bog sich das Holz zu seiner ursprünglichen Form zurück. Als der Zauber vollendet war, wartete Yan bis zur nächsten Pause in Kapitän Lorenallis Tirade.

»Vielleicht solltet Ihr es noch einmal versuchen, Kapitän.«

»Was sagt Ihr?«

»Ich sagte, ich glaube, dass die Luke sich jetzt öffnen lässt.«

Misstrauisch stieß der Kapitän die widerspenstige Luke mit dem Fuß an. Das Holz bewegte sich mühelos. Mehrere Matrosen beschrieben das Zeichen der Triade.

Den Blick auf Yan gerichtet, brüllte Kapitän Lorenalli seinen Männern Befehle zu. »Also gut, ihr faulen Söhne Mardians. Öffnet diese Luke und beladet den Bauch dieses Kahns. Die Flut wartet nicht.«

Der Kapitän marschierte nach achtern und blieb am Fuß des Aufgangs zum Achterdeck stehen. Yan folgte ihm. Kapitän Lorenalli starrte über die Reling, scheinbar in die Betrachtung der Seevögel vertieft, die tief über den Wellen flogen, doch Yan sah ihn einmal in seine Richtung schauen. Yan sagte nichts. Der Kapitän wusste, dass er da war.

Schließlich ergriff der Kapitän das Wort: »Das wart Ihr, nicht wahr? Ihr habt Eure Magie angewandt.«

»Das habe ich.«

»Warum habt Ihr das getan?«

»Ich wollte Euch nur zeigen, dass Magie sehr nützlich sein kann.«

»Aye, das weiß ich.«

»Warum habt Ihr dann …«

»Bei Mardian! Ich weiß auch, dass sie nichts als Ärger bringt.« Die Hände des Kapitäns hielten die Reling so fest umklammert, dass seine Knöchel weiße Flecke auf dunkler Haut bildeten.

»Ich werde Euch keinen Ärger mehr machen«, sagte Yan, indem er sich abwandte und Anstalten machte zu gehen.

Der Kapitän hielt ihn am Arm fest. »Ihr werdet nicht gehen, solange ich in Eurer Schuld stehe, Magier. Ich hätte die Flut verpasst, hättet Ihr nicht eingegriffen. Wollt Ihr dies als Bezahlung nehmen?« Der Kapitän hielt ihm zwei Karten hin. »Ich hätte mehr verloren, wenn wir zu spät Segel gesetzt hätten.«

Yan sah die Münzen an. »Ich habe es nicht für Geld getan.«

»Verflucht sei Eure Haut, Magier. Ich werde nicht segeln, solange ich in Eurer Schuld stehe.«

»Wenn ich mit Euch führe, könnten wir diese Angelegenheit in aller Ruhe besprechen.«

Mit zusammengebissenen Zähnen nickte Kapitän Lorenalli und knirschte. »Zu einem anständigen Preis? Vier Karten?«

Yans Eingangsangebot von fünf Karten hatte beeindrucken sollen. Das Angebot des Kapitäns von vier Karten war immer noch sehr hoch. »Ihr sagtet, zu einem anständigen Preis, Kapitän. Drei Karten.«

Wäre der Kapitän ein Bregil gewesen, hätte man den Laut, den er von sich gab, als Knurren bezeichnen können. »Aber keine Magie mehr, es sei denn, ich ordne es an.«

»Üblicherweise arbeite ich nicht umsonst.«

Kapitän Lorenallis Kiefermuskeln bewegten sich, aber er sagte nichts, sondern stürmte den Aufgang zum Achterdeck empor. Yan sah ihm nach und lächelte ob seines Sieges in sich hinein.

»Schlau gemacht.«

Yan drehte sich um. Der Sprecher war der Anführer der Söldner. Er lehnte am Mittelpfosten, der das Achterdeck stützte, ein verwegenes Lächeln auf seinem zerklüfteten Gesicht. Yans Gepäck stand neben den Füßen des Mannes. Der Söldner lüftete seinen Hut und schwang ihn mit weitausholender, verschnörkelter Geste, wobei die flaumige weiße Struthfeder heftig flatterte. Er setzte den Hut wieder auf und zog ihn zurecht, sodass er richtig saß. Dann sagte er: »Ich dachte mir, dass Ihr diese Sachen gewiss haben wollt, obwohl Ihr sie am Kai zurückgelassen habt.' Jost Martello, zu Euren Diensten. Natürlich in den Grenzen meiner Verpflichtungen.«

»Natürlich«, erwiderte Yan sofort. Er erinnerte sich an seine Manieren und stellte sich vor. Mit einer gewissen Schärfe nannte er auch seinen Beruf, wie es die Höflichkeit gebot und der Söldner es zu tun unterlassen hatte. »Ich bin Yan Tanafres, ein Magier.«

»Das dachte ich mir. Unser guter Kapitän Lorenalli ist nicht besonders erpicht auf Magier. Ich war ganz überrascht, dass es Euch gelang, ihn zu überreden, Euch an Bord zu nehmen.«

Yan zuckte die Achseln. Im Grunde war ihm gleich, was ein gemeiner Söldner dachte, auch wenn er der vielgerühmten Schwertgilde angehörte. Yan wühlte in seinem Beutel, auf der Suche nach einer Münze, um den Mann dafür zu belohnen, dass er sein Gepäck an Bord gebracht hatte. Obwohl er nicht um diesen Dienst gebeten hatte, war Yan doch dankbar dafür. Seine Inanspruchnahme mit seinen Bemühungen, den Kapitän zu überzeugen, hätte ihn sonst womöglich seine Habe gekostet.

Martello schlenderte zur Reling neben Yan und übersah dabei betont die dargebotene Münze. »Ihr seid nicht oft fern der Heimat, nicht wahr, junger Herr?«

Yan wollte nicht mit dem Mann reden. Was hatte er mit einem Söldner gemein? Er sann auf eine höfliche

Art, dem Mann zu sagen, er solle sich um seine eigenen Angelegenheiten scheren. Er wollte Martello nicht beleidigen. Krieger waren berühmt für ihre Reizbarkeit. Seine Gedanken wurden durch das Hallen eines Peitschenknalls unterbrochen.

Yan und Martello wandten den Kopf und suchten den Kaivorplatz nach der Ursache des Geräuschs ab. Einen Augenblick später hörte Yan ein Klappern und Rattern von der Hauptstraße über den Platz hallen. Nach wenigen Sekunden geriet die Menge an der Einmündung des Platzes in Bewegung. Einige Nachzügler sprangen noch eiligst aus dem Weg, als eine Gruppe von sechs farblich zueinander passenden Pferden auf den Platz trabte, die eine dunkle Kutsche zogen. Der Kutscher hielt mit seinem Gefährt gezielt auf die *Mannars Gnade* zu. Trotz der Schreie des Postillionreiters und der freizügig vom Kutscher ausgeteilten Peitschenhiebe wurde die Kutsche in der Menschenmenge zwangsläufig langsamer.

Yan erkannte die Kutsche, noch bevor er das auf die Türen gemalte Wappenschild sah. Es war dieselbe, die ihn am Jahrestag seines *Akchepthio Calaviarorum* so früh am Morgen aus dem Schlaf gerissen hatte.

Die Kutsche rollte noch, als bereits einer der Lakaien absprang und nach vorn eilte. Er stand an der Tür, als die Kutsche hielt. Beim Öffnen der Tür verbeugte er sich, eine Hand noch auf der Klinke, um die Tür am Zurückschwingen zu hindern, die andere ausgestreckt, um dem Passagier beim Aussteigen behilflich zu sein. Eine Hand kam aus dem dunklen Kutscheninnern zum Vorschein, eine Hand, die Yan ebenso vertraut war wie die Kutsche. Diesmal sah er mehr als nur die Hand der Dame, da sie geziert in der Tür erschien. Sie hielt sich mit einer Hand am Türrahmen fest und legte die andere auf den Arm ihres Lakais. Beim Aussteigen erhaschte Yan einen Blick auf einen verschnörkelt gemusterten Strumpf und einen braunen Wildlederschuh unter dem langen Rock der Dame. Sicher auf dem Kopfsteinpflaster angelangt, blieb sie stehen und wartete, während sich einer der Lakaien in die Kutsche beugte und einen Parasol herausholte. Er öffnete den kleinen Sonnenschirm und reichte ihn ihr.

Sie war gertenschlank, beinahe mager. Ihre Haut schien so blass wie die Farbe neuen Kirschholzes, das Haar mitternachtsschwarz und funkelnd von geschliffenen Steinen, die in den kunstvoll gebundenen Tressen hingen. Yan verlor sie aus den Augen, als sie hinter der Mauer verschwand, die von den immer noch geschäftigen Matrosen und der Schiffsreling gebildet wurde.

»Sie ist wunderschön.«

Martello kicherte. »Und bedeutet Ärger für Euch, junger Herr.«

Yan war es peinlich, laut gedacht zu haben, noch dazu so laut, dass der Söldner ihn verstanden hatte. »Wie kommt Ihr darauf?«

»Seht Ihr denn nicht das Wappen auf der Kutsche?«

»Ich sehe es.«

»Aber Ihr kennt es nicht.«

Yan wollte diesem Mann seine Unwissenheit nicht eingestehen.

»Sie gehört zur Sippe der Renumas.«

Yan kannte den Namen nicht, versuchte aber so zu klingen, als kenne er ihn sehr gut. »Ich verstehe.«

»Als Passagier habt Ihr das Recht, Euch auf dem Achterdeck aufzuhalten.«

»Warum sagt Ihr mir das?«

»Die Sicht ist von dort oben besser«, sagte Martello augenzwinkernd. »Ich muss mich um meine Leute kümmern. Vielleicht unterhalten wir uns später noch.«

Wiewohl unerbeten, war ihm der Rat des Söldners

doch willkommen. Yan wollte mehr von der Dame sehen. Er erklomm den Aufgang zum Achterdeck und sah den Kapitän oben ungeduldig warten. Lorenalli musterte ihn mit finsterer Miene.

»Wenn Ihr Euch schon so langsam bewegt, da wir noch im Hafen liegen, muss ich davon ausgehen, dass Ihr auf der ganzen Fahrt im Weg stehen werdet.«

»Es tut mir leid, Kapitän. Ich werde versuchen, niemandem in die Quere zu kommen.« Martello hatte recht. Die Aussicht vom Achterdeck war besser. Während der Kapitän sich an den Abstieg machte, zeigte Yan auf die Dame und fragte: »Kapitän, fährt diese Dame mit uns?«

Der Kapitän blieb stehen und schaute zum Kai. Er verzog das Gesicht, als die Dame ein paar von seinen Matrosen von ihrer Arbeit abberief und sie damit beauftragte, ihre Koffer aus der Kutsche zu laden. »Würde sie sich andernfalls solche Freiheiten herausnehmen?«

Yan beobachtete, wie ehrerbietig der Kapitän sich der Dame näherte. Er konnte ihren Wortwechsel über den Lärm des Verladevorgangs hinweg nicht hören, aber als er Kapitän Lorenallis übertriebene Gesten und das Blitzen seiner Zähne sah, ging Yan davon aus, dass der Kapitän seine Empörung über die Beschlagnahme seiner Männer seitens der Dame für sich behielt. Mit einem ihrer Lakaien vorneweg und den anderen beiden im Schlepptau, bestieg die Dame die Mannars *Gnade* mit einer Grazie, die so einnehmend war, dass Yan glaubte, sie könne sich in dieser Beziehung mit der Göttin messen.

Sie erklomm den Aufgang auf der landwärtigen Seite des Schiffs mit geübtem Schritt und bezog Stellung an der Reling, da sie es ihren Männern und den Seeleuten mit ihren Koffern überließ, an ihr vorbei und zur Kabine unter der Achternkajüte zu gehen. Sie lehnte sich gegen die Reling und sah sich die Stadt an. Yan schaute über das Schiff hinweg und an ihr vorbei, da er wissen wollte, was ihre Aufmerksamkeit so in Beschlag nahm. Angesichts ihrer Kopfneigung und ihres anscheinend steten Blicks kam er zu dem Schluss, dass sie die Statue Casorns betrachtete, die auf dem großen Granitklotz in der Mitte des Kaivorplatzes thronte.

War sie eine Kunstliebhaberin? Wenn ja, sah er eine Möglichkeit, mit ihr ins Gespräch zu kommen. Er trat schweigend neben sie. Sie schien ihn nicht kommen zu hören, kam jedoch nicht umhin, ihn zur Kenntnis zu nehmen, als er neben ihr die Arme auf die Reling stützte und sich vorbeugte.

»Ein prächtiges Beispiel für die Aussöhnungskunst, die vom Rat der Lords in Auftrag gegeben wurde, nachdem die Eisenliga sich dem Reich angeschlossen hatte, nicht wahr? Der Künstler war nur eine kleine Leuchte am hiesigen Hof, doch ich glaube, dass ihm hier tatsächlich ein großer Wurf gelungen ist. Beim Einfangen des Pathos von Casorns Bürde hat er sich selbst übertroffen. Ich halte diese Arbeit für viel besser als die anderen aus der Reihe.«

»Oh, das sehe ich genauso. Das gilt ganz besonders für dieses entsetzliche Ding von Pattiyarm in Learth.«

»Vollkommen.« Yan hatte die Statue in Learth noch nie gesehen. »Pattiyarm wird allgemein überschätzt.«

Sie begutachtete ihn mit einem Blick und wenn sie ihn für beschränkt hielt, ließ sie es sich jedenfalls nicht anmerken. Sie hielt ihm die Hand hin und sagte: »Ich bin Lady Selanna Renumas.«

Er legte seine Finger unter ihre und beugte sich tief über ihre Hand, ohne es jedoch zu wagen, ihre Haut mit seinen Lippen zu berühren. »Ich heiße Yan Tanafres und stehe Euch zu Diensten, Mylady.«

»Seid Ihr ein Kunstgelehrter?«

»Ein Gelehrter in vielen Dingen, aber immer ein Bewunderer der Schönheit.«

Sie besaß den Anstand zu erröten, wenngleich sie das Kompliment gewiss nicht zum ersten Mal hörte. »Ihr seid viel zu jung, um ein Weiser zu sein. Auch zu jung, glaube ich, für einen Lehrer – und Ihr riecht nicht wie ein Künstler. Wenigstens nicht wie ein Maler. Seid Ihr Bildhauer?«

»Meine Bemühungen sind Eurer Blicke unwürdig.«

»Woher wollt Ihr das wissen?«

»Meine Stümperei war *jeglicher* Blicke unwürdig. Wenigstens hat Gan Tidoni das immer gesagt.«

»Tidoni? Meint Ihr Dochay Junivalls Magier?«

»Denselben.«

»Und woher kennt Ihr den angesehenen Gan Tidoni?«

»Ich hatte die Ehre, sein Schüler zu sein, Mylady.«

Ihre Stimme bekam plötzlich einen wachsamen Unterton. »Sein Schüler?«

»Zu seiner Verzweiflung, wie er mir anvertraute«, fügte er in der Hoffnung hinzu, ein wenig Humor werde ihre vorherige Laune wiederherstellen.

Er wurde enttäuscht. Sie wandte den Kopf ab und beendete das Gespräch. Um nicht in ihrem Rücken zu stehen und albern auszusehen, zog Yan sich über das Deck zurück. Er beugte sich über die Reling und sah den Wellen zu, wie sie gegen den Schiffsrumpf schwappten.

War ihm die Rolle eines Ausgestoßenen bestimmt? Früher hatten ihn die Mädchen angenehm gefunden. Auch noch, nachdem er sich sein *Claviarm* verdient hatte. Er hätte sein Scheitern auf seine Art der Annäherung oder auf ihren Standesunterschied schieben können, aber sie war durchaus aufgeschlossen gewesen, bis sie erfahren hatte, dass er ein Magier war. Das schien nur eine unausweichliche Schlussfolgerung zuzulassen.

Yan fühlte sich mindestens so fehl am Platz wie damals, als er Gan Tidoni zum Palast der Witwe begleitet hatte. Wenn es so in der großen weiten Welt zuging, war er vielleicht ohne sie besser daran. Seine Praxis in Talinfad war weder groß noch besonders einträglich, aber wenigstens hatte dort niemand auf seinen Schatten gespuckt. Er hatte dem Kapitän noch kein Geld gegeben, also würde er keine Abmachung brechen, wenn er das Schiff jetzt verließ. Es würde kein Schaden entstehen, wenn er zu seinen Papieren und Kräutern zurückkehrte.

Treibgut schwamm vorbei, schneller als zuvor, obwohl ihm kein Auffrischen des Windes aufgefallen war. Er schaute auf und sah die Spitze der Landzunge und den Leuchtturm darauf näher als zuvor. Ein Blick zurück zeigte ihm den Kaivorplatz von Talinfad, klein und immer kleiner werdend. Es war zu spät für Bedenken. Das Schiff war unterwegs.

In der Enge des Schiffs und in Gesellschaft von Leuten, die sich nichts aus ihm machten, würde die Reise gewiss lang werden. Nun, vielleicht war es nichts Persönliches. Wie sollte es das auch sein? Keiner von ihnen kannte ihn. Aber die Dame, der Kapitän und genügend Matrosen hatten keinen Zweifel daran gelassen, dass sie Magier nicht mochten. Er war zwar noch nie auf einem Schiff gefahren, doch er wusste, dass die Welt dort sehr klein war, kleiner als in Outgate, kleiner als in dem Dorf, in dem er aufgewachsen war, und zu klein, um sich dort wohl zu fühlen, wenn er seinen Mitreisenden ständig vor Augen hielt, dass er ein Magier war.

Yan schloss die Hände um sein *Claviarm*. Es war das Zeichen, das den anderen verriet, was er war. Es zu verstecken, würde nicht ändern, was er war, aber vielleicht änderte es etwas an der Art, wie die Leute ihn ansahen. Machte es ihm wirklich so viel aus? Er starrte das Amulett an, das er mit seinen eigenen Händen gestaltet hatte. Er kannte es in- und auswendig, jede Rundung im Metall, jeden Stein, jede Sigille und auch jede noch so winzige Macke, wenn ein Werkzeug abgeglitten war, und jede Stelle, die bewies, dass seine Fähigkeiten nicht so groß waren, wie er es gern gesehen hätte. Er war stolz darauf gewesen, die Arbeit beendet zu haben, noch stolzer auf das, was es bedeutet hatte.

Das *Claviarm* stempelte ihn als Magier.

Als Ausgestoßenen.

Er verbarg das Amulett unter seinem Hemd.

Nur für die Fahrt, sagte er sich. Er ließ den Kopf hängen, da er sich schämte.

»Noch nie zuvor gesegelt?« Das war wieder Martello.

»Nein.«

»Falde hat ein paar Kräuter für den Magen. Falls Ihr Bedarf dafür habt, kann ich Euch welche holen. Der Seegang wird stärker, wenn wir den Hafen erst einmal verlassen haben.«

»Nein, das ist es nicht.«

»Freut mich zu hören, da wir uns einen Raum teilen werden«, erklärte Martello fröhlich.

»Wie meint Ihr das?«

»Das Gesetz des Meeres, junger Herr. Die Lady Renumas vertreibt den Kapitän aus seiner Kajüte. Der wiederum vertreibt die Passagiere in die Bugkajüte, was die Schiffsoffiziere in die Ruderkabine treibt und mich aufs Unterdeck.«

»Aber ich bin ein Passagier.«

»Einer, der in der Bugkajüte unwillkommen ist. Nat Gorremo ist ein reicherer Mann als Ihr und deshalb schenkt der Kapitän ihm wesentlich mehr Gehör als Euch. Kaum hatte er gehört, dass Ihr ein Magier seid, kam er zu dem Schluss, dass in der Bugkajüte kein

Platz mehr sei. Er war schon unzufrieden genug, dorthin umziehen zu müssen, als Lady Renumas an Bord kam. Aber ich sagte, dass es mir nichts ausmachen würde. Das Unterdeck ist gar nicht so schlecht, solange wir keinen Sturm bekommen. Außerdem, nach allem, was mir Gorremos Sekretär erzählt hat, schnarcht Frau Gorremo wie der eiserne Bulle von Tradestad.«

Yan machte sich nichts aus Leuten, die schnarchten. »Ich habe mit einer Kabine gerechnet.«

»Seid dankbar, dass Ihr nicht unten im Laderaum untergebracht werdet.«

Angesichts der Reaktion aller anderen Leute staunte Yan ein wenig über Martellos Freundlichkeit. »Warum die Anteilnahme? Befürchtet Ihr nicht, von dem Magier verunreinigt zu werden?«

»Zumindest ich bin froh, Euch an Bord zu haben.«

Yan fand das merkwürdig, bis ihm wieder einfiel, welchem Beruf der Söldner nachging. »Rechnet Ihr mit Gefahren?«

»Es ist nicht so, dass wir durch das Meer der Stürme müssen.«

»Aber Ihr rechnet mit Problemen?«

»Auf See gibt es immer Gefahren«, sagte Martello. »Wir fahren durch Gewässer, in denen essarinische Freibeuter segeln. Sie waren ziemlich umtriebig in letzter Zeit, aber zumindest befinden wir uns nicht im Krieg. Im Krieg wären viel zu viele von diesen blasshäutigen Bastarden auf See. Wie die Dinge liegen, werden wir vermutlich keinen Ärger bekommen, das Jahr ist noch sehr jung. Nicht viel Arbeit für Piraten, wenn wenig Tonnage auf dem Danteriff schwimmt. Trotzdem, meine Aufgabe besteht darin, Chaylentis Fracht zu bewachen, also begrüße ich alles oder jeden, der mir die Arbeit erleichtern kann. Ich bin ein gewissenhafter Mann, aber manchmal auch sehr faul.«

»Ich kann Euch die Arbeit nicht abnehmen. Ich kenne keine Kampfzauber.«

»Nein? Schade. Ihr werdet wohl doch nicht so nützlich sein, wie ich dachte.« Martello half Yan dabei, den Leuchtturm beim Vorüberziehen zu betrachten, als das Schiff den Hafen verließ. »Spielt Ihr Drei?«

»Ein wenig.«

»Nun, dann seid Ihr wohl doch zu etwas zu gebrauchen. Es ist schwierig, auf See einen guten Spieler zu finden. Leuten, die zur See fahren, scheint das Spiel nicht so zu gefallen. Ich frage mich, warum das so ist.«

Yan hatte keine Ahnung und sagte es auch. Die Abfuhr veranlasste Martello zu gehen. Yan blieb an der Reling, bis die Nacht hereinbrach. Danach gab es nicht mehr viel zu sehen, also zog er sich aufs Unterdeck zurück. Martello hatte Yans Sachen in eine Ecke gestellt und jemand hatte eine Hängematte für ihn aufgespannt. Yan schaffte es, sich in das Netz zu hieven, ohne dabei aufs Deck zu fallen. Das sanfte Schaukeln wiegte ihn in den Schlaf.

Die Tage von Yans erster Seereise folgten sehr rasch einem bestimmten Muster. Als Passagier genoss er das Vorrecht, sich auf dem Achterdeck aufhalten zu dürfen, aber angesichts der weiterhin abweisenden Art der anderen Passagiere fühlte er sich dort unwohl. Er verbrachte die meiste Zeit auf dem Mitteldeck, wo er den Matrosen in die Quere kam. Sie verfluchten ihn, wenn ihnen nicht klar war, wer er war, und murmelten sich etwas in den Bart, wenn es ihnen klar wurde. Die Verwünschungen der Matrosen waren wenigstens ehrlich, wenn auch nicht offen.

Morgens sah er zu, wie Martello seine drei Männer und die eine Frau drillte. Lady Sarellas Wachen sahen sich den Drill ebenfalls an. Sie machten höhnische Bemerkungen, wenn einer der Söldner ausglitt oder wegen der Schlingerbewegungen des Schiffs einen

Schlag ausließ. Sie machten sich insbesondere über Falde lustig, die Söldnerin, doch sie achtete gar nicht darauf und beantwortete sie nicht einmal ab und zu mit einem Fluch, wie ihre Kameraden es routinemäßig taten. Yan bewunderte ihre stoische Gelassenheit.

Seine Nachmittage verbrachte er im Gespräch mit Martello und meist auch mit einer Partie Drei vor dem Abendessen. Yan war angenehm überrascht, dass der Söldner über mehr reden konnte als nur sein Gewerbe. Martello war kein Gelehrter von Gan Tidonis Format, aber er war ein vielgereister Mann und hatte viele Dinge gesehen, von denen Yan nur in Büchern gelesen hatte. Der Söldner hatte keine richtige Ausbildung genossen, war aber ein guter Beobachter und seine Einsichten überraschten Yan sehr oft. Noch mehr überraschte Yan, dass der Mann ihm immer besser gefiel.

Früh am dritten Tag erreichten sie Yawymtis Horn. Der Legende nach war die große Felsnadel, die höher in den Himmel ragte als die Masten der *Mannars Gnade*, die Spitze vom Horn des Dämons Yawymti, die versteinert war, als der Sazarn, der große Prophet der Triade, die Streitkräfte des alten Reichs Mür niedergeworfen hatte. Sazarn hatte den Dämon und die Schwarzmagier, die ihn beschworen hatten, angeblich ertränkt. Daher rage sein Horn jetzt aus dem Meer. Yan fand, dass die Felsnadel eine bemerkenswerte Ähnlichkeit mit den Basaltklippen hinter ihr aufwies. Merkwürdig, sogar ehrfurchtgebietend, aber letzten Endes natürlichen Ursprungs, voll und ganz ein Teil der wirklichen Welt.

»Sieht ganz und gar nicht so aus wie der angebliche Zwilling«, sagte Martello.

»Welcher Zwilling?«

»Das andere Dämonenhorn auf dem Festland. Beide sind schwarz und dünn, aber der andere Felsen ist ganz anders. Ihr werdet es sehen.«

»Kommen wir an diesem anderen Horn vorbei?«

»Wir segeln geradewegs darauf zu. Die Strecke von Horn zu Horn ist die kürzeste Verbindung zum Festland. Lorenalli wird diesen Weg nehmen. Ah, seht Ihr? Er kommt bereits, um den Befehl zu geben.«

In der Tat begann Kapitän Lorenalli mit dem Erteilen von Befehlen und sofort kletterten Matrosen die Takelage empor, um die Segel auszurichten. Kurz darauf änderte die *Mannars Gnade* ihren Kurs, sodass Yawymtis Horn gleich hinter ihrem Heck aufragte. Eine frische Brise kam auf und das Schiff nahm mehr Fahrt auf. Yan ging aufs Vorderdeck und schaute nach vorn. Es war kein Land in Sicht. Bis zum Nachmittag war das Horn hinter ihnen unter den Horizont gesunken und außer Meer und Wolken gab es nichts mehr zu sehen.

Yan fand die offene Weite seltsam und ein wenig beunruhigend. Er hatte Dunkelheit und geschlossene Räume nie gemocht, also hatte er geglaubt, solch eine offene Weite müsse angenehm sein. Stattdessen musste er feststellen, dass er sich verloren vorkam und befürchtete, nie wieder Land zu sehen. Er wusste, dass diese Empfindungen unvernünftig waren, aber dies Wissen beruhigte ihn nicht sehr. Er ging wieder aufs Unterdeck und verbrachte den Rest des Tages dort, um erst wieder an Deck zu gehen, als die Nacht hereingebrochen war.

Am nächsten Morgen erwachte er in einer merkwürdigen Stille. Er hörte weder das Rauschen des Wassers am Rumpf noch das Heulen des Windes in der Takelage. Dem Geruch des Morgenbreis, der aus dem Mitteldeck hereinwehte, entnahm er, dass es in der Tat Morgen sein musste, obwohl es noch dunkel war. Ins Unterdeck wallte der Grund für die Dunkelheit: Nebel.

Yan wälzte sich aus seiner Hängematte und rieb

sich das Gesicht, während er sich zu überreden versuchte aufzuwachen. Wenn sie die ganze Nacht gesegelt waren, mussten sie sich jetzt vor der Küste von Scothandir befinden. Doch als er verschlafen aufs Mitteldeck stolperte, sah er nur Nebel. Die Welt schien gleich hinter der Reling der *Mannars Gnade* zu enden.

Matrosen hatten sich in Gruppen längs der Reling des Schiffs versammelt und starrten in das trübe Grau, während sie miteinander murmelten. Einer bemerkte ihn und beschrieb das Zeichen der Triade.

Hier im Freien fühlte Yan sich unwohl. Der Nebel war so still und alles wirkte so ruhig. Außerordentlich ruhig. Viel *zu* ruhig. Er hatte plötzlich die Befürchtung, der Nebel sei unnatürlichen Ursprungs. Da er die Matrosen nicht noch mehr gegen sich aufbringen wollte, verzichtete er darauf, sich in Trance zu versetzen, und tat nichts, um seine Befürchtungen zu erhärten oder zu entkräften. Schließlich war er zum ersten Mal auf See.

Nur die Nerven, sagte er sich.

Er warf einen Blick aufs Achterdeck. Kapitän Lorenalli, der kaum zu sehen war, marschierte unruhig auf und ab, er schien aber eher niedergeschlagen zu sein als besorgt.

Das reichte ihm.

Der Kapitän kannte das Meer. Sollte er sich die Sorgen machen. Auf der Suche nach etwas, um seinen leeren Magen zu füllen, stolperte Yan zum Mast, wo der Schiffskoch den Morgenbrei rührte.

~ 5 ~

Das Ende des Tages war lediglich am etwas düstereren Grau des Nebels zu erkennen.

Die Stimmung an Bord der *Mannars Gnade* verdüsterte sich ebenfalls. Die Gorremos und ihr Sekretär kamen nur aus der Bugkabine, um sich ihr Abendessen zu holen. Lady Selanna ließ sich das ihre bringen. Jost Martello und seine Söldner standen oder saßen in schweigsamer Eintracht am Rande des Unterdecks, während die Männer der Lady unweit ihrer Kabinentür herumlümmelten und gelegentlich auf eine gleichgültige Art und Weise würfelten, wie sie es bereits den ganzen Tag taten. Die Matrosen blieben auf dem Mitteldeck. Weder spielten noch sangen sie, wie sie es bei schönerem Wetter immer taten, wenn es keine Arbeit gab. Sie saßen auf Deck, einzeln oder paarweise, und redeten nur wenig. Yan fiel auf, dass niemand außer dem Koch und dessen Gehilfe unter Deck ging. Kapitän Lorenalli starrte mit finsterer Miene von seinem Platz auf dem Achterdeck auf alle herab.

Die *Mannars Gnade* lag so still im Wasser wie eine Miniatur auf dem Kaminsims eines Kapitäns im Ruhestand. Sie trieben auf einem Meer aus Glas, umhüllt von einem Polster aus Baumwolle. Die Schiffslaternen glommen verdrossen vor sich hin und strahlten ihr schwaches Licht in die verhüllte Nacht.

Die Stunden schleppten sich dahin.

Einige Zeit, nachdem der Koch und sein Gehilfe mit dem Spülen des Essgeschirrs fertig geworden waren und das Herdfeuer nur noch auf kleiner Flamme brannte, kam Nat Gorremo aus der Bugkabine. Der Nebel und die Nacht verhüllten seine Miene, aber die steife Körperhaltung des Kaufmanns war auch auf die Entfernung unschwer zu erkennen. Gorremo marschierte über das Hauptdeck und erklomm den Aufgang zum Achterdeck. Er schien sich zu einem weiteren Beschwerdebesuch beim Kapitän entschlossen zu haben. Neugierig verließ Yan das Unterdeck und trat in dem Augenblick an die Reling, als Gorremo vor dem Aufgang zum Achterdeck innehielt. Der Kaufmann umklammerte das Geländertau des Aufgangs, während er aufs Meer schaute und dabei langsam den Kopf drehte, als halte er nach etwas Ausschau.

Ein Geräusch, ein entferntes Grollen – wie Donner in den Bergen zu Hause – drang an Yans Ohren. Er fragte sich, ob er eine Brandung hörte. Waren sie in eine Strömung geraten, die sie auf die Küste zu trieb? Würde die *Mannars Gnade* an den Klippen zerschellen oder auf Grund laufen?

Das Geräusch wurde allmählich lauter.

So laut, dass alle an Bord es hören konnten.

Matrosen erhoben sich, traten an die Reling und lauschten.

Yan beobachtete sie. Sie würden erkennen, ob es sich um das Geräusch von Wellen handelte, die sich an einer entfernten Küste brachen. Sie würden wissen, ob das Schiff in Gefahr war.

Die Matrosen starrten lediglich mit gehetztem Blick in den Nebel.

Was das Geräusch auch bedeutete, Brandung schien es jedenfalls nicht zu sein. Das war auch logisch, als er eingehender darüber nachdachte. Wären sie einer Küste entgegen getrieben, hätte das Geräusch nur von einer Seite herrühren dürfen. Das Grollen schien aber von allen Seiten zu kommen – doch wie konnte man das in diesem klammen Grau mit Bestimmtheit sagen?

Yan erwog erneut, seine magischen Sinne einzusetzen. Im Laufe des Tages hatte er mehrfach versucht, den Nebel ringsumher zu durchdringen, allerdings ohne Erfolg. Jedesmal war seine Trance entweder den Matrosen oder den Mitreisenden aufgefallen. Jedesmal hatte das Gemurmel der Matrosen länger angedauert. So nervös die Dunkelheit die Matrosen gemacht hatte, dieses seltsame Geräusch schien ihre Nervosität zu vervielfachen. Sie schauten mit zunehmender Häufigkeit in Yans Richtung, was den Schluss nahelegte, dass sie glaubten, er sei für die Lage verantwortlich, in der das Schiff sich befand.

Recht so. Immer alles auf den Magier schieben. Hatte Kapitän Lorenalli nicht gesagt, aus Magie könne nichts Gutes entstehen? Hatte der Kapitän die Gedanken der Mannschaft laut ausgesprochen? Yan stellte sich vor, wenn sie zu dem Schluss kamen, dass er der Grund allen Übels war, mochten sie geneigt sein, ihn über Bord zu den Charkas zu werfen, wie es den alten Sagen zu Folge mit Yussof dem Seemann gemacht worden war. Angesichts der hohen Wahrscheinlichkeit, dass er die abergläubischen Matrosen dadurch zum Handeln anstacheln mochte, schien die Möglichkeit, irgendetwas zu entdecken, das Risiko nicht wert zu sein. Außerdem hatte er Kapitän Lorenalli versprochen, ohne dessen Erlaubnis keine Magie zu wirken.

Das Geräusch wurde lauter und entwickelte sich dabei zu einem wogenden Dröhnen mit einem verwirrenden Rhythmus. Weder Donner noch Brandung.

»Trommeln«, sagte Martello. Seine Stimme trug über das gesamte Deck, den Köpfen nach zu urteilen, die sich in seine Richtung wandten.

Einen Augenblick später hatte Kapitän Lorenalli seinen Platz auf dem Achterdeck verlassen und stand bei ihm. »Seid Ihr sicher, Sergeant Martello?«

Der Söldner nickte.

»Aus welcher Richtung? Wie weit entfernt? Wie viele?«

»Das kann ich nicht mit Sicherheit sagen. Das Geräusch kommt von der Backbordseite, glaube ich.«

Ängstliche Blicke bohrten sich in die Dunkelheit, während das Trommeln immer deutlicher durch den Nebel drang.

»Ärger?«, fragte Yan.

Martello und der Kapitän sahen ihn an, als sei er ein zurückgebliebenes Kind.

»Herr Heis«, rief Kapitän Lorenalli mit weit tragender Stimme, die noch kein Schrei war. »Macht die Backbordkanone klar und bringt die Deckgeschütze nach oben. Herr Raldry, gebt Piken und Entermesser aus.«

Heis scharte ein paar Besatzungsmitglieder um sich und verschwand unter Deck. Raldry kam, um sich den Schlüssel zur Waffenkammer vom Kapitän zu holen, bevor er ihnen folgte. Die beschäftigungslosen Matrosen sammelten sich an der Backbordreling und starrten mit ängstlicher Miene in den Nebel. Martello und seine Söldner verschwanden in den dunkleren Schatten des Unterdecks. Kurz darauf hörte Yan, wie sie sich an ihrer Ausrüstung zu schaffen machten.

Die Tätigkeiten lockten Frau Gorremo und den Sekretär aus der Bugkabine. Sie gesellten sich zu Gorremo und den Männern der Lady auf dem Achterdeck. Frau Gorremo wich ihrem Mann nicht von der Seite.

Yan zog sich aufs Unterdeck und unter den Aufgang auf der Backbordseite zurück, wo er versuchte, seine arkane Sicht einzusetzen, um den Nebel zu durchdringen – er war aber astral auch weiterhin so blind wie mundan. Niedergeschlagen ging er zum Kapitän an der Reling zurück. Zwei Matrosen mit Gegenständen aus dunklem Eisen auf den Armen eilten an ihnen vorbei und den Aufgang zum Achterdeck empor. Yan sah zu, wie die Männer ihre Last in den Vertiefungen der Reling einsetzten. Deckgeschütze.

»Herr Kap'tän!«, rief Heis, als er wieder auf Deck auftauchte. Der Seemann griff nach unten und nahm einem Matrosen, der noch auf dem Aufgang stand, ein kleines, aber offensichtlich schweres Fass ab. Heis stellte das Fass mit lautem Knall auf Deck ab. Er riss den Deckel herunter und eine verklumpte schwarze Masse kam zum Vorschein. »Seht Euch das an, Herr Kap'tän. Alles ist so hart verklumpt wie das Herz einer Hure. Das wird niemals richtig brennen.«

Kapitän Lorenalli knirschte mit den Zähnen.

»Was ist los?«, fragte Yan.

»Das ist unser Pulver, Meister Magier. Oder vielmehr das, was noch davon übrig ist. Jetzt ist es nur noch Ballast. Uns steht keine Kanone zur Verfügung, wenn es einen Kampf gibt.«

Martello gesellte sich zu ihnen. »Es könnte sein, dass wir überhaupt keine Geschütze haben. Durch die Feuchtigkeit sind unsere Patronen unbrauchbar geworden.«

Kapitän Lorenalli knirschte erneut mit den Zähnen. »Was ist mit Lady Selannas Männern?«

Martello zuckte die Achseln. »Sie haben nur Pistolen an Bord gebracht, soweit ich es sehen konnte, aber ich bezweifle, dass sich ihr Pulver in einem besseren Zustand befindet als unseres. Wenn es Ärger gibt, werden wir uns ihm auf eine Schwertlänge Entfernung stellen müssen.«

»Lasst die Geschütze dennoch aufstellen, Herr Heis. Wer dort draußen auch sein mag, er weiß nicht, dass wir sie nicht abfeuern können.«

Heis nickte einmal und war gleich darauf verschwunden. Martello und der Kapitän begannen mit einer Erörterung, wie die Männer an Bord des Schiffs am besten zu verteilen seien. Das Gespräch ging weit über das hinaus, was Yan von der Sache verstand.

Raldry tauchte mit einer Ladung Piken auf Deck auf und verteilte die Waffen an die Matrosen. Er war wieder unter Deck verschwunden, vermutlich um die Entermesser zu holen, als einer der Matrosen an der Reling einen Schrei ausstieß.

»Seht doch!«

Wie alle anderen schaute Yan dorthin, wohin der Matrose zeigte. Yan blinzelte in den Nebel und sah nichts. Dann meinte er zu erkennen, dass ein Nebelfetzen dunkler war als der übrige Nebel. Mehr Matrosen zeigten auf den dunklen Fleck und schrien aufgeregt und verängstigt durcheinander.

Die dunkle Gestalt kam näher und ragte dabei immer höher vor ihnen auf.

Der dröhnende Trommelschlag hallte immer lauter durch die Nacht.

»Mannar hilf«, keuchte ein Matrose und fiel in Ohnmacht.

Der dunkle Fleck im Nebel nahm Gestalt an.

Dem Aussehen nach handelte es sich um einen riesigen Charka, den gefürchteten menschenfressenden Raubfisch der Inselgewässer, wie er gerade die Wasseroberfläche durchbrach und zum Angriff überging. Die Kiefer weit aufgerissen und fast so breit wie die *Mannars Gnade*, spiegelten blitzende Zähne das Licht der Schiffslaternen. Die Augen der Bestie brannten in einem boshaften Feuerrot. Schaum, der von den zahlreichen Flossen aufgewirbelt wurde, spritzte von den Flanken des Ungeheuers, da es ihnen entgegen stürmte.

Matrosen taumelten schreiend von der Reling weg und liefen ziellos über das Deck, da der riesige Fisch das Handelsschiff angriff. Die meisten schrien vor Entsetzen und ließen ihre Waffen fallen.

Kapitän Lorenalli entriss einem Matrosen, der an

ihm vorbei rannte, dessen Pike und versetzte ihm einen Schlag mit dem Schaft, sodass der Matrose in die Knie ging. »Feige Memme! Steht, Männer!«

»Das ist kein Ungeheuer«, sagte Martello, der die sich nähernde Erscheinung ebenfalls anstarrte. Dann rief er: »Ein Kriegsschiff! Das ist ein Kriegsschiff!«

Kaum hatte der Söldner es ausgesprochen, als Yan ebenfalls klar erkennen konnte, was sie angriff. Es war kein Riesenfisch, sondern ein Schiff, das wie einer aussehen sollte. Die glühenden Augen waren Laternen, das Maul ein bizarr gestalteter Bug, die Flossen Ruder. Ihr Angreifer war ein Kriegsschiff des unter dem Namen Galeere bekannten Typs und konnte sowohl gerudert als auch gesegelt werden. Die Flaute war kein Hindernis für sie.

Das Charka-Schiff hatte keine Flaggen gehisst, die Rückschlüsse auf seine Herkunft zugelassen hätten. Schmale schwarze Wimpel, die unstet an knochenweißen Pfosten flatterten, waren ihre einzigen Standarten. Manche Schiffe besaßen bunte Segel, an denen man sie erkennen konnte, aber das Segel dieses Charka-Schiffs war eingerollt und zusammen mit dem Mast verschalkt worden. Das Schiff war für das Rammen vorbereitet.

Das Chaos an Bord der *Mannas Gnade* beruhigte sich ein wenig. Manche der Matrosen hielten inne, um festzustellen, ob Martello recht hatte. Kapitän Lorenalli beorderte seine Männer wieder an die Reling.

»Ohne Wind können wir nicht entkommen«, sagte der Kapitän düster.

Martello wandte sich an Yan. »Meister Tanafres, könnt Ihr uns Wind herbeirufen?«

»Die Luft ist nicht mein Fachgebiet, Sergeant Martello. Ich kenne ein Ritual, aber es würde einige Zeit dauern, die entsprechenden Vorbereitungen dafür zu treffen.«

»Wir haben keine Zeit mehr«, sagte der Kapitän.

»Verdammt.« Martello spie aus. »Dann gibt es keine Hoffnung.«

»Vielleicht doch«, sagte der Kapitän. »Das Schiff ist in Schussweite, aber seine Kanonen schweigen. Also wollen sie unser Schiff unbeschädigt übernehmen. Die Chancen stehen nicht besonders gut, aber wenn wir ihrer Entermannschaft genügend Verluste zufügen, kommen sie vielleicht zu dem Schluss, dass wir eine zu kostspielige Prise sind.«

»Es tut mir leid, dass ich nicht helfen kann, Kapitän«, sagte Yan.

»Mir auch, Meister Magier. Aber wir haben zu spät an Euch gedacht«, sagte der Kapitän. »Ein Schiff nimmt nicht schlagartig Fahrt auf wie ein Pferd. Auch wenn Ihr mit einem Wort einen Orkan hättet herbeirufen können, würden wir noch quer vor dem Bug dieses Bastards liegen. Meine eigene Schuld, dass ich nicht früher daran gedacht habe.« Er umklammerte grimmig den Pikenschaft und starrte auf das Kriegsschiff, das sie beinahe erreicht hatte. Der Bug des Charka-Schiffs schien auf das Mitteldeck der *Mannars Gnade* zu zielen, genau auf die Stelle hinter dem Bugaufbau. »Sie werden mein Schiff nicht ohne Kampf einnehmen.«

Der Kapitän lief zur Reling und forderte seine Männer auf, ihn bei der Abwehr der Entermannschaft zu unterstützen. Martello beorderte seine Leute unweit des Backbordaufgangs in Stellung. Die Leibwachen der Lady klammerten sich lediglich an die Reling und glotzten.

An Bord des Charka-Schiffs sah Yan Männer zum Bug laufen und sich dort versammeln. Einige Besatzungsmitglieder trugen Rüstungen aus schwarzen Platten, die weiß abgesetzt waren. Andere waren bis auf Lendenschurz und Kriegsbemalung – weiße Streifen auf Schwarz – nackt. Mit der Bemalung hatten sie mehr Ähnlichkeit mit Skeletten als mit lebendigen Menschen. Ihre Stimmen hatten sich zu einem tiefen, merkwürdigen Singsang in einer gutturalen Sprache erhoben.

Martellos Männer versuchten ihre Musketen abzufeuern, aber nur eine Treibladung zündete. Die Waffe donnerte und spie Rauch und einer der bemalten Männer wankte und fiel über die Reling. »Nachladen und noch einmal versuchen«, befahl Martello, während er seine Pistole zog und ebenfalls schoss. Das Radschloss surrte und sprühte Funken und einen Augenblick später ging die Waffe los. Ein weiterer Angreifer fiel. Das Charka-Schiff schien zu nah zu sein, sich zu schnell zu bewegen, aber irgendwie gelang es den Söldnern, ihre Waffen nachzuladen. Doch kein Knall ertönte, nur das Schnappen der Schlösser, als sogar die Initialladung nicht zündete.

Yan wusste nicht, was er tun sollte. Er war nicht für den Kampf ausgebildet und was er über diese Kunst wusste, beschränkte sich auf die Prügeleien eines ungeübten Jungen vom Lande. Er kannte auch keine Zauberei, die sich für den Kampf eignete. Seine übrige Magie? Nichts schien sich zu eignen, außer vielleicht …

Er lief aufs Unterdeck und holte seine Tasche. Es war unwahrscheinlich, dass der Kapitän seine Erlaubnis jetzt noch verweigerte. Als Yan wieder auf dem Mitteldeck auftauchte, rammte das Charka-Schiff den Kauffahrer.

Die *Mannars Gnade* erbebte. Das Deck wölbte sich auf der angegriffenen Seite nach oben, sodass Yan von den Beinen geholt wurde. Er krachte auf die Planken und rutschte über das Deck, bis er gegen die Steuerbordwand prallte. Einer von Martellos Männern taumelte mit rudernden Armen rückwärts. Der Söldner schlug gegen die Reling und kippte über Bord.

Während der Kauffahrer sich langsam wieder aufrichtete, stieß der Oberkiefer des Fischmauls herab, zerriss Taue und grub seine Zähne in das Deck der *Mannars Gnade*, als wolle das Charka-Schiff ein Stück herausbeißen. Der Kauffahrer erbebte noch einmal wie aus Ekel vor dem Angriff.

Der Fischmaulbug war ein Corvus, eine Enterbrücke, die den Angreifern eine Rampe von ihrem Schiff zur *Mannars Gnade* gab. Eine hochgewachsene Gestalt in voller Rüstung, den Helm so geschmiedet, dass er einem Schädel ähnelte, führte die anstürmende Meute an. Von Panik erfüllte Matrosen stachen mit ihren Piken nach ihm, doch die Spitzen glitten an der Rüstung ab. Er mähte sie gnadenlos nieder, indem er mit seinem doppelhändigen Schlegel auf sie eindrosch und sie zu Boden schmetterte.

Kapitän Lorenalli trat dem Anführer entgegen und schlug nach ihm. Der Mann mit dem Schädelhelm parierte den ersten Hieb und konterte mit einem hüfthoch angesetzten Schwung seiner Waffe. Da die Waffe des Kapitäns nicht genügend Masse besaß, um den Schlegel aufzuhalten, blieb ihm nichts anderes übrig, als zurück zu springen, um dem Schwung auszuweichen. Der gerüstete Mann trat vor und räumte das Ende des Corvus. Bemalte Piraten schwärmten auf beiden Seiten an ihm vorbei auf das Deck der *Mannars Gnade*.

Yan musste voller Entsetzen mitansehen, wie die Piraten auf das Schiff stürmten. Rasch schien die Entermannschaft der Besatzung des Kauffahrers zwei zu eins überlegen zu sein. Das Handgemenge griff um sich, da die Piraten immer mehr Matrosen in den Kampf verwickelten. Männer schrien, fluchten und starben. Eine Gruppe bemalter Kämpfer, die von einem Mann in einer Halbrüstung angeführt wurde, schnitt eine Handvoll Matrosen von den übrigen ab und drängte sie zum Bugaufbau zurück. Die übrigen schlugen sich mit der vom Kapitän der *Mannars Gnade* geführten Gruppe. Befehle brüllend, führte Martello seine Leute in den Kampf. Die Schwerter der Söldner stießen und schlugen in ökonomischen Bewegungen und drängten die vordersten Piraten zurück. Yan sah allein zwei Piraten unter Martellos Schwert fallen. Eine neue Woge strömte vom Corvus und Martello befahl seinen Leuten, sich zurückzuziehen. Dann rief er Kapitän Lorenalli zu, es ihm gleich zu tun.

Ein Rückzug würde den Kampf zu Yan tragen. Entsetzt eilte er den Steuerbordaufgang zum Achterdeck empor. Als er sich dem Ende näherte, packte ihn eine starke Hand am Arm und zog ihn ganz hinauf. Es war einer der Leibwächter der Lady. Der Mann stieß Yan hinter sich und trat mit dem Rapier in der rechten Hand einen Schritt vor, um jeden Pirat daran zu hindern, das Achterdeck zu stürmen.

Yan stolperte über das Achterdeck, die Tasche an die Brust gepresst. Hatte er Merom nur verlassen, um den Tod zu finden? Die Kämpfe auf dem Mitteldeck waren grässlich. Er konnte jetzt nur noch wenig sehen, lediglich Waffen, die sich hoben und senkten. Aber er hörte die Schreie. Er erklomm den halben Aufgang zur Heckkajüte und schob zunächst seine Tasche auf das Kajütdeck, bevor er den Kopf wandte und einen Blick zurück über das Achter- und auf das Mitteldeck warf. Der Kampf war dort noch in vollem Gange. Immer noch kämpften und starben die Männer.

Die Piraten hatten mittlerweile fast alle Matrosen niedergemetzelt und Kapitän Lorenalli war nirgendwo zu sehen. Von einem halben Dutzend Piraten bedrängt, zogen Martello und seine Leute sich zum Backbordaufgang zurück. Nur drei verwundete Matrosen kämpften noch in der Bugkajüte. Die Verteidigung des Kauffahrers brach ganz offensichtlich zusammen.

Die letzten Matrosen, die in der Bugkajüte festsaßen, fielen unter den Waffen der Piraten, deren Reihen daraufhin in Aufruhr gerieten. Der Druck auf Martellos Männer ließ nach, als widerstrebe es den Piraten plötzlich, ihnen zu Leibe zu rücken.

Martello und seine drei überlebenden Söldner nutzten die Atempause, um den Aufgang zum Achterdeck zu erklimmen. Martello selbst war der letzte auf der Leiter und wäre in den Rücken gestochen worden, hätte nicht eine der Leibwachen der Lady am Ende der Leiter gekniet und mit dem Rapier zugestoßen. Der bemalte Mann, der sich gerade auf den Sergeant warf, stürzte sich in die Schwertspitze und zuckte zurück, einen Ausdruck der Überraschung auf dem Gesicht, bevor er auf seine Kameraden fiel und deren Aufstieg ins Stocken brachte. Anstatt die Aufgänge empor zu stürmen, zogen die Piraten sich zurück und scharten sich um den Corvus.

Kein weiterer Angreifer sprang vor.

»Warum haben sie aufgehört?«, fragte Lady Selanna.

»Vielleicht wollen sie Gefangene machen«, ließ sich Nat Gorremo vernehmen.

»Sollten wir uns dann ergeben?«, fragte Frau Gorremo.

»Man wird Euch dort nicht freundlich behandeln«, sagte Martello.

»Aber wir wären noch am Leben«, sagte sie.

»Das bezweifle ich«, sagte Falde. »Ich habe gesehen, wie sie Raldry aufgeschlitzt haben, obwohl er das Schwert zum Zeichen der Aufgabe gehoben hatte.«

»Er war nur ein Seemann«, protestierte Frau Gorremo. »Wir können ihnen Lösegeld bieten.«

»Ihr werdet ihnen mehr als das bieten müssen, wenn sie Euch in die Finger bekommen«, erwiderte Falde.

»Die See wäre gnädiger«, sagte Selanna.

»Schwimmt Ihr gerne?« Martello zeigte auf das Mitteldeck, wo das Maul des Charka-Schiffes sich in das Rettungsboot des Kauffahrers verbissen hatte. Planken des kleinen Boots ragten heraus wie Federn aus dem Maul einer Katze. »Selbst wenn wir uns zum Boot durchschlagen könnten, es ist nicht mehr seetüchtig. Wir kommen nur schwimmend von diesem Kahn herunter.«

»Ich kann schwimmen.«

»In diesen Gewässern gibt es echte Charkas, Lady. Und auch Haie. Und es wird nicht lange dauern, bis alle hier sind, weil Blut im Wasser ist.«

Selanna verschränkte die Arme vor der Brust und funkelte Martello an. Er sagte: »Horesh und Seine Kinder haben die Welt erschaffen, nicht ich. Ich kann sie weder für mich selbst ändern noch für Euch.«

Yan konnte ebenfalls schwimmen, aber die Vorstellung, sich in von Charkas verseuchten Gewässern zu tummeln, missfiel ihm. Außerdem hatten sie keine Ahnung, wie weit und in welche Richtung sie schwimmen mussten. Es war nur zu wahrscheinlich, dass ein Schwimmer, wie gut er auch war, sich verausgabt haben würde, bevor er oder sie Land erreichte.

Es musste eine andere Möglichkeit geben.

Er hatte immer geglaubt, Magie halte die Lösung für alle Probleme bereit, auf die er in der Welt stoßen mochte, aber er war noch immer kaum in die Geheimnisse der Kunst eingeweiht. Er kannte keine Flug- oder Beförderungszauber und für einen Wind war es zu spät, selbst wenn die Piraten ihm die Zeit ließen, einen herbei zu rufen. In Gedanken ging er die Zauber durch, die er kannte, aber in seinem Kopf verwirrten sich alle. Es war keine Zeit für einen rituellen Zauber und mit Geistern kannte er sich zu wenig aus. Zauberei schien die einzige Hoffnung zu sein, aber jedesmal, wenn er versuchte, eine nützliche Symbolkette zusammenzustellen, musste er feststellen, dass ihm eine klare Form fehlte. Die einzigen Zauber, die ihm einfielen, waren zu schwierig oder zu mächtig für ihn, um sie gefahrlos wirken zu können.

Er war sicher, etwas übersehen zu haben. Seine Notizbücher steckten in seiner Tasche. Vielleicht konnte er seinem Gedächtnis auf die Sprünge helfen, wenn er sie durchblätterte. Yan schaute sich nach seiner Tasche um und sah sie am Süll der Deckluke des Achternaufbaus lehnen.

Die Luke.

Er hatte gesehen, wie der Kapitän auf dem Achternkajütdeck durch die Luke mit dem Steuermann auf dem geschützten Teil des Achterdecks geredet hatte. Die Luke war jetzt zwar geschlossen, mit Leinwand abgedeckt und festgezurrt, aber er erinnerte sich an sie. Wie die Luke, die er für seine Passage repariert hatte, bestand sie aus einem Gitterwerk, dass in einen Rahmen aus massiven Holzbohlen eingesetzt war. Sie würde mit mehr als einer Person darauf nicht sonderlich gut schwimmen. Aber wenn sie andersherum im Wasser lag und mit Leinwand abgedeckt war, würde sie große Ähnlichkeit mit den Wasserfahrzeugen aus Tierhaut und jungen Bäumen haben, die die Ranger von Ched bauten. Wenn er die Leinwand stärkte und mit dem Holz verband, würde aus der Luke eine Art Boot werden – zumindest ein Floß. Es würde klein sein, aber ein halbes Dutzend Personen ließen sich darauf unterbringen.

Vielleicht überlebte doch jemand diese traurige Affäre.

»Sergeant Martello«, rief er. Als der Söldner zu ihm kam, erklärte er ihm seinen Plan. Nachdem er die Zustimmung des Söldners hatte, erklomm Yan die Leiter und begann seine Arbeit. Er hoffte, dass ihnen genug Zeit bliebe. Derweil hielt Martello eine Ansprache an die Passagiere.

»Wir brauchen hier jede Hand, die eine Waffe halten kann, aber ich glaube, die Damen sollten nach oben aufs Achternkajütdeck gehen. Diese Hunde kämpfen wie Dämonen, aber wir können sie möglicherweise daran hindern, die Aufgänge zu stürmen. Doch wenn uns das nicht gelingt, müssen wir uns in die Achternkajüte zurückziehen. Schnell. Ich will dort über keinen der hier Anwesenden stolpern.«

»Was ist mit mir, Sergeant? Ich habe keine Ahnung von Schwertern«, sagte Peyto Lennuick, der Sekretär der Gorremos. Das Haar des Mannes war weiß und er sah aus wie eine Vogelscheuche. Er würde im Kampf kaum von Nutzen sein.

»Geht mit den Damen«, sagte Martello. »Aber bleibt in der Nähe des Aufgangs. Schreit, wenn Ihr seht, dass sich diese Hunde auf dem Mitteldeck rühren.«

Peyto und die Damen zogen sich auf das Achternkajütdeck zurück und Yan machte sich an die Arbeit.

Als Bewegung unter die Piraten kam, wurde Yan von seinen Zaubern abgelenkt.

Ein Mann trat vor und blieb auf halbem Weg zwischen Corvus und den Aufgängen zum Achterdeck stehen. Er gehörte zu denjenigen ohne Rüstung und seine Kriegsbemalung war zum Teil vom Schweiß verschmiert und vom Blut abgewaschen. Der Mann hob sein blutiges Schwert zum Himmel und schüttelte es.

»Wir sind *Baratani*! Ihr werdet durch uns fallen. Kommt jetzt zu uns herunter, dann gewähren wir euch einen schnellen Tod.«

»Das ist für dich«, höhnte Bern, der Leibwächter, der Yan den Aufgang heraufgezogen hatte. Er holte aus und ließ den Arm nach vorn sausen. Ein Messer bohrte sich in die Brust des bemalten Mannes. Die Piraten brüllten und tobten, blieben aber, wo sie waren.

Der bemalte Mann sank langsam und schwer atmend in die Knie. Er sah aus, als breche er jeden Augenblick zusammen, hielt sich aber noch minutenlang auf den Knien.

»Sadatonee ray verbarasell«, rief eine Stimme aus der Mitte der Piraten. »Das Ritual muss fortgesetzt werden.«

Ein gerüsteter Mann verließ die Reihen der Piraten, eine langstielige Axt in den Händen. Er holte mit der Waffe aus, schlug wie mit einer Sense zu und enthauptete den bemalten Mann mit einem Schlag. *»Sadatonee ray verbarasell«*, sagte er, während er in die Reihen der Piraten zurückkehrte, ohne noch einen einzigen Blick auf seinen toten Kameraden zu werfen.

»Was für ein Spiel spielen sie, in Horeshs Namen?« Bern klang verzweifelt.

Martello schüttelte den Kopf. »Es ist kein Spiel und ich bezweifle, dass der Herr des Lichts etwas mit ihnen zu schaffen hat.«

»Weiß jemand, was dieses *Baratani* heißt, mit dem sie sich selbst bezeichnen?«, fragte Gorremo. »Was ist mit Euch, Magier? Wisst Ihr etwas darüber?«

Yan hatte den Ausdruck noch nie gehört und sagte es auch. Niemand kannte ihn. Yan überließ die Soldaten ihrer Aufgabe und den Passagieren ihren Mutmaßungen und kehrte zu seinen Zaubern zurück. Er hatte Schwierigkeiten, eine vernünftige Bedeutung für Leinwand zu finden. Er hatte sich gerade etwas überlegt, von dem er glaubte, dass es gelingen würde, als ein weiterer bemalter Krieger vortrat.

»Niemand kann *Baratani* widerstehen!«, rief der Mann. »Wir rufen euch ein zweites Mal an. Kommt herunter. Lasst euch von uns einen ehrenhaften Tod geben.« Der Mann breitete die Arme aus und starrte Bern durchdringend an. Zwei Dutzend Herzschläge lang stand der Pirat da. Dann ließ er mit einem Ausdruck des Ekels die Arme sinken. Plötzlich drehte er sich um, bückte sich und zog seinen Lendenschurz beiseite, sodass er den Leuten auf dem Achterdeck seine entblößte Kehrseite zeigte. Er richtete sich auf, drehte sich wieder zu Bern um und ging rückwärts zu seinen Kameraden zurück. Dabei sagte er: »Ich bin *Baratan*. Deine Weigerung macht dir mehr Schande als mir.«

Gorremo kratzte sich am Kopf. »Kann sich das irgendjemand erklären? Ihr vielleicht, Magier? Sonst jemand?«

»Was sie sagen, hat die Kadenz eines Rituals«, erklärte Yan.

»Sie wirken Magie?«

»Keine, die ich kenne«, erwiderte Yan.

»Ein *Baratan*, zwei *Baratani*«, sagte Peyto leise.

»Es gibt dämonischerweise mehr als zwei von ihnen, Schreiber«, sagte Gorremo mit beißender Schärfe.

Peytos Mund zuckte und er sagte nichts mehr. Yan hielt Schweigen für eine gute Politik und versuchte die Arbeit an seinen Zaubern wieder aufzunehmen. Er hatte den Vorgang des Bindens der Leinwand an das Holz gerade beendet, als Peyto ihm auf die Schulter klopfte. Er sah auf und wandte den Kopf in die Richtung, in die der Sekretär schaute. Der bemalte Mann stand wieder zwischen den übrigen *Baratani* und dem Achterdeck.

»Zum dritten Mal rufen wir euch. Wir sind *Baratani*! Wir sind euer Tod! Gebt euren Anschein von Leben auf und kommt zu uns herunter.«

Die Überlebenden auf beiden Decks sahen zu, wie der Mann wieder sein Ritual der Verächtlichmachung vollzog. Diesmal sagte niemand etwas. Martello teilte seine Leute mit einer Geste auf: zwei an jeden Aufgang. Zwei der Leibwächter gesellten sich zu Martello und dessen Mann am Steuerbordaufgang, während die übrigen die beiden anderen am Backbordaufgang verstärkten. Nat Gorremo ging in eine Richtung, dann in die andere und blieb schließlich mittschiffs stehen.

Etwas flog aus der Menge der *Baratani* auf dem Mitteldeck zu ihnen herauf und fiel mit feuchtem Klatschen auf das Achterdeck. Blut spritzte. Der Gegenstand kollerte über das Deck, bis Nat Gorremo einen Fuß ausstreckte und ihn damit anhielt.

Kapitän Lorenallis geöffnete Augen starrten blicklos gen Himmel.

Die *Baratani* stießen einen Schrei aus und wogten vorwärts.

Die Kämpfe an den Aufgängen waren heftig und kurz. Das Patt endete, als sich einer der bemalten Männer in die Spitze der Pike warf, die von dem Söldner neben Martello geschwungen wurde. Das Gewicht des aufgespießten Mannes zog den Söldner vorwärts und aus den Schutzkreis der Klingen seiner Kameraden heraus. Bevor er die Pike loslassen konnte, packte ein *Baratan* mit beiden Händen seinen Arm und zog ihn aufs Hauptdeck herunter. Während die beiden Männer den Aufgang herunterfielen, warfen sich mehrere *Baratani* in die so entstandene Lücke in den Reihen der Verteidiger. Die ersten Piraten, die das Achterdeck erreichten, starben rasch, aber ihre Kameraden, die ihnen folgten, drängten vorwärts und benutzten ihre Leichen als Schilde. Mehr *Baratani* erzwangen sich Zutritt zum Achterdeck. Ohne den Vorteil einer kleinen Front, den der Flaschenhals an den Aufgängen bot, konnten die Verteidiger der zahlenmäßigen Überlegenheit der *Baratani* nicht standhalten. Martello befahl lauthals den Rückzug. Nur er selbst, Falde, Nat Gorremo und Bern schafften es auf das Achternkajütdeck.

Die *Baratani* stürmten die Achternkajüte nicht sofort und überraschten die Überlebenden mit ihrem Widerstreben. Gorremo glaubte, dass die *Baratani* zuvor noch einmal ihr Ritual durchführen würden, aber Yan bezweifelte das. Doch er hatte keine Zeit, über die Lage nachzudenken, weil Martello Falde und Gorremo am Aufgang postierte und zu ihm kam.

»Seid Ihr fertig, Meister Magier?«

»Die Zauber sind nicht vollständig.«

»Sie müssen reichen.«

Martello rief Bern zu sich und die beiden Männer stemmten sich gegen die Luke und hoben. Yan half ihnen bei ihren Bemühungen und gemeinsam gelang es ihnen, die Luke auf die Seite zu kippen. Vor Anstrengung schnaufend, schleppten sie sie zur Reling.

»Wartet«, rief Peyto, das Tau schwingend, in das er Knoten geknüpft hatte. »Macht die Luke zuerst damit fest, sonst treibt sie uns ab.«

Als das Tau befestigt war, flog die Luke über Bord. Zu seiner Erleichterung sah Yan sie augenblicklich wieder auftauchen. Seine Zauber mussten wenigstens teilweise gelungen sein.

»Die Frauen zuerst«, sagte Martello.

Lady Selanna nickte ihm zu und trat an die Reling. Sie schaute nach unten und umklammerte das Tau mit einer Hand. Sie verzog das Gesicht ob dessen Rauheit. Mit einer herrischen Geste bedeutete sie Yan zu sich, um ihr dabei zu helfen, über die Reling zu steigen. Yan hielt sie, während sie mit den Beinen das Tau suchte und sich bis zum ersten Knoten herabgleiten ließ. Sie holte tief Luft und ließ sich mit überraschender Geschicklichkeit Hand über Hand hinab. Yan beobachtete sie, bis sie sicher auf dem Floß stand.

Gorremo gesellte sich zu ihnen an die Reling. »Sie formieren sich.«

»Sie kommen«, rief Falde vom Aufgang herüber.

Martello und Bern eilten zu ihr, da sich Rufe wie »Tod! Tod euch allen!« vom Achterdeck erhoben.

»Geh, Weib«, drängte Gorremo, indem er seine Frau zum Tau drängte.

»Ich habe Angst«, sagte sie. Ihre Stimme brach und enthüllte, wie nah sie der Hysterie war. »Lass Peyto gehen.«

Ohne Proteste kletterte der alte Sekretär über die Reling und nach unten. Aber er hatte nicht genügend Kraft und verlor den Halt, sodass er mit einem Klatschen ins Meer fiel. Frau Gorremo schrie auf. »Die Charkas!« Sie wich einen Schritt von der Reling zurück.

»Dumme Kuh.« Gorremo schob sie beiseite und schwang sich selbst über das Geländer.

Ein Grunzen hinter sich ließ Yan herumfahren. Einer der Piraten kletterte durch die Luke auf das Kajütdeck. Yan rief Martello eine Warnung zu.

»Ich kann es nicht ändern«, rief der Sergeant zurück, indem er einen Ausfallschritt machte und einem Piraten sein Schwert in den Arm stieß. »Unternehmt Ihr etwas gegen ihn.«

Wie zum Beispiel?

Dieser *Baratan* war einer derjenigen, die eine volle Rüstung trugen. Seine Züge waren unter einem Helm mit Visier verborgen, der so geschmiedet war, dass er einem Schädel ähnelte. Obenauf wackelten zwei schwarze Federn wie Kobras. Für einen Augenblick hielt Yan ihn für den Mann, der den Sturm auf das Deck der *Mannars Gnade* angeführt hatte, aber jener Krieger hatte keine Federn auf seinem Helm gehabt. Und auch nicht das fleckige zweihändige Schwert geschwungen, das neben dem Süll auf dem Deck lag. Wenn dieser als Krieger auch so beschlagen war wie der erste, schien ihrer aller Schicksal besiegelt.

Der Mann in der Rüstung mühte sich ab, sich auf das Achternkajütdeck zu hieven. Die Lukenöffnung war sehr schmal und er wurde noch zusätzlich durch seine Rüstung behindert. Er würde nie wieder so verwundbar sein. Ohne nachzudenken, eilte Yan in der Absicht zu ihm, den *Baratan* mit einem Fußtritt erneut nach unten zu befördern, aber der Mann sah Yan kommen. Er stützte sich auf einen Arm und ergriff mit der anderen sein Schwert, als Yan sich näherte. Mit seinem ungezielten ersten Hieb hätte der *Baratan* ihm beinahe den Fuß abgetrennt.

Yan sprang zitternd aus der Reichweite des Schwerts zurück. Er hätte sich beinahe übergeben, als ihm klar wurde, wie knapp er dem Schicksal entronnen war, verstümmelt zu werden.

Der *Baratan* legte sein Schwert wieder auf das Deck und setzte seine Bemühungen fort, sich durch die Lukenöffnung zu zwängen.

Am Aufgang wurde Falde von einer Pike in den Bauch getroffen und fiel gegen Martello. Zwei Piraten nutzten die Gelegenheit und stürmten an der sterbenden Frau vorbei. Martello wurde über den Haufen gerannt, sein Schwert flog über das Deck.

Alles fiel auseinander.

Der Mann in der Rüstung zog sich schließlich auf das Kajütdeck und richtete sich auf. Er nahm sein Schwert und ging auf Yan zu, wobei er es wie eine Sense hin und her schwang.

Yan wich an die Reling zurück, bis er die Knoten des Taus im Rücken spürte. Der Schweiß lief ihm in dünnen Rinnsalen die Seiten herunter. Frau Gorremo stand wie gelähmt da, ein Schritt näher zu dem *Baratan*. Das Schwert des gerüsteten Mannes zuckte vor und trennte ihr den Kopf von den Schultern. Yan schnappte nach Luft und sah selbst dem Tod ins Gesicht, als der *Baratan* das Schwert hob.

Yan warf sich zur Seite und konnte dem Schwert gerade noch ausweichen, als es heruntersauste und die Reling an der Stelle traf, wo er eben noch gestanden hatte. Er warf einen Blick aufs Wasser. Die Luke schwamm noch nah beim Schiff, aber der Hieb des *Baratan* hatte das Tau durchtrennt. Herabklettern war damit nicht mehr möglich.

Mehr *Baratani* stürmten auf das Kajütdeck.

Der gerüstete Krieger befreite sein Schwert und näherte sich Yan, wobei er es langsam hob.

Keine Zeit mehr.

Er konnte nicht kämpfen. Seine Magie war nutzlos.

»Deine Zeit ist gekommen.« Die Stimme des *Baratan* hallte unter dem Helm.

Nein. Nein!

Das Schwert hob sich noch höher.

»Nein!« Yan nutzte die einzige Möglichkeit, die ihm noch blieb. Er sprang über die Reling ins Meer.

Das Wasser war kalt und schlug über ihm zusammen. Er war verwirrt und es half auch nicht, dass er die Augen öffnete. Alles war dunkel. Er strebte dorthin, wo er die Oberfläche wähnte. Glücklicherweise hatte er sich nicht geirrt.

Sein Kopf durchbrach die Wasseroberfläche und sofort waren seine Ohren wieder vom Kampflärm an Bord der *Mannars Gnade* erfüllt. Er war nur ein paar Schritt von der Luke entfernt und schwamm darauf zu. Lady Selanna saß mitten auf dem notdürftigen Floß und Nat Gorremo klammerte sich an einer Seite fest. Peyto Lennuick ruderte nicht weit entfernt mit den Armen, kam dem Floß aber ganz offensichtlich nicht näher. Yan änderte die Richtung und schwamm zu dem Sekretär. Sie rangen kurz miteinander, bis Peyto erkannte, dass Yan ihm zu helfen versuchte, und sich von ihm zum Floß schleppen ließ.

Über sich hörte Yan den gerüsteten *Baratan* schreien. »Tod! Tod euch allen!«

»Wir sind jetzt außer Reichweite, du von Horesh verlassener Bastard!« Gorremo schüttelte die Faust, während er das rief. Zur Lady sagte er: »Dieser gerüstete Bastard wird es nicht wagen, uns zu folgen, weil er sofort ertrinken würde. Seine schwere Rüstung zöge ihn so sicher herunter wie Fisés Netze.«

Der *Baratan* verschwand außer Sicht. Einen Augenblick später war er wieder da und setzte mit einem irrsinnigen Sprung über die Reling hinweg, während er gellend laut »Tod!« brüllte. Der gerüstete Mann landete mit beiden Füßen auf dem Floß, aber die Wucht des Aufpralls drückte ein Ende der mit Leinwand bespannten Luke unter Wasser. Lady Selanna verlor den Halt und rutschte dem *Baratan* entgegen. Der ließ in einem einhändigen Hieb, der ebenso Angriff wie Versuch war, das Gleichgewicht zu halten, das Schwert herabsausen, das Nat Gorremo am Halsansatz traf und ihn auf der Stelle tötete.

Yan hievte sich halbwegs aufs Floß. Der *Baratan* schwankte immer noch. Lady Selanna rappelte sich auf Hände und Knie auf und versuchte wegzukriechen. Yan streckte eine Hand nach dem Knöchel des *Baratan* aus. Er spürte, wie er wieder ins Wasser glitt, doch seine Finger schlossen sich um ihr Ziel. Der *Baratan* hob sein Schwert, um Yan den Arm abzutrennen. Mit einem jähen Ruck brachte dieser den Mann endgültig aus dem Gleichgewicht. Der *Baratan* ließ das Schwert los und fiel mit rudernden Armen. Als der gerüstete Mann ins Wasser fiel, schoss seine Hand vor und seine behandschuhte Faust schloss sich um Lady Selannas Rock. Schreiend rutschte sie ins Wasser und wurde mitgerissen, als er versank.

Durch den Kampf war das Floß ein Stück weit von der *Mannars Gnade* abgetrieben worden. Offenbar aus der künstlichen Flaute entlassen, die den Kauffahrer einhüllte, trieb das Floß immer weiter davon. Je weiter es sich von dem Handelsschiff entfernte, desto leiser wurde der Kampflärm, bis er schließlich gänzlich verstummte. Einen Augenblick lang hörte Yan ein Brüllen, bei dem ihm das Blut in den Adern gefror, als reiße irgendeine wilde Bestie ein Tier. Dann senkte sich Stille über ihn, vom leisen Schwappen der Wellen und dem keuchenden Atem Peyto Lennuicks, dem letzten noch verbliebenen Gefährten, abgesehen.

In Richtung des gekaperten Kauffahrers glühte der Nebel wie eine Metallschmelze.

~ 6 ~

Erst beim Erwachen erkannte Yan, dass er eingeschlafen war. Er hatte das Gefühl, als habe ihn jemand geweckt. Vielleicht sein Bruder Fal, der ihm einen Klaps auf den Hintern gegeben hatte, um ihn für einen weiteren Tag im Geschäft aus den Federn zu scheuchen? Doch nein, Fal war zu Hause in Sicherheit – dem Gott, der auch immer dafür verantwortlich war, sei Dank – und nicht hier bei Yan mit einem durchnässten Sekretär an Bord einer Schiffsluke, aus der Yan mit Hilfe seiner Magie ein notdürftiges Floß hergestellt hatte.

Sie waren immer noch vom Nebel umgeben, doch es war bereits Tag. Tief am Himmel glühte eine matte rote Scheibe. Die Sonne war aufgegangen und der seltsame Nebel löste sich langsam unter dem Einfluss von Horeshs feurigem Auge auf. Bald würde Yan die Umgebung sehen können. Er befürchtete, dann das schreckliche Charka-Schiff zu entdecken, wie es sich ihnen unbarmherzig näherte.

Das Gefühl, geweckt worden zu sein, blieb, obwohl die Phantomerinnerung an Fal Yan verlassen hatte. Außer Peyto und Yan war niemand auf dem Floß. Er warf einen Blick auf seinen Gefährten. Peyto lag vor einer Kante der Luke und schlief. Er hatte die Beine ganz dicht an den Körper gezogen, sodass seine hagere Gestalt Ähnlichkeit mit einer Kugel bekam. Ein Arm lag als Kopfkissenersatz unter dem Kopf, der andere hing schlaff über der Lukenkante. Der alte Sekretär sah aus, als schlafe er tief und fest, und klang auch so. Er schnarchte.

Yan war der Ansicht, dass er bemerkt hätte, wenn Peyto sich im Schlaf herumgewälzt und ihn angestoßen hätte. Er fragte sich noch immer, was ihn geweckt hatte, als das Floß erbebte, als sei es von etwas getroffen worden. Peyto ächzte und Yan sah ihn an. Der Sekretär lag weiter zusammengerollt da. Er hatte das Floß nicht erschüttert.

Dann also etwas im Wasser.

Der Nebel hatte sich noch nicht gänzlich aufgelöst, also blieb die Sicht eingeschränkt. Yan konnte die Wasseroberfläche nur im Umkreis von vielleicht zehn Schritten erkennen. Bei seinem ersten Rundumblick sah er nichts, was die unbewegte See jenseits des Lukenrands aufgewühlt hätte. Dann fiel ihm eine Bewegung ins Auge, etwas, das die Wasseroberfläche durchschnitt und sich ihnen näherte.

Eine Rückenflosse.

Yan trat den Sekretär gegen das Bein. »Aufwachen, alter Mann.« Peyto erbebte lediglich.

Die Rückenflosse war jetzt viel näher. Yan konnte eine dunkle Gestalt unter der Wasseroberfläche erkennen, vorn breit, sich dann aber zu einem kraftvollen Schwanz verjüngend, der die Gestalt vorwärts trieb. Ein Hai.

Yan eilte schwankend über das Floß und packte Peyto, um ihn vom Rand wegzuziehen. Bei Yans Berührung schlug der alte Mann wild um sich, doch es gelang Yan, ihn in dem Augenblick hochzuhieven und vom Wasser wegzuziehen, als das Maul des Hais die Wasseroberfläche durchbrach. Yan konnte aus beängstigender Nähe einen eingehenden Blick in das mit Dolchzähnen gefüllte Maul der Bestie werfen, da die Kiefer ins Leere schnappten.

Für Yans Geschmack eine zu knappe Angelegenheit.

Yan war kein Seemann, aber er war doch nicht so dumm, einen Arm ins Wasser hängen zu lassen. Er drehte sich in der Absicht um, Peyto für diese gefährliche Dummheit zu schelten. Seine Augen weiteten sich, als er das Blut sah, das aus dem zerfetzten Stumpf von Peytos Unterarm sprudelte. Yans Magen krampfte sich zusammen und er würgte. Er wandte gerade noch rechtzeitig den Kopf, um den Verletzten nicht mit den Überresten seiner letzten Mahlzeit zu bespritzen.

Als er sich wieder gefangen hatte, sah er, dass Peyto sich beide Arme vor das Gesicht hielt, den Blick starr auf die Stelle gerichtet, die seine linke Hand bedeckt hätte. Aus dem Stumpf spritzte in schwachen Stößen das Blut. Bei dem Schlag, den Yan im Wachzustand gespürt hatte, musste es sich um den Angriff des Hais gehandelt haben, sonst wäre Peyto mittlerweile längst verblutet. Er konnte immer noch verbluten, wenn Yan nichts unternahm. Die Blutung musste aufgehalten werden.

»Haltet den Arm hoch«, sagte er zu dem graugesichtigen Peyto. »Haltet ihn oberhalb des Herzens.«

Yan zog sich die Jacke aus, dann das Hemd. Er trennte eine Hemdnaht auf und riss dann Leinenstreifen vom Saum ab.

Seine Gedanken überschlugen sich bei der Arbeit. Er wusste, dass er einen dünnen, harten Gegenstand brauchte, um die Aderpresse festzuziehen, so etwas wie eine der Latten, aus denen die Luke bestand. Genau so etwas. Ihm fiel wieder ein, dass bei der Landung des gerüsteten *Baratan* ein paar dieser Latten trotz Yans Stärkungszauber gesplittert waren. Er suchte die Stelle und bemerkte, dass eine der Latten durchgebrochen war. So viel zur Kraft seiner Magie. Dennoch, jetzt war er erleichtert, dass er hatte, was er brauchte, um Peyto zu helfen. Sein Unvermögen, das Holz so zu stärken, dass es nicht mehr brechen konnte, war jetzt unwichtig oder vielmehr von Vorteil.

Sein früheres Versagen mochte nun Peytos Rettung sein.

Yan ergriff die Latte und bereitete sich darauf vor, den Zauber zu lösen, musste jedoch feststellen, dass dies unnötig war, weil der Zauber bereits in sich zusammengefallen schien. Ein Blick unter die Latten verriet ihm, dass der Versiegelungszauber noch hielt, aber er hatte den Verdacht, dass dieser Zustand nur vorübergehend war. Nachdem er sich um Peyto gekümmert hatte, musste er seine Zauber erneuern.

Yan stellte den Fuß an die Stelle, wo die Latte brechen sollte, und zog daran, bis sie mit einem Knacken durchbrach. Das plötzliche Nachlassen des Widerstands ließ ihn das Gleichgewicht verlieren und er fiel schmerzhaft mit dem Rücken auf die harte Kante der Luke. Voller Angst kroch er vom Rand weg.

Yan sammelte seine dürftigen Hilfsmittel ein und kehrte zu Peyto zurück. Er wickelte einen Streifen Leinen um Peytos Arm, schob das Stück Holz in eine Schlaufe, die er aus den losen Enden des Streifens knüpfte, und drehte den Verband mit dem Holz straffer. Als er sah, dass die Blutung aufhörte, band er den Stock fest. Schließlich verband er die Wunde mit den übrigen Leinenstreifen.

Peyto brauchte bald einen richtigen Arzt oder Heiler, weil Yan dem Verwundeten nicht die Behandlung zukommen lassen konnte, die dieser nötig hatte. Er tat, was er konnte, indem er sich in Trance versetzte und seine Gelassenheit auf Peyto übertrug. Yan versetzte den Sekretär in einen tiefen Schlaf und so in einen Ruhezustand, der es seinem Körper ermöglichte, sämtliche Kräfte auf die Verarbeitung und Heilung der Wunde zu richten.

Als Yan aus seiner Trance wieder in die gewöhnliche Welt glitt, hatte die Sonne ihre Arbeit erledigt und den Nebel vollständig aufgelöst. Es war keine Spur von Land zu sehen, aber Yan sah zumindest auch keine Spur vom Charka-Schiff. Er und Peyto waren allein, zwei Männer auf einem fadenscheinigen Gefüge aus Holz und Leinwand mitten auf dem weiten Meer.

Yan machte sich daran, das Gefährt so seetüchtig zu machen, wie ihm dies überhaupt möglich war. Ohne Werkzeuge und Hilfsmittel waren seine Zauber noch schwächer. Er würde sie regelmäßig erneuern müssen. Nach getaner Arbeit war er ziemlich müde. Müde, hungrig und durstig, aber durstig in erster Linie. Yan sah sich um. So viel Wasser und nichts davon trinkbar.

Er hatte auch früher schon als Teil seiner Ausbildung gefastet, aber unter ganz anderen Voraussetzungen. Früher hatte er immer gewusst, dass Essen und Trinken zur Hand waren, sollte er es wirklich brauchen. Hier draußen würde ein Nachlassen der Willenskraft keine Erleichterung bringen. Hier draußen gab es keinen leichten Ausweg und keinen Trost.

Der Abend brachte eine Erholung von der gnadenlosen Sonne. Die Haut von Yans Gesicht, den Händen und den Stellen, wo ihm sein zerrissenes Hemd keinen Schutz mehr bot, war empfindlich. Peyto hatte in dieser Hinsicht weniger zu leiden, da er Yans Jacke trug, die ihn vor der Sonne schützte. Yan hätte seine Jacke gern wieder angezogen, als der Abend in die Nacht überging und es empfindlich kühl wurde, aber er tat es nicht. Peyto brauchte sie dringender als er. Kälte würde nur Peytos Kampf erschweren, die Verletzung zu überleben. Yan wickelte die Jacke eng um den Sekretär.

Außer der Kälte brachte die Nacht auch Sterne in einer Fülle, wie Yan sie noch nie gesehen hatte. Sie erstreckten sich von einem Horizont zum anderen und füllten den Himmel aus. Zwischen ihnen zogen die Monde ihre Bahn. Mavra, der größte, war nicht mehr als eine dünne Sichel, deren Licht die funkelnde

Pracht kaum beeinträchtigte. Arsha, der zweite, wirkte voller, aber der winzige Heka befand sich gerade mitten in seiner dunklen Phase und war nur ein schwarzer Fleck inmitten der Sterne.

Hier auf dem Meer sahen die Sterne heller aus und die Sternbilder traten deutlicher hervor. Das Rad, die Schlange und das Schwert waren leicht auszumachen. Er hielt nach dem Pflug Ausschau, bis ihm wieder einfiel, dass er zu dieser Jahreszeit unterhalb des Horizonts stand. Der Hengst hatte noch nie zuvor ein Auge besessen und auch die Speichen des Rads waren ihm noch nie so solide vorgekommen. Der Kelch funkelte hoch am Himmel und sein eigenes Geburtszeichen, der Geisterlord, hing niedrig und war zur Hälfte vom Meer verdeckt.

Es hatte den Anschein, als gebe es hier draußen mehr Sterne. Yan wünschte, er hätte Gan Tidonis großes Teleskop gehabt. Kapitän Lorenallis Fernrohr hätte es auch getan. Aber er verfügte weder über das eine noch über das andere, er besaß nur seine Augen. Und die erblickten eine solche Pracht, dass er seine Notlage für ein paar Stunden beinahe vergaß.

Am nächsten Morgen war er sicher, dass sie nicht ziellos dahintrieben, sondern sich langsam und stetig in eine Richtung bewegten. Er hatte den Verdacht, dass das Floß von einer Strömung erfasst worden war, und hoffte, dass sie in die Nähe des Landes führte. Ohne Karten und Instrumente reichten seine navigatorischen Fähigkeiten nicht aus, um darüber Aufschluss zu gewinnen.

Hunger und Durst waren am zweiten Tag Yans aufmerksame Begleiter. Peyto war immer noch die meiste Zeit bewusstlos, was Yan leichter zu ertragen fand. Wenn der Sekretär wach war, weinte er unablässig. Yan verbrauchte den Rest seines Hemds, um den Verband um Peytos Stumpf zu wechseln. Er befürchtete, dass die Wunde brandig werden könnte. Der Tag schleppte sich in drückender Hitze dahin. Am Abend war Yan nicht mehr in der Lage, sich ausreichend zu sammeln, um den Versiegelungszauber für die Leinwand zu erneuern.

Seine Haut war an Rumpf und Armen mit Blasen übersät und pellte sich in unansehnlichen grauen Streifen. Peytos Gesicht und die ihm verbliebene Hand waren verbrannt und pellten sich ebenfalls. Dadurch wirkte er wie einer der Diener in Boshkierons Gemälde vom Dämonenhof. Yan brauchte keinen Spiegel, um zu wissen, dass sein Gesicht ähnlich aussah. Er hatte Kräuter für derartige Verbrennungen, aber die waren in seiner Dachstube im *Pflug und Anker*.

Nein, das waren sie nicht. Er hatte sie verkauft, um seine Passage in ein besseres Leben bezahlen zu können. Er wohnte nicht mehr in einer beengten Dachstube über einem Gasthof.

Er wohnte auf einem winzigen Floß mitten auf dem Meer.

Er befürchtete, dass er den Bezug zur Wirklichkeit verlor.

In dieser Nacht hatten die Sterne keinen Reiz für ihn.

Gegen Mitternacht, als der Geisterlord den höchsten Punkt seiner Wanderschaft erreichte und sein Zepter sich vom Horizont gelöst hatte, sah Yan eine Rückenflosse durch das Wasser schneiden und auf das Floß zuhalten. Er beeilte sich, Peytos Arm aus dem Wasser zu ziehen, doch Peytos Arm hing gar nicht im Wasser. Der Sekretär lag zusammengerollt in der Mitte des Floßes.

In der Erwartung, der Hai sei ebenfalls eine aus dem Delirium geborene Erscheinung, schaute Yan noch einmal aufs Wasser, um zu sehen, ob er noch da war.

Er war es.

Die Rückenflosse tauchte unter, als sie sich dem Floß näherte. Einen Augenblick später stieß etwas von unten gegen das Floß.

Yan kauerte sich zu einer Kugel zusammen. Sein Magen schmerzte und seine Kehle schmerzte, als habe er stundenlang geschrien. Er wollte woanders sein. Irgendwo. Was konnte er tun? Wenn er klein genug war, konnte er sich verstecken und sein Vater würde ihn nicht finden. Wenn er sich verstecken konnte, würde ihm niemand weh tun. Er zog sich in die Finsternis zurück.

Am dritten Tag brachte die Sonne wieder einen klaren Himmel.

Es war der dritte Tag, oder nicht? Er hatte doch keinen Tag vergessen, oder? Yan war bestürzend unsicher.

Er war so durstig.

Er kroch zum Rand der Luke und schöpfte mit einer Hand Wasser. Dabei beeilte er sich, damit ihm nicht ein Hai die Hand vom Arm riss. Das Wasser funkelte in der Sonne. Einladend. Kühl.

Es brannte auf seinen rissigen Lippen und füllte seinen Mund mit einem widerlichen Salzgeschmack.

Spöttisches Gelächter erscholl rings um ihn.

Yan warf sich rückwärts vom Rand in die Mitte des Floßes, wo er gegen Peyto stieß. Der Sekretär stöhnte, ein knisternder, kranker Laut. Ein Klatschen veranlasste Yan, sich umzudrehen, doch er sah nichts. Er fuhr wieder herum, da er befürchtete, dass sich etwas an ihn anschlich, und erkannte, dass er recht hatte. Rückenflossen kreuzten drei, vier Schritt vom Floß entfernt im Wasser.

Die Haie waren zurückgekehrt.

Yan kuschelte sich an Peyto und machte sich ganz klein. Er zog die Knie ganz nah an den Leib und sah zu, wie die Haie um das Floß kreisten.

Und kreisten.

Warteten.

Auf ihn warteten.

Ohne Warnung katapultierte sich einer der Haie aus dem Wasser. Sein Maul öffnete sich und Yan sah die spitzen Zähne, die das dunkle Loch seines Rachens einrahmten. Ein drei Schritt langer Körper aus Muskeln und gefräßiger Gier schoss ihm entgegen.

Mitten im Sprung verwandelte der Hai sich in einen Domarag, einen der gestreiften Delphine, die im Danteriff beheimatet waren. Anstatt auf ihn zu fallen, segelte die Bestie über das Floß hinweg. Wasser, das von seinen schlanken Flanken troff, fiel auf Yan und versengte ihn wie kochendes Blut.

Yan ließ sich von den Tricks der Kreatur nicht täuschen.

Haie waren keine Domarags. Haie fraßen Menschen.

Die Haie umkreisten das Floß und verspotteten ihn. Er lag tief in dem Floß, so tief, dass er die kreisenden Rückenflossen nicht sehen konnte. Aber er konnte den Haien nicht entkommen. Mit dem Ohr an der Leinwand konnte Yan ihr Gelächter hören.

»Gib uns Peyto, dann bist du frei«, riefen sie.

Yan schüttelte den Kopf.

»Wir werden dich nicht fressen«, sagten sie.

Er wusste, dass sie logen. Einmal hatte er Peyto bereits vor ihnen gerettet. Das würden sie ihm niemals verzeihen.

»Peyto ist tot«, sagten sie.

»Nein«, krächzte Yan. »Noch nicht.«

»Er ist doch nur Fleisch. Wenn du ihn nicht essen willst, gib ihn uns.«

Yan wandte den Kopf, um den Sekretär anzusehen. Er hatte seit über einem Tag keinen zusammenhängenden Satz mehr herausgebracht. Mit Sicherheit wirkte er wie tot. Seine Atmung, falls er überhaupt atmete, war flach und sehr langsam. Ein Toter würde nur stinken, stinken wie der Stumpf am Ende von Peytos Arm.

»Ja, er wird stinken, wenn du ihn behältst«, sagten die Haie eifrig. »Gib ihn uns. Wir nehmen dir das Problem ab. Keine Sorgen mehr.«

Yan streckte die Hand aus und legte sie auf Peytos Hals. Er war nicht sicher, aber er glaubte einen schwachen Puls zu fühlen.

»Wir lassen dich in Ruhe, wenn du ihn uns gibst.«

»Nein.«

»Wenn du ihn nicht isst, nützt er dir nichts. Gib ihn uns.«

Der Gedanke daran, den Sekretär zu essen, veranlasste Yans Magen zu Bocksprüngen. Er krümmte sich vor Schmerzen, um abwechselnd zu würgen und nach Luft zu schnappen.

Nach einer Weile hörten die Haie auf, ihm Dinge zuzurufen. Langsam, sehr langsam, ließ das Verlangen nach, seine Gedärme auszuspeien. Das Meer wurde ruhig und die Sonne versank allmählich darin. Yan fragte sich, warum es ihn zuvor so gestört hatte, allein auf dem Meer zu treiben. Die Stille gefiel ihm. Er war froh, dass die Haie fort waren.

In einem beängstigenden Augenblick der Klarheit begriff er, dass ihm vermutlich nicht mehr viel Zeit blieb.

Dann war das Meer nicht mehr still. Es fing an zu knarren und zu klappern. Gelächter erscholl aus seinen Tiefen.

Yan kämpfte sich auf einen Ellbogen hoch.

Die Haie waren zurückgekehrt, und zwar in einer Anzahl, die das Zählen nicht lohnte – mindestens ein Dutzend. Sie bildeten ein Geschwader, eine Flotte, eine Flottille und kreuzten vor einer großen Barke, die von einem einzelnen Mann gerudert wurde.

Das war Fisés Barke.

Es konnte keinen Zweifel geben. Yan sah den breiten dunklen Rumpf, das einfache raue Segel und die Netze, die über der Seite hingen. Der Fischer der Tiefe, der Menschenfischer kam, um Yan zu holen. Yan konnte erkennen, wie Fisé von seinem Platz am Ruder des Boots nach vorn trat. Nach vorn trat, um die Luke mit seiner Barke zu vertäuen.

Der Gottling Fisé wirkte bei weitem nicht so beeindruckend, wie Yan vermutet hätte. Er sah wie ein magerer alter Mann aus, knorrig und von einem Leben der Arbeit auf dem Meer gebückt.

Nachdem er das Floß mit seiner Barke vertäut hatte, bestieg der Fischer der Tiefe Yans bescheidenes und völlig unzureichendes Machwerk. Der Menschenfischer sah sich die beiden geschwächten und kränkelnden Reisenden an Bord an und kniete sich neben Peyto. Yan sah, wie Fisé den Kopf abwandte, als ihm der Gestank des schwarz verfärbten Stumpfs in die Nase schoss. Der Sekretär tat ihm leid. Der arme Peyto. Vom Menschenfischer zurückgewiesen. Er würde für immer und ewig auf dem Meer treiben, aber hatten sie das nicht bereits getan?

Fisé beugte sich über Peyto und flüsterte dabei, während er irgendetwas mit dem von allen Göttern verlassenen Sekretär anstellte. Danach war Yans Aufmerksamkeit eine Weile woanders, doch sie kehrte rechtzeitig zurück, um zu bemerken, wie Fisé ein riesiges Schwert aus seinem Gürtel zog. Horeshs niederträchtiges Auge glitzerte auf dem Stahl.

Peyto sollte weggeschnitten werden.

Yan betrachtete den Sekretär und sein Herz war von Mitleid erfüllt. Er konnte den Blick nicht von der Schwärze abwenden, die in das Ende von Peytos Arm gekrochen war, von den Ranken der Fäulnis, die sich vom Stumpf über den Ellbogen und an der neuen

Aderpresse vorbei ausbreiteten, da sie in Peytos Schulter und weiter in seinen Rumpf vordringen wollten. Die Ranken suchten das Herz des Sekretärs, einen warmen Ort, wo sie sich zusammenrollen konnten, und einen Ort, den sie verderben und ebenso widerlich und ekelhaft wie sich selbst machen konnten.

Fisé ließ die Klinge auf das stinkende Ding am Ende von Peytos Arm herabsausen. Der Sekretär schrie und trat um sich. Yan stöhnte und schloss die Augen vor dem Fäulnisschwall.

Als er sie wieder öffnete, wirkte Peyto ebenso wie zuvor, wenngleich nicht mehr so gleichmäßig, aber die Schwärze war weniger geworden. Fisé warf eine großzügige Gabe ins Wasser. Die Haie umschwammen das Geschenk des Menschenfischers und die Geister der Luft, die wie verlorene Seelen oder vielleicht wie Seevögel schrien, stießen auf Fisés Geschenk herab und kämpften darum.

Niemand kämpfte um Yan. Alle wollten nur, dass er fortging.

Fisé verließ das Floß, Peyto in den Armen.

Äonen später spürte Yan die starken Arme des Menschenfischers um sich. Fisé roch nach Meer und altem Fisch. Wie passend. Yan wurde in eine sich drehende Welt aus Licht, Wellen und lachenden Haien gehoben.

Er kam auf einer harten, unebenen Oberfläche zur Ruhe. Fisé beugte sich über ihn und öffnete den Mund, da er zweifellos das Geschenk suchte, das die klugen Toten dem Menschenfischer immer mitbrachten. Da er kein Geschenk fand, durchsuchte Fisé Yans Kleider und auch seinen Beutel.

Yan war nur noch ein Gegenstand von echtem Wert geblieben und das war sein *Claviarm*. Schließlich fand Fisé es.

Yan sah zu, leidenschaftslos. Was geschah, geschah mit einem anderen Menschen. Er war tot, oder nicht?

Der Menschenfischer schnitt die Lederschnur durch und nahm Yan das *Claviarm* ab. Während er das Amulett auf Armeslänge vor sich hielt, sagte Fisé etwas zu Yan, aber der war zu müde, um darauf zu antworten.

Können die Toten nicht in Frieden ruhen?

Yan sah, wie Fisé sein *Claviarm* ins Meer warf.

In das Meer.

Das Meer.

Hinunter in die Tiefen. Weit weg und verschwunden.

Und ward nicht mehr gesehen.

Wie ich selbst.

Weit weg und verschwunden.

Die Tortur – sein Leben? – war vorbei. Yan kicherte in sich hinein und versank im Meer des Schlafs, da er weit weg und in die Dunkelheit ging.

~ 7 ~

Die Dunkelheit war kühl, beruhigend. Es gab keine Zeit in der Dunkelheit, nur Dasein. Yan wusste, dass es anderswo Zeit gab, Zeit und Sein. Langsam, unmerklich, wurde aus dem dunklen Nirgendwo ein dunkles Irgendwo. Der Raum jenseits seiner Augenlider nahm stoffliche Wirklichkeit im Hier und Jetzt an.

Er öffnete die Augen.

Über sich sah er strohgedeckte, roh gezimmerte Balken. Sie rochen feucht. An den Balken hing alles Mögliche. Bündel getrockneter Fische, eine Bratpfanne, eine Handvoll Tonkrüge und verschiedene Kräuterbüschel, kleine Büschel, kleiner als diejenigen, die in seiner Dachstube im *Pflug und Anker* gehangen hatten. In einer Ecke baumelte ein gesalzener Schinken, dick und massig, wie ein Rapenar, der zwischen kleineren Vögeln hockte. Zu seiner Linken befand sich eine rohe Wand aus gebranntem Lehm, zu seiner Rechten ein verräucherter freier Platz. Schwaches Licht aus einer Feuergrube leuchtete rot in der Mitte eines staubigen Bodens aus gestampfter Erde. Fisé, der wie ein alter Fischer aussah, hockte am Feuer und füllte eine Tasse, indem er eine kupferne Schöpfkelle in einen Steinguttopf mit einem dampfenden Etwas darin tauchte.

Wenn das Fisés Palast war, dann war er armselig. Wo waren die sagenhaften Hallen aus Perlen?

Sogar das Bett, auf dem Yan lag, war im Grunde gar kein richtiges Bett, sondern nur ein mit Stroh ausgestopfter Bettbezug. Es war uneben, aber das Stroh roch frisch.

Yan schloss wieder die Augen. Er fühlte sich hier sicher.

Er schlief.

Als er erwachte, fand er eine Frau neben sich. Sie war zu jung, um die Gattin des alten Fischers zu sein. Zumindest konnte sie nicht seine erste Frau sein. Yan fragte sich, ob sie wohl tatsächlich die zweite Frau des Fischers war wie seine Mutter die zweite Frau seines Vaters, die er geheiratet hatte, nachdem seine erste im Kindbett gestorben war. Das hochwangige Gesicht dieser Frau wurde von zwei zu Kringeln gebundenen Zöpfen aus dicken roten Haaren eingerahmt – sie war ein angenehmer Anblick, obwohl man sie wegen ihres kräftigen Kinns nicht als hübsch bezeichnen konnte.

Sie schien nur halb wach zu sein, ihre Augenlider waren öfter geschlossen als geöffnet. Das änderte sich, als ihr klar wurde, dass er sie ansah, und ihm wurde der Genuss des Anblicks zweier Teiche von verblüffend klarem blauem Wasser bereitet – ihre Augen. Sie lächelte ihn zaghaft an und hob dann etwas vom Boden auf.

Sie bedeutete ihm zu schweigen, als er zu sprechen versuchte.

»Neight. Ythim anoee, deynaim 'fokkal eil'anoee.«

Yan verstand ihre Worte nicht, aber der Löffel, den sie ihm entgegenschob, war unzweideutig und das Aroma, das von ihm aufstieg, beredt. Leckerer Fisch, der in einem Brei aus Winterhafer schwamm. Ihm lief das Wasser im Mund zusammen.

Der Fischer tauchte neben ihr auf und schob den Löffel mit einer schroffen Geste beiseite.

»Neight, Larra. Nei'ythim foss. Deynaim'fokkal ceyadd. Deynaim komharta caithir ceyadd.« Er sah Yan an und fuhr fort: *»Fokkal'meigh glanne'a?«*

»Ich weiß nicht, was das bedeutet.«

Der alte Mann nickte und redete dann in gebrochenem Korona weiter. »Du mich können verstehen?«

»Ja, jetzt schon. Vielleicht kann ich sogar deine Muttersprache verstehen, wenn du langsamer sprichst. Sie kommt mir irgendwie bekannt vor.«

Der alte Mann hielt ihm eine löchrige Eisenkugel hin. Der Rost hatte unregelmäßige Löcher hineingegraben, aber für rituelle Zwecke war noch genug von ihr übrig. »*Deynaim komharta.* Du Zeichen machen, *Madiarounna.* Du Eisen anfassen.«

Yan hatte kein Interesse an Aberglauben. »Wo bin ich? Wer bist du?«

»Anfassen«, beharrte der alte Mann.

Yan seufzte. Offenbar würde der alte Mann erst zufrieden sein, wenn Yan bewiesen hatte, dass er kaltes Eisen ohne nachteilige Folgen für sich berühren konnte. Der alte Mann zuckte beinahe zurück, als Yan die Hand ausstreckte, beherrschte sich jedoch und hielt die Kugel still. Er sah argwöhnisch, beinahe ängstlich zu, wie Yan die Hand auf das Eisen legte. Als nichts geschah, nickte der Mann einmal kurz und legte die Kugel zurück in den Halter, der am Türrahmen der Hütte angebracht war. Die Frau saß still wie eine gehorsame Gattin da, bis der alte Mann zum Bett zurückkehrte und Yan betrachtete.

»Wie heißen, *Madiarounna*?«

»Wie ich heiße?«

Der alte Mann nickte. Außerdem gab er der Frau ein Zeichen, die ihm wiederum den Löffel hinhielt. Ungeachtet aller guten Manieren nahm Yan den vollen Löffel in den Mund, bevor er antwortete. Das Essen schmeckte köstlich.

»Ich heiße Yan Tanafres«, sagte er, nachdem er geschluckt hatte. Der alte Mann hatte Yans *Claviarm* gesehen. Da er wusste, dass Yan ein Magier war, nannte er seinen Beruf nicht. Wenn die Frau die allgemein übliche Einstellung zu Magiern hatte, hörte sie vielleicht auf, ihn zu füttern. Er nahm und schluckte einen zweiten Löffelvoll. »Wie heißt du?«

»Gormen, *yasiach*. Fisch-Mann.« Mit einem Kopfnicken deutete er auf die Frau. »Larra, Tochter von mir.«

Larra lächelte Yan an und der war zu seiner eigenen Überraschung ziemlich erleichtert, dass die junge Frau nicht die Gattin des Fischers war. »Du hast ein hübsches Lächeln.«

»Ya'kinniall.«

Die Wendung klang so ähnlich wie ›danke‹ auf Scothisch, aber Yan konnte sich nicht mehr an die Worte für ›Gern geschehen‹ erinnern, also sagte er es auf Korona.

Sie bot ihm mehr Essen an, das er bereitwilligst annahm. Sie fütterte ihn noch eine Weile und hörte damit auf, als er noch immer hungrig war. Er hätte beinahe protestiert, doch er begriff, dass es vermutlich so am besten war. Seine letzte Mahlzeit lag einige Zeit zurück und er durfte nicht übertreiben. Er brauchte die Kraft, die das Essen ihm geben würde, aber wenn er zu viel aß und alles wieder von sich gab, würde ihm der Brei nichts nützen.

»Wo ist Peyto?«

»Peyto?«

»Peyto Lennuick. Der Mann, der mit mir zusammen auf dem Floß war.«

»Ah. Dein *chaelddur* sein an andere Platz.«

»Chaelddur?« Das Wort hatte keine Ähnlichkeit mit den scothischen Worten, die Yan kannte.

Der alte Mann runzelte die Stirn. »Bedeuten Freund-Diener, der reisen mit.«

»Wir sind wohl zusammen gereist, aber ich würde ihn nicht als Freund bezeichnen und er war auch nicht *mein* Diener. Aber wo ist er?«

»*Basa'assait.*«

Wieder so ein seltsames Wort. Hieß das tot? »Ich verstehe nicht.«

»*Basa'assait*. Ort für Kranke.«

»Dann lebt er noch?«

»Etwas. Vielleicht nicht.«

Die Tatsache, dass der Fischer das Korona nur äußerst mangelhaft beherrschte, kam Yans verwirrtem Denken nicht gerade zugute. »Wie meinst du das?«

»Er brauchen *V'Zurna'larai*. Sie kommen, er vielleicht leben. Sie nicht kommen, er nicht leben.« Der alte Mann zuckte die Achseln. *»Shuldai Morrigaeni.«*

V'Zurna war eine Mondgöttin, die mit Magie verbunden wurde. Yan wusste nicht, was eine *larai* war, nur dass es sich um eine Person handeln musste. Der Zusammenhang ließ auf eine Person mit einer starken Verbindung zu V'Zurna schließen. Die Mondgöttin war zwar im Triadischen Pantheon anerkannt, hatte jedoch weitaus weniger Bedeutung für diejenigen, die der Kunst folgten, als Einthof, der Schutzherr des Wissens in all seinen Formen. Die Verehrung V'Zurnas stammte noch aus alten, weniger aufgeklärten Zeiten. Yan hatte gehört, dass V'Zurna in Scothandir stärker war als in anderen Teilen des Reichs. Diese *V'Zurna'larai* mochte eine heilige Magierin sein. Wenn Payto in ihren Händen war, bestand vielleicht Grund zur Sorge. Es wurde gemunkelt, dass einige von V'Zurnas Ritualen Blutopfer enthielten.

»Und ist irgendjemand hingegangen und hat diese *V'Zurna'larai* geholt?«

»Shuldai Morrigaeni.«

Larra sagte etwas zu Gormen. Sie sprach schnell, viel zu schnell, als dass Yan ihr hätte folgen können, doch viele ihrer Worte klangen vertraut und er war jetzt ziemlich sicher, dass sie irgendeinen scothischen

Dialekt sprachen. Das bedeutete, dass er sich auf dem Kontinent befand.

Der alte Mann zuckte die Achseln und ging weg. Das Gespräch war vorbei.

Yan fühlte sich wieder müde. Er wollte mehr darüber herausfinden, wo er sich befand, aber er wollte, nein, musste auch schlafen. Larra saß neben ihm. Sie gab ihm etwas Heißes zu trinken und rieb ihm dann eine klebrige Substanz auf Stirn und Nase. Eine Salbe für seinen Sonnenbrand, wenn ihn seine Nase nicht trügte. Sie dehnte ihre Behandlung auf seine Wangen aus und er schlief unter ihren sanften Berührungen ein.

Er wurde von Geschrei geweckt, entfernt, aber durchdringend. Für einen Augenblick war er wieder auf der gekaperten *Mannars Gnade,* doch dann fiel ihm ein, dass es das Schiff, seine Passagiere und die Besatzung nicht mehr gab. Alle außer Peyto und ihm waren tot. Er versuchte aufzustehen, musste jedoch feststellen, dass seine Glieder völlig kraftlos waren. Eigentlich hätte er nicht so schwach sein dürfen. In dem Getränk, das Larra ihm eingeflößt hatte, musste irgendein Mittel gewesen sein.

Er lag auf seiner Strohmatte und lauschte. Die Schreie klangen so, als leide eine Frau große Schmerzen, doch seine Gastgeber machten keine Anstalten, irgendetwas deswegen zu unternehmen. Es war so, als hätten sie mit dem Geschrei gerechnet. Schließlich ließ es nach, aber Yan lag noch wach und erinnerte sich an die Schreie auf der *Mannars Gnade*.

Jene freudlosen Erinnerungen wurden allzu wirklich, als neue Schreie durch die Nacht hallten. Schreie, die er erkannte. Peytos Schreie.

Sie endeten jäh.

Basa'assait.

Yan fiel mehr Scothisch ein und er begriff, dass dieses Wort mehr Bedeutungen hatte als nur des Fischers ›Ort für Kranke‹. Es konnte auch bedeuten ›Ort, wo einen der Tod ereilen kann‹.

Hatte Peyto gerade der Tod ereilt?

Seine Gastgeber lagen auf ihren Strohmatten. Sie ließen weder Sorge noch Überraschung erkennen. Hatten sie gewusst, dass dies geschehen würde? Es schien Yan allzu offensichtlich. Was kam als nächstes? Würde er zum *basa'assait* gebracht und dort in irgendeinem heidnischen scothischen Ritual geopfert werden?

Er wollte nicht glauben, dass die ihm erwiesene Freundlichkeit lediglich die Freundlichkeit war, die man Schweinen erwies, bevor man sie zur Schlachtbank führte. Insbesondere wollte er nicht glauben, dass Larra an einem solchen Plan Anteil haben mochte. Doch allein und hilflos in der Nacht waren solche Ängste zu mächtig, zu gut möglich.

Ein Schauder überlief ihn und er hätte beinahe angefangen zu weinen. Er war dem Tod so nah gewesen und doch entkommen. Er wollte leben. Schließlich und gnädigerweise übermannte ihn die Wirkung der Droge wieder und er schlief weiter.

Er erwachte spät am Nachmittag. Keiner seiner Gastgeber war anwesend und er erwog, aufzustehen und zu fliehen, stellte jedoch fest, dass ihm die Kraft fehlte. Die Verbindung aus Droge und seiner Schwäche nach der überstandenen Tortur machte ihn so schwach wie ein Neugeborenes. Er zählte die Dinge, die an den Balken hingen, um sich die Zeit zu vertreiben und sich zu beruhigen. Er stellte fest, dass er sie alle kannte. Als er an die Wirkung dachte, die man mit den vorhandenen Kräutern erzielen konnte, wurde ihm klar, dass nichts von alledem die Wirkung von Larras Getränk hervorgerufen haben konnte. Er hatte sich bereits gefragt, was wohl in den Tonkrügen sein mochte, als Gormen beladen mit einem eng zusammengerollten Netz zurückkehrte. Larra folgte ihm mit einem Korb voller Schilf. Während seine Gastgeber das Mitgebrachte verstauten, sprach Yan sie in stockendem Scothisch an.

»Was ist letzte Nacht geschehen?«

»Sifi ist vollständig zur Frau geworden. Rulac hat einen Sohn. Das Glück ist mit ihm, *Madiarounna*.«

»Eine Frau hat ein Kind geboren?« Das erklärte den ersten Ausbruch. Yan wollte glauben, dass es sich tatsächlich so verhielt.

Larra nickte.

»Ja«, sagte Gormen. »Ein gutes Kind. Wir sind dankbar.«

Hatte es eines Opfers bedurft, um das zu gewährleisten? »Da waren noch andere Schreie.«

Gormen und Larra wechselten einen Blick, bevor Gormen sagte: »*V'Zurna'larai* war bei deinem Freund.«

»Also hat sie deinen Ruf erhört.«

Gormen schüttelte den Kopf. »Sie stammt aus den Bergen und hat nicht zugehört, als wir ihr vom *madiarounna* erzählten. Sie ist gekommen, um Sifi zu helfen. Sie sagte, da sie schon einmal hier wäre, könnte sie auch gleich nach deinem Freund sehen. Sie sagt, sie lässt kein Tier leiden, also hilft sie auch einem aus dem Reich. Sie hat ein gütiges Herz.«

Yan war verwirrt und zugleich erleichtert. »Du hast mich *made-, madiarounna* genannt, als du zum ersten Mal mit mir geredet hast. Ich kenne das Wort nicht. Was bedeutet es?«

»Was es bedeutet? Es bedeutet *madiarounna*. In deiner Sprache kenne ich kein Wort dafür.«

»Aber du wirst mir doch eine Vorstellung vermitteln können.«

»Es ist spät. Ich gehe früh am Morgen fischen. Schlafenszeit.«

Und mehr wollte der alte Mann nicht sagen. Er streute Asche auf das Feuer, während Larra wieder ein Getränk und die Schale mit der Salbe brachte. Das Getränk roch anders als das in der Nacht zuvor, also trank er es. Er brauchte die Flüssigkeit. Larra lächelte schüchtern, als er Fragen zu stellen versuchte, bedeutete ihm zu schweigen und sagte ihm, er solle sich ausruhen. Kurz darauf beendete sie ihre Behandlung und brachte Tasse und Schale weg. Gormen löschte die einsame Laterne und nicht lange danach war es still in der Hütte.

Am nächsten Tag war Yan wach, bevor der Fischer aufbrach. Er hörte den alten Mann mit anderen Dorfbewohnern reden. Er konnte die Besucher nicht sehen und das half, da es ihn zwang, sich auf die Worte zu konzentrieren. Er begriff langsam die Unterschiede zwischen dem Scothisch, das er kannte, und dem hiesigen Dialekt.

Wenn er das Gehörte richtig verstanden hatte, waren die Einheimischen nicht erbaut über seine Anwesenheit. Niemand nannte den Grund, doch ihre Fragen drehten sich alle darum, wie gut Yan und Peyto sich erholten und wie bald sie das Dorf verlassen würden.

Der einzige Trost, den er aus diesem Gespräch ziehen konnte, war die Tatsache, dass Peyto noch lebte. Er hatte den Grund für seine Schreie in der Nacht lebend überstanden. Der alte Sekretär war ein zäher Bursche und dafür musste Yan ihn bewundern.

Larra verbrachte den Tag vor der Hütte und flocht einen Korb. Von Zeit zu Zeit gingen Dorfbewohner vorbei und manche von ihnen blieben stehen, um mit ihr zu reden. Yan stellte fest, dass er den Gesprächen seiner Wohltäter immer besser folgen konnte.

In Gormens Abwesenheit versuchte Yan Larra in ein Gespräch zu verwickeln, indem er ihr anbot, ihr bei ihren Pflichten zu helfen. Sie lachte nur und sagte ihm, er solle ›sich gesund schlafen‹. Ohne es zu beabsichtigen, befolgte er ihren Rat.

Zur Zeit des Abendbrots, das in beinahe völliger Stille verzehrt wurde, war er wieder wach. Gormen und seine Tochter sprachen beim Essen wenig und sparten sich jegliche Unterhaltung für nach dem Essen auf. Yan versuchte ihre Sitten zu beachten, obwohl es ihm schwerfiel. Er wollte dem Fischer eine ganze Reihe von Fragen stellen. Er hoffte, dass der alte Mann gesprächiger war als seine Tochter.

Als Gormen sich nach dem Essen daran begab, sein Netz auszubessern, sah Yan seine Gelegenheit gekommen, mit ihm zu reden. Er sprach Scotisch und versuchte seine Aussprache dem hiesigen Dialekt anzupassen.

»Ich wollte dir noch einmal dafür danken, dass du Peyto und mich aus dem Meer gefischt hast.«

Gormen sah kurz von seiner Arbeit auf, sagte jedoch nichts.

»Wie hast du uns gefunden?«

»Die *domaeragi* haben euch gefunden. Ich bin ihnen nur gefolgt.«

»Domaeragi?« Das war ein vertrautes Wort. Hatte es dieselbe Bedeutung wie das ähnlich klingende Wort in der Reichssprache? »Die Domarags? Die Delphine haben dich zu uns geführt?«

Gormen nickte. »Ja.«

»Wie?«

Der alte Mann zuckte die Achseln. »Sie sind geschwommen, ich bin ihnen gefolgt.«

»Aber warum bist du ihnen gefolgt?«

»Sie haben gerufen. Ich bin ein Mann des Meeres. Ich kann das Vertrauen des Meeres nicht missachten. Manche tun es, aber sie sind nicht wie ich. Das Vertrauen des Meeres ist Teil meiner Familie. Mein

Großvater hat nur wegen der *domaeragi* noch gelebt, als er meinen Vater zeugte. Sie haben ihn von seinem sinkenden Boot in die Sicherheit der Untiefen getragen. Kein Vertrauen in das Meer, kein Gormen. Wenn die *domaeragi* rufen, höre ich zu.«

»Dieses Vertrauen in das Meer verstehe ich nicht.«

»Du bist auch kein Mann des Meeres.«

»Aber du bist einer. Kannst du mir nicht davon erzählen?«

»Was ich dir erzählen kann, wirst du nicht verstehen.«

»Ich verstehe eine Menge geheimnisvoller Dinge.«

Gormens Blick huschte seitwärts, um Yan zu betrachten, während seine Hände eine Geste beschrieben, bei der es sich mit Sicherheit um ein Schutzzeichen handelte. »Ich weiß, dass du das tust.«

»Natürlich weißt du es. Du hast mein *Claviarm* ins Meer geworfen. Hast du damit die *domaeragi* bezahlt?«

»Man bezahlt sie nicht. Sie brauchen kein Geld.«

»Warum hast du es dann getan?«

»Es heißt, die Finsteren können ohne ihre Seelensteine keinen Schaden anrichten.«

»Ich bin kein Finsterer und mein *Claviarm* war auch kein Seelenstein.«

»Das wusste ich aber nicht.«

»Und du warst nicht bereit, es darauf ankommen zu lassen.«

Gormen zuckte die Achseln. Die Spannung in den Schultern des alten Mannes verriet Yan, dass dem alten Mann diese Dinge nicht so gleichgültig waren, wie er sich den Anschein geben wollte.

»Bist du jetzt zufrieden?«, fragte Yan.

»Du hast das Eisen berührt.«

Das hatte er, was immer das auch bewies. »Hätten die *domaeragi* dich zu einem Finsteren geführt?«

»Nein.«

»Aber du glaubst noch immer nicht, dass sie eine kluge Wahl getroffen haben, oder?«

»Das zu sagen, steht mir nicht zu. Das Glück war mit uns.«

»Bis jetzt.«

»Ja.« Gormen ließ das Netz auf den Boden gleiten. »Es ist spät. Schlafenszeit.«

In den folgenden Tagen verbrachte Yan immer mehr Zeit außerhalb des Bettes. Zuerst saß er nur auf einem Stuhl draußen vor der Hütte in der Sonne, doch nach kurzer Zeit half er Larra bei den Essensvorbereitungen, kümmerte sich um den kleinen Garten und führte geringfügige Reparaturen in der Hütte aus. Es war einfache Arbeit, beruhigende Arbeit. Und Larra wusste sie zu würdigen.

Besonders an den langen Nachmittagen, wenn es im Dorf ruhig und Gormen fischen war.

Sie war eine erfahrene und angenehme Partnerin. Yan stellte fest, dass er sie von Tag zu Tag mehr mochte, obwohl sie sehr gewissenhaft darauf achtete, niemals die geringste Neugier an ihm als Mann zu zeigen, wenn andere Dorfbewohner in der Nähe waren. Er verstand das. Diese Scothen ließen keinen Zweifel an ihrer geringen Meinung über Angehörige des Reichs. Es schien sie nicht zu stören, wenn Yan hörte, was sie sagten. Nach ein paar Tagen wurde ihm klar, dass die Dörfler eine bessere Meinung von Magiern als von Reichsangehörigen, von sogenannten Kaiserlichen, hatten, und von Magiern hielten sie nicht mehr als die meisten Leute, denen er begegnet war.

Angesichts dieses lange gehegten Hasses überraschte es ihn, dass sie Peyto und ihm überhaupt geholfen hatten. Doch das hatten sie. Sie hatten nicht einmal dem örtlichen Herrscher von Yans Anwesenheit erzählt, weil sie befürchteten, er werde Yan auf der Stelle töten.

»Laird Koyle stolz sein auf alte Ehre. Er sie achten«, sagte Sednal, der Vorsteher des Dorfs, in seinem gebrochenen Korona zu Yan. »Sein ganzer Klan nicht können leiden Leute aus Reich. Er nichts haben übrig für Leute aus Reich. Er dich umbringen.«

Yan zu töten, wäre eine Beleidigung der *domaeragi*, eine Ablehnung ihres Geschenks gewesen und aus Angst vor dem Pech, das dies mit sich brächte, wollte niemand im Dorf etwas damit zu tun haben.

Vielleicht hatte er trotz allem Glück gehabt. Er und Peyto waren gerettet worden. Sie waren beide noch am Leben.

Gewiss, der Sekretär war zwar auf dem Weg der Besserung, aber er würde nie mehr der Alte sein. Er hatte geschrien, weil die *V'Zurna'larai* amputiert hatte, was noch von seinem linken Arm übrig war. Damit hatte sie die weitere Ausbreitung des Wundbrands verhindert und dem Sekretär das Leben gerettet. Obwohl, was für ein Leben würde ein einarmiger Sekretär führen? Yan schauderte bei dem Gedanken, mit nur einem Arm durchs Leben gehen zu müssen. Für fast alles, was er tat, brauchte er zwei gesunde Hände. Welche Zauber ließen sich schon mit nur einer Hand wirken? Wie sollte er seine Kunst so ausüben?

Aber war die Kunst überhaupt wichtig?

Yan war in einem kleinen Dorf aufgewachsen und den größten Teil seines Lebens war die Kunst nicht mehr als ein Traum gewesen. Er befand sich wieder in einem kleinen Dorf, in dem die Kunst keine Bedeutung für das Leben der Leute besaß. Es war ein ruhiger, friedlicher Ort. Wie derjenige, in dem er aufgewachsen war. Sein Dorf war kein Fischerdorf gewesen, wahrhaftig nicht, aber abgesehen von der Haupterwerbsquelle seiner Bewohner ähnelten sich beide sehr. Das Dorfleben war ein Leben, das er kannte, und noch dazu kein schreckliches.

Hier und jetzt stellte er fest, dass er sich diesem Lebensrhythmus mühelos anpasste. Hier war er frei von der Tyrannei seines Vaters. Und er hatte Larra. Mittlerweile kam ihm ein einfaches Leben gar nicht so schlecht vor.

~ 8 ~

»Ihr macht heute einen sehr nachdenklichen Eindruck«, sagte Peyto. Wie üblich sprach der Sekretär Korona. Er konnte zwar ein wenig Scothisch lesen, es aber überhaupt nicht sprechen.

»Ich bin nur etwas gelangweilt«, erwiderte Yan.

Sie saßen im Schatten des Hornblattbaums. Die Sonne schien auf die Felder ringsumher, was zwar für das Gedeihen der Pflanzen förderlich, aber für Leute, die das kühlere Klima Meroms gewöhnt waren, zu warm war. Die leichte Brise brachte die Gerüche der Felder und des entfernten Waldes mit sich. Brise und Schatten ergaben gemeinsam eine angenehme Insel der Kühle in der strahlend hellen Landschaft.

Aus Frühling war Sommer geworden.

»Langeweile ist ein Zustand, den ich sehr gut kenne.« Peytos rechte Hand tätschelte den leeren Ärmel, der auf seiner linken Seite herabhing. Der Sekretär schien sich seiner Geste gar nicht bewusst zu sein. »Dieses Landleben ist so schlicht.«

»Schlicht ist nicht gleich schlecht.«

»Das wollte ich damit auch nicht sagen. Aber was kann es einem Gelehrten und Magier wie Euch schon bieten?«

Ja, was? Yans Blick glitt über das Feld zu der Bucht und dem kleinen Dorf darin. Er konnte erkennen, dass Larra vor der Tür der Hütte an einem neuen Korb arbeitete.

»Ah«, sagte Peyto. »Gewiss doch einiges. Und das beruht auch noch auf Gegenseitigkeit.«

»Was meint Ihr?«

»Ich habe meinen Arm verloren, nicht mein Augenlicht.«

Da er in einem kleinen Dorf aufgewachsen war, hätte es Yan eigentlich nicht überraschen dürfen, dass der Sekretär von seinen Schäferstündchen mit Larra wusste. Die Neuigkeit einer neuen Liebelei machte in einer kleinen Gemeinde rasch die Runde. Yan hatte gedacht, sie seien vorsichtig gewesen. Offensichtlich nicht vorsichtig genug. Und wenn Peyto es wusste, wussten es auch die Dorfbewohner. Höchstwahrscheinlich auch Gormen. Niemand hatte Einwände erhoben, also fand es ganz gewiss auch niemand anstößig. Yan lächelte. »Sie ist eine gute Frau. Sie hat ein warmes Herz.«

»Und ein warmes Bett.«

Yan gefiel der Tonfall des Sekretärs nicht. »Wer seid Ihr, dass Ihr gegen uns sprechen könnt.«

»Niemand, Meister Tanafres. Niemand, nur ein armer gestrandeter Bürger des Koronareichs – wie Ihr auch. Ich bin kein scothischer Bauerntölpel, der sich darüber empört, dass ein Ausländer, sogar ein Kaiserlicher, ein armes, unschuldiges einheimisches Mädchen ausnutzt.«

»Ich nutze sie nicht aus«, protestierte Yan, aber Peytos Bemerkung ließ ihm keine Ruhe. Hatten sich doch einige der Dorfbewohner besorgt über seine Verbindung mit Larra geäußert? »Wer sagt, ich nutze sie aus?«

»Ich habe es noch von keinem gehört, aber ich spreche auch nicht den hiesigen Dialekt. Ich spreche lediglich meine Gedanken aus und stelle das Offensichtliche fest. Wird sie nicht glauben, Eure Aufmerksamkeiten seien rein fleischlichen Gelüsten entsprungen, wenn Ihr das Dorf verlasst?«

»Wer sagt, dass ich es verlasse?«

»Ihr gehört nicht hierher.«

»Aber ich könnte hierher gehören.«

Peyto sah weg und seufzte. Eine Zeitlang saßen sie schweigend unter dem Baum. Yan widmete sich wieder der Näherei, bei der ihr Gespräch ihn unterbrochen hatte. Er zog die Schweineborsten durch die letzten Löcher der Ahle und machte noch einige Stiche, um den Faden zu verknoten, dann schnitt er den Rest ab. Er legte den über den Leisten geschlagenen Schuh neben sich auf den Boden. Beim Abendessen würde er den Schuh vom Leisten nehmen und ihn einweichen und nach dem Essen umdrehen. Während Yan seine Oberschenkel massierte, um die Krämpfe zu lindern, die das Halten des Leisten zwischen den Knien hervorgerufen hatte, ergriff Peyto wieder das Wort.

»Ihr macht mich neugierig, Meister Tanafres. Wie viele ungegerbte Felle wollt Ihr noch in Schuhe zum Schutz ungebildeter Füße verwandeln?«

»Die Schuhmacherei ist ein ehrliches Handwerk.«

»Ihr seid kein Schuhmacher.«

»Hier bin ich einer.«

Peyto schnaubte verächtlich.

»Ich tue etwas, das sonst niemand im Dorf kann«, sagte Yan.

»Ihr seid zu Besserem fähig.«

»Übung macht den Meister.«

»Ich habe nicht die Schuhmacherei gemeint.«

»Ich schon.« Es überraschte Yan, dass er dieses Handwerk verteidigte. In seiner Jugend hatte er die Schuhmacherei gehasst und an seinem Wahltag hatte er allen Erwartungen zum Trotz, er werde in die Fußtapfen seines Vaters treten, Gan Tidoni gebeten, ihn als Lehrling anzunehmen. Aber es war nicht die harte Arbeit dieses Handwerks, vor der er geflohen war. Er war gut darin und genoss das Gefühl des Leders und die Befriedigung, die ein enger, genau gesetzter Stich verschaffte. Seine hiesige Arbeit mit dem

Leder erinnerte ihn an den Stolz, den man ob eines gut gearbeiteten Schuhs empfinden durfte, und an die Anerkennung, die einem guten Handwerker von Seiten der Gemeinschaft zuteil wurde. Seine untätigen Finger hatten die nötigen Fertigkeiten rasch wieder beherrschen gelernt und damit hatte er sich auch den widerwilligen Respekt einer Gemeinde erworben, die wenig Verwendung für Nichtstuer hatte.

»Wie könnt Ihr an der Tatsache etwas auszusetzen haben, dass ich ein Handwerk ausübe?«, fragte Yan. »Ihr lebt von ihrer Mildtätigkeit. Ihr nehmt ihr Essen und schlaft unter ihrem Dach und als Dank bekommen sie von Euch nichts anderes als Klagen darüber, dass sie nur schlichte Bauerntrottel sind.«

»Ihr missversteht mich, Meister Tanafres. Horesh scheint auf Inselbewohner und Scothen gleichermaßen und Er verlangt von allen, den Unglückseligen mit Mildtätigkeit zu begegnen. Aber ich betrachte diese Mildtätigkeit nicht als selbstverständlich. Sie lastet schwer auf mir, aber mir fällt keine andere Lösung für dieses Dilemma unseres Exils in diesem unkultivierten Land ein. Mein, nun ja, gegenwärtiger Zustand schließt eine einigermaßen fruchtbare manuelle Arbeit aus, selbst wenn ich noch flink genug dafür wäre. Dank sei Horesh, Mannar und der Strahlenden Lady, dass ich den linken Arm verloren habe und nicht den rechten, denn sobald wir in ein zivilisiertes Land zurückkehren, kann ich mich wieder selbst ernähren und bin nicht auf die Mildtätigkeit angewiesen, die Ihr mir hier missgönnt. Ich würde mir auch hier meinen Lebensunterhalt verdienen, wenn ich könnte, aber meine Fähigkeiten sind nutzlos, wo es weder Bücher noch Konten gibt und niemanden, der lesen oder schreiben will.«

»Ihr könntet es ihnen beibringen.«

»Wäre ich in der Lage, mich mit ihnen in ihrer Sprache zu unterhalten, könnte ich es vielleicht. Falls jemand käme, um etwas von einem Kaiserlichen zu lernen. Diese Leute scheinen zu glauben, sie hätten alles, was sie vom Reich lernen müssen, in der Schule des Schwerts gelernt.«

»Nur die Aufsässigen müssen die Streitkräfte des Reichs fürchten.«

»Nur die Aufsässigen, in der Tat.« Peyto nickte, ein dünnes Lächeln auf den Lippen. »Aber heute ist ein viel zu schöner Tag, um sich mit Gesprächen über Politik, vergangene oder gegenwärtige, die Laune zu verderben. An einem so schönen Tag, wenn Mannar ihre Wolken schickt, um mit ihrem Vater-Gatten zu tanzen und zu schäkern, stelle ich immer wieder fest, dass meine Gedanken sich den großen Plänen des Fortschritts und der Erfüllung zuwenden, dem Machen und Tun. Stellt Ihr das nicht auch fest, junger Magier?«

Yan hielt den Schuh hoch, an dem er arbeitete. »Ich mache und tue, ich brauche nicht davon zu träumen.«

»Ein wenig schon, obwohl ich glaube, die Dame – ah, Euer Lächeln verrät mir, dass es tatsächlich um die Dame geht – wird dieses Wenige angenehm finden. Nichtsdestoweniger hätte ich gedacht, dass Euch mehr daran läge, Euer neues *Claviarm* zu vollenden, als etwas zu fertigen, das ein ganz gewöhnlicher Mann mit einigermaßen geschickten Händen auch herstellen könnte.«

»Ich habe keine Eile. Dieses Dorf erinnert mich an dasjenige, in dem ich aufgewachsen bin. Ich finde es sehr schön hier.«

»Schöner als zu Hause?«

»O ja.«

»Wenn Ihr dieses idyllische Leben als derart angenehm empfindet, warum gebt Ihr Euch dann überhaupt mit dem *Claviarm* ab? Warum macht Ihr Euch das Leben nicht noch leichter und hört gänzlich damit auf?«

»Wie meint Ihr das?«

»Es kann nicht angenehm sein, mit Eurer werten Dame zu streiten?«

»Woher wisst Ihr davon?«

»Es ist ein kleines Dorf.«

Die Neuigkeiten über Meinungsverschiedenheiten innerhalb eines Haushalts verbreiteten sich noch schneller als der Klatsch in Bezug auf ein neues Liebespaar. Larra sah Yan nicht gern an seinem *Claviarm* arbeiten und wenn ihre Versuche, ihn abzulenken, fehlschlugen, erhob sie die Stimme. Ihre Tiraden waren lang und laut. Sie ließen keinen Zweifel an ihren Ängsten vor der Magie und ihrem Hass auf diejenigen, die sie in alten Zeiten missbraucht hatten, die Schwarzmagier der weit zurückliegenden Vergangenheit.

Es hatte den Anschein, als erinnere man sich in Scothandir besser an die Schwarzmagier – und hasse sie inbrünstiger – als anderswo im Koronareich. Wie so viele andere Leute auch schien Larra nicht zwischen der gutartigen Magie, die Yan gelernt hatte, und den verderbten Praktiken jener alten Magier unterscheiden zu können. Jedesmal, wenn Yan ihr die Unterschiede zu erklären versuchte, sperrte Larra ihn aus, beklagte sich, er versuche sie zu verderben, und stellte fest: »Magie bringt einem seitens der Götter nicht viel Gunst ein.« Einmal sagte sie zu ihm, er sei von den *domaeragi* gerettet worden, damit er die Magie aufgeben könne, und er hatte sie ausgelacht. Daraufhin hatten sie eine ganze Woche lang nicht das Bett miteinander geteilt.

Wenngleich er daraus geschlossen hatte, dass es leichter war, einfach zu nicken und ihren Tiraden stumm zu lauschen, als glaube er ihr, arbeitete er dennoch weiter an seinem *Claviarm*. Nicht so oft, wie er an

Schuhen arbeitete, in der Hütte half oder sich den Dorfbewohnern auf den Gemeindefeldern anschloss. Die Kunst zog ihn immer noch an und er war nicht bereit, sie für irgendjemanden, auch nicht für Larra, vollständig aufzugeben. Ein Magier brauchte ein *Claviarm*, wenn er als Magier tüchtig sein wollte. Yan brauchte nicht mehr tüchtig zu sein, aber das spielte keine Rolle. Ein *Claviarm* ließ ihn die Magie wahrnehmen, ihre Macht und ihren Fluss müheloser spüren. Und das wollte er nicht aufgeben. Auch nicht für Larra.

War sein Verlangen, ein *Claviarm* zu besitzen, ein Zeichen dafür, dass er hier nicht zufrieden war? Vielleicht. Er war davon überzeugt, dass Peyto es so sähe, aber aus einem Grund, den er nicht völlig verstand, wollte Yan das nicht glauben. Er war glücklich hier.

Nicht wahr?

Um die Zweifel zu zerstreuen, die Peyto geweckt hatte, sammelte Yan seine Werkzeuge und die Schuhe ein, an denen er gerade arbeitete, und stopfte sie in seinen Rucksack. Er stand auf und hielt Peyto die Hand hin.

»Kommt, Meister Lennuick. Bis wir wieder im Dorf sind, wird die Sonne bereits über den Bergen stehen. Vor dem Abendessen sind noch einige Dinge zu erledigen.«

»Ah, was für ein eiliges Leben.«

»Es ist besser als der Tod, den die *Baratani* uns zu bieten hatten.«

»An diesem Argument finde ich nichts auszusetzen.«

Der Sommer war lang und schien sich auf die träge Weise zu dehnen, wie dies – bezogen auf den einzelnen Tag – Sommernachmittage an sich haben. Die kleinen Gemeindefelder rings um das Dorf näherten sich langsam der Ernte. Bald würden die Krähen und Stare kommen, die ersten der Vögel, die versuchten, die Früchte der Arbeit der Dorfbewohner zu ernten, bevor diese die Ernte einbringen konnten.

Yan ließ das raue Holz der Stange langsam durch seine Hände und in das Loch gleiten, das er gegraben hatte. Als die Stange nicht mehr tiefer sank, richtete er die Vogelscheuche auf, sodass sie senkrecht stand, und schob mit den Füßen Erde in das Loch, bis sie von allein stand.

Die Vogelscheuche trug Yans alte Jacke, die zerrissen und salzfleckig war. Sie für die Vogelscheuche zu benutzen, war kein Verlust. Er hatte sie nicht mehr getragen, seit Larra die neue Tunika genäht hatte, die jetzt sicher über dem Stumpf hing, wo sie ihr Mittagessen zu sich nehmen würden. Wäre sein *Claviarm* fertig gewesen, hätte er eine Illusion hinzugefügt, die die Wirksamkeit der Vogelscheuche vergrößert hätte, doch ohne das Amulett war die Anstrengung, die Magie zu bündeln, zu groß. Er würde es der bösen Reichskleidung überlassen, die wilden scothischen Vögel zu verjagen.

Yan trat zurück und wischte sich mit dem Arm über die verschwitzte Stirn und Peyto bot ihm einen tropfenden Becher an. Dankbar trank Yan das Wasser aus.

»Wüst«, kommentierte Peyto auf Scothisch.

»Angst?«

»Ich bin kein Vogelei.«

»Ich glaube, Ihr meint, Ihr seid kein ›Vogel‹.«

Als er Peyto den Becher zurückgab, sah er den Mann auf dem Hügel stehen. Er saß auf einem der scothischen Drahthaarponys und seine Füße berührten beinahe den Boden. Er wirkte ziemlich untersetzt – viel zu untersetzt für einen Menschen, noch untersetzter als ein Bregil –, bis Yan begriff, dass er einen Schild auf dem Rücken trug. Als das Pony sich bewegte, da der Mann das Tal betrachtete, wurde das Sonnenlicht von ihm gespiegelt.

Peyto drehte sich um, da er wissen wollte, worauf Yan starrte, und blinzelte den Hügel empor. Der Sekretär sah schlechter als Yan. Er würde kaum mehr als die Umrisse der Gestalt erkennen können. Peyto runzelte die Stirn und seine Miene nahm einen finsteren Ausdruck an.

»Baaliff hat seine Boten gerufen und ausgesandt, kreischend, auf Schwingen aus Stahl und Feuer«, sagte der Sekretär auf Korona. Die Worte klangen wie ein Zitat, doch wenn es eines war, kannte Yan es nicht.

»Wovon redet Ihr?«

Peyto nickte mit dem Kopf in Richtung des Reiters auf dem Hügel. »Von einem Vogel, der ein böses Vorzeichen ist, fürchte ich. Von einem, der sich vor unserem neuen Freund hier nicht ängstigen wird.«

Ein zweiter Reiter gesellte sich zum ersten, dann ein dritter.

»In der Tat ein böser Anblick«, sagte Peyto ernst.

»Glaubt Ihr, dass das Laird Koyles Männer sind?«

»Seht Ihr ein Banner?«

»Nein.«

»Dann ist das unwahrscheinlich, nicht wahr?«

»Was, glaubt Ihr, wollen sie?«

»Etwas, das nicht ihnen gehört.«

»Haltet Ihr sie für Räuber?«

»Räubern ist auf dem Land so etwas wie ein Zeitvertreib, wobei man sich die Frage stellen muss, warum sie sich hier so massiv über den Reichsfrieden beschweren, der dieser Plage doch weitestgehend ein Ende bereitet hat. Ich nehme an, wir sind ihnen im Weg.« Peyto seufzte schwer. »Am besten lauft Ihr los und warnt das Dorf. Ich bin zu alt, um Phaderades am Feuer zu spielen. Außerdem würde ich ihnen mit meinen Scothischkenntnissen wahrscheinlich sagen, dass sie alle in ihrer Urlaubskleidung nach draußen kommen sollen.«

Yan ließ den alten Mann nur ungern zurück, aber er wusste, dass das Dorf gewarnt werden musste. Er lief los.

»Versteckt Euch«, rief er über die Schulter zurück.

»Dachtet Ihr, ich würde gegen sie kämpfen?«

Yan warf einen Blick zurück, konnte den Sekretär aber nicht sehen. Er hoffte, die Räuber würden ihn auch nicht sehen.

Yan lief.

Eine Handvoll der Dorfbewohner war mit der Ausbesserung des Strohdachs von Sednals Haus beschäftigt. Zu weit entfernt, um gehört zu werden, winkte Yan ihnen zu, als er an ihnen vorbei lief. Jemand auf dem Dach sah ihn und winkte zurück. Yan versuchte hinter sich auf den Hügel zu zeigen, wo er die Räuber zuerst gesehen hatte, und wäre beinahe gestolpert. Er fing sich, hörte auf zu winken und lief schneller.

»Räuber«, rief er, sobald er nah genug war. Zu seiner Befriedigung reagierten die Dorfbewohner sofort. Die Arbeitsmannschaft hatte sich zu den jeweiligen Häusern zerstreut, als er Sednals Haus erreichte. Yan lief weiter die Straße entlang. Zu seiner Erleichterung sah Yan, dass die Warnung das Dorf noch vor ihm erreicht hatte. Die ersten Hütten, an denen er vorbeikam, waren verrammelt und niemand war zu sehen. Hunde bellten und die Gänse am Teich schnatterten. Trotz des Lärms konnte Yan lauter werdende Hufschläge hören.

Er näherte sich Rulacs und Sifis Haus, Gormens war das nächste dahinter. Er war fast dort, aber noch zu weit entfernt. Er würde die Hütte nicht mehr rechtzeitig erreichen. Die Räuber würden jeden Augenblick auf der Kuppe der letzten Erhebung auftauchen. Er sprang über den Zaun in Sifis Garten und fiel zu Boden, als sein Fuß sich im Pferdegeschirr verfing, das auf dem Pfahl neben dem Tor steckte, damit er es leichter finden konnte. Gefunden hatte er es, aber irgendwie glaubte er nicht, sein Versprechen, es zu reparieren, bald erfüllen zu können.

Yan ging neben dem Tor in die Hocke. Das Haus war wie alle anderen verrammelt. Rulac sah durchs Fenster nach draußen, machte aber keine Anstalten, die Tür zu öffnen und Yan Zuflucht zu gewähren. Nicht, dass Yan ein entsprechendes Angebot wahrgenommen hätte. Er wollte ganz woanders sein. Durch ein Loch in dem Tor aus geflochtener Weide konnte er über die Lichtung des Platzes in der Dorfmitte blicken. Auf der anderen Seite stand Gormens Hütte. Die Tür war geschlossen und Larras Eimer mit eingeweichtem Schilf lag umgestürzt vor der Türschwelle, das versickerte Wasser gerade erst im Boden. Larra war nirgendwo zu sehen.

Er hoffte, das bedeutete, dass sie sich gut versteckt hatte.

Wenn er über den Platz ging, konnte er die Hütte in weniger als einer Minute erreichen, sogar noch schneller, wenn er rannte. Doch wenn Larra in der Hütte war und die Tür verrammelt hatte, würde er im Freien stehen und den Räubern ausgeliefert sein. Die Entscheidung wurde ihm abgenommen, als eine Handvoll der Räuber auf ihren Ponys auf den Platz trabten. Die Hälfte stieg ab. Einer von ihnen blieb bei den Tieren, während die anderen sich trennten und die nächsten Häuser ansteuerten. Die berittenen Räuber strebten dem Gemeindestall entgegen.

Erst einer von ihnen hatte die Tür einer Hütte eingetreten, als ein Schrei vom Dorfrand ertönte. Sie hielten inne, erstarrten für einen Augenblick wie erschrockene Füchse, bevor sie auf der Stelle kehrt machten. Sie schoben die Arme durch die Halteschlaufen ihrer Schilde, während sie zu ihren Ponys rannten. Der letzte von ihnen war gerade aufgestiegen und hatte seine Waffen gezogen, als ein weiterer Trupp Bewaffneter ins Dorf galoppierte. Die Neuankömmlinge schienen ein noch bunter zusammengewürfelter Haufen zu sein als die Räuber und ihre Pferde schäumten vor Anstrengung. Einer von ihnen trug einen schicken Helm und zwei andere hatten Stahlkappen auf dem Kopf, aber sonst war keine Spur von Rüstung zu sehen. Die meisten Neuankömmlinge hatten Schilde, die immer noch auf dem Rücken hingen, wo sie ihnen beim Reiten nicht in die Quere kamen. Einer trug einen Speer mit einem Banner. Yan kannte die Insignien nicht. Er konnte nur hoffen, dass es sich um Laird Koyles Männer handelte, die gekommen waren, um das Dorf zu verteidigen.

Wer die Neuankömmlinge auch waren, die Räuber schienen nicht erfreut, sie zu sehen. Die Räuber in der Dorfmitte wandten sich auf ihren Ponys den Neuankömmlingen zu und spornten sie zum Galopp an, während sie ihre Schwerter schwangen und »Jonnagal!« riefen. Die Neuankömmlinge beantworteten das Gebrüll mit ihrem eigenen Schlachtruf: »Koyle, Koyle!« Stahl klirrte auf Stahl, als die Reiter sich trafen.

Dieser erste Waffengang forderte keine Opfer. Die beiden Gruppen ritten aneinander vorbei und wendeten ihre Reittiere für einen neuen Versuch. Der behelmte Mann zeigte auf ein Trio von Räubern unweit des Stalls und einige der Neuankömmlinge brachen ihr Manöver ab und ritten in die Richtung der drei. Die Parteigänger Koyles, die noch auf dem Dorfplatz verblieben waren, griffen die Räuber erneut an. Da die Entfernung geringer war und die Pferde nicht so stark beschleunigen konnten, stürmten sie diesmal nicht aneinander vorbei. Der Kampf entwickelte sich rasch zu einem wirbelnden Handgemenge aus sich aufbäumenden Pferden und brüllenden Männern. Nach kürzester

Zeit hatten sich Paare gebildet und die Schlacht zerfiel in eine Reihe von Einzelgefechten. Die Kämpfer versuchten jeden noch so vorübergehenden Vorteil auszunutzen, indem sie zurückwichen, wenn sie unter Druck standen, um dann gleich wieder vorzupreschen und anzugreifen, wenn sich eine Öffnung bot. Die Kämpfer machten ausgiebigen Gebrauch von dem reichlich vorhandenen Platz und nach kurzer Zeit waren nicht mehr viele Kämpfer in der Dorfmitte verblieben.

Nur noch einer von den Neuankömmlingen war dort und er wurde von zwei Räubern bedrängt. Der einzelne Mann, derjenige mit dem schicken Helm, brüllte seinen Gegnern Beleidigungen entgegen. Seine Sturmhaube glitzerte im Licht der Nachmittagssonne, als sein Pferd sich aufbäumte. Das Tier stammte von einer größergewachsenen Rasse ab und war mehrere Spannen höher als die Ponys der Räuber. Das Mehr an Größe und Masse seines Reittiers gab dem Mann einen Vorteil, da die Tiere unter den Befehlen ihrer Reiter, die darauf bedacht waren einen Schwerthieb zu landen, hin und her tänzelten. Dann wurde Vorteil zu Nachteil und die Größe des Reittiers erwies sich als Verhängnis für dessen Reiter. Ein auf den Mann gezielter Hieb, tief angesetzt, traf den Sattel, bevor er abglitt und eine blutige Schramme auf einem der Vorderbeine des Pferds hinterließ. Laut wiehernd, bäumte das Tier sich auf. Der Reiter befand sich mitten in dem Versuch, seinen anderen Gegner niederzustrecken. Aus dem Gleichgewicht gebracht, mühte er sich, im Sattel zu bleiben, doch ein Steigriemen riss und das besiegelte sein Schicksal. Er kippte aus dem Sattel und schlug schwer auf den Boden. Einen Augenblick lang lag er still, dann rappelte er sich mühsam auf, aber seine wirren Bewegungen zeigten, dass er benommen war.

Der Mann, den er hatte töten wollen, ritt davon, um sich einen anderen Gegner zu suchen, aber derjenige, der das Pferd verwundet hatte, wollte das einmal Begonnene ganz offensichtlich auch zu Ende bringen. Er wendete sein Pony, als er den Rand des freien Platzes erreichte und ritt zurück, darauf bedacht, den abgeworfenen Mann auf seiner Schwertseite zu halten.

Der behelmte Mann hatte sein Schwert bei dem Sturz verloren. So benommen, wie er zu sein schien, schwebte er in Todesgefahr. Der andere würde ihn niederstechen. Der Räuber kam näher und beugte sich im Sattel vor, sodass er den Mann am Boden unter Ausnutzung des doppelten Vorteils seiner Höhe und des Schwungs seines Ponys niedermachen konnte.

Yan konnte nicht zulassen, dass ein hilfloser Mann dahingemetzelt wurde.

Er war kein Schwertkämpfer – was auch gut so war, da er kein Schwert hatte. Er hatte außerdem kein Verlangen danach, dem behelmten Mann zu helfen, indem er einen für ihn bestimmten Schwerthieb abfing. Es gab nur eine Möglichkeit, wie Yan ihm helfen konnte.

Er griff nach seiner Magie.

Die Anstrengung war gewaltig. Der Manafluss war chaotisch und wurde von den Gefühlen der kämpfenden Männer und dem bereits vergossenen Blut gestört. Er spürte, wie er schwankte, geistig und körperlich. Seine Hand schoss vor und hielt sich am nächstbesten Gegenstand fest, Rulacs Ochsengeschirr, um Halt und einen Anker in der Welt zu finden.

Da er keine Zeit zu verschwenden hatte, drängte Yan mit aller Macht einem tieferen, ruhigeren Ort entgegen, einem Ort der Magie, der ihm vertraut und von dem Aufeinanderprallen der bewaffneten Männer weit entfernt war. Er fand ihn und hüllte sich in das Mana.

Von Magie umgeben, streckte er seine geistigen Fühler aus und tastete nach etwas in Harmonie mit dem Mana. Er fand das Geschirr des Ponys, eine Verbindung, die durch die Ähnlichkeit mit dem Geschirr in Yans Hand hergestellt wurde. Leder zu Leder, Geschirr zu Geschirr. Yans Verstand erfasste das Geschirr des Ponys in einem einzigen Augenblick. Er fand eine Stelle, wo der Räuber eine gründliche Reinigung versäumt hatte. Einen winzigen Fehler im Leder, aber eben einen Fehler, eine Schwachstelle. Yan nahm diesen winzigen Fehler und vergrößerte ihn, fütterte ihn mit Magie, sodass er stärker wurde, ein größerer Fehler, eine größere Schwachstelle.

Während der Reiter dem behelmten Mann entgegen ritt, wurde Leder brüchig, da Fasern vorzeitig alterten und sich als zu schwach für die Aufgabe erwiesen, die sie erfüllen sollten. Der Sattelgurt, der jetzt weit über seine neue verringerte Belastbarkeit hinaus strapaziert war, riss. Der Reiter fiel mit seinem Sattel kaum einen Schritt vor dem behelmten Mann zu Boden. Plötzlich von der Last seines Reiters und des Sattels befreit und durch den Blutgeruch gereizt, ging das Pony durch.

Zwei der Neuankömmlinge galoppierten in der Verfolgung dreier Räuber auf den freien Platz. Yan streckte wiederum seine Fühler aus. Diesmal war es ein Zügel, der verrottete, sodass einer der Räuber nicht mehr in der Lage war, sein Pony zu lenken. Ohne die beharrliche Kontrolle seines Reiters wandte das Pony sich in eine neue Richtung – eine für den Reiter sehr unglückliche. Der führende Verfolger stach dem Mann sein Schwert in die Seite, sodass dieser sich vor Schmerzen krümmte. Das Pferd rammte das Pony und der Räuber fiel zu Boden. Die Jagd wurde fortgesetzt und Augenblicke später waren die Reiter Yans Blickfeld entschwunden.

Für den Augenblick waren die Kämpfe in der Dorfmitte zum Erliegen gekommen. Yan erhob sich, bereit, über den Platz zu laufen, doch ein jäher Schwindelanfall und sich nähernde Hufschläge gemahnten ihn zur Vorsicht. Er ließ sich wieder hinter den Zaun sinken, als einer der Neuankömmlinge, ein großer Mann in einer ärmellosen Lederweste, auf den freien Platz ritt. Der Mann zügelte sein Pferd und sprang ab. Mit einem Blick auf den gefallenen Räuber und den neben ihm liegenden Sattel lief der Mann zu dem Behelmten und half ihm auf. Mit der Hilfe des großen Mannes löste der Mann, den Yan gerettet hatte, die Befestigungen seines Helms und zog ihn sich vom Kopf. Zum Vorschein kamen schweißnasse rote Haare und eine rötliche Gesichtsfarbe. Er holte mehrmals tief Luft, bevor er sagte: »Danke, Enub. Wo ist mein Schwert?«

Der große Mann, Enub, sah sich um. »Ich sehe es nicht. Aber es muss hier irgendwo sein. Ich habe keinen von denen damit gesehen.«

»Wenn sie ...« Der Rest blieb unausgesprochen, da ein weiterer der Neuankömmlinge, der Mann mit dem Banner, auf die Lichtung ritt.

»Sie fliehen!«

»Gute Neuigkeiten, Aimuk. Wie viele Gefallene?«

»Wir haben keine.« Der Mann rammte das stumpfe Ende seines Speers in den Boden, sodass dieser stand wie ein Flaggenmast, bevor er abstieg. »Shammes hat einen beim Stall erwischt. Mit diesen beiden hier macht das drei. Die Fliehenden haben auch reichlich Wunden zu lecken.«

»Gut gemacht. Penn Jonnagal wird keine Freude an der Arbeit dieses Tages haben.«

Die Waffenmänner grinsten.

Nun, da die Räuber auf der Flucht waren, trauten sich die Dorfbewohner langsam aus ihren Verstecken. Yan sah Larra aus Gormens Hütte kommen und seufzte vor Erleichterung. Er erhob sich wieder und schwankte, als ein stechender Schmerz durch seinen Kopf zuckte und sich sein Blickfeld trübte. Er stützte sich auf den Zaun und wartete. Als sein Blick wieder klarer war, sah er zu seiner Freude, dass sie ihn von der anderen Seite des Dorfplatzes anlächelte. Sie warf einen besorgten Blick auf die Bewaffneten und blieb auf ihrer Seite des Platzes. Für den Augenblick mussten sie sich beide mit dem Wissen zufrieden geben, dass der andere überlebt hatte. Sednal und Rulac tauchten neben Yan auf. Die drei nickten sich zu, lächelten erleichtert. Der Angriff war abgeschlagen.

Die Dorfbewohner blieben am Rand des Platzes und beobachteten ihre Retter, da sie ihnen nicht zu nah kommen wollten. Der Rest der Truppe ritt auf den Platz. Einer der Männer führte das schwarze Pferd am Zügel. Der rothaarige Mann mit dem Helm fand sein Schwert, hob es auf und untersuchte es sorgfältig auf Beschädigungen. Aimuk beugte sich über den Sattel und durchsuchte die Taschen an der Hinterpausche, während Enub zum ersten Räuber ging, den Yan aus dem Sattel geworfen hatte, und ihn trat. Der Mann stöhnte. »Ein Gefangener«, sagte Enub. »Ich sah ihn angreifen, aber ich war zu weit weg. Welch ein Glück, dass der Sattelgurt des Mannes gerade in diesem Augenblick gerissen ist.«

»Das Koyle-Glück, was? Ich muss ihn zuvor mit einem Schwerthieb getroffen haben.«

»Nein, Laird«, sagte Aimuk.

Der rothaarige Mann, bei dem es sich um Laird Koyle persönlich handeln musste, schob sein Schwert in die Scheide und ging zu Aimuk. »Was sagst du da?«

»Das Leder, Laird. Es ist nicht durchgeschnitten oder eingerissen, es ist verrottet.« Aimuk hielt den Sattelgurt hoch und rieb mit dem Daumen über die Bruchstelle. Kleine Krümel des Leders bröselten einfach weg, was seine Aussage untermauerte. »Derart verrottetes Leder hätte den Ritt von Laird Jonnagals Feste hierher niemals überstanden. Irgendwas daran ist faul.«

Es war nicht weiter überraschend, dass bei diesen Worten viele Dorfbewohner in Yans Richtung schauten. Sie sahen ebenso rasch wieder weg, aber Laird Koyle war dieses Intermezzo nicht entgangen. Er hob den Arm und zeigte mit einem dicken Wurstfinger auf Yan.

»Weißt du etwas darüber, Mann? Es ist ziemlich unwahrscheinlich, dass Penn Jonnagals Waffenmänner ihre Ausrüstung derart vernachlässigen.«

Yan konnte das verrottete Leder nur erklären, wenn er zugab, Magie angewandt zu haben, und Yan konnte sich noch an Gormens Ausspruch erinnern, Laird Koyle habe nichts für Magier übrig. Er hatte starke Kopfschmerzen, die ihm das Denken erschwerten. Er wollte nichts sagen, was ihn in Schwierigkeiten bringen konnte.

»Rede, wenn der Laird mit dir spricht«, sagte Enub, indem er sich Yan mit erhobener Hand näherte, um seinen Befehl mit einer Ohrfeige zu unterstreichen.

Sednal trat zwischen sie und schüttelte den Kopf. Der Waffenmann runzelte offenbar verwirrt die Stirn. Den Vorsteher des Dorfs zu ohrfeigen, war etwas anderes, als einen schmutzigen jungen Fremden zu schlagen.

Laird Koyle betrachtete Yan von oben bis unten. »Dann bist du also ein Magier?«

»Ja.«

»Seinem Aussehen nach ein Spion des Reichs«, mutmaßte Aimuk.

»Ein Spion wäre klug genug, sein Aussehen zu verändern«, stellte Enub fest.

Koyle war offen. »Bist du ein Spion, Magier?«

»Nein«, antwortete Yan ebenso offen.

»Aber du stammst aus dem Reich?«

»Ja.«

Laird Koyles Mund zuckte hin und her, während er darüber nachdachte. »Du bringst mich in eine Lage, in der ich lieber nicht wäre, Magier. Es ist nicht gut, durch Magie gerettet zu werden, aber es wäre noch schlechter, die Tatsache außer Acht zu lassen, dass du mich davor bewahrt hast, zu meinen Ahnen geschickt zu werden. Die Ehre gebietet, dir für meine Lebensrettung eine Gunst zu erweisen. Aber ich warne dich, nutze meine Großzügigkeit nicht aus. Was willst du haben? Gold? Waffen? Pferde?«

»Pferde, glaube ich.« Peyto war mittlerweile aus seinem Versteck aufgetaucht, wo immer das auch gewesen war. »Soll heißen, Transport und Eskorte zu einer Stadt mit einer Reichsgarnison. Eine passende Belohnung, würde ich meinen.«

»Wer bist du, dass du die Belohnung beanspruchst, die dem Magier zusteht?«, fragte Koyle.

»Sein Reisegefährte. Ein Sekretär, Mylord. Peyto Lennuick ist mein Name. Und wie mein Freund der Magier habe ich nur den einen Wunsch, nach Hause zurückzukehren.«

»Er ist ein Spion«, sagte Aimuk mürrisch.

»Ich bin kein Spion«, sagte Peyto gereizt.

»Und ich auch nicht.« Yan war die endlosen und grundlosen Anschuldigungen langsam leid. Er hatte Kopfschmerzen und war müde. Er wollte nur seine Ruhe haben und sich irgendwo hinlegen. »Und ich habe nicht gesagt, dass ich Pferde will, um irgendwohin zu reiten.«

»Ihr könnt Euch diese Gelegenheit unmöglich entgehen lassen«, rief Peyto ungläubig.

»Ich habe auch nicht gesagt, dass ich *keine* Pferde will.«

»Weißt du, was du willst, Magier?« Koyle schwang sich auf sein Pferd und starrte auf Yan nieder. »Ich will deine Entscheidung.«

»Könnt Ihr für eine sichere Reise zu einer Reichsgarnison sorgen?«

»Aye«, sagte Koyle ruhig.

Aimuk meldete sich zu Wort. »Das gefällt mir nicht, Laird. Sie werden zu ihrem Oberspion laufen und in ein paar Tagen schwirrt hier ein Schwarm Wespen aus dem Reich herum. Wir werden die Ernte verlieren.«

»Solche Befürchtungen sind unnötig, Laird Koyle«, sagte Yan. »Ich gebe Euch mein Wort, dass ich abgesehen davon, dass ich mit ihr eine Regelung für meine Rückreise zu den Inseln treffen muss, mit der Garnison nichts zu schaffen habe.«

Der Soldat spie aus. »Das Wort eines Magiers.«

»Das Wort eines Mannes wie Ihr«, versicherte Peyto ihm. Er ging einen Schritt näher an Koyle heran und sagte: »Wir sind nicht freiwillig in dieses Dorf gekommen. Wir waren schiffbrüchig. Wir haben kein Interesse an den Besitzungen Ihrer Lordschaft hier und wünschen ihnen nur Gutes. Die Leute hier waren freundlich zu uns und haben uns aufgenommen. Wie könnten wir ihnen etwas Schlechtes wünschen?«

»Ihr seid ein Kaiserlicher«, sagte Aimuk, als erkläre ihre Herkunft jede feindselige oder böswillige Absicht.

»Seid Ihr ein wilder Hund, der die Hand beißt, die Euch füttert?«, fragte Peyto. »Natürlich nicht. Und wir sind es auch nicht.«

»Laird Koyle«, begann Yan. »Was müssen wir tun, um Euch davon zu überzeugen, dass weder Meister Lennuick noch ich Spione sind?«

Laird Koyle schien sich seine Möglichkeiten durch den Kopf gehen zu lassen. Als das Schweigen anhielt, versuchte Yan es noch einmal.

»Wenn eine Bitte um Transport die Grenzen Eurer

Ehre übersteigt, dann sagt es, Mylord. Ihr selbst habt eine Belohnung angeboten. Was ich getan habe, tat ich ohne einen Gedanken an eine Belohnung. Ich will wirklich nichts von Eurem Wohlstand. Ich habe meine Magie angewendet, um Euch zu retten, weil Ihr ein Mann in Not wart. Ich wusste zu diesem Zeitpunkt nicht einmal, wer Ihr wart.«

»Jetzt weißt du es, Magier.«

»Und angesichts Eurer Haltung Meister Tanafres gegenüber, mag er vielleicht bereuen, Euch gerettet zu haben«, mischte Peyto sich ein.

Der Soldat hob die Hand gegen Peyto, ließ sie jedoch ebenso rasch wieder sinken, als Yan dem Sekretär selbst eine Hand auf die Schulter legte.

»Ich bereue es nicht.« Yan schaute in das ernste Gesicht des Laird. »Solltet Ihr uns eine Transportmöglichkeit zur Verfügung stellen, könnte Eure Eskorte bei uns bleiben, bis wir das Land verlassen haben. Ihr habt doch gewiss Leute, denen Ihr zutraut, dass sie gewährleisten können, dass wir keinen Verrat im Sinn haben.«

Koyles Augen verengten sich und er spitzte die Lippen. »Transport und Eskorte zu einer Garnison. Das ist alles, was du willst?«

Yan hörte sich sagen: »Das ist alles«, und fragte sich, wie er dazu kam, Peytos Vorschlag zu folgen. Hätte er doch nur klar denken können. Laird Koyle ließ ihm keine Zeit zum Nachdenken.

»Und du wirst dieses Land verlassen und mir nie mehr unter die Augen treten?«

Offensichtlich hatte Koyle eine Entscheidung getroffen. Seine Meinung jetzt noch zu ändern, wäre gefährlich gewesen. Yan neigte den Kopf. »Wenn das Euer Wunsch ist, soll es so sein. Ich werde keinen Versuch unternehmen, jemals in dieses Land zurückzukehren.«

»Und du, Sekretär?«

»Ich habe nicht den Wunsch, je hierher zurückzukehren«, antwortete Peyto aufrichtig. »Nennt den Eid, den Ihr mich schwören lassen wollt, und ich schwöre ihn, wenn Ihr uns dann endlich aufbrechen lasst.«

Koyle lächelte dünn und zufrieden. Er schlug mit der Hand auf den Sattelknauf und sagte: »Abgemacht. Ihr bekommt Pferde und eine Eskorte, aber erst, wenn Penns Leute wieder unter die schwelenden Felsen gejagt worden sind, unter denen sie vorgekrochen sind.«

»Habt Ihr das gehört, Meister Tanafres? Wir kommen wieder nach Hause.«

Peytos Grinsen reichte von einem Ohr zum anderen, doch hinter der Schulter des Sekretärs sah Yan Larras kummervolle Miene.

~ 9 ~

Laird Koyles Reiter verließen das Dorf, sobald seine Lakaien eingetroffen waren. Bis dahin waren auch Gormen und die anderen Fischer zurückgekehrt. Die Dorfbewohner standen in Gruppen herum und starrten abwechselnd auf die abziehenden Waffenmänner, die drei Lakaien, die zurückblieben, die beiden Gefangenen und einander. Wenn sie überhaupt redeten, dann leise und gedämpft. Hauptthema war die Erleichterung darüber, dass der Überfall so rasch zurückgeschlagen worden war. Nachdem Laird Koyles Männer das Dorf verlassen hatten, gingen Sednal und die Lakaien zu den Gefangenen und fragten sie nach ihren Clan-Zugehörigkeiten, um ein Lösegeld festzusetzen.

Nun, da die Aufregung vorbei war, kehrten die Dorfbewohner langsam wieder in ihre Häuser zurück. In der Hoffnung, dass körperliche Tätigkeit ihm helfen werde, seine Kopfschmerzen zu vergessen, half Yan Larra dabei, das Durcheinander aufzuräumen, das entstanden war, als sie mit dem Korbflechten aufgehört hatte, um sich zu verstecken. Das Pochen in seinem Schädel hörte nicht auf und jedesmal, wenn er sich bückte, wurde ihm übel. Also hörte er nach kurzer Zeit damit auf und setzte sich.

»Geht es dir nicht gut?«, fragte Larra.

»Mir platzt gleich der Schädel.« Einen Augenblick lang schaute sie entsetzt drein, als glaube sie, er habe das wörtlich gemeint. »Ich habe nur starke Kopfschmerzen, weil ich Magie ohne *Claviarm* wirkte. Sie werden schon wieder vergehen.«

»Es war gut, dass du den Laird gerettet hast. Ich bin sehr stolz auf dich. Aber die Schmerzen sind eine Botschaft von Horesh. Er schickt dir ein Zeichen, dass du keine Magie wirken sollst.«

»Horesh hat nichts mit meinem Kopf zu tun«, schnauzte er sie an. »Hättest du mich mein *Claviarm* vollenden lassen, hätte ich dieses Problem nicht.«

Ihr Mund öffnete sich, doch sie sagte nichts. Stattdessen fuhr sie herum und verschwand in der Hütte. Yan wusste, dass er ihr folgen und sich bei ihr entschuldigen sollte, aber er tat es nicht.

Später. Später würde er es wieder gutmachen.

Er schloss die Augen. Er sah erneut Larras Miene vor sich, als er Laird Koyles Angebot angenommen hatte. Es war klar, dass sie annahm, er werde sie zurücklassen. Er wollte ihr sagen, dass er die Absicht hatte, sie mitzunehmen, aber er wusste, dass sie mit ihm streiten würde. Ihr gefiel das Leben hier. Später würde er sich mit der Angelegenheit befassen müssen, aber er war noch nicht bereit für einen Streit.

Er öffnete die Augen und starrte auf die kleine Gruppe von Gefangenen und Häschern, die im Kreis auf dem Platz in der Dorfmitte saßen. Yans Magie hatte die Gefangennahme der Räuber erst ermöglicht, also empfand er so etwas wie ein Besitzerinteresse an ihrem Schicksal. Er hatte immer noch ein unbehagliches Gefühl, obwohl ihm Gormen versicherte, als er den Platz verließ, dass die Männer nach Zahlung eines Lösegeldes zu ihren Herren zurückkehren könnten und weder hingerichtet noch eingesperrt würden. Lösegeld schien ein merkwürdiges Schicksal für einen Soldaten zu sein, der an einem Überfall auf einen Nachbarn teilgenommen hatte. Hätte das Dorf von einer offenen Feindschaft zwischen Koyle und Jonnagal gewusst, hätte Yan das verstanden, aber keine derartige Erklärung war erfolgt. In den zivilisierten Gegenden des Reichs hätten Schurken, die an heimtückischen Überfällen teilnahmen, keinen Anspruch auf eine ehrenvolle Freilassung gegen Lösegeld gehabt. Für derart schändliche Taten konnte es nur eine angemessen schimpfliche Form der Strafe geben.

Schwache Kochdünste trieben aus der Hütte und Yans Magen verkrampfte sich. Er würde noch mindestens ein Jahrzehnt nichts essen können. Er blieb draußen vor der Tür, als Gormen ihm zurief, er solle hereinkommen und essen, und beobachtete weiterhin die Vorgänge auf dem Platz. Eines von Sednals Kindern kam mit einem Eimer und einem Sack mit Holztellern und gab allen etwas zu essen. Alle schienen hungrig zu sein. Essen war etwas, das Yan im Augenblick nicht sehr anziehend fand. Schließlich stand einer von Koyles Männern auf, seiner beschlagenen Weste nach zu urteilen der Anführer, und ging zur Hütte.

Mehr Fragen zu seiner Magie, vermutete Yan.

Yan drängte die Kopfschmerzen in den Hintergrund seines Bewusstseins und bedachte den Soldat mit einem Lächeln. Der Mann erwiderte es.

»Bist du Gormen?«

Überrascht und ein wenig enttäuscht, schüttelte Yan den Kopf, eine Geste, die er sofort bereute.

»Ist er da?«

Yan trat in die Tür und rief: »Gormen. Da ist jemand, der dich sprechen will.«

Er ging zur Seite, als der alte Fischer zur Tür kam. Gormen blinzelte den Soldaten mit leicht gerunzelter Stirn an. Ganz offensichtlich ging er nach draußen, anstatt den Mann in seine Hütte einzuladen. Larra folgte ihrem Vater hinaus und legte Yan zaghaft den Arm um die Hüfte. Er erwiderte die Geste und sie rückte näher und schmiegte sich stumm an ihn.

»Bist du Gormen?«, wiederholte der Soldat seine Frage vor dem Fischer.

»Aye.«

»Ich bin Yurmes, Waffenmann von Laird Koyle. In seinem Namen spreche ich zu dir.« Als Gormen die förmliche Feststellung mit einem knappen Nicken zur Kenntnis genommen hatte, zeigte Yurmes mit dem Daumen über seine Schulter in die ungefähre Richtung der anderen Waffenmänner. »Dieser Mann heißt Timen. Er sagt, er gehört zum Shelmun-Clan. Er sagt, er hat hier Verwandte, und Senal sagt, diese Verwandtschaft bist du.«

»Shelmun?«

»Das hat er gesagt.«

Gormen schwieg eine Zeitlang, dann sagte er: »Meine Tochter hat einen Shelmun geheiratet.«

»Tochter?« Yan war verwirrt. Larra war hier, eine Witwe. Ihr Mann war ein einheimischer Fischer gewesen.

»Demisi«, flüsterte Larra ihm zu. »Meine ältere Schwester.«

»Demisi hat einen Shelmun in Douganans Diensten geheiratet, nicht in denen Jonnagals«, erwiderte Gormen.

»Douganan? Das war vor drei Wintern, bevor Douganan und Laird Koyle ihren Krach hatten?«

»Vor drei Jahren, aye. Ich weiß nichts über die Angelegenheiten des Laird. Ich bin nur ein Fischer.«

»Ja«, sagte Yurmes grinsend. »Ich erinnere mich jetzt. Der Laird hat sie mit einem von Laird Douganans Waffenmännern verheiratet. Gute Partie.«

Gormens Stirnrunzeln vertiefte sich und Larra lehnte den Kopf an Yans Schulter. Einen Augenblick später spürte er Nässe. Demisis Familie schien nicht dieselben angenehmen Erinnerungen an das Ereignis zu haben wie der Waffenmann.

Entweder Yurmes bemerkte ihre Regung nicht oder er überging sie. »Glaubst du, sie zahlen Lösegeld?«

»Er war in Douganans Diensten, nicht in Jonnagals.«

»Ein Shelmun ist ein Shelmun«, sagte Yurmes mit einem Achselzucken. »Douganan und Jonnagal sind so eng miteinander wie eine jungfräuliche … äh … Entschuldigung. Diese Lairds hacken einander kein Auge aus. Werden deine Beziehungen wenigstens der Vermittlung dienen?«

»Das weiß ich nicht. Wir haben seit der Zeit vor dem letzten Schnee nichts mehr von Demisi gehört.«

»Es sieht ihr gar nicht ähnlich, keine Nachricht zu senden«, fügte Larra hinzu. Sie redete mit Yan, aber der Waffenmann hatte sie ebenfalls gehört.

»Aha. Das könnte bedeuten, dass der alte Laird Douganan feindselig geworden ist. Es könnte aber auch sein, dass er sich nur zurückzieht. Laird Koyle wird so oder so Bescheid wissen wollen. Weißt du etwas darüber?«

Gormen schüttelte den Kopf. »Ich sagte bereits, dass wir schon lange nichts mehr aus den Bergen gehört haben.«

»Vielleicht weiß der Gefangene, was los ist«, mutmaßte Yan.

»Aber er wird es nicht verraten«, stellte Yurmes fest.

»Dann weiß er vielleicht etwas über Demisi oder ihren Mann.«

Gormen nickte und wendete sich zu Yurmes: »Kann ich mit ihm reden?«

Der Waffenmann zuckte die Achseln. »Warum nicht? Er ist begnadigt worden. Ich hätte ihn mitgebracht, aber er war noch beim Essen.«

Alle vier gingen auf den Dorfplatz.

»Timen, das hier ist Gormen, der Vater einer Frau, die in deinen Clan eingeheiratet hat. Kommt einem Clansmann von dir in diesem Dorf noch am nächsten. Er will mit dir reden.«

Timen schien nicht sehr glücklich darüber zu sein, dass seine beste Verbindung ein alter Fischer war. »Dann rede.«

Gormen fragte, ob der Mann seine Tochter oder deren Mann kenne, und nannte ihre Namen. Der Fischer versuchte sie zu beschreiben, aber Timen schüttelte immer nur den Kopf. Als Gormen ihn an Laird Koyles Rolle bei der Ehestiftung erinnerte, sagte Timen schließlich: »Goremmic heißt er, sagst du? Aye, vielleicht kenne ich ihn. Ist er einer von Laird Douganans Bogenschützen?«

»Ja.«

»Ich habe ihn schon so viele Monate nicht mehr gesehen, wie meine beiden Hände Finger haben. Er war bei den Burschen, die Laird Jonnagal bedient haben, aber nach der Ernte ist er nach Hause gegangen. Er sagte, er käme im Frühjahr zurück, aber er ist nicht gekommen. Keiner von Laird Douganans Burschen ist gekommen, wenn ich es mir recht überlege.«

»Hat Laird Jonnagal niemanden geschickt, um der Sache auf den Grund zu gehen?«, fragte Yan.

»Nein.« Timen stellte seinen Teller ab. »Es war alles ruhig. Also gab es keinen Grund.«

»Soll das heißen, dass es fast ein Jahr her ist, seit der Laird zuletzt Nachricht von seinem Verbündeten bekam?«, fragte Yurmes.

»Vielleicht sollte ich es nicht erzählen, aber ich glaube, dass es im Grunde keine Rolle spielt. Vielleicht eine Woche vor Mitsommer ist ein Bote mit den Frühjahrssteuern gekommen. Wenn die *Steuern* ausgeblieben wären, hätte Laird Jonnagal sofort Nachforschungen angestellt. Aber die Steuern kamen nur mit einem Monat Verspätung und das ist eine zeitige Bezahlung für einen Lord der Berge, wiewohl verspätet für Douganan. Er war immer der erste. Ich schätze, er wollte es sich nach seinem Streit mit

Laird Koyle nicht auch noch mit Laird Jonnagal verderben.«

Sie sprachen noch eine Weile mit Timen und rasch war klar, dass er nichts über die gegenwärtigen Ereignisse in Douganans Gebiet wusste. Larra wurde immer unruhiger. Sie ließen Gormen bei den anderen zurück und gingen in die Hütte.

Sobald sie sich hinter verschlossener Tür befanden, sagte sie: »Da ist etwas faul.«

Yan versuchte beruhigend zu klingen. »Woher willst du das wissen? Was sollte faul sein?«

»Ich weiß es nicht. Ich spüre einfach, dass etwas faul ist.« Sie ging ein paar Schritte auf und ab, blieb dann in einer Ecke stehen und schlang die Arme um sich. Ohne ihn anzusehen, sagte sie leise: »Könntest du Magie anwenden und es herausfinden?«

Das war etwas ganz Neues, ihn zu bitten, Magie zu wirken. Wie bedauerlich, dass er sie enttäuschen musste. »Mir fehlt die Ausrüstung für eine richtige Wahrsagerei.«

Sie fuhr herum und sagte rau: »Was für eine Art Magier bist du eigentlich?«

Er seufzte. »Ein junger. Magie kann nicht alles leisten.«

»Aber es ist doch Magie! Und du bist Magier!«

»Das haben wir doch alles schon durchgesprochen«, sagte er leidenschaftslos in der Hoffnung, sie zu beruhigen. »Kein Magier kann alles, was mit Magie prinzipiell möglich ist, wie kein Handwerker jedes Handwerk kennen oder gar beherrschen kann.«

»Du scheinst gar nichts tun zu können.«

»Ich dachte, du willst nicht, dass ich Magie anwende.«

Sie stampfte mit dem Fuß auf. »Komm mir nicht damit! Du hast Magie angewendet, um Laird Koyle zu retten. *Er* war dir gut genug, um ihm zu helfen.«

»Das ist nicht …«

»Doch, das ist es! Du hast an dich gedacht, so wie immer. Du denkst immer nur an dich. Du denkst nie an andere.«

»Larra …« Yan ging einen Schritt auf sie zu.

»Rede nicht in diesem Ton mit mir! Ich hab's gesehen. Ich habe zugesehen, wie du mit dem Laird gefeilscht hast wie ein gewöhnlicher Krämer. Du dachtest, du bist so schlau. Aber ich weiß Bescheid. Ich weiß, dass du nicht an mich gedacht hast, als der Laird dir eine Gelegenheit bot zu verschwinden.«

Voller Schuldbewusstsein gestand Yan sich ein, wie zutreffend ihre Vorwürfe waren. Zu behaupten, seine Reaktion darauf, Magie ohne ein *Claviarm* anzuwenden, habe sein Denkvermögen getrübt, war keine Ausrede, die sie gelten ließe. Er wusste nicht, ob es eine war, die er selbst gelten lassen konnte. Nun, da ihm die Möglichkeit geboten wurde, das Dorf zu verlassen, wollte er auch nicht bleiben. Aber er wollte Larra auch nicht zurücklassen.

»Siehst du«, beschuldigte sie ihn. »Du denkst schon wieder an dich.«

»Das tue ich nicht.«

»Doch, das tust du.«

Es hatte keinen Sinn zu streiten. »Also schön, ich habe an mich gedacht. Das macht mich nicht zu einem Oger. Jeder denkt an sich.«

»Wenn du an andere Leute dächtest, würdest du deine Magie einsetzen, um herauszufinden, was Demisi zustieß.«

»Du weißt nicht, dass ihr etwas zugestoßen ist.«

»Und du weißt nicht, dass ihr nichts zugestoßen ist.«

»Wenn etwas Schlimmes geschehen wäre, hätte jemand davon gehört. Timen würde es wissen.«

Sie schüttelte den Kopf, hilflos und verwirrt. Tränen

traten in ihre Augen. Sie ließ sich von Yan in die Arme nehmen und bebte in seiner Umarmung unter der Einwirkung ihrer Schluchzer.

Es gefiel ihm nicht, sie so fassungslos zu sehen, aber er konnte tatsächlich nichts unternehmen. Mit der Kunst konnte er weder ihre Fragen beantworten noch ihre Befürchtungen zerstreuen. Aber wenn er während seines Aufenthalts im Dorf eines gelernt hatte, dann, dass ihm neben der Kunst auch noch andere Möglichkeiten zur Verfügung standen.

»Würde es dich glücklich machen, wenn ich sagte, dass ich Douganans Gebiet besuche?«

»Würdest du wirklich gehen? Es ist ein langer Weg.«

»Na ja, ich weiß nicht, wie ich dorthin komme, aber wenn ich einen Führer hätte, würde ich gehen.«

»Ach, Yan.« Sie küsste ihn heftig. »Ich liebe dich.«

Ihre Leidenschaft begeisterte ihn. »Mit den Pferden des Laird könnten wir beide gehen. Du könntest dich selbst überzeugen.«

Sie löste sich von ihm, doch er ließ sie nicht los.

»Es ist zu weit«, protestierte sie. »Ich kann nicht gehen. Wer soll sich um Gormen kümmern?«

»Gormen braucht niemanden, der sich um ihn kümmert.«

»Sei nicht albern.«

Er war nicht albern. »Du sagst also, dass du nicht gehen *willst*.«

»Dass ich nicht gehen kann.«

Er versuchte ihr Kinn in die Hand zu nehmen und sie dazu zu bringen, ihn anzusehen. Sie wehrte sich. »Du willst nicht.«

»Ich kann nicht. Kann nicht! *Kann nicht!*« Sie riss sich von ihm los. »Du bist ein Mann und ein Magier. Du kannst gehen, wohin du willst. Und tun, was du willst.«

»Und?«

»Und ich bin nur eine Frau.«

»Wo liegt das Problem?«

»Du verstehst mich nicht.«

Nein, das tat er nicht. »Larra?«

Sie antwortete nicht.

»Ich gehe zu Douganan«, sagte er.

Sie betrachtete ihn scheu. »Du tust es?«

Er nickte.

»Du findest heraus, was Demisi zustieß?«

Er lächelte auf eine, wie er hoffte, beruhigende Art und sagte: »Ich bin sicher, dass ihr nichts zugestoßen ist. Du wirst es sehen.«

»Und du kommst zurück? Du schickst nicht nur eine Nachricht?«

»Ja, ich komme zurück.«

Sie legte die Hände auf seine Schultern und sah ihm in die Augen. »Wirklich?«

»Natürlich. Ich will dich nicht verlassen.«

»Du kommst wirklich zurück?«

»Wirklich.«

Sie drückte ihn fest an sich und nach kurzer Zeit war etwas anderes ebenfalls fest geworden. Sie legten sich nieder und liebten sich mit wilder Leidenschaft. Danach erwog Yan, noch einmal zu versuchen, sie zu überreden, das Dorf zu verlassen, kam aber zu dem Schluss, dass er sie nicht wieder aufregen wollte. Sie schmiegte sich an ihn und er war glücklich, den sanften Druck ihrer weichen Brüste, ihre Hand auf seiner Brust und ihren Atem in regelmäßigem Hauch auf seiner Schulter zu spüren. Vielleicht war es falsch, es überhaupt zu versuchen. Vielleicht war es überhaupt falsch, von hier weggehen zu wollen.

Zwei Tage später wurden Yan und Larra durch ein Klopfen an der Tür gestört. Gormen war vor Morgengrauen fischen gegangen, sodass sie sich in den ruhigen Stunden des frühen Morgens miteinander hatten vergnügen können.

»Augenblick, Freund«, rief Yan, während er sein Hemd überstreifte. Als er seine Hose hochzog, war er froh, dass er sich noch nicht der hier herrschenden Mode der Kniebundhose angepasst hatte. Das beharrliche Klopfen ließ ihm keine Zeit, Strümpfe oder Schuhe anzuziehen. Er stellte sich so, dass er die sich immer noch ankleidende Larra abschirmte, und öffnete die Tür.

Laird Koyles Männer Enub und Aimuk standen dort. Hinter ihnen warteten fünf Pferde. Drei davon waren wie das Pferd eines Waffenmanns aufgezäumt, die beiden anderen lediglich mit geringfügigem Zaumzeug und abgenutztem Sattel versehen. Enub schnaubte verächtlich, nachdem er Yan von oben bis unten betrachtet hatte. »Bist du noch nicht fertig, Magier?«

»Fertig?«

»Wir brechen jetzt auf.«

»Wir brechen auf?«

»Bist du sicher, dass der Bursche ein Magier ist, Enub?«, fragte Aimak. »Er kommt mir nicht sehr verständig vor.«

»Du hast den Beweis entdeckt«, sagte Enub. Zu Yan sagte er: »Orman holt den anderen Burschen. Sobald sie bei uns sind, bringen wir euch nach Glaebur. Wir müssen jetzt aufbrechen, damit wir über den Pass bei Bonkilly kommen, bevor der Winter ihn unpassierbar macht.«

»Ich kann jetzt noch nicht gehen. Ich habe hier noch einiges zu erledigen«, erwiderte Yan.

»Ich sagte doch, er ist nicht sehr verständig«, bemerkte Aimuk.

Enub runzelte die Stirn. »Du lehnst die Belohnung des Laird ab?«

»Nein. Ich sage nur, dass ich sie jetzt noch nicht annehmen kann.«

»Für mich hört sich das nach Ablehnung an«, sagte Aimuk.

»Der Laird ist ziemlich empfindlich, was seine Ehre betrifft«, meinte Enub. »Er könnte deine Ablehnung als Beleidigung auffassen.«

»Es ist keine Ablehnung, also ist es auch keine Beleidigung. Allerhöchstens ist es ein Aufschub. Den lässt die Ehre eures Herrn doch gewiss zu?«

»Er kennt seine Ehre besser als irgendein dahergelaufener Magier aus dem Reich.« Enub kratzte sich am Kinn. »Was soll ich ihm sagen?«

»Sag ihm, dass ich zuerst noch einen Auftrag erledigen muss. Für jemanden von seinen Leuten. Und da er mir Pferde als Belohnung angeboten hat, wäre ich sehr dankbar, wenn ich sie auf meiner Reise benutzen könnte.«

»Douganans Dorf?«, fragte Enub.

Enubs bestimmte Vermutung überraschte Yan. Doch wenn der Waffenmann mit Yurmes geredet hatte, was zweifellos der Fall war, lag diese Schlussfolgerung auf der Hand. »Ja.«

»Hört sich nach dem Auftrag eines Spions an«, sagte Aimuk.

»Ist es aber nicht«, sagte Yan mit fester Stimme. »Meldet Laird Koyle einfach, was ich gesagt habe.«

»Ich melde es ihm«, sagte Enub.

Die beiden Männer brachen auf und nahmen alle Pferde mit.

Yan verbrachte den Vormittag und den frühen Nachmittag mit der Fertigstellung seines *Claviarms*. Er würde sich unterwegs wohler fühlen, wenn es fertig war. Er war froh, dass Larra nicht da war, sondern gegenüber bei Sifi, um ihr bei einer Arbeit zu helfen. Er wollte keinen Streit deswegen.

Da es ruhig in der Hütte war, hörte er die sich nähernden Hufschläge schon von weitem. Yan streifte das *Claviarm* über und öffnete die Tür, bevor das Klopfen begann. Enub und Aimuk beäugten Yan misstrauisch, da Enub die Hand senkte, mit der er gerade hatte anklopfen wollen. Der Anblick, der sich Yan bot, war fast derselbe wie am Morgen, nur mit dem Unterschied, dass jetzt Laird Koyle selbst gekommen war und auf seinem großen schwarzen Pferd saß.

»Der Laird sagt, es sei Zeit zum Aufbruch«, sagte Enub.

Yan ging an dem Waffenmann vorbei und trat vor Laird Koyle. »Haben Eure Männer mich missverstanden, Laird Koyle?«

»Sie sagten, du hättest sie nicht verstanden.«

»Ich meine, dass *sie* es waren, die *mich* nicht verstanden haben, Mylord. Ich muss Laird Douganans Dorf aufsuchen, bevor ich Eure Ländereien ein für allemal verlasse. Es ist eine … eine Frage der Ehre. Ich bin sicher, Ihr werdet verstehen, dass ich es tun muss. Das soll keine Missachtung Eurer Person oder Eures großzügigen Angebots einer Belohnung sein.«

»Du hast keine Zeit.«

Yan zeigte auf den strahlend blauen Himmel. »Das Wetter ist so mild, dass sicher noch genug Zeit bleibt.«

»Bist du ein so großer Magier, dass du dafür sorgen kannst?«

»Wettermagie ist nicht meine Gabe.«

»Dann kannst du nicht warten. Du musst wählen. Du kannst die Eskorte von mir bekommen und nach Glaebur gehen oder du kannst Douganans Ländereien aufsuchen. Für beides ist vor dem Schnee nicht mehr genügend Zeit.«

»Ich muss zu Laird Douganans Dorf.«

Koyle funkelte Yan an. Das Reittier witterte sein Missvergnügen und tänzelte von Yan weg. Der Laird gebot ihm mit einem harten Ruck an den Zügeln Einhalt.

Das Rascheln von Kleidung hinter Yan kündete von der Ankunft einer weiteren Gruppe. Ein Blick zeigte ihm, dass es sich um Peyto handelte, der für die Straße gekleidet und vorbereitet war. Die bestürzte Miene des Sekretärs zeigte, dass er den Wortwechsel zwischen Yan und dem Laird mitgehört hatte. Erregt sprach Peyto ihn auf Korona an.

»Meister Tanafres, Ihr habt selbst gesagt, dass Ihr den Schneefall nicht aufhalten könnt. Der Schnee wird kommen und dann verlieren wir unsere beste Gelegenheit, in die Zivilisation zurückzukehren.«

Enub stieß Yan gegen die Schulter. »Was hat er gesagt?«

»Er drängt mich, das Angebot des Laird anzunehmen.«

»Yan!«, rief Larra, die über den Platz gelaufen kam. Sie traf außer Atem bei ihm an und sah ihm forschend ins Gesicht.

»Ich weiß«, sagte er. »Keine Sorge.«

Yan sah Koyle an und sagte: »Ich habe mein Wort gegeben, diese Reise in Laird Dounagans Ländereien zu unternehmen, als ich noch nicht wusste, dass Eure Dankbarkeit zeitlich begrenzt ist, Laird Koyle. Ich muss es tun.«

»Tanafres!« Peyto sah aus und hörte sich an, als gerate er in Panik.

Yan achtete nicht auf ihn. Es war leichter, als er sich vorgestellt hatte, was wohl auch an der wilden Umarmung Larras lag. Peyto fing an, auf Korona auf Yan einzureden.

»Ruhe«, knurrte Koyle. »Magier, deine Wahl entbindet mich. Nimm die Pferde für deine Reise als Vergeltung für deine Hilfe. Nimm sie für deine Reise und nur für deine Reise. Du reitest zum Dorf von jemandem, der ein Freund meines Feindes ist, also will ich eine Sicherheit, dass du dich nicht jenen anschließt, die sich gegen mich auflehnen. Meine Männer werden hier sein, um mir meine Pferde zurückzubringen. Sie werden hier bei deiner Frau warten.«

Der nicht so sehr verhohlene Hinweis, dass Larra als Geisel gehalten würde, um seine Rückkehr zu gewährleisten, entging Yan nicht. Es war eine unnötige Vorsichtsmaßnahme des Laird, doch Yan konnte verstehen, dass Koyle sie ergriff. Es gefiel Yan nicht, aber er sah ein, dass es aus der Sicht des misstrauischen Laird eine vernünftige Maßnahme war. Er begriff außerdem, dass diese Maßnahme seine Pläne durchkreuzte. Jetzt würde Larra auf keinen Fall mit ihm zu Douganans Dorf reiten. Er würde keine Gelegenheit haben, sie zu überreden, gleich weiter zu reiten und nicht ins Dorf zurückzukehren.

»In Ordnung, Magier?«

In Ordnung? Eigentlich nicht. Aber es würde andere Möglichkeiten geben. Er neigte den Kopf. »Ihr seid anständig, Laird.«

»Ihr habt es gehört. Ihr habt es alle gehört.« Koyle sah die versammelten Leute an und ließ es sich von allen mit einem Kopfnicken bestätigen. Er musterte Yan mit einem dünnen Lächeln. »Meine Schuld ist beglichen, Undankbarer.«

Koyle riss den Kopf seines Pferds herum und stieß ihm die Fersen in die Weichen. Der Schwarze scheute kurz und galoppierte dann los. Der Laird ließ ihm seinen Willen. Sie wirbelten eine Menge Staub auf und scheuchten im Vorüberreiten die Gänse am Teich auf.

Peyto warf seinen Wandersack auf den Boden. »Ihr seid ein Narr, Tanafres.«

Vielleicht. Aber wenn dem so war, dann war er ein junger Narr und hatte Zeit genug, sich zu bessern. Zeit genug, die Ungeduld des Alters zu entwickeln.

~ 10 ~

»Das ist ein Metzgergang«, sagte Gormen, während er dabei zusah, wie Yan seine spärlichen Besitztümer in einen Reisesack packte. Anders als sonst hatte der Fischer heute davon Abstand genommen, aufs Meer hinaus zu fahren.

»Larra macht sich Sorgen«, erinnerte Yan ihn.

»Sorgen bedeuten gar nichts. Larra hat nicht das Gesicht.«

»Ihr habt seit über einem Jahr nichts mehr von Demisi gehört.«

Gormen zuckte die Achseln. »Eine Frau verlässt ein Haus und zieht in ein anderes. Wenn man danach nichts mehr von ihr hört, ist das kein schlechtes Zeichen, sondern der Lauf der Welt. Ich nehme an, dass Demisi froh war, von hier weg zu kommen. Sie hat den Fisch nie besonders gemocht. Wahrscheinlich ist sie als Frau eines Waffenmannes glücklicher. Es ist genauso wahrscheinlich, Witwe zu werden, und das Leben ist einfacher bis dahin.«

Yan begriff die Einstellung des alten Mannes nicht. Würde Dancie weggezogen sein und dann nichts mehr von sich haben hören lassen, er würde sich große Sorgen gemacht haben. Der Gedanke weckte ein Schuldgefühl in ihm. Er hatte jetzt schon fast ebenso lange keine Verbindung mehr zu seiner Familie. »Liegt dir denn gar nichts an deiner Tochter?«

»Ich habe sie aufgezogen, oder nicht?«

Yans Vater hatte ihn auch aufgezogen, aber Yan glaubte nicht, dass ihm etwas an Yan lag. »Das ist keine Antwort.«

»Du hättest Laird Koyles Geschenk annehmen und verschwinden sollen, als du es konntest.«

»Ich hatte es Larra versprochen.«

»Hmm. Ein Mann sollte seine Versprechen halten, so viel ist sicher. Die Götter haben nicht viel übrig für Männer, die das nicht tun. Du erfüllst dein Versprechen und das muss ich bewundern.« Das war das größte Lob, das Yan je von Gormen bekommen hatte, doch der alte Mann ließ Yan keine Zeit, sich darin zu sonnen. »Das soll nicht heißen, dass ich dich für schlau halte.«

Yan musste lachen. »Ich mag dich auch, Alter.«

Yan band seinen Sack zu und nahm den Schlauch, der mit Kräutern gewürztes Wasser enthielt, sowie den Beutel mit getrockneter Reisenahrung, beides von Larra vorbereitet. Er warf sich alles über die Schulter und öffnete die Tür. Die Pferde standen da und warteten.

»Du könntest auch einfach die Pferde nehmen und weiterreiten, weißt du?«, sagte hinter ihm Gormen.

»Das wäre Diebstahl«, erklärte Yan, ohne sich umzudrehen. »Nicht alle Kaiserlichen sind geborene Diebe, weißt du?«

»Du wolltest Pferde dafür, dass du das Leben des Laird gerettet hast. Sie gehören rechtmäßig dir.«

»Laird Koyle sagte, seine Männer würden hier warten, um die Pferde bei unserer Rückkehr wieder mitzunehmen.«

»Wenn sie hier warten, können sie niemanden verfolgen, der nach Glaebur unterwegs ist.«

»Und was geschieht, wenn sie zu dem Schluss kommen, dass ich nicht zurückkehre?«

»Das hinge davon ab, wer hier mit ihnen wartet. Was mich betrifft, ich wäre wahrscheinlich fischen. Die Herbstfahrten stehen bevor. Ist ziemlich viel zu tun, da draußen, also würde ich Hilfe brauchen. Wenn man keinen Partner oder Sohn hat, muss die Tochter reichen.«

Yan wandte den Kopf zu Gormen und lächelte. »Du bist ein verschlagener alter Mann.«

»Ich mag dich auch, Magier«, erwiderte der Fischer mit ausdrucksloser Miene.

»Wie würdest du Larra dann alles erklären?«

Gormen zuckte die Achseln. »Sie wird darüber hinweg kommen. Es wäre nicht das erste Mal.«

Nicht das erste Mal? Yan fragte sich, ob Gormen damit nur Larras verstorbenen Ehemann meinte. Er war gestorben, während Yan noch am Leben wäre. Andererseits war der Tote mit Larra verheiratet gewesen und Yan und Larra hatten sich keinen Eid geschworen. Ihre Beziehung beruhte auf gegenseitigem Einvernehmen und auf praktischen Erwägungen. Sie würde gewiss über Yan hinweg kommen, aber er war nicht bereit, ihr Grund dafür zu geben. Er hatte immer noch die Hoffnung, sie zum Mitkommen zu überreden, wenn er das Dorf endgültig verließ.

Yan schritt durch die Tür in das Licht der Morgensonne. In der Hütte war es noch kühl von der Nacht, aber die Sonne strahlte warm. Es war, als sei er von einer Welt in eine andere getreten.

»Larra und ich haben uns heute morgen voneinander verabschiedet. Sag ihr von mir noch einmal auf Wiedersehen.«

Gormen nickte. »Das werde ich. Ich wünsche dir eine gute Reise, Magier.«

»Ich komme mit Nachricht von Demisi zurück.«

»Ich rechne nicht damit.«

»Larra schon.«

»Sie wird es verstehen.«

Vielleicht. Irgendwann. Aber noch nicht gleich. »Ich sagte, ich komme zurück.«

»Du wirst nicht bleiben.« Gormens Worte waren

nicht feindselig, er stellte lediglich eine Tatsache fest. »Wenn man geht, tut man das besser früher als später.«

»Ich habe gehört, dass die Götter nicht viel übrig haben für einen Mann, der sein Wort nicht hält.«

Derart zurechtgewiesen, sagte Gormen: »Gute Reise«, und schlug Yan die Tür vor der Nase zu.

Yan starrte die Tür noch einen Augenblick an, dann drehte er sich um und ging zu den Pferden. Dabei sah er, dass sich bereits jemand um sie kümmerte. Peyto band gerade einen Sack an den Sattel eines der Pferde. Als Yan neben ihn trat, begrüßte der Sekretär ihn mit einem breiten Grinsen.

»Ich wünsche Euch einen guten Morgen, Meister Tanafres.«

»Guten Morgen, Meister Lennuick. Seid Ihr gekommen, um mich zu verabschieden?«

»In gewisser Hinsicht. Der breite Ring eignet sich am besten, um den Sack daran zu befestigen, aber Ihr bindet besser einen an jeder Seite fest. Der Schlauch müsste gut hinter die Hinterpausche passen – wie meine Flaschen. Wir können los, sobald Ihr Euer Pferd bepackt habt.«

»Wir?«

»Gewiss. Ich muss etwas anderes sehen als diese jämmerliche Ansammlung von Hütten. Ihr habt doch wohl nicht geglaubt, ich würde ohne den Schutz eines mächtigen Zauberers hier unter diesen Reichshassern allein bleiben, oder?«

Yan war nicht in der Stimmung für Witze. »Dieses Pferd war für meinen Führer gedacht.«

»*Unser* Führer hat sein eigenes Reittier.«

Wie aufs Stichwort kam ein lächelnder Junge mit einem Pony am Zügel hinter den größeren Pferden hervor. Das Tier hatte keinen Sattel, sondern nur eine Decke. Das Zaumzeug war jedoch aus bestem Leder, eine viel bessere Arbeit, als Yan sie hier im Dorf bisher gesehen hatte. Er erkannte Zaumzeug und Zügel als diejenigen des Mannes, dessen Sattelgurt Yan hatte verrotten lassen, um Laird Koyle zu retten. Dann erkannte er auch das Pony. Es handelte sich ebenfalls um das Tier des Räubers.

»Dieser unternehmungslustige junge Bursche heißt Iaf. Wie es scheint, hat er das Pony eingefangen, nachdem es durchgegangen war. Da zu diesem Zeitpunkt keiner der Männer des Laird in der Nähe war, konnte er seinen Fang auch niemandem melden. Als die Männer des Laird das Dorf daraufhin ohne das Pony verließen, wurde das Dorf zu seinem neuen Besitzer und Iaf als Finder zu seinem Hauptnutznießer. Außerdem hat es den Anschein, als sei der junge Iaf der Einzige, der bereits die Douganan-Ländereien bereist hat und den das Dorf erübrigen kann. Ist es da nicht ein Glück, dass er auch ein Pferd hat? Man muss nicht an die Vorsehung glauben, um hier die Hand der Götter am Werk zu sehen.«

»Bitte, Herr.« Die Stimme des Jungen brach, was ein Hinweis auf die Veränderung war, die er gerade erlebte. »Macht Euch nicht über die Götter lustig.«

»Keine Sorgen, Iaf«, sagte Yan. »Meister Lennuick nimmt die Götter nicht auf die leichte Schulter, auch wenn er noch so leichtfertig daherredet.«

Das schien den Jungen zu beruhigen und er nickte ernst. Er bestieg sein Pony. Kaum aufgesessen, lächelte er wieder. Er schien nicht lange ernst bleiben zu können. Yan fand, dass der Junge ein hervorragender Ausgleich für den sonst sehr nüchternen Peyto sein würde.

Als er seine Ausrüstung am Sattel festgemacht hatte, gab es keinen Grund mehr für einen weiteren Aufschub. Sie stiegen auf und ritten gemächlichen Schritts über den Dorfplatz und den Weg entlang, der landeinwärts führte. Als sie Sednals Haus hinter sich gelassen hatten, spornte Iaf sein Pony zu einem flotteren Trab an. Yan versuchte ihm zu folgen, fand die Gangart des Pferdes aber zu schwierig. Er wäre beinahe heruntergefallen. Mit einigen flehentlichen Sprüchen ins Ohr des Pferdes gelang es ihm, es wieder auf Schritttempo zu zügeln. Er beneidete Iaf um dessen reiterische Fähigkeiten, während er auf Peyto wartete. Die beiden folgten dem überschwenglichen Jungen gemeinsam in einem bedächtigeren Tempo. Yan war froh, dass der Sekretär keine Bemerkung zu Yans fehlgeschlagener Zurschaustellung reiterlichen Könnens machte.

Auf der Kuppe des Hügels, wo er den ersten Räuber gesichtet hatte, zügelte Yan sein Pferd. Von hier aus wirkte das Dorf winzig: eine Handvoll Hütten, ein Stall, ein Teich und ein paar verstreute Felder an einem schmalen Streifen Kieselstrand. Kaum die große Stadt, zu der er von Talifad aufgebrochen war. Er hatte hier keine anderen Magier und auch keine Gelegenheiten gefunden, seine Kunst weiter zu entwickeln. Aber er hatte andere Dinge gefunden. Waren das bessere Dinge?

»Nun kommt schon«, rief Peyto vom Fuß des Hügels. »Dieser Ausflug war Eure Idee. Ich will dieses Abenteuer nicht ohne Euch bestreiten.«

Merkwürdig widerstrebend wendete Yan sein Pferd und trieb es den Hügel herab. Unter Iafs Führung entfernten sich die drei Reiter weiter vom Dorf.

Die Straße war wenig mehr als ein Pfad, der sich durch öde, mit Stechginster bewachsene Hügel wand. Hier und da stand eine knorrige Knorpelzapfenpinie einsam auf einer der windgepeitschten Anhöhen Wache, während sich in den geschützteren Senken entlang der Wasserläufe, die sich durch die Landschaft zogen, mehr Bäume drängten. Vor sich und auf beiden

Seiten sah Yan Berge in der Ferne, deren schneebedeckte Kuppen in der Sonne glitzerten. Die höchsten Berge lagen vor ihnen und Douganans Dorf befand sich in einem Tal irgendwo zwischen diesen Gipfeln.

Sie lagerten auf einer kleinen Wiese am Ufer eines Teichs mit klarem Wasser. Iaf warf ohne Erfolg eine Angelschnur aus. Aus einer Laune heraus wirkte Yan eine Illusion auf den Haken, von der er hoffte, dass sie für die Barsche, die sich zwischen den Felsen verbargen, reizvoll sein würde. Er war überraschend erfolgreich. Iaf fing genügend von den kleinen Fischen, um sie alle zu sättigen. Gleich nach dem Essen streute der Junge Asche auf das Feuer und rollte sich in seine Decke ein. Yan war zwar ebenfalls müde, aber noch nicht bereit zu schlafen. Er wusste, dass er nicht der einzige war, als Peyto eine Unterhaltung begann.

»Wie ich sehe, habt Ihr Euer *Claviarm* fertiggestellt.«

Yans Hand tastete sofort nach dem Amulett. »Ich hielt es für angebracht.«

»Angebracht?« Yan stellte sich Peytos neugierige Miene vor, und bemerkte, dass er die hochgezogenen Brauen und Mundwinkel des Sekretärs tatsächlich sah. Seine Nachtsicht war jetzt viel besser. »Ihr hattet es nicht, als Ihr diese Räuber aufgehalten habt. Ich dachte, ein *Claviarm* sei ein unbedingt notwendiger Schlüssel, um Magie wirken zu können.«

»Ein *Claviarm* ist tatsächlich wie ein Schlüssel – und wie ein Schlüssel ist es nur ein Werkzeug. Genau wie ein Dieb mit Geschick und entsprechendem Bemühen ein Schloss auch ohne passenden Schlüssel öffnen kann, können manche Magier auch ohne *Claviarm* Magie wirken. Manche sind ohne ihr *Claviarm* völlig hilflos, da ihnen die Kraft oder der Wille fehlt, die magischen Kräfte zu bündeln, während andere unbedeutendere Magie wirken können. Niemand kann jedoch größere Magie ohne die Unterstützung eines *Claviarms* wirken und selbst die trivialste Magie ist ohne die Bündelung, die ein *Claviarm* ermöglicht ... äh ... schwierig und manchmal in ihren Folgen unberechenbar. Magie lässt sich wie jedes andere Handwerk leichter ausüben, wenn einem das entsprechende Werkzeug zur Verfügung steht.«

»Es überrascht mich, dass Larra Euch das *Claviarm* hat beenden lassen. Vielleicht mag sie einen ganz bestimmten Magier, aber sie macht sich gewiss nichts aus Magie. Als sie einmal herausgefunden hatte, dass Ihr auch ohne Euer Amulett noch Magie wirken könnt, waren ihre Gründe wohl nicht mehr so durchschlagend, nehme ich an.«

Yan nickte. »Nachdem ich den Laird gerettet hatte, konnte sie nicht mehr ins Feld führen, dass aus Magie nichts Gutes erwächst.«

»Nichts Gutes? Ja, ich dachte mir, dass sie es so sehen würde. Diese Leute haben wenig Sinn für Politik. Männer wie Koyle mit ihrer empfindlichen Ehre und ihren ständigen Streitereien sind keine geeigneten Herrscher für ein Land. Aber obwohl sie der Ansicht war, Ihr hättet ihr und dem Dorf mit der Rettung Koyles geholfen, hat sie dennoch mit Euch gestritten, nicht wahr?«

Eingedenk der Lautstärke seiner letzten Auseinandersetzung mit Larra und der Nähe von Peytos Unterkunft im Dorf sagte Yan: »Das wisst Ihr so gut wie ich.«

»Wäre ich an Eurer Stelle, hätte ich wahrscheinlich häuslichen Segen oder wenigstens Frieden gesucht, indem ich ihrem Wunsch nachgekommen wäre. Doch Ihr habt Euch gleich daran gemacht, ein neues *Claviarm* anzufertigen. In anderer Hinsicht seid Ihr so entgegenkommend und habt mir öfter erzählt, als ich mir merken kann, dass es Euch gefällt, wie ein ganz gewöhnlicher Mensch zu leben. Warum unterstreicht Ihr dann aber wieder Eure Andersartigkeit? Die Leute im Dorf mögen nichts, was anders ist.«

»Ich bin ohnehin anders als sie. Ich bin kein Scothe.«

»Scothe. Reichsbürger. Rolessdakkaner. Alle sind Merin, alle Leute. Sogar *Saü* sind Leute. Manche würden sogar so weit gehen und sagen, dass Bregil trotz ihrer körperlichen Unterschiede auch Leute sind. Aber Magier – Magier sind immer anders.«

»Magier sind auch Leute.«

»Nicht alle würden dem zustimmen.«

»Es stimmt aber.«

»Nachdem ich Euch kennengelernt habe, werde ich Euch nicht widersprechen. Und dennoch gibt es einen offensichtlichen Unterschied. Nicht alle können Magie wirken, auch wenn man ihnen ein *Claviarm* in die Hand drückt.«

»Jeder Magier muss sein eigenes *Claviarm* anfertigen«, sagte Yan sofort.

»Tatsächlich?« Diese Auskunft schien Peyto zu überraschen. Nach kurzem Nachdenken sagte er: »Ich glaube nicht, dass das etwas an meiner These ändert. Wenn eine gewöhnliche Person ein *Claviarm* anfertigt, ist sie deshalb noch lange nicht in der Lage, Magie zu wirken. Richtig?«

»Das nehme ich an.«

»Ihr wisst es. Magier mögen auch Leute sein, aber sie *sind* anders. Ein *Claviarm* ist nur ein Schild wie das eines Gasthauses oder Handwerkers. Ihr habt Euer Schild wieder nach draußen gehängt und sagt den Leuten damit ins Gesicht, dass Ihr anders seid.«

Hatte er das getan? »Ich wollte es nicht wie ein Schild vor mir her tragen.«

»Das braucht Ihr auch nicht. Die Leute im Dorf wissen, dass Ihr keiner von ihnen seid. Das könnt Ihr nicht sein, wisst Ihr? Ihr könnt niemals einer von ihnen sein.«

»Ihr redet wie der Kaiserliche, für den sie Euch halten.«

»Wollt Ihr damit sagen, ich lüge?«, fragte Peyto milde.

»Ich – nein. Nein, das will ich nicht. Ich will nur ...«

»Was?«

Yan wollte die Unterhaltung nicht fortsetzen. Die Gedanken, die ihm kamen, gefielen ihm nicht. »Ich will nur schlafen.«

Zu Yans Erleichterung fügte Peyto sich. Die beiden wickelten sich in ihre Decken und kurze Zeit später hörte Yan, wie der Atem des Sekretärs den tieferen Rhythmus des Schlafs annahm. Yan lag noch einige Zeit wach, bevor er schließlich eindöste. Er lag immer noch in tiefem Schlaf, als Iaf ihn wach rüttelte, und konnte den ganzen Morgen über keinen klaren Gedanken fassen.

Das Land ringsumher wurde wilder und bewaldeter. Yan sah Pflanzen und Tiere, die er nicht kannte. Er war begeistert und musste sich zusammenreißen, um nicht ständig anzuhalten und ein seltsames Tier zu beobachten oder Proben von unbekannten Pflanzen zu sammeln. Gegen Mittag erreichten sie einen breiteren Pfad, den Iaf Hauptstraße nannte. Wenngleich breiter als der bisherige Weg, war er im Prinzip nicht anders. In den zivilisierteren Gegenden des Reichs wäre dies kaum als Landstraße durchgegangen. Peyto zeigte in die westliche Richtung.

»Dort geht es nach Glaebur. Seht Ihr die beiden Berggipfel? Der Bonkilly-Pass liegt ein kleines Stück links davon.«

»Woher wisst Ihr das?«, fragte Yan.

»Ich habe Iaf gefragt.«

Einleuchtend. »Habt Ihr auch nach dem Weg zu Douganans Dorf gefragt?«

»Nein.«

»Und warum nicht? Schließlich ist das unser Ziel.«

Peyto seufzte. »Ich hatte gehofft, Ihr würdet Vernunft annehmen. Wenn wir uns nach Glaebur wenden, wird das eine ganze Weile niemand außer Iaf hier erfahren. Koyles Leute finden es vielleicht sogar erst heraus, wenn wir die Stadt erreicht haben. Besonders dann, wenn Iaf nicht gleich ins Dorf zurückkehrt.« Er lächelte den Jungen an. »Es würde dir doch nichts ausmachen, dich noch eine Weile hier herumzutreiben und vor deinen Pflichten zu drücken, nicht wahr?«

»Überhaupt nichts, Herr«, sagte der Junge fröhlich.

Peyto lächelte. »Da seht Ihr es. Wir wären Koyle und diese hinterwäldlerischen Einheimischen ein für allemal los.«

»Die Pferde gehören uns nicht«, sagte Yan. »Ich habe dem Laird gesagt, ich brächte sie zurück.«

»Die Pferde sind das, worum Ihr Koyle gebeten habt. Er hat Euch keine Eskorte mitgegeben, also könnte man sagen, dass Ihr quitt mit ihm seid, wenn Ihr die Pferde behaltet. Oder wenn Euer Gewissen das nicht zulässt, könnten wir sie in Glaebur verkaufen und ihm das Geld bringen lassen.«

»Habt Ihr mit Gormen geredet?«

»Wie bitte?« Peyto sah verwirrt aus.

»Schon gut.«

Peyto ließ nicht locker. »Ihr wollt ebenso gerne wieder in die Zivilisation zurück wie ich.«

Tatsächlich so sehr, wie Peyto dies ganz offensichtlich wollte? Was den Grad betraf, wusste Yan nicht recht, aber er musste zugeben, dass er das Stadtleben vermisste. Verglichen mit Scothandir schien Talinfad ein urbaner und kultivierter Ort zu sein. Unvoreingenommen betrachtet, machte sogar Yans Geburtsdorf eine vergleichsweise gute Figur. Aber es gab andere Erwägungen. »Larra will hier in Scothandir bleiben.«

»Aber Ihr nicht, das kann ich in Euren Augen erkennen.«

»Nach unserer Rückkehr werde ich Larra überreden, mit uns zu kommen.«

Peyto sah nicht so aus, als glaube er Yan. »Was bringt Euch auf den Gedanken, es könnte eine zweite Gelegenheit wie diese geben, von hier weg zu kommen?«

»In welcher Richtung liegt Douganans Dorf?«, fragte Yan Iaf und beendete damit die Unterhaltung. Der Junge zeigte nach Osten und Yan ließ sein Pferd genau diese Richtung einschlagen.

Sie verbrachten diese Nacht in einem kleinen Dorf, nicht größer als das, welches sie gerade verlassen hatten. Es gab keinen Gasthof, also schliefen sie zusammen mit ihren Pferden, vier Ochsen und einem Haufen Milchkühe und ihren Kälbern im Gemeindestall. Die Leute waren nicht unfreundlich, aber sie waren auch nicht freundlich, besonders dann nicht mehr, als sie Peytos Reichsakzent gehört hatten. Die Beiträge des Sekretärs zum Tischgespräch bestanden fast nur aus Klagen und Beschwerden, aber wenigstens bedrängte er Yan nicht mehr, seine Meinung in Bezug auf ihr Reiseziel zu ändern.

Der nächste Reisetag brachte sie in die Ausläufer der Berge. Das Vorankommen wurde beschwerlicher, doch Iaf und sein Pony legten eine bemerkenswerte Ausdauer an den Tag. Sie trabten oft voraus oder mussten Yan und Peyto hinterher galoppieren, wenn der Junge abgeirrt war, um sich eine Waldlandschaft oder eine geologische Absonderlichkeit anzusehen. Peyto redete wenig im Laufe des Tages und schien es vorzuziehen, sich die Worte für nach dem Essen oder für die Zeit aufzusparen, wenn sie um ein Feuer lagen, das ein wenig Schutz vor der kühlen Nachtluft bot.

»Vielleicht sollten wir unsere Tiere morgen zu einer schnelleren Gangart veranlassen?«

»Warum die Eile?«, fragte Yan. »Ich dachte, Ihr wolltet etwas von der Gegend sehen.«

»Warum die Eile? Nun, aus demselben Grund, den Koyle als Vorwand benutzt hat. In den Bergen bricht der Winter früher herein. Im Winter möchte ich hier nicht einmal begraben sein. Im Dorf haben wir zumindest das Meer vor der Tür. Wenn ich schon keine Stadt haben kann, dann will ich doch wenigstens das Meer in der Nähe sehen. Diese Berge sind einfach zu ... hoch.«

»Wir sind noch nicht in den Bergen, Herr«, sagte Iaf.

Peyto musterte ihn mit Entsetzen und Yan lachte. »Er hat recht, wisst Ihr. Das sind nur ein paar Bergausläufer, kaum das, was man in dieser Gegend als Berge bezeichnet.«

»Für mich sind sie hoch genug«, verkündete Peyto.

»Selbst die Berge hier sind Kinder verglichen mit den Gebrigsketten in Merom.« In Yans Erinnerung reichten die weiß gekrönten Spitzen bei weitem höher in den Himmel als jene vor ihnen. »Das Kamnargebirge, *das* sind Berge.«

»Die gefallen mir auch nicht.«

»Warum so mürrisch?«, fragte Yan.

»Ich will hier nicht festsitzen.«

»Das werdet Ihr auch nicht. Es gibt keine Spur von Schnee.«

»Was ist dann das Weiße auf den Gipfeln?«

»Das ist Schnee, aber ewiger Schnee.«

»Das weiß ich«, schnauzte Peyto. »Ich will nur mit diesem *Botengang* fertig werden. Je eher wir da sind, desto eher sind wir wieder zurück.«

»Je eher wir schlafen, desto eher stehen wir auf«, sagte Yan grinsend. »Je eher wir aufstehen, desto eher sind wir da.«

Peyto warf eine Handvoll Blätter nach ihm, doch sie flatterten harmlos durch die Luft. Iaf schaute zuerst ziemlich überrascht drein, doch als er Yan lachen sah, lachte der Junge ebenfalls. Kurz darauf legten sie sich schlafen und die Morgenkälte kam viel zu früh für Yan.

Während sie dem Pfad folgten, den zu sehen nur Iaf in der Lage zu sein schien, dachte Yan laut über das Wetter nach.

»Warum fürchtet Ihr den Schnee, Meister Lennuick? Seht Euch all das Grün rings um uns an. Wir scheinen geradewegs in den Sommer zu reiten.«

Peyto antwortete mit einem Grunzen. Während Yan sich stimmungsmäßig immer mehr der guten Laune des jungen Iaf annäherte, wurde Peyto in krassem Gegensatz dazu immer besorgter.

»Seht Euch um«, sagte der Sekretär nach einer längeren Schweigeperiode. »Wo ist Euer Sommer geblieben? Schaut Euch die Gipfel an. Wir sehen jeden Tag mehr Schnee.«

Yan sah sich um. Es stimmte, aber die Berge wurden auch jeden Tag höher. Außerdem war jeder Tag kühler als der vorherige, doch das lag nur an der Höhe. Die Berghänge waren mit Bäumen bewachsen, die immer noch ihr volles grünes Blätterkleid trugen. Nur ganz vereinzelt sah man eine Espe golden leuchten. In der Heimat würden die Leute in dieser Höhe bereits die ersten Einbrüche des Winters spüren, aber diese Berge schienen vom bevorstehenden Herbst noch weiter entfernt zu sein als das Land rings um das Dorf.

Yan kannte dieses Land nicht. In Merom kam der Winter zwar früh, aber das hieß nicht, dass er hier auch früh kommen musste. Also sagte er: »Ihr macht Euch ohne Grund Sorgen.«

»Im Winter in den Bergen eingeschneit zu sein, ist sehr wohl ein Grund.«

»Ihr solltet Euch über das gute Wetter freuen, weil dadurch die Reise angenehm wird. Und wenn das gute Wetter anhält, geht die Rückreise noch schneller. Und wenn es auch danach noch anhält, können wir Laird Koyle vielleicht doch noch überreden, uns nach Glaebur ziehen zu lassen. Wir könnten ihm sagen, dass es ein Zeichen dafür ist, dass er uns gehen lassen soll.«

»Ich glaube nicht, dass es klug wäre zu versuchen, Koyle hereinzulegen.«

»Aber es ist nicht schlimm, seine Pferde zu stehlen?«

Peyto räusperte sich und ritt den Rest des Tages schweigend weiter.

Da Iaf ihnen versicherte, dass sie es nicht mehr weit hatten, machte Yan sich nicht länger Sorgen wegen des Wetters. Die Tatsache, dass sie sich in so großer Höhe befanden und immer noch kein Schnee lag, bedeutete, dass es eines schweren Unwetters bedurfte, um die Pässe zu schließen, die sie durchquert hatten. In kurzer Zeit würden sie Douganans Dorf erreichen, sich von Demisis Wohlergehen überzeugen und sich wieder auf den Rückweg ins Dorf machen. Sie würden den Winter nicht in den Bergen verbringen. Er war sich dessen sehr sicher.

Zwei Tage später zeigte Iaf auf eine Espe, in die der Blitz eingeschlagen hatte, und sagte: »Das ist das Zeichen. Dieser Weg führt zu Laird Douganans Dorf. Wir sind fast da.«

Fast da bedeutete jedoch nicht, am Ende aller Strapazen zu sein. Der Weg wurde so steil, dass sie absteigen und die Pferde am Zügel führen mussten. Der Weg war unwirtlich, aber nicht unpassierbar. Oft mussten sie warten, während Peyto sich ausruhte. Bei diesen Gelegenheiten eilte Iaf voraus, ob aus reinem Überschwang oder um sich des Weges zu versichern, konnte Yan nicht sagen. Doch wenn der Junge dann zurückkehrte und sie ihren Weg fortsetzten, schien er sich ihrer Richtung immer sehr sicher zu sein. Yans Fähigkeiten als Waldläufer waren zu schwach ausgeprägt, um sagen zu können, ob sie einem Weg folgten oder nicht, also verließ er sich auf den Jungen.

Am späten Nachmittag erreichten sie einen ebenen Abschnitt und stiegen wieder auf ihre Pferde. Die hohen Berge standen stumm Spalier und ragten in Ehrfurcht gebietender Erhabenheit hoch vor ihnen auf. Sie waren winzige Kreaturen, von den Steinriesen ringsumher zur Bedeutungslosigkeit verurteilt. Sie hätten die einzigen Lebewesen sein können, die es gab.

Aber sie waren ganz eindeutig nicht die ersten, die diesen Weg nahmen.

Yan sah dunkle Höhlungen mit halb verbrannten Holzresten davor, den Überresten lange verlassener Lagerfeuer. An der Mündung einer Höhle im Fels entdeckte er einen Weidenzaun, dessen Tor offenstand. Sie hielten an, um nachzusehen. Die Höhlung erwies sich als nicht mehr als ein Unterschlupf für Schafe und Ziegen, der schon lange nicht mehr benutzt worden war.

Der Pass neigte sich abwärts.

Sie bogen um eine Ecke und begegneten einer wunderbaren Aussicht. Unter ihnen lag ein blühendes Tal, das von baumbewachsenen Bergen umringt war, so hoch oder noch höher als die soeben von ihnen durchquerten. Es war das Juwel im Herzen eines Drachen, die Perle in einer Auster und die Erkenntnis am Ende einer Lehre – der unerwartete Schatz im Kern, der sich unter einer rauen Schale verbarg.

Das Tal war überraschend groß und eben und die lange Achse verlief in ost-westlicher Richtung, größtenteils frei von den Schatten der schützenden Berge.

Wegen des beschwerlichen Aufstiegs und der Enge des Passes war der Eingang leicht zu verteidigen, sodass das üppige Tal vor unerwünschter Aufmerksamkeit sicher war. Yan konnte sich mühelos vorstellen, dass eine Person hier alles finden mochte, was sie brauchte, und auf die Außenwelt verzichtete, wie verführerisch es sein konnte, in dieser Einsamkeit verborgen zu bleiben und den Rest der Welt weiterziehen zu lassen.

Sie näherten sich durch den einzig sichtbaren Pass aus westlicher Richtung. Der Weg führte den Berghang hinab und verschwand in einem der vielen Wälder am Rand der offenen Weite und des ganz leicht welligen Talbodens. Der Weg tauchte hinter den Bäumen als Doppelfurche wieder auf und wand sich durch Felder, auf denen Korn und andere Feldfrüchte standen. Jenseits der Felder lag das Dorf, eine Ansammlung von etwa einem Dutzend Häusern. Die beiden größten sichtbaren Gebäude waren ein zweistöckiges Langhaus und ein weitläufiges steinernes Gutshaus mit einem Turm an einem Ende. Yan schloss, dass Letzteres der Wohnsitz des Herrn dieses Tals sein musste. Wer sonst würde sein Haus so bauen, dass es die Dorfmitte beherrschte? Auf einer flachen Kuppe am anderen Ende des Dorfes stand eine kleine Kirche und die Kugel auf der Turmspitze funkelte im Sonnenlicht golden. Hinter der Kirche lag ein Obstgarten und dahinter ein großer Stall, der Form des Dachs nach zu urteilen, das über die Baumkronen hinweg zu sehen war. Nördlich des Stalls gab es eine Mühle an einem großen Teich, dessen Rad stillstand.

Yan war verwirrt. Etwas schien merkwürdig zu sein, nicht richtig. Er sah sich das Tal noch einmal genauer an.

»Es steigt kein Rauch auf«, sagte Peyto.

»Und es laufen auch keine Leute herum«, fügte Yan hinzu.

»Das gefällt mir nicht.«

»Niemand kümmert sich um die Felder«, sagte Iaf. »Seht ihr Herren die Stelle, wo sie zugelassen haben, dass ein Tier das Korn zertrampelt? Was ist hier faul?«

»Das wissen wir nicht, Iaf. Einstweilen würde ich sagen, dass du am besten bei uns bleibst.«

»Ihr habt doch nicht die Absicht, dort hinunter zu reiten, oder etwa doch?«, fragte Peyto.

Yan nickte. Er hatte versprochen herauszufinden, was mit Demisi war, obwohl er es getan hatte, als er noch davon überzeugt war, dass dieser Ausflug sich als nicht mehr als ein Freundschaftsbesuch erweisen würde. Nun, da sie Laird Douganans Dorf gefunden hatten, offenbar verlassen, war seine Verpflichtung nicht erloschen. Wenn überhaupt, dann war er stärker verpflichtet denn je, hinzureiten und herauszufinden, was geschehen war.

»Es gibt keine Anzeichen für Verwüstungen«, sagte Yan. »Ich glaube nicht, dass eine Gefahr besteht.«

»Was ist mit einer Seuche?«, fragte Peyto.

»Seht Ihr den Kirchturm? Der Priester hat die Kugel nicht verhüllt, wie er es getan hätte, wenn hier eine Seuche ausgebrochen wäre.«

»Vielleicht ist der Priester als Erster gestorben.«

Daran hatte Yan nicht gedacht. Dennoch, von hier oben würden sie sich keinesfalls Gewissheit verschaffen. Einmal auf dem Talboden, würden sie mit Sicherheit Anzeichen für das Wüten einer Seuche sehen, bevor sie sich selbst der Gefahr einer Ansteckung aussetzten. Beim ersten Anzeichen dafür, dass eine Krankheit unter den Dorfbewohnern ausgebrochen war, konnten sie sich zurückziehen. »Wir werden kein Risiko eingehen.«

Auf ihrem Weg nach unten bemerkte Yan etwas, das

ihm bei seinen ersten Betrachtungen des Tals entgangen war. In den Wäldern jenseits des Dorfs erspähte er eine Silhouette, die zu regelmäßig war, um natürlichen Ursprungs zu sein. Yan betrachtete sie eingehender, indem er Magie zu Hilfe rief, um seine Sehkraft zu stärken. Es handelte sich um einen alten Turm aus dunklem Stein, verfallen und mit dichtem grünem Efeu bewachsen, der dafür sorgte, dass der Turm mit dem Wald ringsumher verschmolz. Yan zitterte trotz der warmen, sommerlichen Luft. Die Aufrechterhaltung des Zaubers ermüdete – also beendete er ihn. Seine Augen fühlten sich verklebt an, als sei er schon viel zu lange wach. Er rieb sie, aber danach schmerzten sie immer noch. Erleichterung kam erst, als die Reiter den kühlen Schatten des Waldes erreichten.

Der Ritt durch den Wald wäre angenehm gewesen, hätte Yan nicht solch eine Beklemmung verspürt. Seine Begleiter blieben stumm und die einzigen Geräusche waren der Hufschlag der Pferde auf dem Lehm und die üblichen Waldgeräusche. Hier zwischen den Bäumen schien alles in Ordnung zu sein. Alles machte einen gewöhnlichen Eindruck.

Dennoch kam Yan immer mehr zu der Überzeugung, dass etwas nicht stimmte. Aber er wusste nicht, was. Sorge wegen der offensichtlichen Bedenken wäre verständlich gewesen, aber dies war etwas anderes, etwas, das an ihm nagte. Es war eine Art geistiges Ziehen, dieselbe merkwürdige Art von Abwesenheit, die überhaupt keine Abwesenheit zu sein scheint, während man sich krampfhaft an etwas zu erinnern versucht, aber nicht ganz genau weiß, was es eigentlich ist, woran man sich erinnern will.

Sie verließen den Wald und ritten wieder in die willkommene Wärme des Sonnenlichts. Der Anblick, der sich ihnen bot, war dazu geeignet, Ängste zu schüren. Die Felder, an denen sie vorbei kamen, waren mit Unkraut überwachsen und die Feldfrüchte, die darauf wuchsen, noch nicht reif, als seien sie durch die Konkurrenz mit dem erstickenden Unkraut geschwächt und in ihrem Wachstum gehemmt worden. So kurz vor dem Winter hätten die Bauern besorgt über den Zustand ihrer Äcker sein müssen. Wo waren die Bauern, dass sie ihre Felder derart verkommen ließen?

Die erste Hütte, die sie erreichten, war nicht mit einem schwarzen Seuchentuch gekennzeichnet, doch es kam auch niemand heraus, um sie zu begrüßen. Nicht einmal ein bellender Hund. Alles war so still, dass es sich um das Gemälde eines Hauses anstelle einer echten Hütte hätte handeln können. Yan wollte absteigen, besann sich aber eines Besseren, als Peyto sagte: »Tote hängen keine Seuchenwarnungen nach draußen.«

Sie ritten weiter.

Auf dem Dorfplatz angelangt, hielten sie an dem kleinen Brunnen. Hier pflegten die Dorfbewohner sich ihr Wasser zu holen, ihre Kleidung zu waschen und Klatsch auszutauschen. Mitten am Nachmittag hätte jemand anwesend sein müssen. Die Reiter und ihre Pferde waren die einzigen sichtbaren Lebewesen.

Die Pferde wollten saufen, doch auf Yans Geheiß hielten die Reiter sie zurück. Er war nicht sicher, ob das Wasser ungefährlich war, obwohl es klar und sauber aussah. Die heilig wirkende Bronzefrau in der Mitte des Brunnens lächelte ihnen gütig zu, während die zu ihren Füßen versammelte Abordnung grotesker Gestalten sie höhnisch angrinste. Manche schienen sie geradezu herauszufordern, doch das Wagnis einzugehen und zu trinken.

Yan wandte sich an Iaf. »Wo wohnt Demisi?«

»Das weiß ich nicht«, sagte der Junge.

»Was soll das heißen, du weißt es nicht?«, schnauzte Peyto ihn an.

Iaf machte einen verlegenen Eindruck. »Ich bin noch nie hier gewesen, Herr.«

»Du hast gesagt, du kennst den Weg. Hast du mich angelogen?«, beschuldigte Peyto ihn.

»Nein, Herr. Den Weg kenne ich, jedenfalls ungefähr. Und man hat mir von dem Baum erzählt, in den der Blitz eingeschlagen hat. Wie Meister Sednal sagte, danach war es nicht mehr besonders schwer.«

»Einthof, übe Nachsicht mit den Unwissenden«, sagte Peyto. »Wie sollten wir diese Frau finden?«

»Indem wir jemanden fragen, nehme ich an«, sagte Yan.

»Diese Möglichkeit scheint auszuscheiden«, erwiderte Peyto rau.

Nicht unbedingt. Vielleicht gab es Listen im Haus des Laird. Yan wendete sein Pferd und ritt mit ihm zum Langhaus. Die anderen folgten ihm.

»Ich schätze, dass es doch keine Seuche war«, sagte Peyto.

Die Tür des Langhauses hing völlig schief in den Angeln, da die obere sich vom Rahmen losgerissen hatte und das Holz gesplittert und gebrochen war. Mehrere Fenster waren zerschmettert und Haushaltsgegenstände lagen verstreut auf der Veranda, die sich die gesamte Vorderseite entlang zog. Brandflecken, Einschusslöcher und Schwertmale verunstalteten Holz und Schnitzereien.

~ 11 ~

Yan stieg ab und band die Zügel an einem der Ringe am Pfahl vor dem Gutshaus fest.

»Geht Ihr hinein?«, fragte Peyto.

»Seuchen schießen nicht mit Pistolen und schwingen keine Schwerter.«

»Gesetzlose hingegen schon – und sie haben auch keine Bedenken, Fremde niederzumetzeln.«

»Wären sie noch in der Nähe, hätten wir das bereits am eigenen Leib erfahren, glaube ich. Wie Ihr sagt, sie haben keine Bedenken, Fremde niederzumetzeln. Wir sind kaum die Art Truppe, vor der Gesetzlose sich fürchten würden, die die Kühnheit besitzen, Laird Douganans eigenes Haus anzugreifen. Aber Ihr könnt hier warten, wenn Ihr wollt.«

Yan erklomm die Steintreppe, blieb auf der geräumigen Veranda stehen und starrte auf den geschnitzten Rundbogen des Türrahmens. Ein verunstalteter Wappenschild hing über der Tür, aber das Bild war zu entstellt, um es noch erkennen zu können. Hinter sich hörte er, wie Peyto mühsam vom Pferd stieg, und die leichtfüßigen Schritte Iafs, der sich beeilte, dem Sekretär dabei zu helfen. Yan machte sich an die Untersuchung der Schäden an der Tür.

»Das Schloss ist aufgebrochen worden«, sagte er, als die beiden anderen sich zu ihm gesellten. »Aber die Tür war nicht verriegelt. Ich glaube nicht, dass sie mit Ärger gerechnet haben.«

»Ein Aufstand?«, mutmaßte Peyto. »Vielleicht hat die verschlossene Demisi eine Erhebung angeführt, weil man ihr die Erlaubnis verweigert hat, ihre Familie zu besuchen.«

Yan musterte Peyto stirnrunzelnd in der Hoffnung, der Sekretär möge verstehen, dass derart abseitige Versuche, humorvoll zu sein, bei ihm auf wenig Gegenliebe stießen.

»Nun, ich nehme an, die Gründe spielen wohl keine Rolle«, sagte Peyto. »Was hier auch geschehen sein mag, ist vergangen und vorbei. Wir stehen hier nur noch als Zuschauer auf den Trümmern.«

»Ich wüsste gern, was geschehen ist.«

Peyto hatte noch mehr zu sagen, doch Yan hörte nicht mehr zu. Er schritt durch die Tür. Der Raum dahinter war ein großräumiger Gemeinschaftssaal. Über dem Kamin auf der gegenüberliegenden Seite hing ein großer Schild, der mit einem schwarzen Berg mit zwei Gipfeln bemalt war. Zwischen den Gipfeln ging eine Sonne auf oder unter. Beim Anblick des vollständigen Wappens erkannte Yan, dass es sich um dasselbe handelte, das über dem Eingang hing. Das Douganan-Wappen, nahm er an.

Der Saal wies weitere offensichtliche Spuren der Verwüstung auf – wie das ganze Äußere des Hauses: Gemälde an den Wänden waren zerschnitten und Möbel umgeworfen worden, während der Teppich mit Lehm verschmiert und mit Blut befleckt war. Eine zerfallene alte Rüstung lag in einer Ecke und die gesplitterten Überreste ihres Ständers ragten wie gebrochene Knochen durch die Lücken. Der Helm fehlte. Trotz der offenen Tür wies der Saal fast keinerlei Spuren witterungsbedingter Schäden auf. Vor wie langer Zeit war dies geschehen?

»Komm schon, Junge«, rief Peyto.

»Nein, Herr. Ich gehe nicht in dieses Haus.«

Iafs Antwort veranlasste Yan, sich umzudrehen. Der Junge zeigte auf eine leere Fassung an der Innenseite des Türrahmens. In der Klammer hätte einem uralten Brauch zu Folge eine Eisenkugel stecken müssen. Ein Aberglaube besagte, die Berührung einer Eisenkugel beim Betreten eines Hauses wehre böse Geister ab. Dieser Brauch hatte in allen Teilen Scothandirs Gültigkeit, die Yan bisher gesehen hatte.

Iaf weigerte sich auch weiterhin, das Haus zu betreten. »Ich gehe in kein Haus ohne Kugel. Es muss das Haus eines Mannes sein, der mit Dämonen im Bunde ist.«

Unwahrscheinlich. Wäre der Besitzer des Hauses mit Dämonen im Bunde, hätte er gewiss nicht zugelassen, dass es mit derart gewöhnlichen Methoden gestürmt worden war.

»Dann bleib draußen bei den Pferden und halte Ausschau. Wir sehen uns rasch hier drinnen um und sind gleich wieder bei dir«, erklärte Yan dem Jungen.

»Wir?« Peyto machte einen gereizten Eindruck, folgte Yan aber dennoch. Yan nahm an, dass der Sekretär ebenso neugierig war wie er selbst, doch nicht bereit, es zuzugeben.

Das Erdgeschoss bestand aus dem Saal, einer Küche mit Speisekammer und ein paar kleineren Gemeinschaftsräumen. Alle Räume wiesen Spuren der Verwüstung auf, jedoch keiner so gründliche wie der Saal. Im hinteren Teil des Hauses gab es eine steinerne Wendeltreppe, die nach oben führte. Yan machte sich an den Aufstieg.

»Ihr werdet in der Finsternis gegen eine Wand laufen«, sagte Peyto.

Die Warnung des Sekretärs erinnerte Yan daran, dass sein Sehvermögen besser war als Peytos. Yan beschwor magisches Licht in seiner Hand und hielt sich die Kugel aus fahlem grünen Licht über den Kopf, um für Peyto die Treppe zu erleuchten. Gemeinsam gingen sie in den ersten Stock.

»Die Treppe führt noch weiter nach oben«, sagte Yan.

»Wollt Ihr hinauf? Oder zuerst hier stöbern?«

»Zuerst hier, denke ich.«

Der erste Stock enthielt private Wohngemächer und ein Büro mit einer kleinen Schreibstube. Die Räume waren in einem ähnlichen Zustand wie diejenigen im Erdgeschoss, aber die Verwüstungen wirkten systematischer. Alles auch nur einigermaßen Wertvolle war zerschlagen, zerschnitten oder bis zur Unkenntlichkeit verunstaltet worden. Die Geschäftsbücher der Feste lagen verkohlt auf dem Boden. Seltsamerweise hatte man das Feuer auf die Bücher beschränkt.

»Barbaren«, sagte der Sekretär, während er den Haufen Bücher mit entsetzter Miene anstarrte.

Yan hob eines der Bücher in seiner Nähe auf. Frische, leichte Ascheflocken schwebten langsam zu Boden. Das Gefühl des Buches in der Hand sprach etwas in ihm an. Er überlegte, betrachtete das Buch mit seinen arkanen Sinnen und fand die Reststrahlung eines Zaubers. Die genaue Natur des Zaubers erkannte er nicht, aber es war klar, dass es sich darum drehte, Auswirkungen zu verhindern, die mit Feuer und Wasser zu tun hatten. Als er ein wenig in dem Bücherhaufen herumstocherte, stellte sich heraus, dass sie nicht besonders gut gebrannt hatten. Unter den halb verkohlten und verbrannten Büchern lagen noch völlig unbeschädigte. Wenn der Zauber, mit dem die Rechnungsbücher belegt waren, Bücher derart wirkungsvoll schützen konnte, wollte Yan ihn lernen.

Peyto betrachtete den Haufen und schüttelte traurig den Kopf. »Nur Barbaren würden Bücher verbrennen.«

»Vielleicht waren es nur die Schuldner des Laird, die ihre Schulden tilgen wollten.«

»Barbarisch.«

»In den Büchern müssten auch alle Bewohner des Tals aufgelistet sein, nicht wahr?«

»Ein gebräuchliches Verfahren«, bestätigte Peyto.

»Dann erfahren wir vielleicht, wo Demisi gewohnt hat oder ob ihr etwas vor diesem … was es auch war … zugestoßen ist.«

»Höchstwahrscheinlich ist sie entweder im Zuge der Auseinandersetzungen getötet worden oder vor ihnen geflohen.«

»Diese Schäden sind erst kürzlich entstanden. Man hat aber seit fast einem Jahr nichts mehr von ihr gehört. Vielleicht ist sie lange vor diesem Ereignis im Kindbett oder bei einem Unfall gestorben. Larra würde das wissen wollen.«

»Und wenn wir solch einen Vermerk in den Büchern findet, seid Ihr zufrieden und macht Euch auf den Rückweg?«

»Solch ein Vermerk wäre eine Hilfe.«

»Ihr sagtet nicht, dass Ihr dann zufrieden wäret.«

»Ihr werft einen Blick in die Bücher und ich sehe mich oben um.«

Peytos Beharren auf einer Antwort folgte Yan die Treppe hinauf, doch er überging es. Er wusste, dass Peyto die Antwort nicht gefallen würde. Die Lage hier im Tal begeisterte Yan, insbesondere die völlige Abwesenheit von Leuten. Wenn es sich bei denjenigen, die das Gutshaus angegriffen hatten, um Menschen von außerhalb handelte, warum waren sie dann nicht geblieben, um ihre Plünderung zu vollenden? Und wenn sie wieder abgezogen waren, warum waren die Überlebenden dann nicht längst in ihr Dorf zurückgekehrt? Es war unwahrscheinlich, dass es *gar keine* Überlebenden gab, so gut organisiert ein Überfall auch sein mochte. Und wenn es trotz alledem keine Überlebenden gab, wo waren dann die Leichen? Räuber würden sich kaum die Zeit nehmen, ihren Opfern eine anständige Beerdigung zu bereiten.

Außerdem hatte Laird Douganan einen Magier in seinen Diensten. Der Zauber, mit dem die Rechnungsbücher belegt waren, bewies das. Doch bei der Verteidigung des Gutshauses war keine Magie eingesetzt worden. Derartige Zauber hätten eine Reststrahlung hinterlassen, die Yan viel eher gespürt hätte als diejenige auf den Büchern. Hinzu kam, dass keiner der Räume im ersten Stock einem Magier gehört zu haben schien. Auch der Laird schien keinen eigenen Raum auf dieser Etage zu haben und der zweite Stock war viel kleiner als der Rest des Hauses, zu klein für viele Räume. War der Laird selbst oder seine Frau der Magier? Yan war neugierig darauf, wie die Gemächer des Laird aussehen mochten.

Er stellte fest, dass ihm eine Barrikade aus Möbeln den Weg versperrte. In dem Bemühen, möglichst leise zu sein, kletterte er darüber hinweg. Er hätte beinahe das Gleichgewicht verloren, als er beim Abstieg auf der anderen Seite auf etwas trat. Eine Pistole. Er hob sie auf und roch daran. Sie roch durchdringend nach Schießpulver. Der Geruch war so stark, dass sie erst heute abgefeuert worden sein mochte, aber aufgrund der Tatsache, dass die Luft hier auf dem Treppenabsatz stand, mochte es auch bereits eine Woche her sein. Er legte die Pistole wieder auf den Boden.

Eine geschlossene Tür war die einzige Möglichkeit, den Treppenabsatz zu verlassen, also verbrachte Yan einige Zeit damit, nach Geräuschen auf der anderen Seite zu lauschen. Doch er hörte keine. Überraschenderweise öffnete sich die Tür bei seiner Berührung und er betrat die Kammer dahinter. Fenster in allen vier Wänden verrieten ihm, dass das Obergeschoss aus einem einzigen großen Raum bestand, und der Wappenschild über dem Bett verriet ihm, dass er sich im Gemach des Laird befand. Abgesehen von den fehlenden Möbeln, die beim Bau der Barrikade Verwendung gefunden hatten, sah alles unberührt aus. Von den Räubern schien niemand hier gewesen zu sein.

Das war mehr als merkwürdig. Siegreiche Räuber wären gewiss zurückgekommen, um das Privatgemach des Laird zu plündern. Wenn andererseits die Verteidigung triumphiert hatte, warum stand die Barrikade dann immer noch und warum war der Laird oder sein Nachfolger nicht zurückgekehrt?

Das Bett und zwei Kleiderschränke schienen die einzigen noch verbliebenen Möbelstücke zu sein. Das Bett, ordentlich gemacht, schien wenig von Interesse zu bieten, also schaute Yan in die Kleiderschränke, wo er lediglich Männerkleidung fand. Laird Douganan war allem Anschein nach unverheiratet.

Er war offensichtlich kein Magier, denn es gab weder Bücher noch Kräuter, Pulver oder Gerätschaften. Enttäuscht darüber, die Spur zu dem Zauberer verloren zu haben, der die Bücher geschützt hatte, versuchte Yan die Kammer mit seinen magischen Sinnen zu betrachten. Alles sah so gewöhnlich aus wie unter der Betrachtung mit seinen vertrauten Sinnen, bis er seine Aufmerksamkeit auf die Kleiderschränke richtete.

Beim Blick auf den linken Kleiderschrank präsentierte sich ihm ein verschwommenes Bild, da der Schrank von einer geisterhaften Erscheinung überlagert wurde. Yan betrachtete die Bilder ausgiebig, wobei er nach Unterschieden Ausschau hielt, und fand eine Schnitzerei, die auf einem der Bilder in einem anderen Winkel angebracht zu sein schien. Er berührte die Schnitzerei und versuchte zaghaft, sie zu verschieben oder zu drehen. Mit einem leisen Klicken rastete die Schnitzerei ein. Irgendwo hinter dem Kleiderschrank setzte ein leises Rauschen ein und der

Schrank drehte sich ihm entgegen. Er wich zur Seite aus.

Hinter dem Kleiderschrank wurde eine dunkle Öffnung enthüllt. Yan begriff jetzt, was er gesehen hatte. Das geisterhafte Bild war ein Rückstand der Stellung gewesen, in der der Schrank sich üblicherweise befand. Wer immer zuletzt durch diese Geheimtür gegangen war, er hatte sie nicht ganz geschlossen, sodass der Schrank nicht genau auf seinem üblichen Platz gestanden hatte.

Yan betrat den freien Platz hinter dem Schrank, hütete sich aber, in den dunklen Schacht jenseits der steinernen Schwelle zu klettern. Er schaute nach unten, doch selbst seine magische Sicht vermochte die Dunkelheit nicht sehr weit zu durchdringen. An der gegenüberliegenden Wand waren in Abständen von vielleicht einem Fuß Eisensprossen angebracht, so weit er sehen konnte.

Ein Fluchtweg.

Eine Nische in der Wand enthielt eine kleine Truhe, unverschlossen, sowie einen Schwertgurt mit Rapier und Dolch. Yan öffnete die Truhe und schaute hinein. Darin befanden sich eine Garnitur Lederkleidung, die sich auch für eine längere Reise eignete, eine Pistole, ein gefüllter Kugelbeutel samt Pulverhorn, ein Sack Münzen koronaler als auch scothischer Prägung, ein weiterer Sack mit haltbarem Brot und Dörrfleischstreifen, eine Wasserflasche aus Ton sowie ein leeres Kästchen aus dunklem, poliertem Holz. Das Innere des Kästchens roch nach Kräutern und Harz. Merkwürdig.

Die Truhe enthielt offenbar so etwas wie eine Notausrüstung, doch wer sie auch geöffnet haben mochte, er hatte sich mit dem Inhalt des Holzkästchens begnügt. Wer diesen Fluchtweg auch genommen hatte, er schien nicht an eine Flucht gedacht zu haben. Oder falls doch, dann an keine sehr weite Flucht.

Sehr merkwürdig.

Yan reichte über den Schacht hinweg und packte die oberste Sprosse. Er holte einmal tief Luft und machte sich an den Abstieg. Die Leiter führte ihn abwärts, bis er der Ansicht war, sich unter der Erde zu befinden. Die Leiter endete in einer engen Kammer mit niedriger Decke. Ein Gang, dessen Wände mit feuchten Steinen ausgekleidet waren, führte nach Norden – und er folgte ihm. Er endete, wie er begonnen hatte, in einer kleinen Kammer, aus der ein Schacht mit an der Wand angebrachten Sprossen aufwärts führte. Er kletterte nach oben.

Er kam in einer kleinen Hütte zwanzig Schritt hinter der Rückseite des Gutshauses heraus. In eingehender Betrachtung des Gutshauses versunken, um herauszufinden, wo sich der geheime Fluchtweg befand, ging Yan um das Haus herum zur Vorderseite, wo er Iaf erschreckte.

»Ist schon gut, Iaf. Ich bin's nur.«

»Ihr habt mir einen tüchtigen Schreck eingejagt, Herr.«

»Hast du jemanden gesehen?«

»Niemanden, Herr.«

»Wir auch nicht. Halte aber weiterhin gut Ausschau.«

Yan ging ins Gutshaus zurück. Wieder bei Peyto angelangt, erzählte er ihm von dem Fluchtweg und davon, dass das Obergeschoss frei von Verwüstungen war.

Peyto zeigte auf eines der Rechnungsbücher. »Eure Demisi steht darin. Sie ist als Ehefrau eines gewissen Goremmic aufgelistet. Goremmic wird als einer der Männer im engen Dienst des Laird geführt. In den Büchern des Langhauses ist ein Auftrag zur Instandhaltung verzeichnet.«

»Welches Datum hat der Eintrag?«

Peyto verzog das Gesicht. »Der Eintrag ist im Monat des Pflugs gemacht worden, also mitten im Frühling. Bedauerlicherweise war das das neueste Buch, das ich finden konnte.«

»Wir werden einen Blick in das Langhaus werfen müssen.«

Im Langhaus fanden sie weitere Anzeichen für Kämpfe und Zerstörung. An vielen Stellen gab es Blutflecken. Manche der braunroten Flecken waren zu groß, um aus einfachen Wunden stammen zu können. Yan war sicher, dass dort Leute gestorben waren.

Die bedeutsamste Entdeckung machte Yan in einem kleinen Garten an einem Ende des Langhauses. Kräuter und Gemüse waren dort angebaut und auch ein paar Blumen gezüchtet worden. Eine Reihe von Töpfen lag zerschmettert auf dem Boden und zwischen den Tonscherben sah man verwelkte Blumen und Erde. An einer Stelle waren ein paar der Blumen tief in die Erde eingedrückt. Yan beugte sich darüber und fand einen Stiefelabdruck. Die Blumen waren bereits verwelkt gewesen, als der Besitzer des Stiefels darauf getreten war. Wer immer den Abdruck auch hinterlassen hatte, er hatte es eindeutig nach den Kämpfen getan.

Der betreffende war vielleicht noch in der Nähe.

Als er Peyto seinen Fund zeigte, sagte der Sekretär: »Vor lauter Pinselstrichen seht ihr das Gemälde nicht. Was hier passiert ist, ist lange erledigt und vorbei.«

»Es ergibt keinen Sinn. Die Schäden sehen alle so aus, als seien sie erst kürzlich angerichtet worden. Das Wetter hat keine Spuren hinterlassen.«

»Also hat der Überfall erst gestern oder letzte Woche stattgefunden. Was ändert das? Er ist vorbei und hier gibt es niemanden mehr.«

»Aber versteht Ihr denn nicht? Den Teil, der keinen

Sinn ergibt? Es ist niemand hier, aber hier sind Leute gestorben. Seht Euch um. Nehmt eine gute Nasevoll von der Luft hier. Wo sind die Leichen?«

Peyto schnitt eine Grimasse. »Die Gesetzlosen haben ihre Verwundeten mitgenommen. Die Überlebenden haben die ihren ebenfalls mitgenommen und sind dann geflohen.«

»Und niemand ist gestorben? Bei dem vielen Blut, das wir gesehen haben?«

»Also haben sich die Überlebenden auch noch um die Leichen gekümmert, bevor sie geflohen sind.«

»Ich habe keine Spur von einem Scheiterhaufen gesehen. Und verfahren die Scothen nicht so mit ihren Toten? Sie verbrennen sie.« Er wechselte von Korona, in dem er sich mit Peyto unterhalten hatte, auf Scothisch und fragte Iaf: »Bei euch ist es Sitte, die Toten zu verbrennen, nicht wahr?«

»Wir sind gottesfürchtige Leute, Herr. Natürlich verbrennen wir unsere Toten. Es ist das Recht, das die Toten sich verdient haben.«

»Ja, aber nicht überall werden die Toten verbrannt, Junge«, sagte Peyto. Er wechselte wieder auf Korona, um seine Debatte mit Yan fortzusetzen. »Vielleicht waren die Leute in diesem Dorf kultivierter. Hat Sednal nicht gesagt, der hiesige Laird wäre mit Jonnagal verbündet. Jonnagal steht in Fehde mit Koyle und könnte daher mit einer empfindsameren scothischen Fraktion verbündet sein und mit Kaiserlichen in Verbindung stehen. Jedenfalls hat etwas davon auf ihn abgefärbt: Er hat seine Bücher sehr zivilisiert geführt. Vielleicht begraben er und seine Leute hier die Toten, wie es zivilisierte Leute tun.«

Jetzt schnitt Yan eine Grimasse. »Ich habe in der Nähe der Kirche keinen Friedhof gesehen.«

»Ich auch nicht, aber ich habe auch nach keinem Ausschau gehalten.«

»Diese Frage können wir klären, indem wir hingehen und nachsehen.«

Als sie sich der Kirche näherten, hörte Yan, wie sich im Schatten des Gebäudes etwas bewegte. Er blinzelte in dem Bemühen, etwas zu erkennen, doch was immer dieses Geräusch auch verursacht hatte, es war entweder verschwunden oder verhielt sich vollkommen still und reglos. Iaf blieb neben Yan stehen, doch Peyto ging weiter und blieb auf halbem Weg den Hügel hinauf stehen, auf dem die Kirche stand.

»Da habt Ihr Eure Leichen«, sagte er, indem er in eine Richtung zeigte.

In einer Senke auf der anderen Seite der Kirche lag eine kleine Landparzelle, die von einer niedrigen Steinmauer umgeben war. Auf der Parzelle standen Grabsteine in ordentlichen Reihen. Die meisten waren kleine, schlichte Obelisken, nicht höher als einen Fuß, doch einer erhob sich fast drei Fuß hoch und war so behauen, dass er die ungefähre Gestalt eines Drachen besaß. Dieser Stein war wesentlich verwitterter als alle übrigen, aber verglichen mit dem halben Dutzend nicht weit von der Öffnung in der Steinmauer wirkten alle anderen Grabsteine alt. Jeder der blassen Steine markierte einen frischen Grabhügel. An den Grasbüscheln, mit denen die Hügel abgedeckt waren, hingen noch frische Erdklumpen. Dies waren neue Gräber.

Am Rande der Ansammlung von Obstbäumen hinter der Kirche bewegte sich etwas. Doch bevor Yan richtig hinschauen konnte, war es verschwunden. Er hatte den sicheren Eindruck, eine Person gesehen zu haben, aber so nah am Friedhof stellte er sich unwillkürlich die Frage, ob es nicht vielleicht ein Geist gewesen war. Was er gesehen hatte, mochte lebendig gewesen sein, ein flüchtiger Dorfbewohner oder ein Nachzügler der Angreifer, aber vielleicht hatte seine Phantasie ihm auch vorgegaukelt, was er sehen wollte:

einen Beweis dafür, dass das Tal nicht völlig verlassen war.

Er entschloss sich, seinen Begleitern gegenüber Stillschweigen über den Vorfall zu bewahren.

Yan betrachtete den Friedhof, ließ sich alles, was er gesehen hatte, durch den Kopf gehen und versuchte schlau daraus zu werden. Er hatte so viel Zeit mit der Frage verbracht, *was* geschehen war, dass er kaum einen Gedanken an das *Warum* verschwendet hatte. Sie hatten nichts gefunden, was auf einen Grund für die Gewalttaten schließen ließ, die hier stattgefunden hatten. Ein Überlebender würde ihnen zweifellos mehr berichten können.

Er drehte sich um und stellte fest, dass seine Gefährten am Rande des Weges saßen, der zur Kirche führte. Sie betrachteten ihn geduldig.

»Sehen wir uns das Gehölz mit den Obstbäumen aus der Nähe an«, schlug er vor.

»Es wird dunkel«, damit sprach Peyto aus, was offensichtlich war. »Wenn Ihr noch mehr Zeit mit Herumstöbern vergeuden wollt, können wir das auch morgen noch tun, wenn wir mehr Licht haben. Wir brauchen alle etwas Erholung und diese alten Knochen sind es leid, die Sterne zu ihrem Dach zu machen.« Peyto zeigte hinter sich auf die Häuser des Dorfs. »Unter all diesen leeren Häusern wird es doch gewiss eines geben, in dem sich ein paar heile Betten finden.«

Sie gingen zu den Pferden zurück und holten ihre Säcke und Decken. Iaf scheute zurück, als Peyto Anstalten machte, mit seiner Bürde auf den Schultern ein Haus zu betreten. Der Junge griff nach seinem Arm.

»Nicht, Herr.«

»Lass mich los, Junge«, verlangte Peyto.

»Ihr könnt doch unmöglich im Haus schlafen wollen.«

»Warum nicht? Das ist gewiss besser, als noch eine Nacht der Gebirgskälte ausgesetzt zu sein.«

»Nein, Herr. Das könnt Ihr nicht.«

»Und warum nicht?«

»Geister«, stammelte der Junge. »Die Geister der Dorfbewohner, Herr. Sie können ganz gewiss nicht ruhen, da sie gewaltsam und ohne anständige Bestattung gestorben sind. Sie werden in ihren Häusern umgehen. Ihr könnt nicht in einem ihrer Häuser schlafen.«

»Was ist mit einem öffentlichen Gebäude, Iaf?«, fragte Yan. »In einem solchen Gebäude wohnt niemand, also wird dort auch kein Geist umgehen.«

Iaf sah ihn zweifelnd an. »Ich weiß nicht.«

»Du weißt, dass ich Magier bin. Magier wissen einiges über Geister. Bist du bereit, mir zu glauben, wenn ich sage, dass ein öffentliches Gebäude sicher ist?«

Iaf beäugte ihn argwöhnisch. »Wollt Ihr damit sagen, dass Ihr Umgang mit Geistern habt, Herr?«

»Nein«, erwiderte Yan. »Ich sage nur, dass ich einiges über ihre Verhaltensweisen weiß. Mehr nicht. Ich schlage vor, dass wir in der Kirche übernachten. Kein feindseliger Geist wird dorthin kommen.«

»Aye, das ist eine großartige Idee, Herr.«

Sie erklommen noch einmal den Hügel zur Kirche, Iaf vorneweg und der murrende Peyto hinterdrein. Als sie sich der Kirche näherten, kam Yan plötzlich etwas an ihr merkwürdig vor. Er wurde beinahe über den Haufen gerannt, als Iaf von der Treppe zurücksprang wie vor einer Giftschlange. Als Yan in die Richtung schaute, in die der Junge starrte, konnte er einen dunklen Fleck erkennen, der halb von der Kirchentür verdeckt wurde.

»Was ist los?«, fragte Peyto.

»Auf der Kirchentreppe ist Blut«, erwiderte Yan.

Peyto seufzte. »Ich nehme an, die Geister ermordeter Priester würden dadurch, dass Fremde in ihrer Kirche nächtigten, noch mehr gereizt.«

»Aye, Herr, ich glaube, das würden sie«, sagte Iaf.

»Vielen Dank, Peyto«, sagte Yan. Ob tatsächlich Priester ermordet worden waren oder nicht, jetzt würden sie Iaf auf keinen Fall mehr in die Kirche bekommen. Es gab aber keine anderen öffentlichen Gebäude im Dorf. Doch es gab eines, das dem Jungen vielleicht keine Angst einjagen würde. »Was ist mit dem Gemeindestall? Ich habe noch nie etwas von den Geistern toter Tiere gehört.«

»Ich auch nicht, Herr. Und ich hätte auch niemals daran gedacht. Ihr seid sehr klug.«

»Der Stall?« Peyto ächzte. »Ich wollte heute nacht in einem Bett schlafen.«

»Das könnt Ihr immer noch. Iaf und ich nächtigen im Stall. Ihr braucht nicht bei uns zu bleiben.«

Peyto warf einen Blick zurück auf das Dorf. In der Dämmerung, die sich langsam im Tal ausbreitete, sahen die Hütten wie bleiche Schädel aus, die Fenster wie leere Augenhöhlen und die Türen wie aufgerissene Münder.

»Stroh ist kein so schlechtes Bett«, sagte der Sekretär, indem er an Yan vorbeiging.

Auf dem Weg zum Stall mussten sie an dem Gehölz mit den Obstbäumen vorbei. Yan wollte seine Gefährten nicht beunruhigen und lugte nur verstohlen in die schattigen Wege zwischen den Baumreihen, da er nach dem Ausschau hielt, was er zuvor gesehen hatte, doch nichts rührte sich. Die Bäume waren allein in ihrer Domäne und flüsterten miteinander im Rauschen ihrer Blätter.

Anders als die anderen Gebäude in der Ortschaft wies der Stall keine Spuren der Zerstörung auf. Er stand allein und geschlossen in der zunehmenden Dunkelheit. Wie der Rest des Dorfes war auch der

Stall in tiefste Stille gehüllt. Angesichts dessen, was sie bisher vorgefunden hatten, war Yan nicht weiter überrascht, dass keine Tierlaute zu hören waren. Er zog an der Tür und stellte fest, dass sie klemmte.

»Komm her, Iaf. Hilf mir mal.«

Gemeinsam zogen sie daran und rissen sie los. Die Tür schwang weit auf und die beiden stolperten zurück und versuchten zu vermeiden, gegen die Wand zu prallen.

Peyto keuchte.

Yan fuhr herum und ließ die Tür einfach los. Der Sekretär stand da und starrte wie gebannt in den Stall. Yan sah ebenfalls hinein.

Eine riesige unförmige Gestalt füllte den freien Platz im Stall aus. Sie war mit zickzackförmigen Streifen übersät und unter ihr hing eine längliche, schlanke Form. Zuerst wurde Yan nicht schlau aus der merkwürdigen Gestalt, doch dann erkannte er in ihrem größeren Teil einen mit Netzen behangenen Gasballon und in dem schlanken, länglichen Teil eine bootsförmige Gondel.

Es war ein Luftschiff.

Auf die Seite des Ballons war ein großer schwarzer Rapenar gemalt. Die Klauen des Vogels hielten eine doppelschneidige Axt und die großen Flügel waren ausgebreitet und auf der Rückseite des Ballons außer Sicht. Der Kopf mit dem Kamm darauf und dem offenen Schnabel wirkten sehr vertraut. Dies war ein Schiff des Koronareichs, vielleicht sogar eines der Reichsluftstreitkräfte.

Derartige Fahrzeuge waren selten im Reich. Hier eines zu finden, war erstaunlich. Wenn dies das Transportmittel der Räuber war, hatten die Scothen zurecht eine Einmischung seitens des Reichs befürchtet. Plötzlich kam Yan Koyles Argwohn allen Kaiserlichen gegenüber nicht mehr so weithergeholt und verrückt vor.

Die Gondel aus Weiden und Arholz schien leer zu sein, aber die Schatten waren tief und die Formen in der Gondel wirkten merkwürdig. Yan betrat den Stall, um besser sehen zu können. Peyto folgte ihm, doch Iaf blieb mit weit aufgerissenen Augen im Eingang stehen.

War das Schiff ebenso verlassen wie das Dorf?

War es von Kaiserlichen oder Scothen hergebracht worden?

Wer hatte es hier versteckt?

Wo war die Besatzung?

Die Antwort sprang ihn buchstäblich an, als plötzlich Männer aus ihren Verstecken stürmten. Sie griffen nach Yan und Peyto. Zwei von ihnen packten Yan. Während er sich wehrte, ging Peyto zu Boden und schwang seinen einen Arm wirkungslos hin und her. Yan riss sich von einem der Angreifer los und taumelte zurück, immer noch im Griff des anderen. Er trat aus, als der erste, ein viel kleinerer Mann als er selbst, wieder auf ihn einschlug, und wurde belohnt, als er den Angreifer in den Bauch traf und dieser nach Luft schnappend zu Boden ging. Der Mann, der mit Yan rang, riss ihn am Arm herum und raubte ihm dadurch die Orientierung. Ein weiteres Paar Hände griff nach ihm und drehte ihm die Arme auf den Rücken. Als Yan wiederum herumgewirbelt wurde, sah er, dass Iaf dem ersten Ansturm der Angreifer entkommen war.

»Lauf, Iaf!«

Einer der Männer traf Yan in den Magen und er bekam plötzlich keine Luft mehr. Er krümmte sich. Jemand traf ihn wuchtig hinter dem Ohr und er fiel in den Staub.

»Der Junge! Schnappt euch den Jungen!« Die Stimme gehörte einer Frau.

Bestiefelte Füße liefen an Yans Gesicht vorbei. Er

hörte Kampfgeräusche und Iafs Hilferufe. Yan wurde in rohem Griff festgehalten und konnte sich nicht rühren, da man seine Wange gegen den staubigen Boden presste. Plötzlich verstummten Iafs Hilferufe. Einige Augenblicke später kehrten die Männer zurück. Der größte von ihnen hatte sich den gefesselten Iaf unter einen seiner stämmigen Arme geklemmt. Yan konnte Peyto nicht sehen, doch er zweifelte nicht daran, dass der Sekretär überwältigt worden war.

Sie waren alle Gefangene.

~12~

»Wer seid Ihr? Was habt Ihr hier zu suchen?« Es war dieselbe Frauenstimme, die Iafs Gefangennahme befohlen hatte. Wie konnte die Besitzerin einer solchen Stimme für die Gewalt verantwortlich sein, die ihm und seinen Freunden angetan worden war? Yan schüttelte seinen schmerzenden Kopf, aber er fühlte sich immer noch übermäßig groß und weich an. Eine Hand griff roh in seine Haare und hielt seinen Kopf hoch.

»Antworte dem Kapitän«, befahl ein Mann.

Der Kapitän stand vor Yan. Ihrer Größe und dem Schmutzfleck vorn auf ihrem Lederwams konnte er entnehmen, dass sie der ›Mann‹ war, den er getreten hatte. Wie ihre Gefährten trug sie Lederkleidung nach Art der Flieger des Koronareichs. Ein Helm bedeckte den oberen Teil ihres Gesichts wie eine Halbmaske und ihre Augen waren unter den in die Maske eingesetzten Gläsern nicht zu erkennen.

Nun, da er sie in aller Ruhe und im Licht der Laternen betrachten konnte, hatte er keine Schwierigkeiten, ihre Kurven unter dem Leder auszumachen. Ihr Kinn schien kräftig für eine Frau, aber ihre Lippen, die zu einer finsteren Miene gespitzt waren, beeinträchtigten die Attraktivität ihrer sichtbaren Züge erheblich. Doch wenn diese Lippen lächelten … Yan fragte sich, ob alles Übrige an ihr ebenso reizvoll war.

Ein Zerren an seinen Haaren erinnerte ihn daran, dass seine Überlegungen in dieser Lage unangebracht waren. »Ich sagte: Antworte, du Hund.«

Yan wurde zur Seite gerissen und versuchte einen Arm auszufahren, um nicht zu stürzen, aber er war gefesselt. Schmerzen zuckten durch seine Kopfhaut, bis ihn der Mann, der seine Haare festhielt, losließ. Yan sank auf dem Boden zusammen. Der Mann beugte sich über ihn, packte eine Handvoll von Yans Tunika und zog ihn grob wieder hoch.

»Hier, was ist das?« Yans *Claviarm* war unter seiner Tunika vorgerutscht. »Seht Euch das an, Kapitän.«

»Gebt her, Kim.« Die Hand, die sie ausstreckte, war schlank und behandschuht. Die gebieterische Art der Geste erinnerte Yan an eine andere behandschuhte Hand, doch wo jene die bestickte Seide einer Dame getragen hatte, war diese ins Büffelleder der Soldaten gehüllt.

Kim streifte das Lederband über Yans Kopf und reichte das Amulett seinem Vorgesetzten. Der Kapitän nahm das *Claviarm* und hielt es hoch, drehte es hierhin und dahin, sodass das Messing im Licht der Laternen glänzte. Yan fragte sich, was ihr wohl durch den Kopf gehen mochte.

»Ihr sagt uns besser, wer Ihr seid«, befahl sie.

Kim packte wieder Yans Haare und zwang ihn, das Gesicht dem Kapitän zuzuwenden. Yan grunzte vor Schmerzen, doch sein Peiniger schien nicht gewillt zu sein, in seinen Bemühungen nachzulassen. Yan konnte körperlich und unter den gegebenen Umständen auch magisch nichts unternehmen. Die Behandlung, die ihm widerfuhr, gefiel ihm nicht, also entschloss er sich zu einer kleinen geistigen Vergeltung.

»Euer Scothisch ist ziemlich schlecht, Kapitän«, sagte er auf Korona. »Da Ihr ein Soldat des Koronareichs seid, solltet Ihr diese Sprache sprechen. Oder ist Euer Korona ebenso schlecht wie Eure Manieren und die Behandlung, die Ihr Bürgern des Koronareichs angedeihen lasst?«

Sie wich einen halben Schritt zurück. »Woher wisst Ihr, dass wir zum Koronareich gehören? Magie?«

»Ich habe den Kaiserlichen Rapenar auf Eurem Ballon gesehen …«

»Im Dunkeln?«

»Es *ist* Magie«, sagte jemand. Kim fluchte, während ein anderer Flieger hinter dem Kapitän das Triadische Zeichen beschrieb.

»Ich brauche keine Magie, um zu erkennen, dass Scothisch nicht Eure Muttersprache ist«, erklärte Yan. »Ich brauche Euch nur zuzuhören. Ihr habt einen ausgeprägten Akzent.«

Der Kapitän sah ihn stirnrunzelnd an. »Ihr sagt, Ihr seid ein Bürger des Koronareichs, aber Ihr seid wie ein Scothe gekleidet und wir konnten keine Ausweispapiere bei Euch finden. Das spricht nicht gerade für Eure Behauptung. Jeder kann eine Sprache lernen. Wie kommt es, dass Ihr so gut Korona sprecht?«

»Es ist die Muttersprache eines jeden, der in Oxhecar geboren wird.«

»Oxhecar?« Sie neigte den Kopf, was ihm einen flüchtigen Blick auf ihre dunklen Augen hinter den Gläsern gewährte. »Das liegt auf Viperhom, nicht?«

»Warum nur diese Spiele? Ich denke, Ihr wisst sehr gut, dass es ein Mitglied der Eisenliga von Merom ist.«

»Mit Geografie kennt Ihr Euch aus, aber Magier sind Gelehrte, nicht wahr? Angenommen, Ihr sagt die Wahrheit über Eure Herkunft. In diesem Fall seid Ihr sehr weit weg von Zuhause. Warum seid Ihr hier?«

Yan seufzte. »Ich bin dieser Spiele überdrüssig, Kapitän.«

»Das ist kein Spiel, Meister Magier. Falls Ihr einer seid. Ich befinde mich in einer Gegend, die ich als feindselig zu betrachten habe, und ich muss mir Sorgen um die Sicherheit meines Schiffs und meiner

Mannschaft machen. Wären unsere Rollen vertauscht, wärt Ihr meiner Ansicht nach ebenso geneigt, mir zu misstrauen, wie ich es in Eurem Fall bin.«

»Ich glaube nicht, Kapitän.«

»Ach, tatsächlich nicht?«, fragte sie mit einem dünnen Grinsen. »Ihr wollt nicht einmal Euren Namen nennen. Welcher ehrliche Mann verschweigt seinen Namen?«

»Ihr habt mir Euren auch nicht genannt.«

»Ich habe den Vorteil der Lage auf meiner Seite. Ihr seid mein Gefangener, nicht mein Gast. Außerdem habe ich nicht die Angewohnheit, seltsamen Magiern meinen Namen zu nennen.«

Yan war klar, dass sie nicht nachgäbe. Unglücklicherweise hatte sie in gewisser Weise Recht.

»Ich bin Yan Tanafres, Magier. Und ich belüge Euch nicht, Kapitän. Ich wurde in einem Dorf in der Nähe Talinfads geboren und bin bei Gan Hebrim Tidoni in die Lehre gegangen, der Magier am Hof des Dochay Komat Junivall von Talinfad ist. Ich bin von Bischof Colym Danashev persönlich anerkannt worden.«

»Merkwürdige Empfehlungen für einen Mann, der wie ein Bauer gekleidet ist und in der Wildnis der Berge von Scothandir umherwandert.«

Derart umschrieben, musste Yan ihr zustimmen. Er begriff, wie albern seine Proteste und Einwände waren. Er war ein Fremder für sie. Dass er ein Magier war, hatte keinerlei Auswirkungen auf die Glaubhaftigkeit seiner Geschichte. »Meine Geschichte klingt wohl nicht sehr glaubhaft.«

Der Kapitän nickte. Sie hielt das *Claviarm* hoch. »Das hier bestätigt lediglich einen winzigen Teil Eurer Geschichte. Falls es tatsächlich Euch gehört.«

»Es gehört mir.«

»Könnt Ihr das beweisen?«

»Wenn Ihr es mir zurückgebt.«

»Noch nicht, denke ich.« Sie steckte es in ihren Gürtel. »Versucht es doch einfach damit, noch ein paar von meinen Fragen zu beantworten. Was führt einen Magier in dieses kleine Tal mitten im Nichts?«

»Ein Versprechen, das ich einer Freundin gab.«

»Was für ein Versprechen?«

»Nichts, was den Interessen des Koronareichs schaden könnte.« Yan nahm den Kopf ein wenig zurück, um die Schmerzen zu lindern, da der Mann hinter ihm den Druck etwas erhöhte. »Kapitän, wir könnten uns wesentlich flüssiger unterhalten, wenn Euer Mann mich in Ruhe ließe und man mir die Hände losbände.«

»Traut ihm nicht, Kapitän.«

»Lasst es etwas ruhiger angehen, Kim. Er kann nirgendwohin.« Sie nahm den Helm ab und schüttelte den Kopf, um den Zopf zu lösen, den sie sich um den Kopf gewickelt hatte, sodass er ihr auf den Rücken fiel. Ihre Nase war ein wenig zu groß für klassische Schönheit, aber ihre dunklen Augen waren so wunderbar, wie der flüchtige Blick darauf verheißen hatte. In diesen Augen funkelte eine grimmige Entschlossenheit, das Versprechen, dass sie keine schwache Frau war, die sich an der Nase herumführen ließ. Yan erzählte ihr von dem Schiffswrack und der Pflege, die ihm Gormen und Larra hatten angedeihen lassen, und schließlich über sein Bestreben herauszufinden, was aus Gormens ältester Tochter geworden war. Als er geendet hatte, betrachtete sie ihn mit ernster Miene. »Warum sollte ich Euch glauben?«

»Weil ich die Wahrheit sage.«

»Dafür habe ich nur Euer Wort.« Sie musterte ihn durchdringend. »Ich frage mich, ob Eure Freunde mir dieselbe Geschichte erzählen werden? Warum denkt Ihr darüber nicht ein wenig nach, während ich gehe und mich mit ihnen unterhalte?«

Die Flieger hielten ihre Gefangenen voneinander getrennt, also erfuhr Yan nichts vom Verhör der anderen. Er war überrascht, als sie mit einem wasserfleckigen Umschlag in der Hand zurückkehrte. Peyto und ein Flieger, eine weitere Frau, folgten dem Kapitän auf dem Fuße.

»Ich habe kaum noch etwas von unserer unglückseligen Fahrt an Bord dieses längst versunkenen Schiffs behalten, Kapitän«, sagte Peyto. »Ihr habt gesehen, dass diese Dokumente beweisen, dass ich derjenige bin, der zu sein ich behaupte. Ihr seid verpflichtet, sie mir zurückzugeben.«

»Wenn sie tatsächlich Euch gehören und Ihr sie nicht dem wirklichen Peyto Lennuick abgenommen habt.«

Der Sekretär blieb wie angewurzelt stehen. Seine Miene verriet äußerste Empörung.

»Ich bin kein Verbrecher«, sagte er mit erhobener Stimme. »Und ich finde die bloße Andeutung schon beleidigend. Euer erstaunliches Misstrauen den Einheimischen gegenüber ist in meinem Fall völlig verfehlt. Ich bin kein Scothe. Das könnt Ihr sofort erkennen, wenn Ihr mich anseht. Und weder bin ich jetzt scothischer Agent, noch bin ich es je gewesen.«

»Der Junge ist ein Scothe und Ihr habt gesagt, dass er zu Euch gehört«, stellte der Kapitän fest.

»Er war unser Führer.«

»Wie ich sehe, hat Meister Lennuick Euch dieselbe Geschichte erzählt, Kapitän«, sagte Yan. »Seid Ihr nun so weit zufriedengestellt, dass Ihr mir zumindest die Fesseln lösen lassen könnt?«

»Einstweilen.« Sie gab Kim ein Zeichen. »Bindet ihn los.«

Kim zögerte. »Kapitän, das ist unklug. Er ist ein Magier.«

»Ich bin keine Gefahr für Euch«, sagte Yan.

Der Kapitän starrte Yan in die Augen. »Seid Ihr bereit, das zu beschwören, Yan Tanafres, Magier?«

»Selbstverständlich.«

»Und was ist mit Euren Bekannten? Gilt Euer Wort auch für sie? Steht Ihr für sie ein?«

»Ich übernehme die Verantwortung für ihr Wohlverhalten.«

»Nun gut. Bindet ihn los, Kim.«

Während der Flieger Yan die Fesseln abnahm, fragte dieser: »Und werdet Ihr mir mein *Claviarm* zurückgeben?«

»Ich glaube, ich halte mir noch ein paar Möglichkeiten offen, Meister Tanafres.«

»Kapitän, wir sind nicht Eure Feinde. Wir sind hergekommen, um herauszufinden, was mit der Verwandten meiner Freundin geschah. Ich muss zugeben, dass sowohl die Freundin als auch deren Verwandte Scothen sind, aber ich versichere Euch, dass mein Vorhaben hier in keiner Weise politischer Natur ist.«

»Wir sind staatstreue Bürger«, warf Peyto ein. »Wir wollen lediglich zu den Inseln zurückkehren.«

»Nachdem wir getan haben, was zu tun wir gekommen sind«, fügte Yan hinzu. »Wir kamen nicht, um uns in Eure Angelegenheiten einzumischen, Kapitän.«

Sie schaute rasch auf. »Und was wären das wohl für Angelegenheiten?«

»Das weiß ich nicht, Kapitän, aber ich hatte angenommen, Ihr wüsstet es.«

»Ich auch«, sagte sie so leise, dass es außer Yan niemand zu hören schien. Mit einer schroffen Geste hielt sie Peyto dessen Papiere hin. »Penit«, sagte sie laut zu dem weiblichen Flieger, »geh und hol Rom und den Jungen.«

»Ihr habt nichts zu essen?« Der Kapitän schaute überrascht und verärgert zugleich drein.

»Etwas Trockenproviant«, erwiderte Yan. »Wir hatten damit gerechnet, heute im Dorf zu essen.«

Die Flieger besaßen wenig mehr, aber bald befand sich das Beste von allen in einem Topf mit Wasser und ein kleines Feuer wurde entzündet, um aus dem getrockneten Reiseproviant einen schmackhafteren Eintopf zu machen. Der sich daraus entwickelnde Geruch brachte alle Insassen der Scheune in einem Kreis um den Topf zusammen.

»Da wir alle miteinander essen, bin ich der Ansicht, dass eine Vorstellung längst überfällig ist. Ich bin Teletha Schonnegon, Luftkapitän im Dienst der Koronalen Luftstreitkräfte. Das ist Kim Kamertrel, mein Erster Offizier. Die anderen heißen Rom, Penit, Danel und Bert, es ist meine Mannschaft.«

Das Essensgespräch wurde von den Fliegern beherrscht, die auf eine vertraute, freundliche Art über die richtige Art der Takelage des Ballons und die besten Methoden, den Ballast zu trimmen, stritten. Über den letzten Punkt wurde mehr als nur ein grober Witz gemacht. Iaf, der dem Gespräch auf Korona nicht folgen konnte, schaute lediglich verwirrt und auch ein wenig besorgt drein. Nachdem er sein Mahl beendet hatte, schlief er einfach ein. Das Gespräch wendete sich von technischen Dingen ab und geriet bald ins Stocken.

»Penit, übernimm die erste Wache an der Tür«, ordnete Teletha an. »Danel, du übernimmst die nächste.«

Danel verabschiedete sich augenblicklich aus dem Kreis der um das Feuer Versammelten und ging zum Luftschiff, um sich eine Decke zu holen, bevor er in der Dunkelheit des weitläufigen Stalls verschwand. Andere Flieger zogen sich vom Feuer zurück und bald waren Schnarchgeräusche aus verschiedenen Teilen der Scheune zu hören. Nur Yan, Peyto, an dessen

Oberschenkel gelehnt Iaf schlief, sowie Teletha und ihr Erster Offizier blieben noch.

Teletha machte jetzt einen entspannteren Eindruck. Yan kam zu dem Schluss, dass sie nun vielleicht gesprächiger war. »Also, was tut Ihr hier, Kapitän?«

»Brot und Fischeintopf essen.« Sie hob ihren Zinnbecher. »Und Wein trinken.«

»Ernsthaft, Kapitän.«

»Bei den Mahlzeiten bin ich nicht gern ernst, Meister Tanafres.«

»Nun, wenn wir nicht ernst sind, nennt mich Yan.«

Sie neigte den Kopf in Anerkennung der Höflichkeit. »Ich weiß zwar nicht, welchen Rang ein Luftkapitän, verglichen mit einem Magier hat, aber ich bezweifle, dass er höher ist. Doch Eure Kleidung besagt, dass Ihr auch nicht so begütert seid, also dürften derartige Vertraulichkeiten nicht allzu fehl am Platz sein.« Sie lehnte sich verschwörerisch näher zu ihm. »Aber nicht vor der Mannschaft. – Wie Ihr mit Recht aus den Markierungen auf unserem Schiff geschlossen habt, gehören wir zu den Streitkräften des Koronareichs in Scothandir, wo immer sich der Rest von ihnen auch aufhalten mag.«

»Habt Ihr Euch verirrt?«

Teletha zuckte die Achseln und bedachte ihn mit einem zerknirschten Lächeln. »Wir gerieten in einen Sturm und mussten vor ihm flüchten. Wir flogen so hoch, wie wir konnten, um den Bergen auszuweichen, und wurden glücklicherweise nicht gegen sie geweht. Als wir dem Sturm entkommen waren, sahen wir uns um.«

»Ich dachte, die Armee setzt Ballons zur Beobachtung von Schlachtfeldern ein«, sagte Peyto beunruhigt. »Haben die Scothen sich etwa wieder erhoben?«

»Ballons sind für viele Aufgaben zu gebrauchen«, erwiderte Teletha. Ein wenig abwehrend, fand Yan.

»Was die Frage betrifft, ob die Scothen sich erhoben haben, nein. Wenigstens haben wir nichts dergleichen gehört. Es gibt Unruhen, aber das ist für diese von Horesh verlassene Gegend ganz üblich.«

Yan dachte an Laird Koyles Reaktion auf die Anwesenheit von Kaiserlichen. Hatte er etwas zu verbergen gehabt? Und was das betraf, hatten Teletha und ihre Mannschaft etwas zu verbergen? Sie waren fast genauso misstrauisch gewesen.

»Welchen Auftrag hattet Ihr denn nun, Teletha?«, fragte er.

»Aufklärung. Wir haben nach Tätigkeiten der *Goltianna* Ausschau gehalten.«

Peyto runzelte verwirrt die Stirn. »*Goltianna?* Sippe der Lords?«

»Mehr oder weniger«, sagte Teletha. »Es handelt sich um eine Gruppierung, deren Ziel die Unabhängigkeit der Scothen ist. Sie können mörderische Bastarde sein.«

»Glaubt Ihr, dass sie hier wirksam sind?«

»Wer weiß? Besser, kein Risiko einzugehen. Wir sind nur sechs.«

Yan hob eine Augenbraue.

»Nun gut, vielleicht acht«, räumte sie ein. »Und bevor Ihr etwas über den Jungen sagt, vergesst nicht, dass er ein Scothe ist. Für manche Leute ist das bereits Grund genug, ihn zu hängen, sollte er sie scheel ansehen. Ich verdamme vielleicht nicht so schnell, aber ich bin auch nicht bereit, ihm zu trauen. Jungen in seinem Alter haben gute Soldaten getötet.

Jedenfalls ist das, was wir taten, müßig. Der Sturm hat den Ballon beschädigt und uns Einthof weiß wohin geweht. Wir haben einen Platz gesucht, wo wir landen und Reparaturen ausführen konnten, als wir dieses Tal überflogen. Es sah verlassen aus, also gingen wir tiefer. Unterhalb der Gipfel erkannten wir dann, dass es hier Ärger gegeben hatte. Ich beschloss, das Schiff zu verstecken, bevor wir weitere Untersuchungen anstellten. Schließlich mussten wir uns dagegen schützen, dass sich Angehörige der *Goltianna* an uns anschleichen konnten, während wir am Schiff arbeiteten.

Wir hatten das Schiff gerade hier im Stall untergebracht, als Bert euch drei aus dem Dorf kommen sah. Eure Pferde ließen keinen Zweifel daran, dass ihr nicht von hier wart, aber wir konnten nicht wissen, ob ihr Freund oder Feind wart. Wir haben einen kleinen Empfang vorbereitet.«

»Also war das Euer Mann an der Kirche?«, fragte Yan.

»Ihr habt jemanden an der Kirche gesehen?«

»Ja. Wenigstens glaube ich das.«

»Davon habt Ihr mir gegenüber nichts erwähnt«, sagte Peyto.

»Ich war nicht sicher, jemanden gesehen zu haben. Ich bin es auch jetzt noch nicht.«

»Nun«, sagte Teletha, »wenn Ihr tatsächlich jemanden gesehen habt, dann war es niemand von meinen Leuten. Wir waren zu beschäftigt damit, das Schiff in den Stall zu schaffen, um die Gegend auszukundschaften. Bert hat nur zufällig in die richtige Richtung geschaut, als ihr zwischen den Bäumen hervorgetreten seid.«

Wenn es niemand von Telethas Mannschaft war, wer dann? Oder war es überhaupt jemand? Hatte Yan tatsächlich jemanden gesehen? »Dann war es vielleicht ein Einheimischer? Jemand, der uns sagen kann, was hier geschah, wenn wir ihn dazu bewegen können, herauszukommen und mit uns zu reden.«

»Oder es könnte auch jemand von der *Goltianna* gewesen sein«, mutmaßte Peyto.

»Wenn es nur einer war, dürften wir keine Schwierigkeiten bekommen. Aber wenn es ein Späher für eine größere Gruppe war …« Sie schaute Yan an. »Ich halte es für das Beste, wenn wir unsere Kräfte vereinen. Ich muss wissen, ob das, was hier passiert ist, irgendetwas mit der *Goltianna* zu tun hat oder ob es etwas ist, was meine Vorgesetzten erfahren müssen. Ihr wollt diese Demisi finden. Vielleicht können wir einander helfen und zusammenarbeiten. Zwei Fische mit einem Haken fangen, wenn Ihr so wollt.«

~ 13 ~

Kapitän. Kapitän!«

Yan sah auf, als er den Flieger rufen hörte. Penit, seine Eskorte, sah ebenfalls auf. Yan wusste nicht, woher der Ruf gekommen war, aber Penit schaute zum Gutshaus oder vielmehr daran vorbei. Teletha tauchte aus der Hütte auf, die sie untersuchte, und rief zurück: »Was gibt es, Bert?«

»Etwas, das Ihr Euch unbedingt hier drüben ansehen solltet.«

Sie machte sich im Laufschritt auf den Weg. Yan folgte ihr, aber nicht so schnell, sehr zum offensichtlichen Leidwesen seiner Eskorte. Trotzdem erreichten sie die Stelle nach dem Kapitän noch vor allen anderen.

Bert stand vor einer Leiche, die mit dem Gesicht im Dreck lag und vom Streifenmuster der Schatten bedeckt war, die die Bäume in der Morgensonne warfen. Der Tote trug zerlumpte scothische Kleidung und abgetragene Stiefel. Ein vom Wetter gebeutelter Hut lag neben seinem Kopf. Ein Topf, ein paar Kämme, ein halbes Dutzend Löffel und eine Sammlung anderer kleiner, gut zu transportierender Waren lag rings um ihn verstreut, als seien sie von einem Verkäufer ohne jeden Ordnungssinn ausgebreitet worden. Aus diesen Waren und den Werkzeugen, die zum Teil aus einem ramponierten Rucksack ragten, ging hervor, dass es sich offenbar um einen wandernden Kesselflicker und Hausierer handelte. Die aufgeschnittene Börse, die neben ihm lag, besagte, dass er ausgeraubt worden war.

Peyto, Iaf und Rom, die Eskorte der beiden, bogen gerade um die Ecke auf der anderen Seite des Gutshauses, als Yan und Penit bei Teletha eintrafen. Iaf lief seinen Begleitern voraus. Rom warf einen Blick auf den Sekretär und lief ebenfalls los. Die letzten beiden Flieger erreichten die Gruppe noch vor dem wesentlich langsameren Peyto. Einen Augenblick lang herrschte allgemeines Schweigen, da jeder die armselige Gestalt anstarrte, die am Waldrand lag. Peyto, der als Letzter eingetroffen war, brach das Schweigen.

»Ist er …?«

Bert nickte und bestätigte für alle anderen, was Yan sofort gesehen hatte.

»Wie lange?«, fragte Teletha.

Bert zuckte die Achseln. »Schwer zu sagen. Seit gestern vielleicht. Auf ihm liegt Tau, unter ihm aber nicht, also war es vor Sonnenaufgang. Die Aasfresser haben ihn noch nicht gefunden, demnach kann er noch nicht lange tot sein. Höchstens einen Tag.«

Teletha wandte sich an Yan. »Habt Ihr mir etwas zu sagen?«

»Falls Ihr damit fragen wollt, ob wir etwas mit dem Tod dieses Mannes zu tun haben, lautet die Antwort nein.«

Sie ging zur Leiche, griff dem Toten ins Haar und hob dessen Kopf, sodass alle sein Gesicht sehen konnten. »Ihr habt ihn noch nie zuvor gesehen?«

»Nicht, dass ich wüsste.«

»Niemand kennt ihn?« Sie wiederholte die Frage für Iaf auf Scothisch. Der Junge erbebte unter ihrer Aufmerksamkeit. »Erkennst du ihn wieder?«

Iaf sah Peyto und Yan an. Der Sekretär nahm den Blick des Jungen nicht zur Kenntnis, da er den Toten anstarrte. Yan nickte aufmunternd. Der Junge leckte sich die Lippen und sagte: »Das ist Anpiam.«

»Woher kennst du den Mann, Junge?«, fragte Teletha.

»Er kommt jedes Jahr in unser Dorf, meist vor der Sonnenwendfeier. Er verkauft Sachen und repariert sie auch.«

»Jetzt nicht mehr«, sagte Kim.

Teletha stand mit verschränkten Armen da, aber ihre scheinbar gelassene Haltung schien in krassem Widerspruch zur Anspannung zu stehen, die Yan in Nacken und Schultern sah. Ihre Hand war dem Kolben der Pistole in ihrem Gürtel sehr nah. Den Blick auf Yan gerichtet, sagte sie: »Iaf, hat dieser Anpiam euer Dorf auch in diesem Jahr besucht?«

»Ja, Herrin. Er kam ungefähr zur selben Zeit wie Uhaer.«

»Uhaer?«

»Ein anderer fahrender Händler, Herrin. Sie haben gestritten.«

»Jetzt erinnere ich mich«, meldete Yan sich zu Wort. »Die beiden Hausierer stritten darum, wer das Recht hatte, im Dorf zu verkaufen. Dieser hier ist vor Uhaer gegangen. Er sagte, er ginge in die Berge.«

»Welch praktisches Gedächtnis, Meister Magier«, stellte Teletha fest.

»Überhaupt nicht. Damals hatte ich kein Interesse an den Hausierern, Kapitän. Nun, da ich daran erinnert wurde, ist mir etwas eingefallen, das ich für unwichtig hielt. Gewiss ist es Euch bereits ähnlich ergangen.«

Ihr rechter Mundwinkel hob sich ein wenig, aber sie sagte gar nichts. Ihr Blick verließ Yan und wanderte über den Toten und über dessen verstreute Waren. Yan begutachtete sie ebenfalls. So viele Waren. Fahrende Händler verkauften ihre Ware unterwegs auf ihren jährlichen Routen, aber dieser Mann hatte kaum weniger, als Yan sich erinnerte, beim Verlassen des Dorfs in seinem Gepäck gesehen zu haben.

»Wenn ich diesen Mann sehe, muss ich mich wundern«, sagte er. »Solche Leute bleiben selten lange an einem Ort, besonders im Sommer. Wir haben wenige Dörfer und Siedlungen auf unserer Reise hierher gesehen. Da ihn unterwegs also wenig aufgehalten haben kann, hätte er aus diesem Tal längst verschwunden sein müssen.«

»Muss einen Grund zum Bleiben gefunden haben«, sagte Bert, indem er mit den Händen üppige Rundungen nachzeichnete. »Hat sich wahrscheinlich die Falsche ausgesucht. Sie sind die Mühe nie wert, wenn sie einen eifersüchtigen Ehemann haben.«

»Eifersüchtige Männer machen sich gewöhnlich nicht noch die Mühe, ihre Opfer auszurauben«, sagte Teletha.

»Außerdem«, sagte Yan, »war der Mann noch in Besitz eines beachtlichen Warenvorrats. Für einen fahrenden Händler ist das mehr Grund zu gehen, als zu bleiben.«

»Warum war er also gestern hier?« Teletha setzte die Untersuchung der Leiche fort. Sie betrachtete die verkrustete Bauchwunde des Mannes und die kleinere am Hals. Sie erhob sich und sah sich noch einmal die überall verstreute Ware an. »Wenigstens wissen wir, dass ihn von euch niemand auf dem Gewissen hat.«

Erleichtert, von Teletha nicht mehr verdächtigt zu werden, aber auch neugierig, fragte Yan: »Und woher wissen wir das?«

»Er ist mit einem Schwert getötet worden und von euch besitzt keiner eines. Ihr hättet auch keinen Grund gehabt, euch der Waffe zu entledigen, da ihr nicht wissen konntet, dass wir hier sind.« Sie betrachtete die Leiche noch ein wenig länger und nickte dann. »Der Stich in den Magen hat ihn überrascht und dann ist ihm die Kehle durchgeschnitten worden, um ihn endgültig zu erledigen. Als er ausgeraubt wurde, war er bereits tot.«

»Aber wer war es, Kapitän?«, fragte Kim.

Yan war mehr daran interessiert, wie Teletha zu ihren Erkenntnissen gelangt war. Wenn sie auf ableitenden Schlussfolgerungen beruhten, war sie gewitzter, als er gedacht hatte, intelligenter, als Yan es von einem Soldaten erwartet hätte. Trotz seiner medizinischen Kenntnisse hätte er nur raten können, in welcher Reihenfolge dem Mann die Wunden beigebracht worden waren, aber andererseits hatte er auch keine praktische Erfahrung mit Schwertwunden. Teletha hatte diese Erfahrung ganz offensichtlich. Ihre geistigen Fähigkeiten beeindruckten ihn, aber er stellte fest, dass sie ihn auch ein wenig ängstigten. Es kam ihm nicht richtig vor, dass eine Frau so vertraut mit einem gewaltsam herbeigeführten Tod war.

»Wir haben den ganzen Morgen noch keine Spur von jemandem gesehen«, sagte Bert. »Wer kann es gewesen sein, wenn nicht dieser Haufen?«

»*Sprith*«, sagte Iaf.

»Was?«, fragte Teletha.

»Geister«, erklärte Yan. »Der Junge glaubt, dass hier noch die Geister der toten Dorfbewohner umgehen.«

»Geister benutzen keinen soliden Stahl. Und sie brauchen auch kein Geld. Diese Tat ist von einer lebenden Seele begangen worden.«

»Ich bin ganz Eurer Ansicht, Kapitän«, sagte Yan. »Was bedeutet, dass sich hier irgendwo immer noch ein Mörder versteckt.«

»Könnte sein«, sagte Kim mit einem merkwürdigen Unterton.

Yan sah den Ersten Offizier an. Der Mann beschrieb eine eigentümliche Geste, indem er die Hand nah vor die Brust hielt und dann wiederholt auf seine rechte Schulter zeigte. Teletha nickte unmerklich, als bestätige sie ein Zeichen. Sie wechselte jäh das Gesprächsthema, weg vom Aufenthaltsort des Mörders und zurück zu dem Hausierer und seiner Ware. Mit lauterer Stimme als zuvor spekulierte sie – unbegründet, fand Yan –, was sich aus der Anordnung der verstreuten Ware des toten Hausierers ableiten lasse. Kim hielt mit seinen eigenen, noch weiter hergeholten Vermutungen nicht hinter dem Berg. Yan war bereits dabei, seine Einschätzung von Telethas Klugheit nach unten zu korrigieren, bis ihm auffiel, dass sie und ihr Erster Offizier sich langsam in die Richtung bewegten, in die Kim verstohlen gezeigt hatte.

Die beiden Flieger taten so, als folgten sie einer Spur, die der Hausierer angeblich hinterlassen haben sollte. Ihr Weg führte sie in einem verschlungenen, zufällig wirkenden Kurs über das offene Gelände zwischen dem Wald und dem Gutshaus, wobei sie sich immer mehr den Schatten näherten, die das Gebäude warf. Ohne Warnung rannte Teletha plötzlich zur Seite des Gutshauses und forderte dabei jemanden auf stehenzubleiben. Kim war nur einen Schritt hinter ihr. Kurz darauf hatte der langbeinige Erste Offizier seine Vorgesetzte überholt und verschwand hinter dem Gebäude.

Die anderen Flieger liefen hinter ihren Anführern her und ließen Yan, Iaf und Peyto zum ersten Mal seit ihrer Gefangennahme unbewacht. War dies eine List, um festzustellen, ob sie die Gelegenheit wahrnehmen und einen Fluchtversuch unternehmen würden? Oder verfolgten die Flieger eine tatsächlich vorhandene Person, vielleicht sogar diejenige, die Yan am Vortag gesehen zu haben glaubte?

Mit Iaf an seiner Seite trabte Yan über das freie Feld bis zu einer Stelle, von wo er die Verfolgungsjagd beobachten konnte. Peyto folgte ihnen etwas gemächlicher, als seine älteren Knochen es erforderlich gemacht hätten. Das Herumstöbern hatte ihm nicht behagt und die plötzlich ausgebrochene Verfolgungsjagd setzte ihm noch mehr zu.

»Habt Ihr gesehen, hinter wem sie her sind?«, fragte er.

Yan schüttelte den Kopf.

Peyto runzelte die Stirn. »Vielleicht hinter einem der Geister des Jungen?«

»So schwer fassbar, wie diese Person ist, wäre das gut möglich«, sagte Yan.

Die Flieger rannten zwischen den Hütten hin und her. Ab und zu umstellten sie eine, während Teletha und Kim die Hütte durchsuchten. Ihre Vorgehensweise war jedoch nicht von Erfolg gekrönt. Meistens kamen die beiden Anführer mit leeren Händen heraus, aber einmal schoss eine schemenhafte Gestalt zur Hintertür heraus und konnte gerade noch dem Flieger ausweichen, der zur Bewachung dieser Tür abgestellt worden war. Die Jagd dauerte an.

Zu Yans gelinder Überraschung hatte keiner der Flieger eine Waffe gezogen.

»Der Luftkapitän will die Person lebendig fangen«, sagte Peyto, als Yan ihm seine Beobachtung mitteilte. »Sie ist nicht dumm und sie kennt Soldaten. Sobald die Waffen einmal heraus sind, fällt schnell mal ein Schuss.«

Die Verfolgung setzte sich noch fast eine Stunde lang fort. Yan konnte nie mehr als einen flüchtigen Blick auf die geschmeidige Gestalt erhaschen, der die Jagd galt, aber der reichte ihm, um zu erkennen, dass die Flieger keinen Geist verfolgten. Im Freien konnte die Gestalt ihren Häschern nicht davonlaufen und so hielt sie sich an unübersichtliche Gebiete, wo kleiner Wuchs und Wendigkeit von Vorteil waren. Die flüchtige Gestalt war kleiner als Teletha und sogar kleiner als Iaf. Möglicherweise ein kleiner Junge.

Als die Flieger ihr Jagdwild verloren zu haben schienen, trat Yan zu Teletha.

»Kapitän, ich kann unter Umständen helfen.«

Nach Luft schnappend, bedachte sie ihn mit einem abschätzenden Blick. »Und dazu brauche ich Euch nur Euer magisches Spielzeug zurückzugeben.«

»Das wäre notwendig, ja.«

»Tja, wir haben nicht viel Glück gehabt.« Sie nahm das *Claviarm* aus ihrem Beutel, gab es ihm aber noch nicht gleich. »Keine Tricks. Natürlich abgesehen von denen, die Ihr aus dem Hut zaubern wollt, um unseren Hasen zu fangen.«

»Ich habe Euch mein Wort gegeben, Kapitän. Wollt Ihr meine Hilfe oder nicht?«

»Ehrlich gesagt, ich käme lieber ohne sie aus, Meister Magier. Aber wir sind Flieger und keine Kuriere oder Jäger. Auf Höfen herumzulaufen und dabei Ackergeräten auszuweichen und über Zäune zu springen, ist nicht unsere Welt und ich bin es ziemlich leid. Ich würde meine Zeit lieber mit der Suche nach Antworten als der Jagd nach Hasen verbringen.« Sie warf ihm das Amulett zu und sagte: »Nehmt Euer Spielzeug und tut, was Ihr könnt.«

Yan erlebte einen Schock, als seine Finger das kühle Metall berührten. Er hätte das *Claviarm* beinahe fallen lassen, aber seine Finger schlossen sich um das Lederbändchen, kurz bevor es ihm aus der Hand gleiten konnte. Er hatte geglaubt, auf den erwarteten Schock der Wiedervereinigung mit seinem *Claviarm* vorbereitet zu sein, doch was er empfand, war stärker als alles zuvor Erlebte. Er streifte sich das Amulett behutsam über den Kopf, erfuhr jedoch keinen weiteren Schock. Stattdessen wurde sein Kopf so klar wie noch nie in den letzten Tagen und seine Sinne wurden schärfer. So scharf, dass er etwas spürte, das er lieber nicht gespürt hätte.

Zwischen den Bäumen war … etwas. Es war nicht unbedingt ein Wesen, aber er hatte das Gefühl, dass Leben darin steckte. Es war bedrückend und erzeugte Spannung in der Luft – wie ein kurz bevorstehendendes Gewitter. Er drehte sich in die Richtung des Ursprungs dieser Empfindung und plötzlich war sie wie weggeblasen. Es war, als habe sich ein Fenster geschlossen und damit der hereinwehenden Brise den Zugang abgeschnitten. Er erinnerte sich wieder an den schwarzen Turm, den er beim Betreten des Tals gesehen hatte, und schauderte. Er schaute jetzt in diese Richtung.

»Ich habe Euch Euer Spielzeug nicht zurückgegeben, damit Ihr tagträumen könnt«, sagte Teletha schneidend.

Yan schüttelte sich. »Nein, das habt Ihr nicht.«

Die flüchtige Person wusste vielleicht etwas über den Turm oder dessen Bewohner. Yan beschloss, diese Fragen auf jeden Fall denjenigen hinzuzufügen, die der Kapitän stellte. Aber zuerst musste die flüchtige Person gefangen werden. »Kapitän, ich schlage vor, dass Ihr Eure Leute an einer Stelle versammelt«, flüsterte er Teletha zu. »Es sollte ein Ort sein, der es gestattet, alle Ausgänge rasch zu sperren. Die flüchtige Person scheint sehr neugierig zu sein und ein Interesse daran zu haben, das Treiben aller Fremden hier im Tal zu beobachten. Wenn wir so tun, als hätten wir etwas von Bedeutung entdeckt, sollte das die Person zu uns locken.«

»Falls Ihr Recht habt, könnte man das kaum als Magie bezeichnen. Aber dieses Mädchen ist auch scheu, es wird sich uns nicht ausliefern, nur um herauszufinden, worüber wir uns unterhalten.«

»Nein, das wäre … Wartet, Ihr sagtet, *dieses Mädchen*.«

»Habe ich das?«

»Ja.«

Teletha zuckte die Achseln. »Ich habe mir nichts dabei gedacht. Könnte ebensogut auch ein Junge sein, nehme ich an.«

Vielleicht stimmte das, aber das offenbar unbewusste Wissen des Kapitäns kam ihm richtig vor.

»Welchen magischen Trick wollt Ihr also anwenden, Meister Tanafres?«, fragte sie.

»Das weiß ich noch nicht genau. Es hängt davon ab, wo wir die Falle aufstellen.«

Es stellte sich heraus, dass der große Saal des Langhauses der Ort sein würde, an dem die Falle zuschnappen sollte, ein Bereich, der dem Mädchen – oder auch dem Jungen, korrigierte Yan sich ohne Überzeugung – das Gefühl vermitteln mochte, genug Platz zur Flucht und genug Deckung zur gefahrlosen Annäherung zu haben. Der tote Hausierer wurde hinein geschafft und in eine Ecke gelegt, seine Waren mitten im Saal aufgestapelt. Alle versammelten sich in der Nähe der Waren. Wie von Yan angewiesen, begann Teletha mit einem Gespräch über die Herkunft des Hausierers, wobei sie die Waren als Beweis anführte. Zuerst verlief die Unterhaltung stockend. Niemand schien sich damit anfreunden zu können. Peyto schnitt eine finstere, mürrische Miene und hielt sich aus der Unterhaltung heraus, was Teletha dazu zwang, allein zu versuchen, die Flieger in das Gespräch zu verwickeln. Sie reagierten nur mit Grunzen auf ihre Feststellungen und mit knappen Antworten auf ihre Fragen, bis sie damit anfing, Geschichten über die mögliche Herkunft dieser oder jener Ware des Hausierers zu erfinden. Allmählich nahm das Interesse der Flieger zu, da sie das Spiel, ihre eigenen Lügen einfließen zu lassen, einigermaßen lustig fanden. Ihre Geschichten waren in der Regel unanständiger.

Yan hörte dem Gespräch nicht zu. Für ihn war es wichtiger, seine Sinne auf das sie umgebende Gebäude zu richten. Er griff zunächst nach dem Boden unter sich aus, wo er sich gegen Gesäß und Beine presste, dann nach dem Boden als etwas Ganzem, dann nach dem Raum und schließlich darüber hinaus. Sein Bewusstsein dehnte sich aus und erfüllte das Gebäude, um alles leuchtende Leben darin zu umschließen und zu erkennen. Er bemerkte sie alle, von den kleinen Leuchtpunkten der Mäuse in den Wänden bis zu den strahlenden Leuchtfeuern der mit ihm im Raum versammelten Leute.

Das Langhaus lernte er ebenfalls von Grund auf kennen, von den Balken und Ziegeln des Dachs und dem roh gezimmerten Rahmen über den alten verrotteten Boden des Obergeschosses bis hin zur gestampften Erde des untersten Stockwerks. Er spürte die Rauheit der Gipswände, die Farbe der Gemälde, die einige dieser Wände belebten, und die Feuchtigkeit des Kellers. Sein Ziel war es, sich so auf das Langhaus einzustimmen, dass er es spüren konnte – wie Kleidung auf seiner Haut. Schließlich gelang es ihm.

Er erfuhr eine Bewegung der Flieger als Zucken, als einen Windhauch in den Haaren. Mäuse huschten durch ihre geheimen Gänge, als krabbelten Insekten über seine Haut. Die Eule, die in der Traufe nistete, war eine angenehme, kaum wahrnehmbare Gegenwart – wie ein Beutel am Gürtel. Als ein neues Lebewesen ins Langhaus schlich, war er sich dessen sofort bewusst.

Dieses neue Lebewesen war menschlich, jung und weiblich. Telethas Vermutung war zutreffend. Es bewegte sich verstohlen und tat sehr wenig, was das Haus gestört hätte. Yan blieb stumm und gestattete ihm, sich weiter zu nähern. Er folgte ihm und als es sich vom Saal abwandte, widerstand er dem Impuls, seine Begleiter zu alarmieren. Der Eindringling erklomm die Treppe zum Obergeschoss. Yan spürte, wie die Bodendielen unter dem Gewicht des Mädchens nachgaben, das zwar einen Eindruck hinterließ, jedoch zu leicht war, um den alten Dielen ein protestierendes Quietschen zu entlocken.

Das Mädchen hielt fast genau über ihnen inne.

Yan wartete, doch es kam nicht näher. Er dehnte seine Sinne aus und richtete sie auf den Teil des Hauses, der in Verbindung zu dem Eindringling stand. Er fand ein Loch in einem der Dielenbretter, auf denen sie kniete. Ein Loch in diesem ganz besonders verrotteten Dielenbrett war ein ausgezeichneter Beobachtungspunkt, der dem Mädchen gestattete, den Saal unter ihr einzusehen und die Gespräche darin zu belauschen.

Aber das Dielenbrett war auch genau das, was Yan brauchte.

Er griff in sein innerstes Wesen ein, wie er dies beim Sattelgurt des Räubers an dem Tag getan hatte, an dem er Laird Koyle gerettet hatte. Er ließ seine Magie in den Kern des Holzes einfließen, wickelte sie um die verrotteten Holzfasern und passte sie der Form des Verfalls an. Dann verbreitete er die Energie und glich den Rest des Dielenbretts und dessen Nachbarn diesem Zustand an. Mit einem jähen Energiestoß beschleunigte er den Verfall und raubte dem Holz jeglichen strukturellen Zusammenhalt.

Staub fiel auf die Flieger, doch bevor sie reagieren konnten, gab die Decke mit lautem Knarren nach. Das Mädchen fiel umgeben von einer Wolke aus verrottetem Holz, Dreck und abblätternder Farbe geradewegs auf Rom. Verblüfft und benommen ging der Flieger zu Boden. Das Mädchen war zwar gleichermaßen überrascht, fasste sich aber viel schneller und wollte sich davon machen, doch Penit faßte zu und hielt einen schlanken Knöchel fest. Das Mädchen fing an zu schreien und sein schrilles Geheul übertönte mühelos die tieferen Schreie der Flieger. Heftig strampelnd, entzog das Mädchen sich Penits unsicherem Griff, dann war Teletha da, packte zwei kleine, um sich schlagende Arme und hielt sie unerbittlich fest. Das Mädchen wusste, dass es gefangen war, und stellte seine Gegenwehr ein, nicht jedoch sein protestierendes Kreischen.

Die Flieger hielten sich zurück. Ihre Mienen kündeten von ihrer Überraschung, ihre Aura von ihrer Verwirrung. Sie hatten den Spion erwischt und ihn dabei als verängstigtes Kind entlarvt, dessen Flehen um Gnade kaum einen Sinn ergab.

»Lasst sie los«, befahl Yan, nachdem er die Trance abgeschüttelt hatte. »Sie wird jetzt nicht mehr weglaufen.« Auf Scothisch sagte er zu dem Mädchen: »Still jetzt«, und als es schockiert den Mund schloss: »Niemand wird dir etwas zu Leide tun, wenn du dich benimmst. Du wirst nicht weglaufen, oder?«

Die Antwort des Mädchens bestand aus einem unmerklichen Kopfschütteln.

»Sie ist einverstanden. Lasst sie los.«

Die Flieger warteten darauf, dass Teletha die Anordnung bestätigte – was sie dann auch tat, indem sie das Mädchen aus ihrem Griff entließ. Es sank auf den Boden und blieb dort umringt von den Fliegern wie ein Häufchen Elend liegen.

»Wie heißt du, Mädchen«, fragte Teletha in ihrem rauen Scothisch.

Das Mädchen fing nur an zu weinen.

»Ich glaube, dass Ihr und Eure Mannschaft sie nur ängstigen«, sagte Yan.

»Da mögt Ihr wohl recht haben.« Sie nahm das Mädchen an der Hand. »Komm, Kleine. Wir machen einen Spaziergang.«

Das Mädchen scheute vor Teletha zurück und schlang voller Panik die Arme um Yans Hüften.

»Ich glaube, Ihr jagt ihr auch Angst ein. Vielleicht sollte ich allein mit ihr reden?«

»Auf keinen Fall.« Telethas strenge Miene verriet Yan, dass sie in diesem Punkt nicht nachgeben würde.

»Sollen wir es dann gemeinsam tun? Abseits von Euren Leuten? Das reicht vielleicht, um sie zu beruhigen.«

»Dort drüben befindet sich eine Kammer«, sagte Teletha.

»Komm mit, Kind. Dir wird nichts geschehen«, sagte Yan, indem er die Arme um das Mädchen legte und es aufhob. Zu seiner Überraschung war es nicht nur fügsam, sondern schmiegte sich geradezu an ihn. Wäre Telethas Vertrauen doch auch so leicht zu gewinnen! Yan murmelte weiterhin beruhigend auf das Kind ein, während sie in die vom Kapitän bezeichnete Kammer traten, einen kleinen Raum, höchstwahrscheinlich ein privates Schlafgemach für einen privilegierten Waffenmann und dessen Ehefrau. Yan fragte sich, ob es wohl Demisis Kammer gewesen war.

Yan nickte in Richtung Bett. Teletha sah ihn strafend an, glättete jedoch das unordentliche Bettzeug. Yan setzte das Mädchen auf dem Bett ab, trocknete ihm die Tränen und versicherte ihm nochmals, es sei in Sicherheit. »Genug geweint. Bei uns bist du sicher.«

Als ihr Schniefen sich beruhigt hatte, beschloss er, zunächst herauszufinden, wer sie war. »Ich heiße Yan. Die Dame ist Teletha. Wie heißt du, Kind?«

Das Mädchen hatte ganz offensichtlich immer noch Angst, schien aber auch verwirrt zu sein. Seine zögernden Bewegungen deuteten auf eine zwiespältige Einstellung den Fremden gegenüber hin. Yan hatte den Verdacht, dass es nicht mit seiner Freundlichkeit gerechnet hatte. Sie war willkommen, aber nicht erwartet worden. »Wir werden dir nichts tun«, sagte er. »Wir wollen deine Freunde sein.«

Es bedurfte weiterer Versicherungen, vieler weiterer Versicherungen, sowie ein wenig Nahrung und mit Wasser verdünnten Weins, aber schließlich sagte das Mädchen: »Ich heiße Jhezi.«

»Ein prächtiger Name. Und du bist ein prächtiges Mädchen. Du lebst hier in diesem Dorf, nicht wahr?«

Sie nickte.

»Wo sind deine Mutter und dein Vater?«, fragte Teletha.

Kleine Augen weiteten sich und die Spitze von Jhezis Zunge lugte zwischen ihren Lippen hervor. Sie zitterte, wiederum verängstigt und bereit zur Flucht.

»Schon gut, Jhezi. Du brauchst nicht über sie zu reden«, sagte Yan.

»Glaubt Ihr, sie sind tot?«, fragte Teletha auf Korona.

Yan nahm erfreut zur Kenntnis, dass sie Jhezis Gefühle berücksichtigte. »Könnte sein.«

»Fragt sie nach dem Laird.«

Yan nickte. »Jhezi, weißt du, was mit Laird Douganan passiert ist? Wir würden gern mit ihm reden.«

»Er ist nicht mehr da.«

»Wo ist er denn?«

»Weg. Er hatte Angst.«

»Er ist geflohen?« Sie nickte. »Wovor hatte er Angst, Jhezi?«

Sie musterte Teletha von oben bis unten, dann richtete sich ihr Blick wieder auf Yan. »Ihr gehört nicht zu ihnen, nicht wahr?«

Er wusste zwar nicht, wen sie meinte, aber die Furcht in ihrer Stimme verriet ihm, dass es am besten war, es zu bestreiten. »Nein, wir gehören nicht zu ihnen. Wären wir sonst nett zu dir?«

Jhezi wirkte verunsichert. »Sie waren zuerst auch nett. Auf ihre Art.«

Yan lächelte. »Wir sind nicht wie sie, Jhezi. Wir wollen dir helfen.«

Jhezi schien eine plötzliche Eingebung zu haben. »Aber ich habe kein Geld«, sagte sie, während ihre Blicke zwischen den beiden hin und her huschten.

»Das spielt keine Rolle«, erwiderte Yan. »Wir wollen dir trotzdem helfen.«

»Wirklich?«

»Wirklich.«

Das schien den Ausschlag zu geben. Jhezis Widerstreben schmolz dahin und sie fing an, aufgeregt zu erzählen.

»Die käuflichen Soldaten sind gekommen. Sie wollten dem Laird ans Leder. Er hatte Angst, weil er seine Waffenmänner nicht um sich hatte. Sie waren alle weggegangen. Der Laird hat sich in seinem Haus versteckt und die käuflichen Soldaten sagten, sie würden alles niederbrennen, wenn der Laird nicht herauskäme, damit sie ihn verprügeln könnten. Jedenfalls hat Mama das gesagt, aber ich glaube, in Wirklichkeit wollten sie ihn umbringen.«

»Wahrscheinlich wollten sie das wirklich, Jhezi. Ist der Laird herausgekommen? Haben Sie ihn umgebracht?«

»Nein, er ist geflohen, aber das war später. Zuerst ist er in seinem Haus geblieben. Er hat Meister Shammes geschickt, damit der mit den käuflichen Soldaten rede. Meister Shammes sagte, der Laird gäbe den Soldaten Geld, damit sie ihn nicht umbrächten. Er sagte, der Laird würde sie in seine Dienste aufnehmen und ihnen mehr bezahlen als jeder andere.«

»Und haben die käuflichen Soldaten das Geld des Laird angenommen?«, fragte Teletha.

Jhezi zögerte einen Augenblick und sah Yan verunsichert an, doch dann nickte sie.

»Er hat sich freigekauft«, sagte Teletha auf Korona.

»Habe ich etwas Schlimmes gesagt?«, fragte Jhezi.

Yan schüttelte den Kopf. »Nein, Jhezi. Du machst das sehr gut. Die Dame wollte nur wissen, was dann geschah.«

»Ach so. Alles war in Ordnung. Wenigstens eine Zeitlang. Der große käufliche Soldat war gar nicht nett.«

»Ihr Anführer?« Nachdem Jhezi genickt hatte, musste Yan nachhaken, um sie zum Weiterreden zu bewegen. »Kennst du seinen Namen?«

»Ja.«

Gewöhnlich wäre Yan verärgert darüber gewesen, dass er ihr jede Neuigkeit einzeln aus der Nase ziehen musste, aber es war klar, dass dieses Kind eine ganz besondere Behandlung nötig hatte. »Wie hat der Mann geheißen, Jhezi?«

»Arham.«

»Sind Arham und seine Männer noch im Tal?«

»Ich weiß nicht.«

»Was ist mit den anderen käuflichen Soldaten, Jhezi? Waren sie wie Arham?«

»Mama nannte sie Briganten. Sie haben die Leute nicht gut behandelt. Keiner konnte sie leiden. Keinen von ihnen, vielleicht bis auf Herrn Avery. Der war nett. Aber Arham hat Herrn Avery getötet, als der versucht hat, Arham daran zu hindern, Carlyn hinter den Stall zu schleifen. Danach wurde alles viel schlimmer.«

»Inwiefern?«

»Die käuflichen Soldaten haben viel gestritten.«

»Mit wem?«

Jhezi zuckte die Achseln. »Mit dem Laird. Untereinander. Aber niemand hat mit Arham gestritten. Niemand außer dem Laird. In einer Nacht hatten sie einen Riesenstreit im Haus des Laird. Es gab einen Kampf.«

»Wer hat gekämpft, Jhezi?«

»Alle.«

Die Erinnerung an die Gewalttaten verängstigte Jhezi offenbar wieder. Eine Zeitlang sprach sie nicht mehr, sondern beantwortete ihre Fragen nur mit einem Nicken oder Schütteln des Kopfes oder gar nicht. Als wolle sie eine endgültige, abschließende Erklärung abgeben, sagte sie: »Der Laird hat sich in seinem Haus versteckt und die käuflichen Soldaten sind viel herumgelaufen. Alle anderen haben sich auch versteckt, na ja, fast alle. Aber darüber rede ich nicht.«

»Darüber musst du auch nicht reden, Jhezi«, sagte Yan zu ihr.

»Was ist aus dem Laird geworden?«, fragte Teletha.

Jhezi sah Teletha sehr lange an. »Seid Ihr wie sie?«

Yan antwortete für sie. »Kapitän Teletha ist ein guter Soldat. Sie ist kein käuflicher Soldat. Du kannst ihr vertrauen.«

»Ich würde lieber mit Euch reden«, sagte Jhezi.

»Ich bleibe«, sagte Teletha auf Korona.

Yan nickte ihr zu und schenkte Jhezi dann ein strahlendes Lächeln. »Dann rede mit mir. Tu einfach so, als wäre sie gar nicht da.«

»Sie geht nicht weg?«

»Sie will ebenso helfen wie ich. Wir müssen beide wissen, was geschehen ist, wenn wir helfen sollen. Wirst du mir sagen, was aus Laird Douganan geworden ist?«

»Na gut. Arham brüllte herum, er würde das Haus des Laird niederbrennen, aber das war dumm. Jeder weiß, dass man Stein nicht verbrennen kann. Nach einer Weile haben alle durcheinander gebrüllt und sind in den Wald gerannt. Ein paar von ihnen sind zurückgekommen und haben schlimme Sachen gemacht.«

»Darüber brauchst du uns nichts zu erzählen«, sagte Yan rasch. »Wohin sind alle gegangen, nachdem die käuflichen Soldaten weg waren?«

»Ihr seid ein netter Mann, aber Mama hat gesagt, dass ich das keinem erzählen darf.«

»In den Wald«, sagte Teletha auf Korona.

»Höchstwahrscheinlich«, erwiderte Yan.

»Sie müssten mittlerweile längst zurück sein«, stellte Teletha fest.

»Vielleicht.« Yan wechselte wieder auf Scothisch und sagte: »Jhezi, wann ist das alles passiert?«

»Ich weiß nicht.«

»Denk gut nach, Jhezi. Gestern? Vorgestern? Vor einer Woche?«

»Nicht vor einer Woche.«

»Ist es noch länger her?«

»Nein.«

»Kommen die Leute zurück, wenn sie sicher sind, dass die käuflichen Soldaten wirklich nicht mehr da sind?«

»Ja.«

»Wirst du ihnen sagen, dass die käuflichen Soldaten alle nicht mehr da sind?«

»Das will ich. Deshalb bin ich ja auch zurückgekommen. Ich wollte sehen, ob alle weg sind. Von denen habe ich auch keinen gesehen, aber dafür dann euch. Ich wusste nicht, was ich machen sollte.«

»Also hast du uns beobachtet?«

»Ja. Ich hoffe, dass die bösen Männer jetzt alle weg sind. Ich will wieder nach Hause.«

»Du kannst auch bald wieder nach Hause, Jhezi.«

»Gut«, sagte sie entschlossen. »Ich will nämlich auf den Jahrmarkt.«

»Was für ein Jahrmarkt ist das?«

»Der Sonnenwendjahrmarkt natürlich. Das weiß doch jeder.«

Der Sonnenwendjahrmarkt? Yan schluckte, da ihm plötzlich mehr als nur ein wenig übel war. Es war Herbst. Die Sommersonnenwende war längst vorbei. Was ging hier vor?

Er zwang sich zu einem Lächeln. »Ich bin ganz sicher, dass es einen Jahrmarkt geben wird.«

»Das hoffe ich«, sagte Jhezi. »Ich liebe den Jahrmarkt.«

~ 14 ~

Bei Einbruch der Dämmerung entließ Yan Jhezi aus ihrem Gewahrsam. Sie verschwand im Wald und bestätigte damit Yans Verdacht, dass ihre Familie irgendwo dort draußen war – oder wenn nicht ihre Familie, so doch zumindest jemand, bei dem sie sich sicher fühlte. Es blieben einige Fragen, die er dem Mädchen oder noch besser einem erwachsenen Dorfbewohner gern gestellt hätte, im Augenblick aber hatte er andere Sorgen.

Bald würde es dunkel sein. Die Sonne verschwand hinter den Bergen. Nicht mehr lange und die Sterne gingen auf.

Die Gruppe hatte sich für das Abendmahl in den Stall zurückgezogen. Niemand wollte im Dorf bleiben. Die anderen waren drinnen und warteten darauf, dass der Eintopf fertig wurde. Alle waren hungrig – es war ein langer Tag gewesen. Doch Yan war nicht hungrig, jedenfalls nicht nach Nahrung.

Er betrachtete den Himmel, während er ungeduldig auf die Dunkelheit wartete.

Endlich kam sie.

Er beobachtete, wie aus matten Lichtpunkten funkelnde Juwelen wurden. Mit wachsender, aber ängstlicher Überzeugung sah er zu, wie sich die Sternbilder formten. Schließlich war es so dunkel und der Himmel so voller Sternbilder, dass er sich nicht mehr einreden konnte, sich möglicherweise doch zu irren.

Da war die Schlange, fast auf dem Zenith. Das Tor drehte sich ganz in der Nähe. Der Drache. Die Sichel. Das Schwert. Zwei Dutzend unbedeutendere Konstellationen. Der Geisterlord, sein eigenes Zeichen würde tief am Horizont stehen, doch die umliegenden Berge versperrten ihm die Sicht darauf. Ebenfalls verborgen, jedoch am gegenüberliegenden Horizont würde der Sonnenlord stehen, ein Sternbild, das die Inkarnation Horeshs darstellte. Hatte Horesh dieses Tal verlassen?

Er wusste es nicht.

Eines wusste er jedoch ganz genau: Er saß unter einem Sommerhimmel, nicht unter einem Herbsthimmel.

In diesem Tal war die Zeit nicht das, was sie sein sollte.

Seine Gedanken rasten zurück zu einem Gasthaus in Crampton-am-Drivvaner, in ein Zimmer, wo ein vergreister Magier sterbend im Bett lag. War dies der große Wandel, von dem Adain gesprochen hatte? Kam die Welt zu einem Stillstand?

Er starrte zum Himmel empor und verlor sich in der blendenden, furchtbaren Pracht, als Teletha aus dem Stall kam. Er wusste, dass sie ihn anstarrte, aber er sah keinen Grund, den Blick von den Sternen abzuwenden. Die Nase des Drachen berührte einen der Berggipfel und er wusste, dass einige Zeit verstrich, ohne dass sich einer von beiden rührte.

Vielleicht war es besser, an Dinge zu denken, die nicht so unermesslich waren.

»Seid Ihr gekommen, um mich noch einmal dafür zu schelten, dass ich Jhezi habe laufen lassen?«

Sie schüttelte unmerklich den Kopf und Yan sah, dass sie die Haare offen trug. Sie hatte volle Locken, die ihr Gesicht einrahmten und die Sterne hinter ihrem Kopf auslöschten. Yan sah in ihrem Gesicht einen fremdartigen, doch willkommenen ovalen Mond an einem dunklen Himmel, der gesegneterweise frei von verräterischen Himmelskörpern war. Ihr Lächeln wirkte zaghaft, aber ebenso willkommen wie ihr Ge-

»An welchem Tag?« Teletha starrte ihn mit weit aufgerissenen Augen an. »O nein. Es kann nicht noch schlimmer sein, als ich dachte.«

»An welchem Tag?«, wiederholte Yan.

»Am dritten Tag der Sichel«, sagte sie leise und Yan spürte, wie es ihm kalt über den Rücken lief.

»Am dritten Tag der Sichel war ich noch in dem Küstendorf.«

»Ich hätte nicht gedacht, dass die Küste so nah ist.«

»Ihr missversteht mich absichtlich. Das war vor zwei Wochen.«

Über das verängstigte Gemurmel der Mannschaft hinweg sagte sie: »Aber wir sind erst seit etwas über einem Tag hier.«

»Ich weiß, dass es Euch so vorkommen muss, und das ist schon schlimm genug, aber ich fürchte, dass sich das Phänomen der langsamer vergehenden Zeit nicht allein auf dieses Tal beschränkt.«

»Wie meint Ihr das?«

»In dem Dorf, aus dem wir gekommen sind, schien alles ganz gewöhnlich zu sein, aber als Jonnagals Räuber kamen, taten sie dies in der Erwartung, die Ernte zu plündern. Doch wir hatten noch gar nicht geerntet. Unser Sommer war noch nicht vorbei.«

»Ihr übertreibt«, sagte Peyto. Er und die anderen hatten sich mittlerweile zu ihnen gesellt. »Ihr bläht die Dinge unangemessen auf. Jonnagals Männer kamen aus einer Gegend, die viel weiter nördlich liegt. Im Norden wird früher geerntet. Es besteht nicht der geringste Grund, Magie ins Feld zu führen, um den Überfall zu erklären.«

»Die Gegend, aus der sie kamen, liegt gar nicht so viel weiter nördlich. Meint Ihr nicht außerdem, dass sie sich mit den Jahreszeiten in ihrer Umgebung auskennen? Ihr selbst habt mir doch gesagt, die Scothen hätten das Räubern zu einer Kunst entwickelt.«

Peyto zuckte die Achseln. »Dann haben sie also früher als sonst angefangen. Na und?«

»Na und? Wie Ihr habe ich mir damals noch nichts dabei gedacht. Ich dachte auch, sie hätten einfach früher als sonst angefangen. Jetzt denke ich das nicht mehr. Erinnert Ihr Euch noch an die Reise hierher? Wir sind immer höher hinauf in die Berge geritten. Wie in nördlicheren Gefilden brechen die kalten Jahreszeiten in höheren Regionen früher herein als in tiefer gelegenen. Doch wir haben kaum Anzeichen für einen bevorstehenden Jahreszeitenwechsel gesehen. Ihr wart wegen des Datums besorgt, dass es bald schneien könne, aber wir haben nur den Schnee gesehen, der das ganze Jahr über auf den Berggipfeln liegt. Damals schien das gute Wetter ein gutes Omen zu sein.«

»Was genau wollt Ihr eigentlich mit alledem sagen?«, fragte Teletha.

»Ich will gar nichts *genau* sagen. Nichts an dieser Angelegenheit ist genau, weshalb sie auch so entmutigend wirkt. Aber ich kann mich der Schlussfolgerung nicht verschließen, dass was immer auch vorgeht, in diesem Tal besonders ausgeprägt erscheint.«

»Hatte der Hausierer mit dieser Magie zu tun?«, fragte Teletha.

Rom hub an: »Ich habe gehört, dass Blutopfer …«

Yan schnitt ihm das Wort ab. »Ich glaube nicht, dass er etwas damit zu tun hat. Er ist ebenso unfreiwillig in die Sache hineingeraten wie wir.«

Peytos Stimme klang ruhig und gelassen, doch Yan hörte einen Unterton heraus, als unterdrücke der Sekretär mit aller Gewalt einen wilden Gefühlsausbruch. »Ihr sagt, er sei ebenso wie wir in die Sache hineingeraten. Wenn wir tatsächlich in etwas hineingeraten sind. Wollt Ihr damit sagen, dass er früher als wir in diesem Tal eingetroffen ist?«

Yan nickte. »Viel früher.«

»Aber dafür habt Ihr keinen Beweis.«

»Genau den habe ich.«

»Dann raus damit, Mann«, rief Kim mit einem Anflug von Hysterie in der Stimme.

»Ihr seid Erster Offizier auf einem Luftschiff, was bedeutet, dass Ihr etwas von Navigation versteht, richtig?«

»Ja.«

»Nun gut, Herr Offizier. Schaut einfach nach oben. Dort findet Ihr Eure Antwort.«

Kim legte den Kopf in den Nacken und betrachtete die Sterne. Die übrigen Flieger und Iaf folgten seinem Beispiel. Peyto weigerte sich standhaft und starrte stattdessen Yan an. Damit verriet der Sekretär Yan, dass er ebenso wie Teletha die richtigen Schlussfolgerungen gezogen hatte und, noch immer wie sie, sich von seinen Sinnen nicht bestätigen lassen wollte, was sein Verstand längst wusste.

»Horesh scheine uns«, sagte Kim in einem beinahe ehrfürchtigen Flüsterton. »Das ist ein Sommerhimmel.«

»Kapitän, lasst uns abfliegen«, flehte Rom.

»Aye, Kapitän«, stimmte Penit zu. »Wir können das Schiff so fliegen, wie es jetzt dasteht, wenn wir nicht zu weit fliegen.«

»Wie weit willst du denn fliegen?«, fragte Yan.

»Weit genug, um dieses verfluchte Tal zu verlassen«, schrie Penit ihn an.

»Aber wie weit?« Kims Stimme war von Panik erfüllt. »Wie weit ist weit genug, um hier zu entkommen?«

»Wie weit, Magier?«, wollte Rom wissen. »Wo werden wir sicher sein?«

»Ich weiß es nicht.«

Den Fliegern gefiel seine Antwort nicht besser als die Magie, in die sie hineingeraten waren. Yan konnte es ihnen nicht verdenken. Ihm gefiel seine Antwort auch nicht.

Teletha wies alle Vorschläge zurück, gleich abzufliegen, indem sie auf die Schwierigkeiten der Luftfahrt in der Nacht sowie die noch nicht ausgeführten, aber dringend notwendigen Reparaturen am Luftschiff verwies. »Wir werden uns alle ausschlafen und morgen früh darüber reden«, sagte sie. »Wir sind an einem Ort gelandet, wo die Zeit nicht so verstreicht wie zu Hause. In mancherlei Hinsicht ist es nicht anders als auf einem Feldzug. Wir haben etwas Zeit verloren. Das ist alles. Wenn wir zurückkehren, wird immer noch alles da sein. Einiges wird sich bei unserer Rückkehr ein wenig verändert haben, aber das sind wir gewohnt. Habt etwas Mut!«

Die Flieger murrten, aber schließlich gingen alle wieder in den Stall. Iaf ging mit ihnen, da er sich in der Gesellschaft von Soldaten offenbar wohler fühlte als in der eines Magiers. Peyto ging nicht mit den anderen.

»Ihr seid ganz sicher, was diesen magischen Effekt betrifft, Meister Tanafres?«, fragte der Sekretär.

»Ich bin sicher, dass es ihn gibt. Darüber hinaus …« Yan zuckte die Achseln.

»Ich würde zu Einthof beten, dass er Ordnung in dieses Chaos bringt, aber ich habe den Verdacht, dass meine Gebete ihn nicht rechtzeitig erreichen würden. Sind wir vor den *Baratani* und der See gerettet worden, um in eine zeitlose Leere geworfen zu werden, in eine Ewigkeit des barbarischen Scothandir?«

»Dies ist kaum der ewige Augenblick«, sagte Yan.

»Von wessen Standpunkt aus?«

Ja, in der Tat, von wessen Standpunkt aus? »Die Zeit ist hier nicht erstarrt. Wir sind nicht gefangen wie Insekten im Bernstein. Die Sterne bewegen sich nicht langsamer, als wir es gewöhnt sind, aber langsamer als anderswo, nehme ich an. Wir leben. Wir atmen. Nur nicht so schnell wie sonst. Das heißt, im Verhältnis zur übrigen Welt.«

»Sind wir demnach hilflos?«, fragte Peyto.

»Die Kirche sagt uns, dass niemand hilflos ist, solange er das Wohlwollen der Götter hat.«

Peyto runzelte die Stirn. »Müsst Ihr zu Kirchengebeten Zuflucht nehmen? Ich hatte mehr von Euch erwartet.«

»Würdet Ihr eine philosophischere Bemerkung vorziehen?«

»Grundsätzlich schon.«

»Nun, der Philosoph Lym Noracles sagt, ob ein erfolgreicher Mann erst durch die Berührung der Götter erschaffen oder die Berührung der Götter erst durch einen erfolgreichen Mann offensichtlich gemacht wird, die Arbeit muss dennoch geleistet werden.«

»Das klingt, als hättet Ihr einen Plan«, erwiderte Peyto, während seine Miene sich aufhellte. Er klang beinahe hoffnungsvoll, als setze er viel Vertrauen in Yan.

Yan wünschte, er hätte selbst so empfunden.

»Ich wünschte, ich hätte einen. Aber ich fürchte, dass diese Magie stärker wird. Schlimmer noch, ich fürchte, dass niemand außer uns hier im Tal eine Möglichkeit hat, etwas dagegen zu unternehmen.«

»Was kann man überhaupt unternehmen?«, fragte Peyto. »Ihr habt selbst gesagt, dass Ihr nicht wisst, was vorgeht. Ihr wisst nicht einmal, ob wirklich etwas nicht stimmt.«

Das Bild des schwarzen Turms zog an Yans geistigem Auge vorüber. »Vielleicht gibt es etwas in diesem Tal, das es uns verrät.«

»Dann werdet Ihr diesen Ort also nicht verlassen«, sagte Peyto anklagend.

»Ich wüsste gern mehr, bevor wir gehen.«

Peyto schüttelte den Kopf. Seine Miene hatte sich wieder verfinstert. »Ein Dnove ist eine große, gefährliche Bestie. Es ist größer als ein Bär und hat viel spitzere Zähne. Wenn Ihr es studieren wollt, müsst Ihr es aus der Ferne beobachten, denn wenn Ihr ihm zu nah kommt, riecht es Euch, fängt Euch und frisst Euch auf. Ihr werdet viel über seinen Magen erfahren, aber Ihr werdet keine Gelegenheit haben, jemandem zu berichten, was Ihr erfahren habt.«

»Wir haben es hier nicht mit einem Dnove zu tun«, sagte Yan.

»Wir hatten es auch nicht mit einem Dnove zu tun, als die *Baratani* die *Mannars Gnade* angriffen. Aber sie waren ebenso überwältigend und unbesiegbar wie diese Magie. Damals hattet Ihr genug Verstand, um davonzulaufen.«

Damals hatte er keine Wahl gehabt. »Ich glaube nicht, dass man vor diesem Problem davonlaufen kann.«

Peyto räusperte sich. »Vielleicht seid Ihr morgen früh vernünftiger.«

Yan blieb draußen, als der Sekretär in den Stall ging. Er wollte noch ein wenig die Sterne betrachten, und zwar in der Hoffnung, dass sie etwas enthüllen mochten. Er beobachtete sie auf ihrer langsamen Wanderschaft über die Kuppel des Himmels, aber sie deuteten nichts an und enthüllten auch nichts.

Teletha kehrte zurück und setzte sich stumm neben ihn. Der Kopf des Drachen war bereits hinter den Bergen verschwunden, als sie flüsterte: »Wie viel Zeit ist außerhalb dieses Tals vergangen?«

»Ich weiß es nicht.«

»Ich hatte gehofft, Ihr hättet es herausgefunden.«

»Das habe ich nicht.«

»Man wird uns für vermisst erklärt haben.«

»Gewiss. Wahrscheinlich wird man den Sturm verantwortlich machen.« Sie alle würden von Angehörigen und Freunden vermisst werden. Wie viel Zeit war vergangen, seitdem die Nachricht vom Untergang der *Mannars Gnade* Talinfad erreicht hatte? Düster fügte er hinzu: »Vermisst wie ein Schiff auf hoher See.«

Eine Weile betrachteten sie die Sterne in gemeinsamem Schweigen.

»Das ist echte Magie, nicht wahr?«, fragte Teletha.

»Wie könnte es etwas anderes sein?«

Sie nickte ernsthaft. »Könnt Ihr sie aufheben?«

Yan wollte über die Albernheit dieser Frage lachen, aber er wusste, dass sie dann nicht verstünde, warum er lachte. Er wollte nicht, dass sie dachte, er lache sie aus. »Ich weiß nicht einmal, was sie hervorbringt. Vielleicht, wenn ich etwas über die verwendeten Zauber wüsste.« Da lachte er, ein kurzes, scharfes Bellen, mit dem er sich über seine eigene Albernheit lustig machte. »Aber wem will ich etwas vormachen? Es handelt sich um einen unglaublich starken magischen Effekt, um einen Zauber von unfassbarem Ausmaß. Ich bin nicht der Prophet Sazarn oder der Magus Arkyn, ich bin nur ein Neuling in der Kunst. Dieser Effekt übersteigt meine Kenntnisse völlig.«

Teletha seufzte. »Das ist nicht ermutigend.«

»Nein, das ist es wohl nicht.«

»Ich fühle mich so hilflos.«

»Ich weiß.« Er legte zaghaft den Arm um sie und seine Hand auf ihre Schulter. Sie war warm und zitterte ein wenig. Yan glaubte nicht, dass sie wegen der Kühle zitterte. Sie zuckte nicht vor seiner Berührung zurück, also zog er sie näher an sich. Sie lehnte sich gegen ihn.

»Ich hasse Magie«, sagte sie.

Und Magier? Er hoffte nicht. »Wie könnt Ihr etwas Abstraktes hassen? Magie ist nur ein Prozess.«

»Dann ist es eben nicht die Magie, die ich hasse. Ich hasse, was Magie mit einer Person anstellen kann.«

Mit der Befürchtung, sie werde auf eine persönlichere Ebene wechseln, fragte er: »Wie meint Ihr das?«

»Man kann nicht viel gegen Magie ausrichten. Sie ist da, aber man kann nichts daran ändern. Ich hatte einmal einen Freund. Er befand sich in einer Befestigung, in einer guten. Sie war zu stark für die feindliche Kanone, das wussten wir mittlerweile. Man war sicher dahinter, wenn man den Kopf unten hielt. Sie besaßen Scharfschützen, müsst Ihr wissen. Er war ein kluger Bursche und ein guter Soldat. Er war nicht so dumm, den Kopf nach draußen zu halten, aber er starb dennoch. Wisst Ihr, sie hatten mehr als eine Kanone und Scharfschützen, sie hatten auch einen Magier. Dieser Bastard erwischte meinen Freund und wir konnten nichts dagegen tun. Als die Magie ihn erwischte, mussten wir mitansehen, wie er strampelte wie ein aufgespießter Frosch, bis er ... starb.«

Ihre Stimme verlor sich, bis sie fast unhörbar war.

»Ein Mann, der Magie für üble Zwecke einsetzt, wirft nicht auf die Magie als Ganzes einen Schatten.«

»Wir haben den Bastard später erwischt«, fügte sie hinzu, als habe sie ihn gar nicht gehört.

Sie zitterte stärker, also drückte er sie fester an sich. Wenigstens schien sie ihn nicht mit diesem mörderischen Magier in einen Topf zu werfen. Schließlich hörte sie auf zu zittern.

»Man kann einfach nichts gegen Magie unternehmen«, sagte sie.

»Einen Scharfschützen kann man auch nicht aufhalten«, bemerkte er leise.

»Ein Scharfschütze hat ein Gewehr. Jeder kann ein Gewehr haben. Es ist ausgeglichen. Es ist derselbe Kampf Mann gegen Mann, dieselbe Art des Kampfes. Bei Magie verhält es sich anders. Man kann Magie nicht halten oder sehen oder anfassen. Aber sie kann einen dennoch erwischen. Wie damals. Wie jetzt.«

Er wollte ihr Hoffnung geben, sie trösten. »Ein Magier kann etwas gegen Magie unternehmen.«

»Ihr sagtet aber, dass Ihr genau das nicht könnt.«

»Ich sagte, ich weiß nicht, was vorgeht, und wenn ich nicht verstehe, was vorgeht, kann ich auch nicht viel unternehmen.« Er holte tief Luft. Jetzt kam es. »Aber ich fürchte, wir müssen es versuchen.«

Sie sprang auf und löste sich dabei aus seiner Umarmung. »Was?«

»Ich glaube, dieser Zauber, der den Fluss der Zeit beeinflusst, könnte sich ausbreiten.«

»Das verstehe ich nicht«, sagte sie stirnrunzelnd.

»Ich auch nicht. Jedenfalls nicht völlig. Aber wenn man alle Teile zusammensetzt, entsteht so etwas wie ein Bild.

Wenn er sich an seine übliche Route gehalten hat, hätte der Hausierer eigentlich viel früher als wir und eine ganze Zeit nach dem Angriff der Söldner auf Laird Douganan eintreffen müssen. Jhezi hat gesagt, dieser Angriff habe vor weniger als einer Woche stattgefunden. Der Hausierer ist mit Sicherheit nach dem Angriff eingetroffen, aber so kurz danach, dass er von jemandem erwischt und getötet wurde. Ich glaube, er ist einem oder mehreren der Söldner begegnet. Ihr habt festgestellt, dass er nicht länger als einen Tag tot gewesen sein kann, was bedeutet, dass er kurz vor Eurem Eintreffen hier gestorben sein muss. Wir haben es also mit einem Mann zu tun, der vor zwei Monaten hätte eintreffen sollen, aber erst vor zwei Tagen eingetroffen ist. Es könnte Zufall sein, er könnte irgendwo aufgehalten worden sein, aber da ist immer noch Jhezi, die auf den Sonnenwendjahrmarkt wartet.

Dieses Tal liegt in einer Zeit, die ungefähr zwei Monate hinter der richtigen Jahreszeit her hinkt. Sind wir uns so weit einig?«

Teletha schaute verzweifelt zum Himmel. »Bei Einthofs Perlen, ich sehe keine andere Erklärung.«

»Es gibt keinen Zweifel, dass die Zeit sich innerhalb des Tals sehr merkwürdig verhält, aber dahinter steckt noch mehr. Der Hausierer hätte hier ein paar Wochen nach Verlassen unseres Dorfs eintreffen müssen. Nach der dort geltenden Zeit ist er dort vor über zwei Monaten aufgebrochen, aber erst vor weniger als zwei Tagen angekommen. Ihr habt die Schäden im Dorf gesehen. Sie sind frisch, was zu Jhezis Aussage passt, dass seit dem Angriff der Söldner auf den Laird weniger als eine Woche vergangen ist.

Sehen wir uns mal an, wer wann hier eintraf. Ihr und Eure Flieger scheinen vor uns hier angekommen zu sein. Das klingt vernünftig, da wir andernfalls, wie Ihr sagtet, Euren Ballon gesehen hätten. Aus der Tatsache, dass Ihr bei Eurem Anflug niemanden im Dorf gesehen habt, schließe ich, dass der Hausierer bereits tot war und seine Mörder weitergezogen waren. Wir haben Euch und Eure Flieger noch am Tag Eurer Ankunft im Stall überrascht, aber durch den Vergleich des Datums, an dem Ihr Eurer Ansicht nach eingetroffen seid, mit demjenigen, an dem wir angekommen zu sein glauben, wissen wir, dass eigentlich zwei Wochen dazwischen liegen müssten.«

Teletha zitterte wieder und ließ sich noch einmal von ihm umarmen. »Zwei Monate. Zwei Wochen. Zwei Tage. Verdichtet sich hier die Zeit?«

»Das scheint eine angemessene Beschreibung zu sein.«

Sie schwiegen eine Zeitlang, in der sie einander unter den seltsamen Sternen hielten und den augenscheinlichen Beweis für das Vorhandensein des Zeitzaubers anstarrten, der über ihnen glitzerte und funkelte. Teletha wandte den Blick zuerst ab.

»Woher kann so ein Zauber kommen?«

»Ich habe einen Verdacht«, sagte Yan.

Teletha stieß ihm den Ellbogen in die Rippen. »Heraus damit.«

»Laird Douganan hatte einen Magier.«

Sie runzelte die Stirn. »Woher wisst Ihr das?«

»Einige der Rechnungsbücher des Dorfs waren mit einem Konservierungszauber belegt. Jemand muss ihn gewirkt haben.«

»Ein Konservierungszauber?«

»Ganz eindeutig.«

Teletha schien zu überdenken, was Yan gesagt hatte. »Vielleicht ist das die Erklärung. Könnte dieser Magier das Tal mit einem gigantischen Konservierungszauber belegt haben?«

Das war ein Aspekt, den Yan noch nicht bedacht hatte. »Nach allem, was ich weiß, wäre das durchaus möglich, obwohl ich nicht weiß, wie er es angestellt haben könnte. Solch ein Zauber würde eine unglaubliche Befähigung voraussetzen, arkane Energie zu kanalisieren.«

»Aber es wäre möglich?«

War es möglich? Theoretisch schon. »Vielleicht. Aber ich glaube eigentlich nicht …«

»Und Zauber halten sich nicht ewig.« In Telethas Stimme lag ein Unterton von Erregung.

»Grundsätzlich stimmt das. Ein Magier erschafft so etwas wie eine Leitung für arkane Energie, wenn er einen Zauber wirkt, und ein solcher Zauber kann so lange anhalten, wie diese Leitung vorhanden ist und ihm Energie zuführt.«

»Dann hält irgendwo irgendjemand diesen Zauber aufrecht.«

»Das ist sehr wahrscheinlich«, stimmte Yan zu.

»Vehrs Schwert«, flüsterte sie beinahe unhörbar. »Das ist die schwärzeste aller Magien.«

»Nein«, sagte Yan ein wenig verletzt. »Ich glaube nicht, dass es sich um schwarze Magie handelt.«

»Wie könnt Ihr das sagen?«

»Ich glaube, ich würde es spüren, wenn es schwarze Magie wäre. Diese Zeitverlangsamung im Tal stellt einen so mächtigen Effekt dar, dass ich den Makel mit Sicherheit spüren würde.« Während er das sagte, erinnerte er sich an sein Gefühl, als sie ihm sein *Claviarm* zurückgegeben hatte, und er fragte sich, ob er vielleicht genau so einen Makel gespürt hatte. Er hätte seine Feststellung beinahe wieder zurückgenommen.

»Ich glaube, die Kirche wäre anderer Ansicht«, sagte Teletha.

»Die Kirche versteht das eigentliche Wesen der Magie nicht«, sagte Yan sogleich.

»Man muss den Tod nicht verstehen, um eine Leiche zu erkennen, wenn man eine sieht. Könnt Ihr bestreiten, dass dieser Zauber falsch ist?«

»Nun, ich …«

»Er ist falsch. Er muss es sein. Und er ist schwarz. Alles, was die Ordnung der Natur so stört wie dieser Zauber, muss schwarze Magie sein.«

»Lasst uns keine voreiligen und möglicherweise falschen Schlüsse ziehen. Die Effekte dieses Zaubers sind gewiss ungewöhnlich und er mag sogar mit einer böswilligen Absicht verknüpft sein, aber das heißt nicht notwendigerweise, dass der Zauber an sich schwarze Magie bedeutet.«

»Ihr spielt mit Worten«, beschuldigte sie ihn.

»Ich versuche eine ganz bestimmte Art von Unterschied herauszuarbeiten.«

»Es tut mir leid«, sagte sie. Und es schien wirklich so zu sein. Ihre Feindseligkeit war ebenso rasch verschwunden, wie sie gekommen war. »Ihr müsstet es eigentlich wissen.«

»Schließlich bin ich tatsächlich der Experte hier.«

»Ja, das seid Ihr wohl«, sagte sie mit einem zaghaften Lächeln.

Die Bürde ihrer Lage schien im Licht ihres Lächelns von ihm abzufallen, eine Sonne, die die kühle dunkle Nacht ihrer Sorgen einfach wegbrannte. Sie waren allein, er und sie. Dass er Magier und sie Soldatin war, schien unwichtig zu sein.

Er streckte die Hand aus und strich über ihre Haare, dann über ihre Wange. Er übte sanften Druck aus, um ihr Gesicht zu ihm zu drehen. Langsam hob sich ihr Blick, bis er seinem begegnete. Er beugte sich vor und spürte ihren Atem auf seinen Lippen.

Und sie schlug seine Hand weg.

»Wer nimmt sich nicht gewährte Freiheiten heraus?«

Mehr über diesen jüngsten Stimmungsumschwung erschüttert als über den Schlag, zog Yan sich zurück und ließ die Hände sinken. Teletha erhob sich und trat langsam zum Waldrand. Dort setzte sie sich wieder, umarmte ihre Knie und starrte in den dunklen Wald.

Einfach ein denkbar ungeeigneter Zeitpunkt, dachte Yan.

~ 15 ~

Yan blieb die ganze Nacht wach, verschob aber alle magischen Unternehmungen auf den nächsten Morgen. Zu warten war eigentlich nicht nötig, aber der Gedanke, in den Stunden der Dunkelheit hier in diesem Tal Magie zu wirken, erfüllte ihn mit Unbehagen. Trotz seiner Versicherungen, dass es sich bei der Magie, die für die Zeitverlangsamung verantwortlich war, nicht um schwarze Magie handelte, war er sich dessen in Wirklichkeit nicht so sicher. Diese Lage war nicht so einfach wie zum Beispiel die, wenn man einen wandelnden Leichnam sah und wusste, dass die schwarze Magie der Totenbeschwörung am Werk war. Wie sollte er erkennen, ob diese Magie schwarz war? Er war noch nie persönlich schwarzer Magie begegnet, hatte noch nie auch nur die geringste Berührung mit ihr gehabt – es sei denn, es war schwarze Magie, die er in Verbindung mit dem schwarzen Turm gespürt hatte.

Jede Schrift, die er über schwarze Magie gelesen hatte, und alles, was er Priester darüber hatte sagen hören, beruhte auf der Überzeugung, dass die schwarze Magie sich von der heute praktizierten Magie grundlegend unterschied. Schwarze Magie war eine Verunstaltung der natürlichen Ordnung, ein Fluch, der auf dem Universum lastete. Ihre Anwender hatten keinen ethischen Kodex, wie ihn beispielsweise Gan Tidoni lehrte. Wenn die Magie, die Yan erlernt hatte, sich nicht von der schwarzen Magie unterschied, hätte die Kirche die Anwendung der Magie niemals gutgeheißen. Also ließ sich folgern, wenn die schwarze

Magie tatsächlich anders war – und das war sie –, würde sie sich auch anders anfühlen. Aber *wie* sie sich anfühlen mochte, wer konnte das sagen? Man konnte den Geschmack eines Apfels nicht kennen, ohne je in einen gebissen oder seinen Saft getrunken zu haben.

Oder doch?

Die Essenz, die er aus der Richtung des Turms gespürt hatte, war mit Sicherheit *anders* gewesen, war ihm aber nicht böse erschienen. Daher konnte es sich nicht um schwarze Magie handeln – oder wenigstens glaubte er das.

Oder erkannte er den Makel der schwarzen Magie nur nicht?

Stundenlanges Grübeln konnte die Frage nicht endgültig beantworten. Die einzige Schlussfolgerung, zu der Yan gelangte, war diejenige, mit der er begonnen hatte und bei der er sich auch weiterhin unbehaglich fühlte. Er würde den Turm untersuchen müssen. Er würde die Magie berühren müssen, die diesen Ort umgab, wenn er auch nur die geringste Aussicht haben wollte, sie zu verstehen.

Als die Morgendämmerung den Himmel grau färbte, wusste er, dass die Zeit gekommen war. Er brauchte Antworten. Er würde etwas Zwingenderes brauchen als unbestimmte Ängste, wenn er die Flieger überreden wollte, ihn zum Turm zu begleiten. Er wusste nicht, ob sie ihm eine Hilfe sein würden, aber er wollte ganz gewiss nicht allein in den Wald gehen.

Er ging hinter den Stall und den flachen Abhang zum Waldrand hinauf. Mehrere Pfade führten in den Wald, wo noch die Nacht regierte. Er wählte aufs Geratewohl einen aus in der Hoffnung, dass er nicht zu weit gehen musste, bis er einen geeigneten Platz fand. Das musste er nicht. Hinter einem kleinen Bach fand er eine Lichtung, auf der sich ein Felsen aus dem Waldboden erhob.

Das würde reichen.

Er setzte sich mit verschränkten Beinen auf den Boden, sodass sich der Felsen zwischen ihm und dem Turm befand. Er bereitete die Stelle vor, indem er Sigillen und Symbole des Schutzes in den Waldboden kratzte. Was die richtigen Formen betraf, musste er sich ganz auf sein Gedächtnis verlassen und darauf vertrauen, dass der Kreis, den er zog, alle erforderlichen Sigillen enthielt, um ihn zu schützen, und dass das Hexagramm, das er anlegte, die Symbole für die richtigen Entsprechungen in allen sechs Spitzen enthielt. Hätte er seine Bücher zur Hand gehabt, hätte er seine Erinnerung überprüfen können, aber wie die Dinge lagen, musste er zufrieden mit dem sein, was er geleistet hatte. Er betrat den Kreis und schloss und versiegelte ihn mit dem Zeichen des Geisterlords. Dann setzte er sich, holte sein *Claviarm* heraus und konzentrierte sich darauf. Furcht und Sorge lenkten ihn ab und beeinträchtigten seine Fähigkeit, sich in Trance zu versetzen. Doch langsam, ganz langsam, gelang es ihm, seine Unruhe zu beherrschen. Er fiel in eine leichte Trance und als er dem Fluss der Magie folgte, dauerte es nicht lange, bis er tiefer sank.

Stück für Stück legte er das Konstrukt an, das er für seine Suche benötigte. Der Felsen vor ihm würde den schwarzen Turm symbolisieren, da er ebenso dunkel aus der Erde ragte, wie der Turm aus dem Wald. Er rief sich das Bild des Turms ins Gedächtnis und legte es über den Felsen, bis die zwei miteinander verschmolzen und – für seine Zwecke – eins waren.

Die Verbindung erwachte zum Leben, als aus dem Felsen der Turm wurde.

Wirbelnde arkane Energie wand sich in ganz langsamen Spiralen um das symbolische Turmkonstrukt. Der Geruch der Magie war Yan völlig fremd, und doch nicht beängstigend. In dem vereinfachten Bild seines Konstrukts bot die Magie nur eine schwache

Reflexion. Das matte Bild war nicht völlig klar. Yan hoffte, dass er es nicht falsch auslegte und in einem etwaigen düsteren Makel nicht mehr als eine unbekannte Ausformung arkaner Energie sah.

Um mehr zu erfahren, musste er tiefer eindringen, sein Konstrukt als Verbindung zum echten Turm benutzen. Er ließ sein Bewusstsein aus seiner sterblichen Hülle entschweben und überließ seinen Körper dem Schutz des Kreises, den er gezogen hatte. Er näherte sich dem Felsen.

Als sein astrales Bewusstsein den symbolischen Turm berührte, nahm er eine gewundene Schlange der Macht wahr, in der aktive Magie wie Leben pulsierte. Die Schlange drehte und wand sich, da sie sich tiefer in den Wald schlängelte. Hautschuppen, matt und wächsern, blätterten von der Gestalt ab und enthüllten leuchtendere Schuppen darunter. Andere Schuppen wurden matt und undurchsichtig, sodass sie die strahlenden Farben für kurze Zeit verdeckten, bis sie sich wie die anderen abschälten. Der Effekt pflanzte sich über die gesamte Länge der Erscheinung fort, sodass sich immer eine Welle der Mattheit mit einer des Leuchtens abwechselte.

Yan spürte, wie seine eigene Wahrnehmung matter wurde und sich verdüsterte. Verängstigt hätte er sich beinahe zurückgezogen. Doch seine Wahrnehmung wurde wieder klarer und er sah schärfer als zuvor. Die Schlange hatte sich um den Turm gewickelt, aber sie dehnte sich auch in den Wald hinein aus. Das war so, wie es sein sollte. Das Bild der Magie hatte am Wesen der Magie teil, also war das Konstrukt mit der Wirklichkeit verbunden. Verbindungen, die auf Bildern beruhten, waren brüchiger als viele andere magische Ähnlichkeiten, aber sie waren wirklich. Von neuerlichem Selbstvertrauen erfüllt, eilte er an die Seite der Schlange der Macht und folgte ihr tiefer in den Wald.

Er spürte die Kraft der wirbelnden Energien und wusste, dass sie mächtiger waren als alles, was er je berührt hatte, mächtiger als jedes Konstrukt, das Gan Tidoni errichtet hatte, und mit Sicherheit mächtiger als seine eigenen Schöpfungen. Diese Macht schien mit jedem Augenblick noch zuzunehmen. Zuerst dachte er, dass diese augenscheinliche Zunahme der Macht damit zusammenhing, dass er sich ihrem Ursprung näherte, aber die Zunahme war zu schnell, zu groß. Der Zauber gewann tatsächlich an Kraft. Er zweifelte nicht mehr daran, dass das Ausmaß der Verzerrung der Zeit zunahm und der Effekt sich ausbreitete.

Die Ranke aus Magie führte ihn geradewegs zum schwarzen Turm.

Doch er hatte nicht diesen Turm gesehen, als er in das Tal geritten war. Dieser Turm war viel höher. Er war sauberer und wirkte neu. Aber er war uralt. Die Magie umgab ihn wie ein Strudel und die Ranken aus Energie verschwanden in seinen dunklen Tiefen.

Unter dem astralen Turm konnte er den mundanen Turm erkennen. Er sah aus, wie er ihn im Gedächtnis hatte, was seinen Verdacht bestätigte, dass er der Brennpunkt des magischen Effekts in der mundanen Welt war. Er verdrängte seine Angst und näherte sich dem dunklen Monolith. Er machte den Versuch, ihn zu betreten, stellte jedoch fest, dass ihm der Weg durch Schutzvorrichtungen versperrt wurde.

Schutzvorrichtungen, die von Douganans Magier hinterlassen worden waren? Der Ursprung war im Augenblick unwichtig. Er hatte nicht die Kraft, sein astrales Selbst durch die Barriere zu zwingen. Jeder Versuch, den Turm zu betreten, würde auf körperlichem Weg erfolgen müssen.

Er zog sich zurück.

»Er ist hier«, sagte er, als er in den Kreis seiner Gefährten stolperte, die beim Frühstück saßen. »Im schwarzen Turm.«

»Was befindet sich hier? In welchem Turm?« »Wo seid Ihr gewesen?« »Wovon redet Ihr?«, fragten sie in einer Kakophonie der Stimmen.

Yan ließ sie plappern, während er sich einen Teller nahm und die Reste des Morgenbreis darauf häufte. Er war fast kalt und voller schwarzer Bröckchen, wo der Brei angebrannt war. Nicht sonderlich schmackhaft. Aber sein Unterfangen hatte ihn geschwächt und er brauchte die Nahrung. Er kratzte den Teller fein säuberlich leer und warf ihn auf den Haufen zu den anderen.

»Der Ursprung des Zaubers«, sagte er. »Er liegt im schwarzen Turm.«

»Dann nichts wie weg von ihm«, schlug Kim vor.

»Nein«, sagte Yan. »Flucht ist keine Lösung. Wir müssen den Effekt aufhalten. Er wird stärker.«

»Seid Ihr dessen sicher?«, fragte Teletha.

Yan nickte.

»Wenn er stärker wird, ist das ein Problem, dessen wir uns besser annehmen«, sagte sie.

»Kapitän!«, riefen mehrere ihrer Besatzungsmitglieder gleichzeitig in lautstarkem Protest.

»Genug jetzt!«, schrie sie zurück. »Ihr habt alle einen Eid geleistet, euren Vorgesetzten Gehorsam zu leisten. Im Augenblick bin ich das und ich sage, wir müssen mehr über diesen … Zustand herausfinden. Glaubt ihr, mir gefällt das? Aber wenn dieser Zustand sich verschlimmert, wird es später noch viel größere Probleme geben. Besser, wir tun jetzt, was wir können, um alles wieder in Ordnung zu bringen.« Sie wandte sich an Yan. »Wo steht dieser Turm?«

»Im Wald.«

»Wir haben bei unserem Anflug keinen Turm gesehen«, sagte Kim. »Ein Turm wäre nicht zu übersehen gewesen.«

»Ich habe auch keinen gesehen.« Peyto hatte eine äußerst mürrische Miene aufgesetzt. Er hätte nicht unglücklicher aussehen können, wenn Yan ihm in den Rücken gestochen hätte. »Ist das eine magische Sache?«

»Der Turm ist wirklich da. Er wird von Zaubern geschützt und einer davon schützt ihn davor, gesehen zu werden. Aber das ist eine recht unbedeutende Magie. Wir haben es hier mit einem größeren Problem zu tun und ich kann an dieser Stelle nur mehr über unsere Lage herausfinden, wenn ich mir den Turm aus der Nähe ansehe.«

»Aber wenn Ihr das tut, könnt Ihr auch etwas unternehmen, richtig?«, fragte Penit.

»Wie zum Beispiel den Zauber aufheben?«, fragte Bert.

»Vielleicht«, sagte Yan.

»Vielleicht ist nicht genug«, beklagte sich Rom.

»Aber es muss uns reichen«, bestimmte Teletha. »Oder wollt ihr, dass er euch belügt und sagt, alles werde gut? Er wird tun, was er kann, und genau das werden wir auch.«

Auf ihrem Weg durch den Wald verspürte Yan ein wachsendes Unbehagen, als würden sie beobachtet. Die Söldner mochten noch hier draußen sein, Opfer einer größeren Verlangsamung der Zeit, weil sie dem Turm näher kamen. Er hatte keinen Beweis dafür außer Jhezis Aussage, dass sie in den Wald gegangen seien, aber er hatte auch keinen Grund, an den Worten des Mädchens zu zweifeln. Wahrscheinlicher war, dass die Söldner einfach weitergezogen waren, nachdem sie einmal zu dem Schluss gekommen waren, dass sich aus der Feste nichts mehr herausholen ließ. Er versuchte das zu glauben, aber er erinnerte sich an das unberührte Obergeschoss des Gutshauses. Sie wären nicht abgezogen, ohne es zu plündern. Sie mussten sich noch im Tal aufhalten. Er nahm jeden einzelnen Baum in Augenschein und hielt nach versteckten Beobachtern Ausschau.

Die anderen schienen von seiner Unruhe nicht angesteckt zu werden, aber nur, weil ihre Nerven ohnehin bis zum Zerreißen gespannt waren und sie sich vor der schattigen Umgebung fürchteten, in der sie sich befanden. Gebete um Schutz vor Magie, allem Bösen und unnatürlichen Wesen wurden in regelmäßigen Abständen gemurmelt. Danel störte die Stille des Waldes, als er seine Pistole abfeuerte.

»Da ist etwas.«

»Ein Fuchs«, meinte Peyto säuerlich. »Ich habe ihn auch gesehen.«

»Ein Fuchs? Ein Fuchs!« Teletha stauchte Danel gründlich zusammen, weil er disziplinlos gewesen war. Dem Tenor ihrer Worte konnte Yan entnehmen, dass sie ebenfalls der Ansicht war, die Söldner könnten hier irgendwo zwischen den Bäumen lauern. Der Schuss mochte sie auf die Anwesenheit der kleinen Gruppe aufmerksam gemacht haben. Teletha erwähnte die Geister und übernatürlichen Wesen nicht, mit denen die anderen Flieger zu rechnen schienen. Als sie fertig war und Danel seine Waffe wieder geladen hatte, gingen sie weiter.

»Vehrs Schwert, da ist tatsächlich ein Turm«, sagte Teletha, als sie die Lichtung erreichten, auf der der Turm stand.

Hatte sie an seinen Worten gezweifelt?

Der Anblick des Turms verstärkte Yans Unbehagen, aber in den meisten seiner Begleiter schien er sogar Entsetzen hervorzurufen. Sie blieben eng zusammengedrängt am Waldrand stehen. Nur Peyto und Teletha schienen bereit zu sein, den Turm länger als einen Augenblick anzuschauen.

»Ein Magierturm«, flüsterte Kim, indem er das Zeichen der Triade beschrieb. »Möge uns Horesh scheinen.«

»Sprithandir«, flüsterte Iaf.

Nur ein Heim für Geister, wenn diese Geister von dem Magier gerufen worden waren. Wenn es überhaupt ein Magierturm war. Was es auch war, Yan hatte noch nie etwas Ähnliches gesehen, weder als Konzept noch als Bauwerk.

Die glänzenden schwarzen Steine des zylindrischen Turms ragten vor ihnen auf und verdeckten den größten Teil des Himmels. Derartige Steine hatte Yan bisher weder im Tal noch in den umliegenden Bergen gesehen. Zwischen ihnen war kein Mörtel zu sehen und zwischen den Blöcken war kaum eine Fuge zu erkennen. Niemand konnte von außen daran emporklettern, nicht ohne eine Leiter oder ein am Dach angebrachtes Seil.

Es gab nur wenige Fenster und das waren schmale senkrechte Schlitze, Stellen von dunklerer Schwärze im Stein. Der obere Rand war gezackt, entweder unvollendet oder abgebrochen. Rings um den Turm lagen jedoch nicht genügend Trümmer, um alle fehlenden Teile erklären zu können.

Ein Haufen grauer Granitsteine bildete eine Behelfstreppe, die zu einer kreisrunden Öffnung mit einem Durchmesser von kaum mehr als einem Schritt führte – offenbar der Eingang. Früher einmal hatte eine Tür diese Öffnung verschlossen, aber sie war nicht mehr vorhanden. Der einzige Hinweis darauf, dass es sie einmal gegeben hatte, war eine verbogene Angel, die sich wie betrunken von der Kante der Öffnung nach außen neigte. Ein Baumstamm, grob zugeschnitten und gestutzt, lag einsam und verlassen neben der Behelfstreppe. Eines der Enden des Stamms war angespitzt worden, aber die Spitze war jetzt stumpf und abgesplittert.

»Eine Ramme«, sagte Teletha. »Die Söldner haben den Turm gestürmt.«

»Woher wisst Ihr, dass es die Söldner waren?«, fragte Yan.

»Ich rate nur. Angeblich haben sie den Laird in den Wald verfolgt und ich habe keinen Ort gesehen, der geeigneter wäre, sich gegen eine Horde bewaffneter Männer zu behaupten. Sie müssen ihn hier gestellt haben. Aber ich frage mich, was aus seinem Magier geworden ist?«

Das fragte Yan sich auch. Wie auch im Gutshaus war keine Magie zur Verteidigung gegen die Söldner eingesetzt worden. Wenn dies ein Magierturm war, warum hatte der Magier ihn dann nicht verteidigt?

Zwar konnte er keine Restenergien von angewandter Gefechtsmagie spüren, aber er fühlte das Prickeln der Kräfte, die den Turm umschwirrten. Die Energien waren stark. Doch selbst jetzt, wo er unmittelbar vor dem Turm stand und dessen Wände mit den Händen berühren konnte, wusste er nicht mehr über das Wesen des Zaubers als zuvor.

»Ich muss in den Turm hinein«, sagte er.

»Haltet Ihr das für klug?«, fragte Teletha.

»Nein.«

»Nun, es wäre gewiss nicht klug, wenn wir alle gingen.«

»Es wäre für keinen von uns klug«, sagte Peyto.

Kaum war offenbar geworden, dass sie die Absicht hatten, den Turm zu betreten, als Iaf einen Schritt in den Wald zurückwich. Er schüttelte heftig den Kopf und rief: *»Sprithandir! Neight! Neight! Ayon caith'taym Sprithandir!«*

»Bringt ihn zum Schweigen«, verlangte Kim.

»Was plappert er da?«, fragte Rom.

»Er will nicht in den Turm gehen«, sagte Yan.

»Kluger Junge«, sagte Peyto.

»Wir lassen ihn nicht allein zurück«, sagte Rom.

Iaf zitterte, so vehement war seine Weigerung, das Bauwerk zu betreten. Yan fühlte mit ihm.

»Iaf kann hier draußen bleiben«, sagte Teletha. »Bert, du bleibst bei ihm.«

»Aye, Kapitän.« Bert machte einen erleichterten Eindruck.

Sie ließen Bert und Iaf zurück und erklommen die unregelmäßigen Stufen. Vor der Öffnung hielt die Gruppe inne. Drinnen war alles still. Allen, Yan eingeschlossen, schien es zu widerstreben, den Turm zu betreten.

Im Innern war es dunkel, da die einzige Lichtquelle die Türöffnung war, durch die das Tageslicht fiel. Was sie drinnen erwartete, war unbekannt. Yan spürte das Gewicht der Magie auf sich lasten und fragte sich, was die anderen wohl spürten. Konnten sie die Magie in irgendeiner Form auch wahrnehmen oder waren sie nur vorsichtig und verunsichert, weil sie unbekanntes Gelände betraten?

Teletha beendete das Patt und trat ein.

Gleich hinter der Öffnung befand sich eine geräumige offene Kammer, in der kaum Möbel standen. Die fehlende Tür lag gleich hinter dem Eingang auf dem Boden. Auf einer Seite der Tür stand ein kleiner Schrank, dessen Tür geöffnet war, sodass der Vorrat an Fackeln und Kerzen sichtbar wurden, den der Schrank enthielt.

»Jedenfalls haben wir Licht«, sagte Teletha. »Bedient euch.«

Yans magisches Sehvermögen enthob ihn der Notwendigkeit einer künstlichen Lichtquelle, aber er war froh, dass er kein magisches Licht benutzen musste, um dafür zu sorgen, dass seine Begleiter etwas sehen konnten. Er wollte sich nicht damit belasten, einen Zauber aufrechtzuerhalten, mochte der Aufwand dafür auch noch so gering sein. Dieser Ort würde ihm alle Aufmerksamkeit abverlangen, die er aufbringen konnte.

Nachdem mehrere der Flieger Fackeln angezündet hatten, konnten auch die anderen sehen, was Yan längst erfasst hatte. Links und rechts öffnete sich jeweils ein breiter Bogengang, beide führten zu einer Rampe. Eine davon führte aufwärts, die andere abwärts. Die Rampen waren die einzigen Ausgänge.

»Wohin zuerst?«, fragte Teletha.

»Warum nicht beide gleichzeitig nehmen, das geht schneller«, schlug Kim vor.

»Ich glaube, wir sollten zusammen bleiben«, sagte Peyto.

Yan nickte. »Ich denke, dass Ihr recht habt. Dann also nach oben. Über uns können nicht mehr als eine oder zwei Etagen sein.« Unter ihnen erwartete sie eine unbekannte Anzahl.

Kims nervöse Blicke auf den Bogengang zur Linken ließen darauf schließen, dass der Erste Offizier in denselben Bahnen wie Yan dachte.

Die Rampe führte sie in ein anderes Geschoss, das Yan für das oberste des Turms hielt. Ein Bogengang, der mit Steinen aus grauem Granit zugemauert war, ließ vermuten, dass die Rampe früher einmal, als der Turm sich noch höher erhoben hatte, weiter in die Höhe geführt haben musste. Jetzt gab es jedoch nur noch einen Ausgang, eine mit Eisen verkleidete Holztür, die in den glänzenden Stein des Turms eingelassen war. Durch die Spalten fiel kein Licht, aber Yan konnte den Geruch nach Kräutern und Chemikalien wahrnehmen, der ihm von der anderen Seite der Tür in die Nase stieg. Der Geruch erinnerte ihn an die sorglosere Zeit seiner Lehre bei Gan Tidoni.

Sie hatten die Werkstatt des Magiers gefunden.

Er versperrte Teletha den Weg, als sie die Hand nach der Türklinke ausstreckte. Zwar hatte er nicht das Verlangen, ein Held zu sein, aber er brachte die besten Voraussetzungen mit, um sich mit der Tür zu befassen, falls der Magier sie mit Magie versiegelt oder einen Auslöser für einen möglicherweise verheerenden Zauber damit gekoppelt hatte.

»Vielleicht gibt es einen Schutzzauber«, sagte er, während er ihre Hand festhielt. »Lasst mich die Tür öffnen.«

Sie schien widersprechen zu wollen, doch einen Augenblick später nickte sie nur und trat zurück.

Seine Vorsicht erwies sich als unbegründet, denn die Tür war nicht mit Magie gesichert. Sie war auch nicht abgesperrt. Als er den Riegel zurückschob, ließ sie sich mühelos öffnen.

Der Raum nahm das gesamte Obergeschoss des Turms in Anspruch. Er war Werkstatt, Arbeitszimmer und Lagerraum zugleich. Auf Werkbänken standen arkane Apparaturen und mehrere Werkzeugsätze, jeder Satz zu einem anderen Handwerk passend. Neben dem Kamin befand sich sogar ein kleiner Schmelzofen. Fellbündel, Holz- und Metallhaufen sowie Fässer waren an den Wänden gestapelt, ausgenommen ein kleiner Bereich, wo ein Schreibtisch stand. Auf beiden Seiten des Schreibtischs befanden sich Regale, die von Büchern, Schriftrollen und Stapeln von Blättern, sowohl aus Pergament als auch aus Papier, überquollen.

»Ich glaube nicht, dass das Rechnungsbücher sind«, sagte Peyto leise, während sein Blick über die Regale wanderte.

Yan und Peyto gingen gezielt zu den Regalen und überließen es den Fliegern, den Rest des Raums zu durchstöbern. Die Bücher und Dokumente waren ungeordnet. Kein ungewöhnlicher Zustand in einer stark beanspruchten Werkstatt, aber das darüber hinaus herrschende Durcheinander verriet Yan, dass es der Besitzer der Bücher sehr eilig gehabt haben musste, als er sie zuletzt durchforstet hatte.

Yan wählte eines der älter wirkenden Bücher aus und legte es ehrfürchtig auf den Tisch. Er öffnete die Schließbänder und den schweren, ledergebundenen Deckel. Er war nicht überrascht, als er feststellte, dass das Buch in der alten Sprache geschrieben war. Viele Bücher von solch ehrwürdigem Alter waren das. Die Sigillen und Formeln verrieten ihm augenblicklich, dass es sich um ein Buch über Magie handelte. Er konnte den Gedanken nicht unterdrücken, dass die alte Sprache in der Zeit der Schwarzmagier lebendig gewesen war.

Er sah sich noch andere Bücher an und stellte fest, dass die meisten in der alten Sprache verfasst waren. Viele waren mit Anmerkungen in modernen Sprachen versehen, darunter auch Scothisch. Tatsächlich hatte die einzige Hand, die in allen Büchern Eintragungen gemacht hatte, diese in Scothisch vorgenommen. Höchstwahrscheinlich Laird Douganans Magier.

Die kurzen Passagen, die er las, machten deutlich, dass in diesen Büchern eine Unmenge Mitteilung über Magie steckte. Vieles verstand er nicht einmal. Es erstaunte ihn, dass es so viel geben sollte, was ihm neu war. Diese Bibliothek war nicht viel größer als Gan Tidonis, aber er kannte nur ganz wenige Bücher darin. Was, wenn es sich bei den meisten um Bücher über schwarze Magie handelte? Dennoch war er gefesselt. So viele Bücher, so viel Wissen. War der Zauber, der die Zeit verdichtete, hier irgendwo auf diesen Seiten versteckt? Und selbst wenn nicht, welche anderen Geheimnisse mochten die Bücher sonst noch enthalten? Er konnte so viel aus ihnen lernen.

Mehrere Bücher waren in einer sonderbaren Schlängelschrift verfasst, die Yan noch nie zuvor gesehen hatte. Die Buchstaben – oder waren es Piktogramme? – wirkten exotisch und die Pergamentseiten dieser Bücher schienen noch brüchiger als diejenigen in den Büchern, die in der alten Sprache abgefasst waren. Er erinnerte sich an Sagen, die Anspielungen auf eine uralte Rasse enthielten, die Aelwyn regiert hatte, bevor die Menschen diese Welt zu ihrer Domäne machten. Konnten diese Bücher Relikte dieser längst untergegangenen Rasse sein? Und wenn sie es waren, welche Wunder verbargen sich dann in ihren Seiten?

Teletha stieß ihn an und zwang ihn, seine Aufmerksamkeit von den fesselnden Büchern abzuwenden.

»Wer diese Ramme auch benutzt haben mag, ist jedenfalls nicht bis hierher vorgedrungen«, sagte sie.

Er war derselben Ansicht. »Das will mir auch so erscheinen, Kapitän. Wir haben Glück. Ich glaube, wir könnten hier finden, was wir suchen.«

»Ein guter Soldat lässt seine Flanke nicht ungedeckt. *Ich* glaube, wir sehen besser zuerst unten nach, bevor Ihr Euch hier an die Arbeit macht.«

»Warum geht Ihr nicht mit Euren Leuten und lasst uns hier oben?«, schlug Peyto vor.

»Wart Ihr nicht derjenige, der wollte, dass wir alle zusammenbleiben?«, konterte Teletha.

Yan ergriff das Wort, bevor Peyto antworten konnte. »Der Kapitän hat Recht. Wir sollten uns vergewissern, dass uns hier im Turm von keiner Seite Gefahr droht.«

Sie kehrten auf die Eingangsebene zurück und fanden sie so vor, wie sie sie verlassen hatten. Teletha ging zur Tür, um nach Bert und Iaf zu sehen, und winkte ihnen zu, während sich die anderen vor der Rampe versammelten. Als der Kapitän sich wieder zu ihnen gesellt hatte, gingen sie nach unten. Die Krümmung der spiralförmigen Rampe schien geringer zu werden, was vermuten ließ, dass die Ebene, zu der sie unterwegs waren, größer sein würde als diejenige, von der sie kamen. Der sich verändernde Radius der Spirale erschwerte das Schätzen der Entfernung, aber Yan war der Ansicht, dass sie mindestens zwei volle Umdrehungen gelaufen waren, bevor sie das Ende der Rampe erreichten. Er schätzte, dass sie sich mittlerweile ziemlich tief unter der Erdoberfläche befanden.

Ein Türbogen führte in tiefe Dunkelheit. Ihnen genau gegenüber, scheinbar weit entfernt, wies ein schwaches Leuchten auf einen weiteren Türbogen. Yan blieb stehen und starrte in überraschtem Unverständnis auf die Wände der Kammer. Die anderen gingen an ihm vorbei und betraten die Kammer. Als die Fackeln Licht auf die Wände warfen, blieben sie ebenfalls stehen und gafften.

Der glänzende schwarze Stein des Turms lag hier unter einer Gipsschicht verborgen, die die Oberfläche glättete und die Übergänge zwischen Boden und Wänden abrundete. Gewundene Glyphen, arkane Symbole und Sigillen der Macht und des Schutzes waren auf die Wände gemalt worden. Es schien so, als gebe es keine freie Stelle mehr an den Wänden. Von den gewundenen Glyphen waren auch welche in den Gips geritzt. Diese waren auch für Yan nur zu sehen, wenn Licht über die Wände flackerte.

»Das sieht aus wie das Zeug in einigen der Bücher oben«, sagte Peyto, während er mit dem Finger die Linie eines der eingeritzten Symbole nachzeichnete.

Yan war ganz seiner Meinung. Er glaubte außerdem, die Absicht zu durchschauen, die mit dieser Einrichtung verfolgt wurde. Er trat in die Mitte der Kammer, um sich zu vergewissern. Als er die abgenutzten Kreidelinien, die halb weggewischten Sigillen und das Hexagramm sah, wusste er Bescheid.

»Das ist eine Ritualkammer«, verkündete er.

»Schwarze Magie?«, fragte Teletha stellvertretend für alle.

»Keine Magie, die ich kenne«, räumte Yan ein.

»Na schön, sehr schwierig. Was für Rituale?«

»Ich habe nicht die leiseste Ahnung.«

»Großartig.«

Kim stand vor dem Türbogen auf der anderen Seite. »Kapitän, seht Euch das an.«

Jenseits des Türbogens befand sich eine weitere Rampe, die abwärts in noch tiefere Dunkelheit führte, aber das flackernde Licht von Kims Fackel ließ etwas funkeln, das sich etwa ein Dutzend Fuß weiter unten befand und sich über die gesamte Höhe und Breite der Rampe erstreckte. Teletha drängte sich an ihrem Ersten Offizier vorbei und nahm ihm dabei die Fackel aus der Hand. Wenig mehr als eine Schwertlänge vor dem Hindernis blieb sie stehen und hob die Fackel über den Kopf.

»Es reflektiert Licht wie ein Spiegel, sieht aber eher wie Eis aus. Ich kann ein Stück weit hindurchsehen. Was ist das?«

Yan erkannte das Wesen des Konstrukts auf den ersten Blick. »Das ist eine Schutzvorrichtung. Eine äußerst mächtige.«

»Gefährlich?«

»Wahrscheinlich.«

Teletha neigte den Kopf und blinzelte durch die Schutzvorrichtung. Die Fackel hoch erhoben, trat sie zunächst auf die eine Seite und dann auf die andere. »Ich glaube, ich sehe etwas hinter dieser Schutzvorrichtung.«

»Was?«

»Ich weiß nicht genau. Ich glaube, ein paar Leute.«

Yan gesellte sich zu ihr und spähte durch die Barriere. Unter ihnen, wegen der Krümmung der Rampe fast außer Sicht, befand sich ein weiterer Absatz. Auf diesem Absatz standen zwei Männer. Nicht weit von ihnen entfernt lag eine brennende Fackel am Boden. Die Männer standen still, als seien sie erstarrt. Die Fackel warf ein stetes Licht darauf, als sei die Flamme ebenfalls erstarrt.

»Dort unten sind Männer«, bestätigte Yan.

»Sie bewegen sich nicht«, sagte Teletha leise. »Der Zauber?«

»Das würde ich meinen.«

Das Schwert des einen Mannes war abwärts gerichtet und die Spitze der anderen Klinge berührte es beinahe. Es hätte sich um eine Abbildung aus einem Lehrbuch über die Fechtkunst handeln können. Offensichtlich verging die Zeit jenseits der Schutzvorrichtung noch viel langsamer – wenn sie nicht sogar völlig stillstand.

In Erwartung einer kleinen Katastrophe legte Yan die Hand auf die Schutzvorrichtung.

Nichts geschah.

Er übte leichten Druck aus und sah, wie seine Hand in das Leuchten eindrang. Er bewegte sie nur um den Bruchteil eines Fingerbreits, aber es bedurfte all seiner Kraft, um sie wieder zurückzuziehen. Die Handfläche kribbelte.

Er atmete schwer, da ihn sein Tun geängstigt hatte, aber er hatte erfahren, was er wissen wollte. Er hatte die Energien in der Schutzvorrichtung gespürt und wusste jetzt, das sie aus denselben Energien bestand, die das Tal durchdrangen und die Zeit verdichteten. Sie war mit dem Zauber verbunden. Weiter hatte seine Berührung enthüllt, dass die Schutzvorrichtung durchdringbar war. Materie konnte sich von der Seite hindurchbewegen, auf der sie standen. Doch was noch wichtiger war, die Berührung der Schutzvorrichtung hatte ihm auch verraten, dass sich das Herz des Zaubers irgendwo auf der anderen Seite befand.

»Wir müssen hindurch«, sagte er.

»Ihr seid verrückt«, sagte Teletha zu ihm.

Vielleicht hatte sie recht. Aber welche Alternative blieb ihnen? Schwarze Magie oder nicht, dieser Zauber war falsch. Das Wesen der Welt wurde verzerrt. Jemand musste etwas dagegen unternehmen.

»Vielleicht bin ich das. Ist es verrückt zu wollen, dass die Dinge so sind, wie sie sein sollten?«, fragte er.

»Die meisten Leute würden das verneinen«, erwiderte sie.

»Der Zauber hat das Tal verändert und uns ebenfalls in seine Magie gehüllt. Der Zauber wird stärker. Könnt Ihr tatenlos zusehen, wie er sich ausbreitet?«

»Nein«, sagte sie leise. »Aber was können wir tun?«

»Ich weiß es nicht genau. Doch eines weiß ich ganz sicher. Die einzige Möglichkeit, diesen Zauber zu verstehen und ihn zu beenden, besteht darin, sein Herz zu finden. Und das befindet sich auf der anderen Seite dieser Schutzvorrichtung.«

Telethas Augen nahmen einen trübsinnigen Ausdruck an, da sie die Schutzvorrichtung anstarrte.

~ 16 ~

»Die Zeit wird knapp«, begann Yan seine Ansprache an die anderen in der Ritualkammer.

»Nicht sehr komisch«, unterbrach Peyto ihn.

»Das sollte es auch nicht sein. Je mehr Verbindung ich zu dieser Magie habe, desto besorgter werde ich. Dieser Zauber gewinnt an Kraft. Er könnte sehr bald unumkehrbar sein.«

»Woher wisst Ihr, dass er jetzt noch umkehrbar ist?«, fragte Teletha.

»Ich weiß es nicht, aber ich muss glauben, dass es so ist. Ich bin aber sicher, dass er noch unvollständig ist, denn er sammelt noch immer Kraft.«

»Dann ist der Magier also immer noch irgendwo dort unten am Leben«, sagte Teletha.

»Das kommt mir sehr wahrscheinlich vor.«

»Was ist mit den beiden Burschen da? Sind sie tot?«, fragte Penit.

»Eher etwas anderes als tot. Ich glaube, dass die Zeit jenseits der Barriere sehr langsam vergeht, so langsam, dass wir ihr Verstreichen nicht wahrnehmen. Die Fackel dort unten flackert nicht, die Flammen bewegen sich nicht.«

»Der erste nützliche Effekt dieser Magie«, sann Peyto. »Mit einem derart beständigen Licht im Raum würde sich das Leben eines Gelehrten stark verbessern.«

»Beständig wie die Sonne«, sagte Teletha.

»Aber es ist kein Sonnenlicht«, stellte Yan fest.

»Wohl wahr«, sagte Rom. »Horesh hat damit nichts zu tun.«

»Kann Horesh uns verlassen haben?«, fragte Penit.

»Hoffen wir, dass es nicht wahr ist«, sagte Peyto.

»Wenn Licht wie das der Sonne im Rahmen dieses Zaubers bestehen kann, dann ist es vielleicht keine schwarze Magie«, sagte Teletha.

»Es ist auf jeden Fall schwarze Magie«, knurrte Danel. »Seht Euch doch nur das Gekritzel an den Wänden an. Verdreht und verzerrt. Das Zeichen des Bösen ist deutlich zu sehen.«

»Aye«, stimmte Rom zu. »Es ist Dämonenwerk.«

»Ich finde, wir sollten einfach verschwinden«, sagte Kim.

Yan schüttelte niedergeschlagen den Kopf. »Wir können nicht einfach verschwinden. Diesem Zauber muss ein Ende bereitet werden.«

»Nur zu, Magier, dann tut es«, sagte Kim.

»Ich muss das Herz des Zaubers erreichen.«

»Wie ich schon sagte, nur zu.« Kim lächelte kalt. »Wir sehen zu.«

»Ich *werde* allein gehen, wenn ich muss«, sagte Yan in der Hoffnung, dass es nicht dazu kommen möge. »Einer der beiden Männer unten auf der Rampe trägt ein Abzeichen, das wie Laird Douganans Wappenschild aussieht. Ich halte es für sehr wahrscheinlich, dass der andere einer der Söldner ist. Außerdem glaube ich, dass sie noch kämpfen – aber so langsam, dass wir es auf dieser Seite der Schutzvorrichtung nicht wahrnehmen können, weil wir uns in einem anderen Zeitablauf befinden. Wenn diese beiden tatsächlich noch kämpfen, ist es gut möglich, dass die Auseinandersetzung zwischen dem Laird und Arham noch nicht entschieden ist. Wenn ich allein gehen muss, könnte ich getötet werden, bevor ich das Herz des Zaubers gefunden habe.«

»Wenn sie dort unten noch kämpfen, sollen sie es

doch tun«, verkündete Kim. »Sollen sie es ruhig ausfechten.«

»Und wie lange wird das dauern?«, fragte ihn Yan.

»Das interessiert mich nicht«, erwiderte der Erste Offizier.

»Das sollte es aber. Wie lange ist Euer Luftschiff bereits verschollen?«

»Keine Ahnung.« Er zuckte die Achseln. »Kapitän?«

Teletha vermied es, die Wand anzuschauen. »Zu lange.«

»Und es wird noch länger dauern, wenn Ihr Euch nicht um diese Angelegenheit kümmert. Zwar vergeht hier Zeit, aber außerhalb des Tals verrinnt sie schneller.«

»Zeit vergeht ohnehin, Meister Tanafres«, sagte Teletha.

»Ich meinte das in einem gefährlicheren Sinn, Kapitän. Der Zauber wird stärker. Ich fürchte, dass ganz einfach seine Ausdehnung zunimmt. Wir haben über die Verdichtung des Zeitablaufs gesprochen und fanden die Vorstellung schon schrecklich genug. Überlegt, was passieren könnte, wenn die Ausdehnung des Zaubers wächst. In diesem Fall geht es nicht mehr nur um uns. Was ist mit dem Reich? Ihr alle habt einen Eid geschworen, das Reich zu verteidigen, als ihr den Sold des Kaisers angenommen habt.«

Teletha verschränkte die Arme vor der Brust. »Das hier ist Magie.«

»Ja, genau. Bedeutende Magie. Gefährliche Magie. Magie, die sich zu einer Bedrohung für das ganze Reich auswachsen könnte.«

»Nicht unbedingt«, sagte sie.

»Könnt Ihr es darauf ankommen lassen?«

»Wir haben nur Euer Wort dafür, dass der Zauber sich ausdehnt.«

»Das stimmt nicht ganz. Ihr habt die Sterne gesehen

und Ihr seid nicht dumm. Ihr wisst, dass diese Magie jetzt stärker wirkt als zuvor.«

»Das *weiß* ich keineswegs.«

Eigentlich wusste auch Yan es nicht. Er hatte seine Gefühle und Ahnungen, sämtlich unbewiesen, aber er sah keine andere mögliche Schlussfolgerung. »Doch Ihr befürchtet es ebenso wie ich.«

Teletha starrte Yan in die Augen, anscheinend auf der Suche nach etwas. Schließlich wandte sie den Blick ab. Yan wusste nicht, ob sie gefunden hatte, was sie suchte.

»Also schön«, sagte sie. »Wir kommen mit.«

»Kapitän!«, rief Kim.

»Meuterei, Meister Kamertrel?«

»Nein, Kapitän«, erwiderte er, aber sein Tonfall ließ keinen Zweifel daran, dass er mit ihrer Entscheidung nicht glücklich war.

»Also gut«, sagte Yan mit einiger Erleichterung. Er wandte sich in die Richtung der Rampe, wurde jedoch von Teletha am Arm festgehalten.

»Einen Augenblick, Meister Tanafres. Ihr mögt führend bei der Entscheidungsfindung gewesen sein, aber die Expedition leite ich.«

»Das halte ich nicht für klug, Kapitän. Ich bringe die besten Voraussetzungen mit, um mit dieser Schutzvorrichtung fertig zu werden.«

»Ihr glaubtet auch, die besten Voraussetzungen dafür mitzubringen, mit der Tür oben fertig zu werden, und dafür war nicht mehr erforderlich als eine Hand, um die Klinke nieder zu drücken. Hier wissen wir, dass Magie vorhanden ist, aber ich habe gesehen, dass Ihr sie berührt habt und noch lebt, also kann es nicht gar so schlimm sein. Und wenn es doch schlimm sein sollte, ist es besser, wenn es einer von uns Soldaten herausfindet. Ihr seid unser einziger Magier und wir können es uns nicht leisten, Euch solch einer Gefahr auszusetzen. Wenn es ein Problem beim Durchschreiten der Barriere gibt, brauchen wir Euch lebendig und im Vollbesitz Eurer Kräfte, um das Problem zu lösen.«

»Dann lasst jemanden aus Eurer Mannschaft vorangehen«, sagte er, da jäh die Angst um ihre Sicherheit Besitz vom ihm ergriff.

Sie blickte ihn an, als sei er eine Schlange. »Ich werde von keinem meiner Besatzungsmitglieder verlangen, was ich selbst zu tun nicht bereit bin.«

Er krümmte sich angesichts des Untertons der Verachtung in ihrer Stimme. In der Hoffnung, sich damit in ihren Augen wieder aufzuwerten, sagte er: »Ich wollte lediglich darauf hinweisen, dass Eure Fähigkeiten als Soldatin ebenso wichtig sind wie meine als Magier, falls dort drüben tatsächlich noch gekämpft wird.«

»Kim ist ein guter Offizier. Ihr werdet nicht viel verlieren.«

Er war anderer Ansicht. Er machte sich Sorgen, mehr zu verlieren als nur den Kapitän eines Luftschiffs. Seine Hochachtung vor Telethas scharfem Verstand war noch größer geworden. Sie hatte sich besser im Griff als die meisten Männer, denen er begegnet war, und das fand er äußerst reizvoll. Und ihre Courage hielt mit ihrem Intellekt Schritt. Bedauerlicherweise. Er fand ihre Entscheidung, das eigene Leben zu riskieren, beunruhigend und seine Bestürzung wurde noch größer, als ihm klar wurde, dass noch mehr hinter ihrer Entscheidung steckte als die Sorge des Anführers um die Mannschaft.

»Ihr *wollt* vorangehen, auch ohne zu wissen, was mit Euch geschieht«, sagte er.

Sie betrachtete ihn aus dem Augenwinkel und lächelte. »Sehe ich aus, als wäre ich verrückt?«

In ihren Augen stand ein Leuchten, ein Eifer, aber

nicht von der Sorte, die er dem Wahnsinn zugeordnet hätte. Ihm kam der Gedanke, dass sie vielleicht lieber sterben wollte, als sich diesem absonderlichen Zeitproblem zu stellen – sodass sie plötzlich verwegen handelte. Doch er tat den Gedanken ab. Ihre Haltung verriet Zuversicht, ihre Einstellung Überzeugung. Sie mochte Angst haben, aber sie würde sich von dieser Angst nicht lähmen lassen. Doch da war immer noch das Leuchten.

»Es ist die Gefahr, nicht wahr?«, fragte er.

»Ich bin Soldatin des Reichs. Ich kann mich noch gut erinnern, dass Ihr selbst festgestellt habt, es sei meine Pflicht, dieser Sache auf den Grund zu gehen«, sagte sie. Sie schob sich an ihm vorbei und beendete damit das Gespräch.

Er folgte ihr die Rampe hinunter und die Flieger bildeten den Abschluss. Teletha blieb zwei Schritte vor der Barriere stehen und betrachtete sie nachdenklich. Sie nahm die Pistole in die linke Hand, zog ihr Schwert mit der rechten und hob die Klinge an die Lippen.

»Vehr, beschütze einen Soldaten«, sagte sie und küsste sie.

Sie trat in die Barriere.

Yan spürte die Magie anschwellen, eine Empfindung, die derjenigen bei seiner Berührung der Schutzvorrichtung ähnelte. Und obwohl aus zweiter Hand erfahren, kribbelte seine Haut. Die Schutzvorrichtung ließ sie ein, umhüllte sie und die Energie strömte an ihr vorbei wie eine Brise durch ein geöffnetes Fenster in einer Winternacht.

Dann hatte sie die Barriere durchschritten.

Yan beobachtete sie ängstlich. Er sah Teletha ein wenig verzerrt, als beobachte er sie durch ein Fenster aus billigem Glas. Zuerst schien sie sich mit gewöhnlicher Geschwindigkeit zu bewegen, ein wachsamer

Soldat, der langsam und vorsichtig die Rampe hinunterging. Doch allmählich wurden ihre Bewegungen langsamer, als die Vorsicht es rechtfertigen mochte. Jeder Schritt erfolgte langsamer als der vorherige und dauerte länger. Kaum ein Dutzend Schritte jenseits der Barriere blieb sie stehen, offenbar mitten in der Bewegung erstarrt.

Die Flieger fluchten, indem sie einen Reigen martialischer Götter und Heiliger anriefen. Rom machte kehrt, lief die Rampe empor und stolperte gegen Peyto. Er mühte sich, an dem Sekretär vorbeizukommen, doch bevor ihm das gelang, hielt Yan den Flieger am Ärmel fest.

»Wohin willst du?«, fragte er.

»Lasst mich los!«, bellte Rom.

»Damit du fliehen und deinen Kapitän im Stich lassen kannst?«

»Ich werde nicht als Statue sterben«, plapperte der Mann.

»Sie ist nicht tot«, sagte Yan zu ihm. »Aber sie könnte sehr wohl sterben, wenn du ihr nicht hilfst.«

Die flache Seite einer Schwertklinge berührte Yans Handgelenk. Er wandte den Kopf und ließ den Blick die Klinge entlang und aufwärts zu den Augen des Mannes gleiten, der das Schwert hielt. Kim Kamertrels Gesicht war zu einer Miene der Gelassenheit erstarrt, während er tonlos sagte: »Lasst ihn los, Magier. Niemand kann eine Magie wie diese bekämpfen.«

»Wir können es versuchen«, protestierte Yan.

»Lasst ihn los«, wiederholte Kim, während er die Klinge drehte, sodass jetzt die Schneide auf Yans Haut lag.

Yan ließ Rom los, der daraufhin rückwärts stolperte und sich auf das Hinterteil setzte. Das Gesicht des Mannes zuckte, da er Yan mit einem giftigen Blick bedachte. Doch anstatt eine Waffe zu ziehen, rappelte Rom sich auf und lief die Rampe empor in die Ritualkammer.

»Wir können hier nichts ausrichten«, sagte Kim.

Die Flieger nickten einander zu. Kim schob sein Schwert in die Scheide und erklomm die Rampe. Die anderen Flieger folgten ihm. Peyto sah Yan mit einer Miene an, die zu besagen schien: »Was nun?«

Das fragte Yan sich auch. Wie konnten sie einfach aufgeben? Teletha war nichts geschehen – wenigstens glaubte Yan das. Sie stand lediglich unter dem Einfluss der stärkeren Magie auf der anderen Seite der Barriere. War die Furcht der Flieger vor Magie so groß? Teletha hatte ihre eigene Sicherheit hinter die ihrer Besatzung gestellt und so wurde ihr nun ihre Loyalität vergolten.

Loyalität war eine zweiseitige Angelegenheit.

Yan trat die letzten beiden Schritte zur Barriere, dann drehte er sich zu den Fliegern um.

»Geht nur, zieht schon ab. Schließlich seid ihr tapfere Soldaten des Reichs. Viel mutiger als gewöhnliche Bürger.«

Kim warf ihm einen verächtlichen Schulterblick zu. »Ihr wisst nicht, wovon Ihr redet. Ihr mögt ein Magier sein, aber Ihr seid dennoch nur ein Schisser.«

Nur ein was? »Ein Schisser?«

»Ein blutloser Zivilist«, rief Peyto ihm zu.

Yan gefiel die Verachtung nicht, die der Erste Offizier in das Wort legte, aber er begriff, dass er diese Verachtung gegen den Mann einsetzen konnte. »Ich bin vielleicht ein Schisser, aber ich bin nicht so feige, Kapitän Schonnegon im Stich zu lassen.«

Kamertrel blieb stehen. Sein Rücken war steif, doch er drehte sich nicht um. Penit und Danel sahen einander nervös an.

»Worauf wartet ihr?«, rief Yan. »Ich bin sicher, dass

ihr viele soldatische Dinge zu tun habt. Überlasst die Rettung des Kapitäns ruhig uns Schissern.«

»Was meint Ihr mit *uns*?«, flüsterte Peyto. »Ihr geht immer davon aus, dass …«

»Haltet die Klappe«, sagte Yan zu ihm. Lauter fuhr er fort: »Wenn ihr das Luftschiff repariert, könnt ihr noch schneller weglaufen. Niemand wird davon wissen, nur wir Schisser. Das heißt, niemand außer Kapitän Schonnegon …«

Kim drehte sich langsam um. »Wenn Ihr kein Magier wärt …«

»Was *ich* bin, tut nichts zur Sache. Wir reden davon, was *ihr* seid. Was seid Ihr zum Beispiel, Erster Offizier Kamertrel? Seid Ihr ein Soldat? Seid Ihr ein loyaler Mann?«

»Was Ihr glaubt, ist unwichtig, Schisser«, schnappte Kim.

»Was ist damit, was Kapitän Schonnegon glaubt?«

»Sie weilt nicht mehr unter uns.«

»Nur, wenn Ihr sie im Stich lasst.«

Die Augen des Ersten Offiziers verengten sich zu schmalen Schlitzen und Yan fragte sich, ob er zu weit gegangen war. Aber es gab nur einen Weg, das herauszufinden. »Werdet Ihr Kapitän Schonnegon im Stich lassen?«

»Schwört Ihr, dass sie dort drinnen noch am Leben ist?«, fragte Kim.

»Ich werde jeden Gott, den Ihr nennt, als Zeugen dafür anrufen, dass ich das glaube.«

»Bei Horeshs allsehendem Auge und bei Vehrs Schwert der Gerechtigkeit?«

»Bei Horeshs Auge und Vehrs Schwert.«

»Und wenn wir durch diese magische Wand gehen, könnt Ihr dem Zauber dann ein Ende bereiten?«

»Das weiß ich nicht. Aber wenn wir *nicht* hindurchgehen, ist es ganz gewiss unmöglich, ihm ein Ende zu bereiten.«

Kim dachte ein paar Augenblicke über Yans Worte nach, dann holte er tief Luft und atmete langsam aus. »Penit, Danel, ich befehle euch nichts.«

»Ich bleibe bei Euch, Kim«, sagte Danel.

»Es gefällt mir nicht, Kim«, sagte Penit. »Aber wahrscheinlich sollten wir versuchen, den Kapitän zu retten.«

»Dann ist es entschieden.« Kim führte die beiden Flieger wieder die Rampe hinunter. »Also los, Magier, bevor wir es uns anders überlegen.«

»Ihr habt die richtige Entscheidung getroffen, Erster Offizier Kamertrel.«

»Das reicht jetzt, Schisser.« Kim zog seine Pistole. »Da Ihr so scharf darauf seid, geht Ihr zuerst.«

Nichts anderes hatte Yan erwartet. Er bedachte die Flieger mit einem, wie er hoffte, zuversichtlichen Lächeln und drehte sich zur Barriere um. Er versuchte sich zu beruhigen und seine Sinne auf die Magie der Schutzvorrichtung einzustimmen. Das Passieren der Barriere mochte ihm weitere Erkenntnisse über den Zauber vermitteln.

Er trat vor.

Die Zeit floss rings um ihn und veränderte sich, als er über die Grenze der Schutzvorrichtung trat, und erfüllte seine Ohren mit einem Rauschen. Licht, das aus keiner Quelle zu stammen schien, flammte ringsumher auf und dann verdunkelte sich sein Blickfeld, bis er wirbelnde Sterne sah, als hätten sich alle Nächte, die das Tal versäumt hatte, hier in der Barriere versammelt, um endlich losgelassen zu werden und seinen Kopf auszufüllen. Er empfand ein ausgeprägtes Schwindelgefühl. Er glaubte zu fallen, die Rampe hinunter, ein Sturz, der ewig dauern würde, da er jenen, die hinter ihm waren, für immer still und reglos erschiene.

Dann ließ der Druck nach und er hatte das Schlimmste überstanden.

Das Licht wurde beständiger, um dann einmal zu flackern und dann noch einmal. Ein paar Schritte unter ihm setzte Teletha sich wieder in Bewegung. Ganz auf das Bild auf dem Absatz unter ihr konzentriert, schien sie nicht zu bemerken, dass er ihr folgte.

Aber das Bild war kein Bild mehr. Die erstarrten Männer bewegten sich, doch noch langsamer als Teletha. Derjenige, dessen Schwert auf den Boden zeigte, der Mann des Laird, führte seine Klinge in Vollendung seiner Parade. Die Klingen berührten sich, da das Schwert des Söldners vorwärts glitt. Geräusche drangen an Yans Ohren, zuerst tief und langgezogen, dann höher und schneller, da sich die Handlung unter ihm beschleunigte.

Die Schwertspitze des Söldners passierte die Klinge des Waffenmanns und glitt dessen Bauch entgegen. Die Parade war zu langsam erfolgt und das Schwert traf den Waffenmann unterhalb der Rippen. Er keuchte, als der Stahl in ihn eindrang. Der Söldner zog das Schwert aus der Wunde und wich auf der Hut rasch einen Schritt zurück.

Seine Vorsicht war unnötig, denn sein Stoß hatte den Kampf entschieden. Der Waffenmann ließ das Schwert fallen und griff sich an die getroffene Seite. Er wimmerte, da er langsam zu Boden sank. Der Söldner trat vor und zog dem Mann die Klinge über den Hals.

Für einen Augenblick sah Yan die Leiche des Hausierers anstelle des sterbenden Waffenmanns dort liegen.

Der Söldner schien jetzt zum ersten Mal zu bemerken, dass noch jemand auf der Rampe stand. Er sah auf und seine Augen weiteten sich vor Überraschung. Er schaute an Yan vorbei und trat einen Schritt zurück, den Mund vor Staunen weit aufgerissen. Er stand jedoch nur einen Augenblick still, bevor er sich umdrehte und weglief.

Teletha rannte ihm nach.

»Teletha, wartet!«, rief Yan. Die anderen würden die Barriere nur langsam durchschreiten, wenn sie überhaupt kamen. Jetzt war es noch wichtiger als zuvor, dass sie beisammen blieben. Wer wusste schon, welche Kapriolen die Zeit hier innerhalb der Schutzvorrichtung schlagen mochte?

»Aber er wird entkommen«, sagte sie, während sie die Rampe weiter herunterlief.

»Wohin kann er fliehen?«

Teletha sah sich stirnrunzelnd um, hielt zu Yans Erleichterung jedoch inne. Sie wartete auf ihn und als er neben ihr stand, fragte sie: »Wo ist Rom?«

Yan wollte es nicht sagen.

»Weggelaufen«, sagte Peyto. »Wie es scheint, fehlte ihm die Courage eines Schissers.«

Teletha runzelte die Stirn. »Was ist passiert?«

»Es hat ein paar Minuten gedauert, um den Mut aufzubringen, die Barriere zu durchschreiten«, sagte Yan zu ihr.

»Ich höre mir die Geschichte ein andermal an«, sagte sie. »Also nur wir sechs?«

»Sechs verlorene Seelen«, sagte Kim über ihnen. Er stand vor der Barriere. Der Erste Offizier hob die Faust und hieb damit gegen die Schutzvorrichtung. An der Stelle, wo er sie traf, pulsierte die Barriere in undurchsichtigem Licht. Die Schutzvorrichtung läutete wie eine Glocke und das Läuten schien Yans Ängste zu verkünden.

»Wir können nicht mehr zurück«, heulte Kim. »Ihr habt unser Schicksal besiegelt, Magier!«

Die Augen voller Argwohn zu schmalen Schlitzen verengt, wandte Teletha sich an Yan. »Die Reise ist nur in eine Richtung möglich?«

»Das liegt in der Natur der Zeit«, sagte Yan.

»Ihr habt es gewusst«, beschuldigte sie ihn.

»Ich habe es vermutet.«

»Dann sind wir dazu verurteilt, das Herz des Zaubers zu finden, wenn wir je wieder das Tageslicht erblicken wollen.«

»Es sieht so aus.«

»Besser, Ihr seid zu leisten imstande, was Ihr Euch vorgenommen habt, Magier. Mir gefällt die Vorstellung nicht, hier unten umherzuirren, bis Horesh beschließt, die Welt wieder an Seinen Busen zu drücken.«

~ 17 ~

Die Rampe öffnete sich in eine Kammer mit sechs in gleichmäßigen Abständen angeordneten Türbögen darin. Es gab keine Möbel, aber die Wände waren auch nicht mit bemaltem und gemustertem Gips bedeckt, wie dies in der Kammer darüber der Fall war. Hier lag der glänzende schwarze Stein kahl und nackt vor ihnen. Der Boden bestand zwar aus demselben Material, glänzte jedoch nicht, sondern wirkte abgewetzt und zerkratzt. In uralten Zeiten musste er ausgiebig begangen worden sein.

Yan, Peyto und die Flieger verließen die Treppe und verteilten sich in der Kammer. Teletha beauftragte einen ihrer Männer damit, den Türbogen zu bewachen, durch den der Söldner geflohen war.

»Was nun?«, fragte sie.

»Dem Söldner folgen?«, schlug Peyto vor, während er sich einem der Türbögen näherte. Nicht demjenigen, den der Söldner genommen hatte.

»Er war ein Schwertmann, kein Magier. Wir sind hier, um das Herz des Zaubers zu finden«, sagte Yan.

»Ich wette, der Hund ist unterwegs zum Rest seines Rudels«, sagte Penit.

»Könnte sein«, stimmte Kim zu. »Irgendeine Ahnung, wie viele es sind?«

»Mehr als wir, vermute ich«, sagte Teletha. »Wir können es uns nicht leisten, uns in Gruppen aufzuteilen.«

»Das sollten wir ohnehin nicht tun«, erklärte Yan.

»Und was ist *Euer* Grund?«, fragte Teletha.

»Wir befinden uns jetzt innerhalb der Schutzvorrichtung und wir wissen nicht, wie hier die Zeit fließt. Jemand, der sich räumlich von den anderen trennt, wird vielleicht auch zeitlich von ihnen getrennt.«

»Wunderbar.« Teletha schien beunruhigt. »Wenigstens sind wir uns einig: Wir bleiben zusammen. Aber wenn dieser Söldner zu seinen Kameraden unterwegs ist, steht uns vielleicht Ärger bevor.«

»Er hat einen tüchtigen Vorsprung, doch nach allem, was der Magier gesagt hat, spielt das vielleicht keine Rolle«, erwiderte Kim.

»Vielleicht aber doch. Wir wissen es nicht.«

»Das Herz des Zaubers ist hier unser Ziel«, stellte Yan noch einmal fest.

Teletha konterte: »Eines, das wir nicht erreichen, falls wir in einen Hinterhalt der Söldner geraten.«

Yan runzelte niedergeschlagen die Stirn. Die Furcht vor einem Hinterhalt war der Grund, warum er überhaupt gewollt hatte, dass die Flieger ihn begleiteten. Warum musste sie das jetzt als Argument für ihre Sichtweise anführen, besonders zu einem Zeitpunkt, da sie seinen Platz als Anführer forderte. Hier innerhalb der Schutzvorrichtung war er der Kundige. »Wir wissen nicht einmal, ob sie überhaupt hier unten sind.«

»Ich glaube, dieser Söldner ist dafür Beweis genug«, gab Teletha gelassen zurück. »Jedenfalls ist er als Beweis handfester als einiges von dem, was Ihr uns über diesen Zauber aufgetischt habt. Wir haben Euren Instinkten vertraut, als wir Euch hierher gefolgt sind. Jetzt vertraut Ihr auch mir ein wenig, solange wir hier unten sind.«

»In Ordnung.«

»Nicht so griesgrämig, Meister Tanafres. Vielleicht haben die Söldner bereits das Herz des Zaubers für Euch gefunden. Dieser Schwertmann könnte uns geradewegs hinführen.«

Teletha rief die Gruppe zusammen und führte sie durch den Türbogen, den der geflohene Mann genommen hatte. Sie fanden sich in einer langen, rechteckigen Kammer wieder, beinahe einem Korridor. Das andere Ende befand sich außerhalb des Lichtkreises ihrer Fackeln und wurde erst sichtbar, als sie ein paar Schritte weit gegangen waren.

»Abgesehen von der Tür am anderen Ende sieht es hier wie in den anderen beiden Kammern aus, die ich mir angesehen habe«, verkündete Peyto.

»Ihr wart in einigen der anderen Räume?«, fragte Yan.

»Ich konnte einfach nicht untätig bleiben, während ihr anderen euch gestritten habt, welchen Weg wir nehmen sollen.«

»Ihr hättet …«

»Aber ich bin nicht.« Peyto lächelte selbstgefällig. »Ist also meine Anwesenheit hier ein Beweis gegen Eure Theorie unterschiedlicher Zeitabläufe an diesem Ort, oder war es nur Glück, dass ich in zwei Kammern gewesen und nicht erst hundert Jahre später wieder herausgekommen bin?«

»Ich hoffe, es ist ein Beweis gegen diese Theorie«, sagte Teletha.

»Auch wenn das bedeutet, dass der Söldner einen beträchtlichen Vorsprung hat und seinen Kameraden verraten wird, dass wir hier sind?«, fragte Peyto.

»Auch dann.«

Der Söldner war offensichtlich nicht mehr in der Kammer und die halb geöffnete Tür am anderen Ende war der einzige Ausgang. Die Tür war wie diejenige zur Werkstatt nach der Errichtung der schwarzen Steinwände eingesetzt worden, vermutlich von späteren Bewohnern. Sie führte zu einer großen Galerie, die aus dem Fels gehauen war und nicht aus schwarzem Stein bestand.

Die Galerie erstreckte sich sowohl vor ihnen als auch über ihnen bis weit in die Dunkelheit. Säulen aus nicht abgetragenem Fels bildeten zu beiden Seiten der Galerie Kolonnaden. Die Außenwände der Kammer standen drei Schritt jenseits der Säulenreihen. In regelmäßigen Abständen befanden sich dunkle Öffnungen im Fels. Yan versuchte in diese Öffnungen zu schauen, doch selbst mit seiner magischen Sicht konnte er von seinem Standort an der Tür aus nichts erkennen.

»Der Söldner könnte geradeaus gelaufen sein, aber auch durch eine dieser Öffnungen«, flüsterte Teletha ihm zu.

»Wir sehen besser nach. Wir sollten ihn nicht hinter uns lassen.«

»Ihr lernt schnell.«

Die erste Öffnung führte in eine kleine, in den Fels gehauene Kammer. Der Fels war hier sorgfältiger bearbeitet und poliert worden als in der Galerie. Wände, Boden und Decke wirkten geglättet, dann eingegipst und mit kriegerischen Szenen bemalt. In der Mitte der Kammer stand ein Sarkophag aus Stein. Der Deckel war so behauen, dass er einem Mann in einer Vollrüstung archaischen Stils ähnelte. Die Steinplastik hielt einen Speer und einen Schild, in den das Douganan-Wappen geritzt war.

Teletha betrachtete erst den Schild, dann Yan. »Die Krypta der Vorfahren?«

Er hielt es für wahrscheinlich und sagte das auch. Auch beim nächsten Dutzend Nischen handelte es sich um Grabkammern mit Sarkophargen und Yan sah Telethas Hypothese bestätigt. Nicht weit vom Ende der Galerie stießen sie auf eine größere Kammer, bei der es sich ganz offensichtlich um eine Leichenhalle handelte. Lange schmale Nischen waren in die Wände gehauen worden und die daraus hervortretenden Regale waren mit Haufen alter Knochen bedeckt. Schädel starrten sie an und grinsten mit dem Humor, der nur von den Toten gewürdigt wird. Sie mussten aufpassen, nicht auf die Knochen zu treten, die überall auf dem Boden lagen.

Jenseits der Leichenhalle gab es noch eine letzte Grabkammer, die nur halb so groß wie die anderen und unvollendet war. In der gegenüberliegenden Wand, an der offenbar kürzlich noch gearbeitet worden war, befand sich eine unregelmäßige Öffnung von der Größe einer Tür. Die längst verschwundenen Arbeiter waren in eine andere Kammer durchgebrochen. Noch bevor sie diese betraten, sah Yan das mittlerweile vertraute Glitzern des glänzenden schwarzen Steins.

Teletha ließ Kim die Fackel näher an die Öffnung halten. Sie verbrachte eine ganze Weile mit der Betrachtung der anderen Seite, bevor sie sich durch die Öffnung quetschte. Yan und Kim folgten ihr, aber die drei füllten den kleinen Raum fast aus. Sie mussten weiter in die nächste Kammer, bevor die anderen ihnen folgen konnten.

Der Bereich jenseits der bearbeiteten Wand war durch den schwarzen Stein mit dem Turm verbunden, aber er war anders angelegt. Sich wiederholende geometrische Muster liefen in schmückenden Streifen an den oberen und unteren Rändern der Wände entlang. Die Bögen waren weniger schlicht und manche von ihnen hatte man mit Türen aus einem dicken, dunklen Holz versehen. Höchstwahrscheinlich war dieser Ort von derselben Kultur angelegt worden, die auch den Turm gebaut hatte, doch er schien einem anderen Zweck zu dienen. Entsprach der Unterschied dem zwischen einer Burg und einem Gutshaus? Oder eher dem zwischen einem Gefängnis und einer Stadt? Ohne mehr über die Baumeister zu wissen, konnte Yan nur raten.

Sie wanderten eine Zeitlang, die ihnen wie der größte Teil einer Stunde vorkam, in einem Labyrinth aus Räumen, Kammern, Gängen und Fluren herum. Manche der Türen ließen sich nicht öffnen, obwohl Yan keine Magie entdecken konnte, die sie geschlossen hielt. Andere Kammern hatten Fenster, keine Schlitze wie der Turm, sondern richtige Fenster. Oder jedenfalls wären es welche gewesen, wenn sie einen Ausblick auf etwas anderes als Fels und Erde geboten hätten. Diese Räume schienen begraben worden zu sein.

Die Flieger wurden immer unruhiger, je länger die Erkundung dauerte. Yan ebenfalls. Der flüchtige Söldner und seine Kameraden konnten überall hier unten sein, hinter der nächsten Ecke warten oder sich in der nächsten Kammer verstecken. Aber die Unruhe der Gruppe war nur zum Teil auf die Angst vor einem möglichen Hinterhalt zurückzuführen. Es war stickig und still und die einzigen Geräusche, die sie hörten, waren die, die sie selbst verursachten. Noch mehr als die Dunkelheit jenseits des Lichtkreises der Fackeln erinnerte jedes dieser toten Fenster daran, dass sie sich unter der Erde und auf der anderen Seite einer Barriere befanden, die sie nicht überwinden konnten. Im Wesentlichen waren sie lebendig begraben.

Und Yan hatte sie hierher geführt.

Würden sie niemals einen Ausweg finden?

Yan war sich sehr wohl der Seitenblicke bewusst, die die Flieger ihm zuwarfen, wenn sie sich von ihm unbeobachtet wähnten. In diesen Blicken lag viel Gift. Anklage. Tadel. Was wollten sie von ihm? Er saß ebenso in der Falle wie sie.

Und war dem, was er suchte, keinen Schritt näher gekommen.

Er erwog eine Trance, um das Herz des Zaubers zu lokalisieren, befürchtete aber, die Anwendung von Magie könne die Ängste der Flieger auf ein gefährliches Niveau heben. In Trance war er hilflos. Er wollte seinen Körper nicht der fragwürdigen Gnade vor Angst halb wahnsinniger Soldaten ausliefern, die in ihm die Ursache ihrer Probleme sahen. Peyto war klar, dass Yan tat, was er konnte, aber der Sekretär würde nicht in der Lage sein, einen bewaffneten Soldaten aufzuhalten. Teletha würde ihn mit größter Wahrscheinlichkeit verteidigen, aber hier in der unsicheren und bedrohlichen Finsternis entglitt die Besatzung immer mehr ihrer Befehlsgewalt. Würde sie ihr Leben aufs Spiel setzen, um ihn zu retten? Er war nicht bereit, es darauf ankommen zu lassen.

Sie setzten ihre Wanderschaft fort. Schließlich stießen sie auf eine breite geneigte Fläche, die vor einer natürlichen Felswand endete. Ein Gang aus – mit Inschriften versehenen – schwarzen Säulen umgab eine Öffnung in der Felswand. Die Inschriften hatten große Ähnlichkeit mit den Zeichen, die sie in den Büchern und in der Ritualkammer gesehen hatten.

»Ist es das?«, fragte Peyto.

War das möglich? Yan spürte keine Magie. »Ich glaube nicht.«

»Wir sehen besser nach«, meinte Teletha.

Die Öffnung führte in eine schmale, gewundene Höhle. Nach vielleicht zehn Schritt verbreiterte sie sich zu einer natürlichen Kaverne. Felsnadeln so dick wie ein Männerarm hingen von der Decke und ragten aus dem Boden. Hier und da trafen sich zwei und bildeten eine Säule. Das Fackellicht, das jetzt in einer leichten Brise flackerte, wurde von kleinen Wasserpfützen wie von kleinen Scherben gespiegelt. Der Boden war uneben und die Gruppe schwärmte ein wenig aus. Es schien keinen eindeutigen Pfad und zu viele Wege zu geben, die der Söldner genommen haben konnte – falls er hierher gekommen war.

Yan war ein wenig hinter der Gruppe zurückgeblieben, da er angestrengt über die Lage nachdachte, als weiter vorn Danel flüsterte: »Ich glaube, ich höre etwas.«

Wenigstens schoss er diesmal nicht darauf.

»Wo?« Teletha bedeutete allen stehenzubleiben. »Was hörst du?«

»Leute vielleicht. Aus der Richtung.«

»Kommt mit den Fackeln hierher zurück«, befahl Teletha.

»Da war es wieder. Es kommt von dort.«

Yan sah, in welche Richtung Danel zeigte. Er tippte Teletha auf die Schulter und lenkte ihre Aufmerksamkeit dorthin.

Das Licht, steter als das einer Fackel, aber nicht so stet wie magisches Licht, wurde heller. Die Wände der Kaverne fingen an zu funkeln, da das Licht von winzigen mineralischen Beimengungen im Stein reflektiert wurde.

»Löscht die Fackeln«, befahl Teletha.

Zu Yans Überraschung gehorchten ihre Flieger und überantworteten sie der Dunkelheit. Die einzige Beleuchtung war jetzt diejenige, die sich näherte, aber dieses Licht, so schwach es auch schien, gestattete den Beobachtern zu erkennen, worauf es schien.

Teletha blinzelte durch die Dunkelheit. »Sie sind bewaffnet, wer sie auch sein mögen. Douganans Männer oder die Söldner.«

»Wir könnten fragen«, sagte Yan.

»Ich will den Ärger nicht mit Gewalt herbeiführen«, gab sie zurück.

»Ihr müsst ihn nicht herbeiführen. Sie kommen näher.«

»Aber vielleicht haben sie uns noch nicht gesehen.«

Die unbedachte Art der sich nähernden Männer ließ in der Tat vermuten, dass sie die Flieger noch nicht bemerkt hatten. Yan beobachtete, wie die anderen einer nach dem anderen hinter einer breiten Steinsäule hervortraten. Es waren insgesamt zehn Personen, neun Männer und ein Bregil. Ihrer Ausrüstung nach waren sie Soldaten und da die Ausrüstung zusammengewürfelt schien, hielt er sie für die Söldner. Sie trugen ein halbes Dutzend Laternen. Der Söldner, der den Schwertmann getötet hatte, trug auch eine. Der hochgewachsene Mann dicht hinter der Spitze hatte das Gebaren eines Anführers. Das musste Arham sein.

»Die Söldner«, flüsterte er.

»Wenn sie uns entdecken, geht auf die Laternen«, flüsterte Teletha Kim zu. »Wenn wir sie alle erwischen, ziehen wir uns zurück. Wir sind in der Unterzahl und da wäre es mir lieber, einem Kampf aus dem Weg zu gehen.«

Ihr Erster Offizier nickte, dann schlich er sich zu den anderen, um den Befehl weiterzugeben. Teletha zog ihre Pistole und überzeugte sich davon, dass sie geladen und gespannt war.

»Arham«, bellte der Bregil. »Hier ist jemand.«

Der Bregil schaute genau auf den Felsen, hinter dem Yan und Teletha sich verbargen. Sie waren entdeckt worden.

»Jetzt!«, rief Teletha, indem sie sich erhob und schoss.

Die anderen Flieger feuerten ebenfalls. Die Schüsse hallten mit der ohrenbetäubenden Lautstärke von hundert Donnerschlägen durch die Kaverne. Drei der Laternenträger brachen zusammen. Ihre Laternen fielen auf den Boden und erloschen. Doch die drei verbliebenen spendeten noch genug Licht, um zu kämpfen.

Bevor die Echos verstummt waren, griffen die Flieger an. Die überrumpelten Söldner schrien und zogen ihre Waffen. Sie wandten sich in alle Richtungen, da sie offenbar nicht wussten, woher der Angriff kam.

»Schützt die Laternen«, rief Arham. Er schnappte sich einen der Träger und zog ihn näher zu sich, um die Dunkelheit ringsumher zu untersuchen. »Kämpft nur, wenn ihr müsst. Es können nicht mehr als ein halbes Dutzend sein.«

Danel sprang hinter einer Felssäule hervor und hätte beinahe einen der Laternenträger aufgespießt, doch mit einem boshaften Grinsen schob sich der Bregil gerade noch rechtzeitig zwischen ihn und Danel. Der Bregil kehrte dem Licht den Rücken und hielt Schwert und Dolch vor sich. Eine weitere Klinge, die er mit dem Schwanz hielt, funkelte im Laternenlicht, da er sie dicht über dem Boden schwang – wie eine Sense. Der Flieger nahm Abwehrhaltung an und hielt das Schwert weit vor sich, während er den sich bewegenden Schatten anblinzelte. Der Bregil schien seinerseits keine Schwierigkeiten zu haben, Danel zu sehen. Er griff den Flieger an. Seine Klinge überwand die Deckung und traf Danel am Oberschenkel. Penit kam Danel zu Hilfe, doch der Bregil setzte nach und drängte beide Flieger zurück.

Teletha griff Arham an und von ihren Schwertern sprühten Funken in der Düsternis. Kim wechselte Hiebe und Stöße mit einem weiteren der Briganten. Kurz darauf geriet er in arge Bedrängnis, als der letzte Söldner, der keine Laterne zu tragen hatte, in den Kampf eingriff. Yan, der sich aus den Kämpfen heraushielt, sah, wie einer der Laternenträger Peyto entdeckte und, da er es offenbar verschmähte, einen Einarmigen mit einer Klinge niederzustrecken, dem Sekretär einen Schlag mit dem Schwertknauf in den Magen versetzte. Als Peyto sich vor Schmerzen krümmte, schickte ihn ein zweiter Hieb auf den Rücken zu Boden.

Der Kampf entwickelte sich nicht gut. Ohne Hilfe würden ihn die Flieger verlieren.

Hier gab es keine Ledergurte, die er reißen lassen, keinen Boden, den er einstürzen lassen konnte. Welche Möglichkeiten hatte er?

Danel ging zu Boden, doch Penit deckte den Bregil mit einem Hagel von Hieben ein, der ihn daran hinderte, ihrem Kameraden den Todesstoß zu versetzen.

Teletha wurde von Arham zurückgedrängt.

Kim versuchte sich von mittlerweile drei Söldnern zu lösen. Einer der Laternenträger hatte Arhams Befehle missachtet und sich in den Kampf eingemischt.

Ihm blieb nicht mehr viel Zeit.

Yans Blick fiel auf die Fackeln, die sie mitgebracht hatten.

Er nahm eine in jede Hand und sprang auf, während er Feuer beschwor, um sie wieder anzuzünden. Er hob sie über den Kopf, während er die Magie sammelte, schickte sie in die Flammen und ließ sie in einem Blitz hervorbrechen. Die Fackeln überschütteten ihn mit einem Funkenregen, da sie zischten und aufloderten, aber in der Kaverne wurde es schlagartig heller.

»Magie!«, heulte der Bregil, die Augen vor der unerwarteten Helligkeit abschirmend.

Yan schuf das Bild einer Feuerkugel und ließ das knisternde, flammende Feuer den Söldnern entgegenschweben. Es handelte sich lediglich um eine Illusion, die ihnen nicht schaden konnte, aber das wussten sie nicht.

»Zurück! Achtet auf den Magier!«, schrie Arham. »Wir ziehen uns zurück!«

Yan schickte den Söldnern einen weiteren illusorischen Feuerball entgegen, den er in einem Funkenregen explodieren ließ, als er einen der Steinzapfen zu berühren schien, der von der Decke der Kaverne herunterhing. Einer der Laternenträger ließ seine Laterne fallen.

»Er wird uns bei lebendigem Leib rösten«, jammerte er. »Gegen solche Magie können wir nichts ausrichten.«

»Ihnen nach«, rief Teletha mit vorgetäuschter Verwegenheit. Sie stürmte vorwärts. »Lasst sie nicht entkommen.«

Schwerter zeigten zur Decke und leere Hände wurden über den Kopf gehoben, als Arham den Söldnern mit dem Ruf voranging: »Unser Eid! Unser Eid! Bei Baaliff, Vehr und V'Narra, wir leisten den Eid!«

Die Flieger zögerten und ließen Teletha allein, die sich weit vorgewagt hatte. Yan befürchtete, die Söldner würden massiert über sie herfallen. Ihr Verhalten im Tal ließ nicht gerade darauf schließen, dass sie zur ehrlichen Sorte gehörten. Kein Angehöriger der Söldnergilde würde seinen Eid zurücknehmen, aber diese waren nicht von jenem Schlag. Ein einsamer Luftkapitän mochte sich als eine zu große Versuchung für sie erweisen.

»Legt eure Waffen nieder«, befahl sie.

Arham schien die Köpfe seiner Widersacher zu zählen. Langsam verzog sich seine Miene zu einem Grinsen. Dieses Grinsen war wie weggeblasen, als Yan eine weitere illusionäre Feuerkugel über die Köpfe der Söldner hinwegsegeln ließ. Zwei der Briganten legten die Waffen nieder.

Arham warf ihnen einen angewiderten Blick zu, bevor er sein Schwert fallen ließ. Der Rest seiner Männer folgte seinem Beispiel. Yan sah jedoch, dass der Bregil zwar Schwert und Dolch niederlegte, aber nicht die Klinge, die er mit dem Schwanz hielt. Er wollte Teletha gerade warnen, als sie sagte: »Ihr *alle*. Damit bist auch du gemeint, Bregil.«

Sie war gewitzt.

Der Bregil knurrte und legte die Waffe auf den Boden.

»Penit, sammle die Waffen ein. Danel, nimm eine

der Laternen und sieh zu, dass du die anderen wieder zum Brennen bringst. Ich will genug Licht, um diese Hunde mühelos im Auge behalten zu können.«

Yan rechnete damit, dass Arhams erster Gedanke den gefallenen Männern gelten werde, aber seine erste Frage lautete: »Na schön, wer ist er?«

»Wer?«

Der Söldnerführer antwortete nicht. Stattdessen blinzelte er in dem schlechten Licht – im Bemühen, einen deutlicheren Blick auf Yan zu werfen. Als Danel eine weitere Laterne entzündete, konnte Arham Yan besser sehen. »Ihr seid nicht Gornal«, sagte er.

»Gornal?« Yan kannte den Namen nicht.

»Laird Gornal Douganan. Wer seid Ihr, dass Ihr ihn nicht kennt?«

»Ich bin Yan Tanafres, Magier, und das ist …«

»Ein Luftkapitän der Kaiserlichen Luftstreitkräfte«, unterbrach Arham.

»… Teletha Schonnegon. Wie ihr richtig bemerkt habt, Luftkapitän.«

»Ich habe mich schon gefragt, wie es dem alten Gornal gelungen ist, Soldaten des Reichs für sich kämpfen zu lassen. Mir war auch nicht ganz klar, wie er es geschafft haben konnte, sie hier unten zu verstecken und in Bereitschaft zu halten, aber jetzt ist mir klar, dass ich auf der falschen Fährte war. Ihr arbeitet gar nicht für ihn, nicht wahr?«

Yan überging seine Frage und stellte selbst eine. »Warum dachtet Ihr, ich sei Gornal?«

Arham zuckte die Achseln. »Ich dachte, er wäre der einzige Magier hier in der Gegend.«

»Laird Douganan ist ein Magier?« Das war ihm neu.

»Überrascht, was?« Arham lachte. »Ihr stammt ganz eindeutig nicht hier aus dieser Gegend.«

»Nein. Aber wir haben gesehen, was Ihr mit dem Dorf anstelltet.«

Arham schnaubte verächtlich. »Was *wir* mit ihm angestellt haben? Hört her, Meister Magier. Gormal hat versucht, uns aufs Kreuz zu legen. Ich habe es ihm auf den Kopf zugesagt und er hat versucht, seine Leute gegen uns aufzuwiegeln. Wir haben getan, was wir tun mussten.«

»Also habt Ihr versucht, ihn zu töten?«

»Wir haben versucht, ihm eine Lektion zu erteilen.«

»Eine Lektion, unter der vor allem Unschuldige zu leiden hatten?«

»Hört, Meister Magier. Das Leben ist nicht so schön und gemütlich wie Eure Bücher. Es gibt keine Unschuldigen.«

»Ihr streitet also nicht einmal ab, dass Ihr sie getötet habt.«

»Wir taten, was wir tun mussten. Gornal hat uns aufs Kreuz gelegt, aber dieser dämliche Hund hatte seine Waffenmänner nicht in der Nähe und auch seinen Zauberkram nicht bei sich und glaubte, er könnte uns mit einem Haufen Schissern Angst einjagen. Als wir ihm zeigten, wie dämlich er war, ist er geflohen. Wir hätten ihn beinahe erwischt, aber er konnte sich in diesen dreimal verdammten Turm flüchten. Wir mussten einen Baum fällen und eine Ramme anfertigen, um uns Zutritt zu verschaffen.« Arham lachte, da er sich offenbar für sein Geschichtenerzählen zu erwärmen begann. »Wir dachten, wir wären erledigt, als wir in den Turm stürmten. Vor uns stand das größte, gemeinste Dnove, das Ihr je gesehen habt, und geiferte uns an. Die Jungens wollten draußen bleiben, aber ich hatte einen Verdacht. Dnoves kämpfen nicht gern gegen allzu viele Männer, doch dieses behauptete seinen Platz. Ich dachte, es würde angreifen, weil das die Art und Weise ist, wie Dnoves mit Dingen umgehen, die ihnen nicht gefallen. Aber dieses stand nur da und heulte wie ein Dämon.

Ich wurde misstrauisch, also versenkte ich einen Fuß guten Stahls in seinem Gesicht und es sank einfach in den Boden. Das dreimal verdammte Ding war gar nicht wirklich da. Ich betrachtete sein Verschwinden im Boden als Zeichen – wie wenn ein geprügelter Hund zu seinem Herrn läuft – und führte die Jungens nach unten. Und ich hatte Recht. Der alte Gornal zog gerade eine ziemlich ausgefallene Magie-Nummer ab.«

»Ihr habt ein Ritual unterbrochen.« Yan war entsetzt. Die Unterbrechung eines Rituals hatte gewöhnlich zur Folge, dass ein unberechenbarer Teil der Magie seine Wirkung entfaltete.

»Und ob.« Arham klang zufrieden. »Er hat es ziemlich schnell abgebrochen. Als Gornal uns kommen sah, lief er hier hinunter. Wir wollten ihn nicht entkommen lassen, also sind wir ihm gefolgt. Seitdem suchen wir ihn.«

»Dann lebt er also noch«, sagte Teletha.

»Muss wohl so sein. Wir haben ihn noch nicht gefunden. Aber wir haben ein paar von seinen Leuten erwischt und uns um sie gekümmert.«

Wie bei dem Mann auf der Rampe? Wie viele andere hatten diese Hunde umgebracht? Yan gefiel Arhams Einstellung nicht, aber er musste sich fragen, ob der Mann nicht inmitten seiner Verbrechen auch etwas Gutes getan hatte. Wenn Laird Douganan für den Zauber verantwortlich war und Arham und seine Söldner Douganans Ritual unterbrochen hatten, war der Zauber vielleicht nicht vollendet worden. Was wäre geschehen, wenn Gornal das Ritual vollendet hätte? Yan schauderte.

Ob die Magie nun einem vollendeten oder unvollendeten Ritual entsprang, sie musste gebändigt werden. Je mehr Kenntnisse Yan über ihre Auswirkungen hatte, desto besser. Insbesondere wollte er wissen, wie stark verdichtet die Zeit auf dieser Seite der Schutzvorrichtung war.

»Arham, wie lange seid Ihr bereits hier unten?«

»Keine Ahnung. Ohne die Sonne lässt sich das schwer sagen.« Er wandte sich an den Bregil. »Was meinst du, Horm?«

»Ein paar Stunden«, grunzte Horm.

Der Bregil antwortete sehr beiläufig. Hatten sie überhaupt eine Ahnung, was vorging? »Und wann habt Ihr den Turm betreten?«

»Habt Ihr was mit den Ohren?«, fragte Arham unverschämt. »Wie Horm sagte, vor ein paar Stunden.«

»An welchem Tag?«

»Ihr stellt furchtbar merkwürdige Fragen.«

»Wir befinden uns auch alle in einer furchtbar merkwürdigen lage, Meister Arham. Befriedigt meine Neugier und verratet mir, welchen Tag wir haben.«

Der Anführer der Söldner warf Yan einen argwöhnischen Blick zu, dann zuckte er die Achseln. »Keine Ahnung, welches Datum wir haben. Ein paar Tage vor der Sonnenwende. Da wollte Gornal uns nämlich treffen. Auf dem Jahrmarkt.«

»Außerhalb dieses Tals ist die Sonnenwende längst vorbei.«

»Ihr seid ein Lügner«, sagte Arham. Die anderen Söldner waren weniger wütig. Sie schauten ängstlich drein.

Yan erzählte ihnen, was er über die Auswirkungen von Laird Douganans Magie wusste. Als er zum Ende kam, waren die meisten Söldner entsetzt. Arham und der Bregil schien lediglich zornig.

Arham klang sehr ernst. »Nun, Meister Tanafres, Ihr könnt auf uns zählen. Wir helfen Euch dabei, diesen Sohn einer syphilitischen Hure zu erwischen. Man darf nicht zulassen, dass jemand so mit der Natur herumpfuscht und ungestraft davonkommt.«

»Wir müssen zuerst das Herz des Zaubers finden«, antwortete Yan. Er wollte dem plötzlichen Edelmut des Mannes nicht so recht trauen, aber zuerst musste die Magie aufgelöst werden. Um das zu erreichen, würde Yan jede Hilfe annehmen, die ihm angeboten wurde. »Was liegt in der Richtung, aus der Ihr gekommen seid?«

»Noch mehr Höhlen. Sie sind tiefer und nasser, aber da unten ist niemand.«

»Seid Ihr sicher?«

»Horm ist für das Kundschaften zuständig. Fragt ihn.«

»Der Magier ist nicht in die Richtung gegangen«, sagte Horm unaufgefordert.

»Bist du sicher?«, fragte Yan.

»Ich würde das Wort eines Bregil nicht in Frage stellen, wenn es um Höhlen geht«, erklärte Arham leutselig. »Glücklicherweise gehört Horm hier zur gutmütigen Sorte. Wirklich versöhnlich.«

»Was ist mit den Räumen aus schwarzem Stein?«, fragte Teletha.

»Da haben wir uns nicht so gründlich umgesehen. Es gibt reichlich davon. Als wäre hier unten eine ganze Stadt begraben. Wir sahen die Wurmschrift auf der Tür hierher und dachten uns, dass Gornal diesen Weg genommen hat. Wir dachten, er könnte noch mehr Magie aushecken, und wollten ihm keine Gelegenheit geben, sich etwas Gehaltvolleres auszudenken als dieses Dnove.«

»Eine vernünftige Schlussfolgerung von unvernünftigen Männern«, sagte Peyto. »Ich schlage vor, wir kehren zu den Steinräumen zurück und setzen die Suche fort.«

Es war tatsächlich die einzig mögliche Strategie. Yan wandte sich an Arham. »Gebt uns Euer Wort, dann geben wir Euch die Waffen zurück und

Ihr könnt uns dabei helfen, dieser Magie ein Ende zu bereiten.«

»Wenn uns das hier raus bringt, schwören wir alles«, sagte Arham. Mehrere der Söldner stimmten zu.

»Das gefällt mir nicht«, wandte Teletha ein.

»Keine Sorge, Kapitän«, sagte Arham. »Wir sind hierbei auf Eurer Seite. Ihr könnt uns vertrauen.«

Die beiden Anführer starrten sich lange an. Teletha lenkte den Blick schließlich weg. »Also schön. Wir nehmen Euer Wort.«

»Betrachtet es als gegeben.« Arham streckte die Hand aus und lächelte.

Teletha nahm Arhams Waffe von Penit entgegen und gab sie dem Mann zurück. Sie lächelte nicht. Penit verteilte die restlichen Waffen an die übrigen Söldner und als alle wieder bewaffnet waren, ging die gesamte Gruppe zurück zum Kaverneneingang und wieder in den Irrgarten aus schwarzem Stein.

Eine unbestimmbare Zeitspanne verstrich während ihrer Suche. Sie sahen keine Spur von Laird Gornal Douganan oder seinen Leuten. Schließlich gelangten sie zu etwas Einmaligem im Labyrinth, einer Treppe, die abwärts führte. Die Stufen waren weit und flach, sodass der Abstieg schwer fiel. Bevor sie am Fuß der Treppe ankamen, machte Yan ein schwaches Glimmen aus, ein Echo der Schutzvorrichtung, auf die sie im Turm gestoßen waren. Wie sie schimmerte dieser magische Effekt in einer schwachen Andeutung von Grün und er hallte von vertrauten Schwingungen wider. Hier befand sich also, was er suchte. Begierig und widerstrebend zugleich führte er die Gruppe die Treppe hinunter und blieb dann vor der schimmernden Energiewand stehen.

»Doch wohl nicht schon wieder ein Einwegtor?«, fragte Kim mürrisch.

Yan streckte eine Hand aus. Er verspürte ein Kribbeln von Energie, aber nichts von der zähen Klebrigkeit der Schutzvorrichtung. Das hier war ein Teil des Zaubers, aber keine Barriere wie die andere Energiemauer.

»Nein«, sagte er. »Das hier ist etwas anderes.«

Er schritt durch den Energievorhang, ohne dabei auch nur den Bruchteil der Besorgnis zu empfinden, die er beim Durchschreiten der Schutzvorrichtung verspürt hatte. Sie konnten ihm folgen, wenn sie wollten.

Auf der anderen Seite der Energiemauer befand sich ein kleiner, ebener Bereich von etwa zehn Fuß Länge und etwas geringerer Breite. Zwei Furchen waren in den Boden geritzt und darin lagen Kugeln aus schwarzem Stein. Die Furchen führten zu einem großen schwarzen Steinwürfel. Jenseits des Würfels lag eine Öffnung, die von einem steten grünen Licht erhellt wurde.

Als Yan zu der Öffnung schritt, bemerkte er eine Kammer dahinter, deren Wand sich in allen Richtungen aufwärts und weg von ihm krümmte. Die Wand ging unmerklich in die kuppelförmige Decke über. Die Oberfläche, auf der er stand, bildete einen Laufsteg, der um die Kammer herum führte. Dieser Laufsteg war schmal und besaß kein Geländer – was ihn erkennen ließ, dass die Kammer unter ihm dieselbe Halbkugelform hatte. Zwar versperrte der Würfel ihm den Blick auf die ganze Kammer, aber er war sicher, dass es sich um eine riesige Kugel handelte. Die Krümmung der Wände ließ auf einen Durchmesser von vielleicht fünfzehn Schritt schließen.

Als er sich daran machte, die Kugel zu umrunden, sah er, dass der Würfel gar kein Würfel war. Die der Kugel zugewandten Flächen waren konkav und der Krümmungsradius entsprach dem der Kammerwände. Wenn der Würfel zurückgeschoben wurde, um die Kammer zu verschließen, passten sich die Innenflächen reibungslos in die Kammerwand ein, sodass eine vollkommene Kugel entstand. Es war wunderbar, die großartigste Ritualkammer, die er sich vorstellen konnte.

Er umrundete den Würfel. Eine zwei Schritt breite Abzweigung vom Laufsteg reichte bis in die Mitte der Kammer. Er sah keine Stützen für diesen schwarzen Laufsteg. Was für ein unglaublicher Bau! Doch trotz der Herrlichkeit der Architektur der Kammer war das, was sich in ihrer Mitte befand, noch viel wunderbarer.

Sechs Energiekugeln, jede mit einem Durchmesser von mehreren Schritt, schwebten ohne offensichtliche Stützen über dem Laufsteg. Man konnte den Laufsteg entlang gehen, unter einer Kugel stehen bleiben, die Hand ausstrecken und sie anfassen. Die sechs Kugeln bildeten einen Ring, dessen leere Mitte über dem Ende des Laufstegs lag. Die Kugeln hatten eine satte grüne Farbe, nicht die Andeutung von Grün, wie dies bei der Schutzvorrichtung und dem Energievorhang der Fall gewesen war.

Er ging weiter den Laufsteg entlang, um einen besseren Blick darauf zu werfen, und ignorierte die Stimmen hinter sich, die zur Vorsicht mahnten. Er betrachtete die nächste Kugel in dem Bemühen zu erkennen, was darin war.

Es war irgendein Lebewesen.

Das Ding war schwarz, die Haut ledrig. Es hatte zwei Beine, zwei Arme und einen Schwanz, aber es war kein Bregil. Der Schwanz wirkte viel dicker und schien zum Greifen ungeeignet. Die Beingelenke sahen merkwürdig aus, mehr wie die eines Vogels als die eines Menschen oder Bregil. Anders als bei einem Vogel wies der Fuß vier Krallen auf. Die vierte Kralle war an der Fußinnenseite angebracht und konnte nicht den Boden berühren, wenn das Wesen stand. Die

Gelenke der Arme entsprachen denen eines Menschen. Die Arme selbst endeten in einer Hand mit fünf Fingern, die jedoch zwei zu drei angeordnet waren, nicht vier zu eins wie bei Menschen und Bregils. Der Hals war lang und schlangenförmig und trug einen schmalen, keilförmigen Kopf, eine Mischung aus dem einer Schlange und dem der Flussechsen, die in den Küstenebenen Meroms lebten.

Die Wesen schienen zu schlafen, obwohl er nicht sagen konnte, woher er das wusste. Jedenfalls konnte er sie nicht atmen sehen. Wenn sie sich jedoch mitten im Zeitzauber befanden, konnte er das auch nicht erwarten.

Waren diese Wesen Angehörige der uralten Rasse, die das alles hier gebaut hatte? Waren sie selbst die Erbauer? In diesem Fall mochten sie die Autoren der Bücher sein, die er in Laird Douganans Werkstatt entdeckt hatte. Mit diesem Gedanken konnte er sich nur schwer abfinden. Konnten sie tatsächlich lebende, atmende – jedenfalls nahm er das an – Angehörige der vormenschlichen Rasse aus den Legenden sein?

Vielleicht waren sie auch etwas anderes – etwas, das Schwarzmagier beschworen hatten, auf dass sie ihrem Willen gehorchten. Etwas wie Dämonen.

Was sie auch waren, sie waren erstaunlich.

Ebenso wie die Magie, von der sie umgeben waren. Yan versuchte die Wirbel in der arkanen Energie zu verstehen, die Bedeutung der Strudel und Strömungen einzuschätzen. Er spürte das Ausmaß der Kontrolle, mit dem dieses magische Gefüge unterlegt war, und bewunderte die Meisterschaft, mit der es vollendet worden war. Es war nicht nur ein Werk der Kunst, es war auch ein Kunstwerk. Er spürte einen Fehler im Zusammenspiel der Energien, eine subtile Veränderung im Fluss. Die Dissonanz entsprach derjenigen in einem Kunstwerk, das geflickt worden war, nachdem es Schaden genommen hatte, aber von einem Handwerker, dessen Fähigkeiten geringer waren als die des ursprünglichen Künstlers. Der Fehler hatte etwas allzu Menschliches an sich. Dennoch versuchte er die Dissonanz zu übergehen, da er es vorzog, die Eleganz und Schönheit der gewobenen Magie zu betrachten.

»Tanafres! Tanafres!«

Jemand rief ihn. Er wusste, dass er antworten sollte, aber die Magie war so anziehend, so fesselnd. So etwas hatte er noch nie gesehen. Nichts, was Gan Tidoni ihm je gezeigt hatte, ließ sich damit vergleichen. Ihre Kraft und Tiefe, ihre Vollendung, waren überwältigend. Er wollte sich nicht davon lösen.

»Yan!«

Draußen setzten sie ihm beharrlicher zu und gingen dazu über, seinen Körper zu misshandeln, indem sie ihn ohrfeigten. Widerwillig zog er sich von der Magie zurück. Als er die Augen aufschlug, fiel sein Blick auf Teletha, die ihn besorgt anstarrte.

»Ihr habt Euch diese Kugeln jetzt fast eine Stunde lang angesehen.«

»Habe ich das?«

»Ja«, sagte Peyto zögernd. »Wart Ihr Euch dessen nicht bewusst?«

»Wohl nicht.«

»Ist er immer so, nachdem er Magie angewendet hat?«, fragte Teletha den Sekretär.

»Woher, in Einthofs Namen, soll ich das wissen?«

Yan wusste, dass sie nicht begriffen, womit sie es hier zu tun hatten, also sagte er es ihnen.

»Das ist es. Vor uns liegt die Nahtstelle zwischen nicht vergangenen Jahreszeiten, zukünftigen Zeitaltern und Äonen außerhalb des Wissens und der Erfahrung aller Sterblichen. Es ist ein Brunnen der Zeit, das Herz der Magie, die wir suchen.«

~ 18 ~

Hört, was er plappert«, sagte Danel. »Woher wissen wir, dass die Dämonen ihn nicht zu ihresgleichen gemacht haben?«

Yan war immer noch verwirrt nach der Auflösung seiner Verbindung zu der mächtigen Magie, die die Wesen einhüllte. Die Magie war immens stark und fremdartig, fühlte sich aber nicht dämonisch an. Wenigstens glaubte er das.

»Welche Dämonen?«, fragte er.

»Diese schwarzen hier«, sagte Danel, indem er auf die Wesen in den Kugeln aus Magie zeigte.

Yan hätte beinahe gelacht. »Das sind keine Dämonen.«

»Seht ihr! Sie *haben* ihn zu ihresgleichen gemacht.«

»Sei kein Narr, Luftfahrer«, wehrte Arham verächtlich ab. »Es gibt keine Dämonen mehr.«

»Und selbst wenn es noch welche gäbe, die schwarzen Wesen wären eine unwahrscheinliche Manifestation«, sagte Peyto mit einem Unterton fachmännischer Autorität. »Wo in den Chroniken Dämonen erwähnt werden, ist immer von einer Vielfalt der Gestalt die Rede. Es heißt, dass auch nicht zwei Dämonen gleich aussehen. Diese Wesen sehen sich sehr ähnlich und sind nach allem, was ich erkennen kann, praktisch gleich.«

Die Aussage des Sekretärs verblüffte Yan. Chroniken der finsteren Zeit waren äußerst selten und die Kirche hatte die Aufbewahrung all jener verboten, die Einzelheiten über die dämonischen Diener der Schwarzmagier enthielten. Yan wollte fragen, wie Peyto sich dieses

Wissen angeeignet hatte, aber dies war nicht der rechte Zeitpunkt. Stattdessen sagte er: »Danel, was diese Wesen auch sind, sie sind in jedem Fall so sterblich wie du und ich.«

»Sie mögen sterblich sein, aber sie sind nicht wie ich«, gab Teletha sehr leise zurück. Laut fragte sie: »Was habt Ihr also in Erfahrung gebracht, Meister Tanafres? Könnt Ihr diesen Zauber beenden?«

»Es gibt vieles, das ich noch nicht verstehe, aber ich habe einen Anfang gemacht. Die astralen Schwingungen der Kugeln, die diese Wesen einhüllen, entspringen denselben Energien wie die Schutzvorrichtung. Oder zumindest sehr ähnlichen Energien. Die Magie, die diese Wesen umgibt, erhält sie in einem beinahe leblosen Zustand fast vollkommener Zeitlosigkeit. Dennoch gibt es sowohl winzige als auch auffällige Unterschiede zwischen der Magie, zu der ich hier mühelos eine Verbindung herstellen kann, und den Andeutungen, die ich zuvor entdeckt habe. Die Zeitverzerrung, der wir unterworfen sind, ist nicht unmittelbar Teil der Magie, die dafür sorgt, dass diese Wesen nicht dem üblichen Ablauf der Zeit unterworfen sind.«

»Was meint Ihr mit ›nicht unmittelbar‹?«, fragte Teletha.

»Die Energien, die ich in der Schutzvorrichtung und in der Barriere am Eingang zu dieser Kammer gespürt habe, sind anders, als seien sie von anderer Hand geformt worden«, erwiderte Yan.

»Gornal«, sagte Arham.

Laird Douganan? Das kam ihm unwahrscheinlich vor. Hätte der Mann bedeutende magische Fähigkeiten besessen, hätte er sich dann von Arhams Briganten aus seinem Haus verjagen lassen? Andererseits verfügte auch Yan über keine wirkungsvollen Zauber zur Abwehr körperlicher Gewalt. Vielleicht waren dem Laird ähnliche Grenzen gesetzt. Bedauerlicherweise waren Arham und seine Männer die einzigen, die eine Vorstellung von den Fähigkeiten des Laird besaßen, und diese Männer waren nicht geschult darin, den Unterschied zwischen Taschenspielertricks, Illusionsmagie und echter Magie zu erkennen. Das hatte er mit seiner eigenen Illusion bewiesen. »Um sich mit dieser Art Magie zu befassen, bedarf es eines äußerst kenntnisreichen und mächtigen Magiers.«

»Das war er«, sagte Arham. »Jedenfalls hat er das immer behauptet.«

»Und doch konnte er nur eine Illusion zu seiner Verteidigung ins Feld führen.« Teletha schüttelte den Kopf. »Es ist nicht sehr wahrscheinlich, dass er eine derart mächtige Magie wie diese wirken kann. Müssen wir die Möglichkeit eines anderen Magiers in Betracht ziehen, Meister Tanafres?«

»Vielleicht hat Laird Douganan das Geheimnis in seinen Büchern entdeckt«, mutmaßte Peyto.

Das passte zusammen. Wenn Gornal den Zauber dort gefunden hatte, würde Yan, wenn er etwas Zeit und Zugang zu den Büchern hatte, gewiss herausfinden, wie der Zauber bewerkstelligt worden war. Dann konnte er die Formel herausarbeiten, mit der sich die Magie zerstreuen ließ. Er brauchte nur – sich als Idiot zu verfluchen! Die Bücher befanden sich noch in der Werkstatt auf der anderen Seite der Schutzvorrichtung. Warum hatte er nicht an sie gedacht, bevor sie hindurchgegangen waren? Wie hatte er nur so dumm sein können?

Yan setzte sich auf den Laufsteg und schlug die Hände vors Gesicht.

»Habe ich etwas Falsches gesagt?«, fragte Peyto.

Es war keine Überraschung, dass Teletha die Erste war, die sich einen Reim auf Yans Verhalten machte. »Die Bücher sind der Schlüssel und wir können nicht zu ihnen.«

»Ja«, stöhnte Yan.

»Wollt Ihr damit sagen, Ihr hättet uns hierher geschleift und jetzt könnt Ihr nichts tun, um uns zu retten? Dass wir hier für immer und ewig eingesperrt sind?« Kims Stimme brach beim letzten Wort. Die Hand am Schwertknauf, machte er einen Schritt auf Yan zu.

Teletha glitt zwischen sie und ließ Kim mit einer Berührung seines Schwertarms erstarren. »Das ist nicht gut, Kim.«

»Kapitän, er ...«

»Er ist genauso gefangen wie wir.«

»Euer Kapitän hat recht«, sagte Arham. »Wir sind alle hier unten gefangen. Aber das eine weiß ich ganz genau: wir sitzen hier nicht für alle Ewigkeit fest. Sogar *ich* weiß, dass ein Zauber nicht ewig wirken kann.«

Die meisten konnten das tatsächlich nicht, doch was war mit diesem? Yans Blick richtete sich auf die schwarzen Wesen in ihren magischen Kugeln. Wie lange hatte *dieser* Zauber bereits überdauert?

»Was schlagt Ihr vor, Arham?«, fragte Teletha.

»Ich schlage gar nichts vor. Ich sage nur, dass ich noch keinem Zauber begegnet bin, der den Magier überdauert hätte, der ihn gewirkt hat.«

»Aber wir wissen nicht, wer ihn gewirkt hat«, stellte sie fest.

Arham schnaubte verächtlich. »Nein?«

»*Ihr* mögt sicher sein«, sagte Yan. »Aber ich bin es nicht.«

Arham wandte sich an Yan. »Wendet Eure Magie an, Magier. Sucht Gornal, dann werdet Ihr wissen, dass ich recht habe.«

»Ich bin kein Sucher«, erwiderte Yan.

»Dann spüren wir ihn eben ohne Eure Hilfe auf«, sagte Arham. »Sobald wir ihn haben, können wir das Problem ein für allemal lösen.«

»Gornal hat sich Eurem Zugriff bereits so lange entzogen, dass ich ziemlich sicher bin, dass wir ihn hier unten nur dann finden, wenn er gefunden werden will«, sagte Teletha. »Ob er für diese Magie verantwortlich ist oder nicht, es ist offensichtlich, dass er sich hier unten auskennt.«

»Vielleicht haben wir ihn nur nicht gefunden, weil wir nicht gründlich genug gesucht haben. Aber mit Euren Leuten sollte es uns doch gelingen, den alten Bastard aufzuscheuchen. Wenn uns das gelingt, lässt sich das Problem schnell lösen.«

»Wir sind nicht hergekommen, um Euch bei Euren Morden zu helfen.«

»Morden! Ich habe Euch doch gesagt, dass uns der alte Bastard aufs Kreuz …«

»Und *ich* habe Euch gesagt, dass wir hier sind, um die Magie unschädlich zu machen.«

»Dafür brauchen wir Gornal.«

»Meister Tanafres ist anderer Ansicht als Ihr.«

»Der? Der ist doch noch weniger wert als Gornal. Ich bin überrascht, dass er überhaupt weiß, wie man sich den Arsch wischt.«

»Wir wissen nicht, ob er das weiß«, warf Horm ein.

»Halt dich raus, Horm«, warnte Arham. »Das ist eine Sache zwischen dem Kapitän und mir.« Er schenkte Teletha ein strahlendes Lächeln. »Lasst uns vernünftig sein. Wir wollen beide dasselbe, Kapitän. Wir können uns gewiss einigen. Wir sind beide Soldaten, wir haben eine Menge gemeinsam. Magier und Soldaten kommen miteinander aus wie das Meer und das Land. Eine Zeitlang mag alles in Ordnung sein, aber früher oder später gibt es Krieg. Euer Schoßmagier hier hat nicht mehr für Euch übrig als für irgendein dummes Tier, das er in einen Käfig stecken und dem er Tränke einflößen würde. Im Augenblick seid Ihr vielleicht verliebt in ihn, aber …«

»Nichts aber, Mann. Ich habe genug von Eurem Geschwätz«, schrie Teletha. Sie kehrte Arham den Rücken und Yan sah, dass ihr Gesicht gerötet war, aber sie schien eher verlegen zu sein als wütend. Und er konnte den Zorn in Arhams Miene hinter sich sehen. Offensichtlich gefiel ihm nicht, wie Teletha ihn behandelte. Teletha riss sich zusammen und hielt ihre Gefühle im Zaum. Ihre Stimme klang fast wieder vertraut, als sie sich an Yan wandte. »Meister Tanafres, was könnt Ihr gegen diesen Zauber unternehmen? Ich will wieder dorthin, wo die Luft sauber ist.«

Yan fühlte sich unbehaglich, als alle Augen sich auf ihn richteten. Er schluckte schwer. »Ich könnte versuchen, den Zauber von den Energien zu trennen, die ihn speisen. Ohne Energiezufuhr ist ein Zauber nicht nützlicher als eine ungeladene Pistole.«

»Worauf wartet Ihr dann noch?«

Yan zögerte. »Die Prozedur ist nicht leicht.«

»Seht Ihr, ich sagte doch, dass er nutzlos ist«, sagte Arham. »Als nächstes wird er uns sagen, dass es nicht seine Schuld ist, wenn er versagt.«

»Haltet den Mund«, schnauzte Teletha. »Meister Tanafres, könnt Ihr diesen Zauber aufheben oder könnt Ihr es nicht?«

»Ich kann es versuchen, aber ich muss Euch sagen, dass ich mich für das Gelingen der Prozedur nicht verbürgen kann. Ich bin nicht sehr erfahren und ich hatte noch nie mit derart mächtiger Magie zu tun. Wenn ich Laird Douganans Bücher besäße, würde ich mehr wissen und wäre viel besser in der Lage, mit dieser Magie fertigzuwerden.«

»Nun, Ihr habt die Bücher aber nicht. Und erfahren oder nicht, Ihr seid der einzige Magier, den wir haben. Ihr müsst einfach Euer Bestes versuchen. Wir alle zählen auf Euch.«

Yan wollte nicht, dass alle auf ihn zählten. Dass so

viele Leben von ihm abhingen, war beängstigend. Darauf war er nicht vorbereitet. Das wollte er Teletha gerade sagen, als er in ihre Augen schaute. Er sah ehrliches Vertrauen darin. Er spürte, dass sie tatsächlich daran glaubte, dass er sein Bestes versuchen werde, und dass sie ihn nicht beschimpfen würde, wenn er scheiterte. Sie glaubte an ihn.

Gan Tidonis Worte fielen ihm ein. »Vertrauen ist Öl auf das Feuer des Willens und der Wille ist das Herz aller Magie.« Telethas Glaube an ihn stellte einen Teil seines Selbstvertrauens wieder her. Vielleicht konnte er diesem Zauber doch noch beikommen. Er musste es versuchen. Er konnte sie nicht enttäuschen.

Er betrachtete die schwarzen, zusammengerollten Gestalten. Sie sahen so friedlich aus, so still. Doch auch ohne seine magischen Sinne vollständig zu wecken, spürte er die Macht, die sie umgab. Macht, die exotisch und fremdartig war und so ungeheuer groß. Während er überlegte, was er versuchen würde, stieg der Zweifel wieder in ihm auf und drohte sein neuerliches Selbstvertrauen zu ersticken. Wenn sein Versuch scheiterte, den Zauber von seiner Energiezufuhr zu trennen, konnten erhebliche Energien freigesetzt werden, wahrscheinlich genug, um ihn zu töten. Er hatte so viel Erfahrung damit, den Rückschlag falsch gewirkter einfacher Zauber abzuleiten, dass ein solches Ergebnis unwahrscheinlich war. Möglich, aber unwahrscheinlich. Obwohl, wenn es geschah, würde es verheerende Folgen für alle Anwesenden haben. Er mochte einfach infolge seines Versagens sterben, dann waren die anderen auf dieser Seite der Schutzvorrichtung gestrandet. Im schlimmsten Fall konnte die unkontrollierte Freisetzung der in der Magie gespeicherten Energie einen Feuersturm schaffen, der alle hier zu Asche verbrennen würde.

Doch es gab auch noch eine hintergründigere Gefahr privaterer Natur. Eine, die wesentlich realistischer war, da er sich schon einmal beinahe in den erstaunlichen Wundern dieser uralten Magie verloren hatte. Sollte er noch einmal in einen solchen Zustand gleiten, verlor er sich vielleicht darin, bis er verdurstete oder an Unterernährung starb. Und die anderen würden irgendwann ebenfalls sterben.

Als er seine Ängste leise in Worte kleidete, verließ er sich ganz auf Telethas Verständnis. »Wenn ich vermeiden will, mich so zu verlieren wie beim letzten Mal, als ich in Verbindung mit dem Zauber stand, brauche ich einen Anker.«

»Wir haben den Anker unseres Luftschiffs nicht mitgebracht, Meister Tanafres«, entgegnete Teletha mit trockenem Humor. »Oder ist Euch das noch nicht aufgefallen?«

»Ich meine nicht einen solchen Anker. Ich meine einen seelischen Anker, eine Person, die mir eine stete Verbindung zu dieser Ebene ist und mich darin festhält, wie ein Anker ein Schiff an seinem Platz hält.«

»Mich werdet Ihr nicht verhexen«, sagte Arham vehement.

Das war Yan nur recht. Er hätte sich ohnehin nicht auf den Söldnerführer verlassen wollen. Die besorgten und verängstigten Blicke, die die anderen Flieger und die Söldner wechselten, machten deutlich, dass sie in Bezug auf das Eingebundenwerden in die Magie ebenso empfanden wie Arham.

»Tja, ich nehme an, ich könnte es. Ich habe mich schon immer gefragt, wie es sich wohl anfühlen mag, Magie zu wirken«, sagte Peyto.

»Ich weiß das Angebot zu schätzen, Meister Lennuick, aber ich fürchte, Ihr kommt nicht in Frage«, sagte Yan.

»Ihr braucht einen anderen Magier, oder?«

»Nein. Tatsächlich ist eine Person, die kein Magier

ist, sogar viel besser für diese Aufgabe geeignet. Mein Problem ist: Das Ritual, das ich kenne, erfordert, dass ich die Hände des Ankers halte.«

Peyto warf einen Blick auf seinen leeren Ärmel. »Reicht eine Hand nicht?«

Yan konnte dem Sekretär nicht in die Augen schauen, als er sagte: »Nicht bei dem Ritual, das ich kenne.«

Peyto räusperte sich, schwieg aber gnädigerweise.

»Komme ich in Frage, Meister Tanafres?«, fragte Teletha.

»Ich dachte, Ihr wollt nichts mit Magie zu tun haben?«

»Das ist nicht so ungewöhnlich unter meinesgleichen«, sagte sie mit einem schwachen, flüchtigen Lächeln. Sie schluckte schwer. »Aber ich bin der Kapitän und ich habe die Verantwortung für all die anderen hier. Ich bin Euer Anker.« Sie lächelte noch einmal zaghaft und fügte hinzu. »Es sei denn, Euer Ritual wirkt nicht mit Frauen.«

»Das ist kein Problem«, sagte er. »Kommt, setzt Euch vor mich.«

Als sie sich gegenüber saßen, streckte er die Hände aus. Sie nahm sie nicht sofort, sondern saß da und wischte sich die Hände an ihrer Hose ab. Er wartete. Als sie bereit war, hielt sie ihm die Hände hin und er nahm sie. Sie waren härter und schwieliger als erwartet, aber sie waren auch warm und lebendig.

»Es ist alles in Ordnung«, begann er beruhigend. »Vergesst alles, was Ihr unangenehm findet. Ihr sitzt hier einfach nur bei mir. Es gibt nichts zu befürchten.« Das hoffte er. »Wir sitzen hier, hier in der Welt, wie Ihr sie kennt.

Denkt an diese Welt
Es ist Eure Welt, meine Welt, unsere Welt.
Wir leben jeden Tag darin, Ihr und ich.

Wir sind jeden Tag ein Teil von ihr, Ihr und ich.«

Ihre Augen schlossen sich langsam. Yan sprach weiter und zog sie tiefer in die Trance hinein. Ihre Atmung nahm einen tiefen, stetigen Rhythmus an und er hüllte sich in ihre zunehmende Ruhe und die Festigkeit ihres Selbst. Er fand es sehr behaglich in der Umarmung ihres Wesens, aber er wusste, dass er nicht bleiben konnte. Auf ihn wartete Arbeit.

Er öffnete seinen Geist dem Astralen.

Die Magie erblühte ringsumher in einem wunderbaren und beängstigenden Wirbel eingedämmter Macht. Yan griff zaghaft nach den Energien, die ihn umgaben. Der Schock der Berührung erregte und ängstigte ihn. Die Kraft des Zaubers war so groß. Er versuchte die Form der Farbe zu erspüren, die Struktur des Klangs der Magie, die ringsumher wogte. Es war so viel mehr, als ihm je begegnet war.

Es gab zwei Methoden, den Zauber eines anderen Magiers zu beenden. Die erste erforderte rohe Kraft und unterbrach ganz einfach die Verbindung zwischen Zauber und Energiezufuhr, wie eine Axt ein Seil durchtrennt. Das konnte hier nicht seine Methode sein. Die andere erforderte, den Zauber zu kennen oder ihn durch Kontakt mit seiner Manifestation zu erlernen und den eigenen Willen in die Wege der Magie einfließen zu lassen, bis man eine Schwachstelle fand, einen Fehler im Gefüge, den man ausnutzen konnte.

Die Berührung des Zaubers zeigte Yan die Verbindung zwischen der Schutzvorrichtung und den Energien, die um die Wesen in den Kugeln wallten. Er sah den Faden, der an der Barriere der Schutzvorrichtung vor der Ritualkammer vorbeilief. Dieser Faden war ein Faden des Ursprungs, der jetzt unter dem Druck der Zeit zerfaserte. Er bekam einen flüchtigen Eindruck von dem verzweifelten und schlecht ausgebildeten

Mann, der einen Ritualzauber gewirkt hatte, den er nicht richtig verstand, und damit die Magie in Gang gesetzt hatte, die alle hier in dieser alten Ritualkammer und auch alle Bewohner des Tals verzaubert hatte.

Arham hatte recht: Laird Gornal Douganan war ein Magier, mächtig, doch kaum ausgebildet. Der Zauber, den Gornal gewirkt hatte, war auf seine Art sehr verwirrend. Mit Sicherheit war er größer als alles, woran Yan sich je versucht hatte. Doch verglichen mit der Kunstfertigkeit der Basismagie, auf der er beruhte, war Gornals Zauber grob, schlicht und hastig, bloße Firnis, angefertigt von einem schlechten Handwerker, auf dem Werk von Meistern, die unendlich befähigter waren als er.

Die ungeheure Schönheit der uralten Magie lenkte Yan wieder ab. Er wünschte, er hätte Teletha das Wunderbare daran zeigen können, aber trotz ihrer Verbindung zu ihm war sie nicht in der Lage, diese Auren zu erkennen. Er konnte versuchen, sie ihr zu beschreiben, aber er wusste, dass ihm dafür die Worte fehlten.

Bei dem Gedanken an sie wurde er sich auch seiner Verbindung zu ihr deutlicher bewusst. Mit seinen irdischen Augen konnte er sie vor sich sitzen sehen, eine ständige Erinnerung an seine Sterblichkeit und seinen Platz in der Welt. Mit seiner Seele empfand er sie als Entschlossenheit, als Erinnerung an das, was er tun sollte. Als solche war sie fast eine Last auf seiner Seele. Aber als Anker war das auch ihre Aufgabe: seine Seele an die gewöhnliche Welt zu binden, an die Welt, in der Magie nur auf banalste Weise sichtbar war.

Da sein Bewusstsein von der irdischen Welt nun erwacht war, wurde ihm rasch klar, dass die anderen sich mittlerweile Sorgen machen und Angst haben würden, er habe sich in dem Zauber verloren und Teletha mitgerissen. Er beschloss, ihnen etwas von dem zu sagen, was er in Erfahrung gebracht hatte. Doch wenn er in seinen Körper zurückkehrte und sprach, würde das zarte Band der Harmonie reißen, das er zu dem Zauber geknüpft hatte. Er wollte es nicht wieder neu knüpfen müssen, wenn er in den Astralraum zurückkehrte. Also nutzte er seine Verbindung zu Teletha, seinem Anker, und sprach mit ihrer Stimme zu ihnen.

»Ich bin Yan Tanafres und spreche zu euch durch Tele-Kapitän Schonnegon. Ein Mensch, höchstwahrscheinlich Laird Douganan, ist für die Zeitverzerrung verantwortlich, die wir erlebt haben, aber es ist nicht ausschließlich seine Magie. Er hat seine Zauber um diese größere Magie vor uns gewoben. Die Energien, die in dem Zeitverdichtungszauber kreisen, sind nicht die eines menschlichen Magiers, aber sie werden von einem menschlichen Magier benutzt. Die tiefere Magie ist mir noch immer ein Rätsel, aber es könnte mir gelingen, Einfluss auf die geringere Magie zu nehmen. Es wird gefährlich, aber ich sehe keine andere Möglichkeit.«

»Gebt den Kapitän frei«, verlangte Kim beinahe flehentlich.

»Es geht mir gut, Kim. Er tut mir nicht weh«, sagte Teletha aus eigenem Antrieb.

Yan war überrascht. Die meisten ungeschulten Persönlichkeiten gingen ganz in der Verbindung auf.

Tut mir leid, Euch enttäuschen zu müssen, sagte sie zu ihm.

Ich bin nicht enttäuscht. Aber es war mein Ernst, es wird gefährlich. Es ist vermutlich klüger, wenn wir die Verbindung kappen.

Könnt Ihr ohne sie zurückkehren?

Ich weiß es nicht. Wahrscheinlich.

Mir ist nicht ganz klar, woher ich das weiß, aber Ihr seid nicht aufrichtig. Sie schien mehr verwirrt denn überrascht zu sein. *Ihr glaubt vielmehr, dass Ihr nicht zurückkehren werdet.*

Natürlich hatte sie recht, aber er wollte sie nicht auch noch gefährden.

Ihr seid besorgt um mich. Jetzt war sie überrascht. *Das Problem ist dasselbe wie zuvor, als wir durch die Schutzvorrichtung gingen. Ihr seid der einzige Magier, den wir haben, und wir können es uns nicht leisten, Euch zu verlieren.*

Was sie sagte, war ehrlich gemeint, wenigstens bis zu einem gewissen Punkt. Der Eindruck, den er von ihren Gefühlen gewann, erregte ihn, aber jetzt war nicht der rechte Zeitpunkt, derartigen Andeutungen auf den Grund zu gehen. Er hoffte, dass es einen besseren Zeitpunkt geben würde.

Dann seid mein Anker. Ich werde versuchen, Euch zu schützen.

Tut, was Ihr tun müsst, und bringt es hinter Euch. Macht Euch um mich keine Sorgen.

Ich mache mir aber Sorgen.

Ich auch.

Ich …

Muss weitermachen.

Natürlich hatte sie recht.

Eigentlich nicht gewillt, sie zu verlassen, aber doch begierig, den Kontakt zur Magie wiederherzustellen, griff Yan mit seinen magischen Sinnen aus. Er sondierte die Zauber, ertastete ihre Grenzen und verfolgte sie bis zu ihren Wurzeln. Jede Berührung mit der älteren Magie erschütterte ihn ob der gedämpften Andeutung von Macht und Magie jenseits seiner Vorstellungskraft. Er wollte in der Lage sein, Zauber von solcher Schönheit und Komplexität zu wirken. Jede Berührung stärkte die Harmonie zwischen ihm und der alten Magie und brachte ihn dem Verständnis näher. Wenn er sie verstand, konnte er sie auch beherrschen. Er würde über so viel Macht verfügen können. Hatte Sazarn so empfunden, als der Dämon Yawymti ihn auf dem Berg versucht hatte?

Yan bewegte sich am Rande eines Abgrunds von Macht, vor sich eine Magie, deren Zweck darin bestand, die Zeit zurückzuhalten. Er erkannte einen Schild darin, ein Bollwerk gegen die Gefahr einer Welt, die sich auf eine unerträgliche Weise entwickelte. Ein Schrei riss Yan aus seinen Visionen von uralten berobten Magiern, die in eine rituelle Magie von welterschütternder Macht vertieft waren. Der Schrei, menschlich, allzu menschlich wie er selbst, vertrieb die Visionen. Sein Verständnis zerbrach in funkelnde Scherben, die die Andersartigkeit zerschnitten, die er berührt hatte, und seine Einsichten auf den astralen Winden davontrugen. Er taumelte in seinen Körper zurück und hörte, was geschrien wurde.

»Lasst sie in Ruhe!«

Der Neuankömmling machte einen verstörten Eindruck und seine Haare waren zerzaust, als sei er gerade aus tiefem Schlaf erwacht. Seine Kleidung bestand aus hochwertigem Stoff und hätte ihn auch ohne das sich wiederholende Wappenmuster an den Säumen seines Überrocks als Laird Gornal Douganan ausgewiesen. Das Muster wiederholte sich auf dem Rock, den der mausartige Bedienstete hinter ihm trug.

Flieger und Söldner standen durch das plötzliche Auftauchen des lange gesuchten Laird schockiert da. Gornal Douganan durchschritt ihre Reihen unbehelligt.

»Seid Ihr endlich aus Eurem Versteck gekrochen«, sagte Arham schleppend, da Douganan sich ihm näherte.

Den Blick starr auf Yan gerichtet, übersah der Laird den Söldner, bis Arham vortrat und den Laufsteg versperrte. Douganan versuchte den Söldner zu umgehen, doch Arham folgte seinen Bewegungen und versperrte ihm neuerlich den Weg. Horm hielt den Bediensteten fest und hinderte ihn daran, sich einzumischen.

»Geht mir aus dem Weg«, befahl Douganan Arham. »Ihr habt ja keine Ahnung, woran er herumpfuscht!«

»Ihr erteilt mir keine Befehle mehr«, sagte Arham kalt.

»Seid kein Narr, Arham. Diese Sache übersteigt Euer Begriffsvermögen. Lasst mich durch.«

»Verzeiht mir, Eure Lordschaft.« Arham trat zur Seite, zog dabei jedoch seinen Dolch. Als Laird Douganan an ihm vorbei ging, stieß der Söldner zu und bohrte ihm die Klinge bis zum Heft in den Rücken.

Douganans Augen weiteten sich und sein Mund arbeitete, doch kein Laut kam heraus. Langsam fasste er sich mit einer Hand an die Brust – wie ein Redner, der gerade eine Rede beginnen will. Anstatt zu reden schnappte er nach Luft. Er trat einen Schritt vor und drehte sich halb um. Die weit aufgerissenen Augen schauten zur Seite und begegneten Arhams Wolfsblick. Douganans freie Hand hob sich, ein Finger streckte sich zitternd in anklagender Geste, dann gaben seine Knie nach und er sank schwer auf sie. Er hielt sich noch einen Augenblick aufrecht, bevor er mit dem Gesicht voran auf den Laufsteg fiel.

»Ihr hättet ihn nicht töten dürfen«, protestierte Yan.

Arham lächelte nur.

»Stirbt der Magier, stirbt auch der Zauber. Das war die schnellste Lösung. Wir brauchen Eure Magie doch nicht.«

»Vielleicht«, sagte Teletha benommen. »Aber Ihr hättet ihn nicht hinterrücks zu erstechen brauchen.«

»Poetische Gerechtigkeit, Kapitän. Er hat nur das bekommen, was er bei mir versuchen wollte.«

Arham versetzte der Leiche einen Tritt, sodass sie über den Rand fiel. Sie schlug mit einem feuchten

Klatschen auf die gekrümmte untere Wand der Kammer und rollte sich überschlagend bis zum tiefsten Punkt der Kugel. Douganans Kopf stand in einem Winkel vom Körper ab, der keinen Zweifel daran ließ, dass sein Genick gebrochen war. Blicklose Augen starrten zu Yan empor.

»Er hätte uns vielleicht sagen können, wie sich der Zauber gefahrlos beenden lässt«, sagte Yan.

»Das ist jetzt nicht mehr wichtig«, sagte Arham. »Wir können nun gehen. Kommt, Leute.«

»Was ist damit?«, fragte Horm, indem er am Rock des Bediensteten zog, den er festhielt.

»Bring ihn mit. Er weiß vielleicht, wo Douganan sein Gold versteckt hat.«

»Kapitän«, sagte Kim zaghaft.

»Wir gehen auch, Kim. Kommt mit, Yan«, sagte Teletha. »Ich kann den Mann nicht ohne Begleitung an die Oberfläche gehen lassen. Mein Schiff liegt noch dort oben. Außerdem wollt Ihr gewiss nicht ganz allein hier unten bleiben.«

Woher wusste sie, was er wollte? Yan sah sich um. Die Wesen in ihren Energiekugeln hingen noch immer in der Mitte der Kammer. Daran zumindest hatte sich nichts geändert. Yan konnte noch immer Echos der alten Magie spüren. Wenn es eine Veränderung in Douganans Zauber gab, wurde sie vom strahlenden Glanz der älteren Magie überdeckt.

»Kapitän, macht Ihr Euch sofort auf die Heimreise ins Reich?«, fragte Peyto.

Den Blick auf die abrückenden Söldner gerichtet, antwortete Teletha: »Eins nach dem anderen, Meister Lennuick.«

Sie folgte den Söldnern mit ihrer Besatzung. Peyto sah Yan beschwörend an. Er schien auf etwas zu warten. Als Yan nickte, grinste Peyto erleichtert und verließ die kugelförmige Kammer ebenfalls.

Yan sah sich um. Hier gab es noch so viel zu lernen. Doch Teletha hatte Recht: eins nach dem anderen. Yan wollte in der Tat wissen, ob die Schutzvorrichtung nach Douganans Tod tatsächlich zusammengefallen war. Er holte die anderen auf der Rampe zu Douganans Ritualkammer ein.

»Bei Baaliffs Eiern, was ist das?«, rief Arham.

»Vehr steh uns bei, die Barriere ist noch da«, stöhnte Kim.

Arham stand vor der Schutzvorrichtung. Als seine zaghafte Berührung zu keinem Ergebnis führte, schlug er mit der Faust gegen die Barriere, was einen Ton wie das Läuten einer Glocke erzeugte. Horm knurrte bei dem Geräusch, fasste sich dann aber wieder. Mit glänzenden Augen sah der Bregil sich um, offenbar bereit, jeden anzugreifen, der seine Reaktion erwähnte. Arham trat gegen die Barriere, dann trat er sie noch ein paarmal und erzeugte auf diese Weise ein Geläut, das von Vergeblichkeit kündete.

Der Zauber war nicht erloschen.

Es war schlimmer als zuvor. Die Schutzvorrichtung reichte jetzt bis fast an den Rand der Ritualkammer und war mehrere Schritt höher als bei ihrem Durchgang vor unbestimmter Zeit. Diese Magie war nicht nur immer noch tätig, sie breitete sich auch aus.

~ 19 ~

Es ist so, wie ich befürchtet habe: Was Douganan auch getan hat, er hat seinen Zauber zu gut mit der Magie verbunden, in die diese Wesen eingehüllt sind.«

Arham fuhr zu Yan herum. »Dann sind sie also die Ursache unseres Problems.«

Yan gefielen die vorschnellen Schlussfolgerungen des Mannes nicht. Er war zu schnell damit bei der Hand, seine Probleme mit der Klinge zu lösen. »Nicht die Ursache, glaube ich. Das war Douganan.«

»Aber sie sind der Grund, warum die Barriere uns aufhält?«, fragte Peyto.

»Die Barriere ist ein Werk der Zauber Douganans«, sagte Yan.

»Aber er ist tot«, sagte Peyto. »Habt Ihr nicht auch gesagt, dass der Zauber ohne den Magier, der ihn gewirkt hat, keine Macht hätte? Warum ist die Barriere dann nicht verschwunden?«

»Douganan besaß nicht die erforderliche Meisterschaft im Umgang mit Magie, um seine Zauber aus sich heraus zu vollenden. Auf eine Weise, die ich nicht verstehe, muss er sein Ritual mit der Magie gekoppelt haben, von der diese Wesen umgeben sind, und von dieser alten Magie Energie abgezweigt haben. Anstatt die Überleitung arkaner Energie mit seinem eigenen Willen zu bewerkstelligen, hat er Energie von diesem uralten Zauber gestohlen.«

»Und weil es diesen Zauber noch gibt, gibt es auch Douganans Zauber noch – und er wächst darüber hinaus«, sagte Teletha.

Yan nickte. »Ich fürchte, ja.«

»Warum gibt es *diese* Zauber noch? Wenn die Magie uralt ist, müssen die Magier, die sie gewirkt haben, doch längst tot sein.«

»Es gibt Möglichkeiten, einen Zauber auch über den Tod des Wirkenden hinaus zu konservieren. Das ist schwierig, mühsam und aufwendig, aber es ist möglich.«

»Ist das hier geschehen?«, fragte Peyto.

»Das glaube ich nicht«, erwiderte Yan.

»Warum wirken die Zauber dann noch, Meister Tanafres?«, fragte Teletha, in deren Stimme Niedergeschlagenheit und Ratlosigkeit lagen.

»Ich glaube, weil diese Wesen Magier sind.«

Arham grinste boshaft. »Das macht es uns leicht. Ihr sagtet, sie seien sterblich. Sie können ebenso leicht sterben wie Gornal.« Er wandte sich an seine Männer. »Vorwärts, Leute. Wir gehen dorthin zurück und nehmen uns ein paar schlafende Echsen vor.«

Yans Forderungen, sie mögen stehen bleiben, blieben unbeachtet. Sogar Teletha und ihre Flieger stürmten los und ließen Yan und Peyto allein bei der Schutzvorrichtung zurück.

»Wir müssen sie aufhalten«, sagte Yan.

»Jetzt fangt Ihr schon wieder mit diesem ›Wir‹ an«, sagte Peyto. »Warum müssen wir sie aufhalten? Wenn es gelingt, bin ich auch dafür, dass sie es tun.«

»Wenn Ihr ihrer Meinung seid, warum seid Ihr dann noch hier?«

»Ich bin kein junger Mann mehr. Für heute reicht es mir mit der Aufregung und den Toten.« Er setzte sich auf die Rampe. »Warum sollen Sie Eurer Ansicht nach aufgehalten werden? Wenn die Barriere noch da ist, muss auch der Zauber noch da sein. Ich dachte, Ihr wolltet dem Zauber ein Ende bereiten.«

»Das will ich auch.«

»Dann solltet *Ihr* ihnen vielleicht helfen.«

»Sie wissen nicht, was sie tun.«

»Wenn Ihr eine bessere Methode kennt, macht Gebrauch davon. Wenn nicht, nun ja … Das sind verängstigte Leute, Yan. Sie fürchten diese Magie. Ich glaube nicht, dass sie es freundlich aufnehmen, wenn Ihr Euch ihnen in den Weg stellt.«

»Ich kann nicht zulassen, dass sie diese Wesen einfach umbringen.«

»Warum nicht? Heißt es nicht, wir oder sie?«

»Wollt Ihr einfach hier sitzen bleiben?«

»Ja.«

Yan konnte das nicht. Er rannte den Soldaten hinterher. Unterwegs zermarterte er sich das Hirn, aber er fand einfach keine Lösung. Als Yan die Kammer erreichte, zeigte Arham gerade auf eine der Kugeln. »Ab, gib dem da Stahl zu schmecken.«

»In Ordnung.«

Ab starrte die zusammengerollte Gestalt einen Augenblick lang an, vielleicht um zu entscheiden, wo er den Stoß ansetzen sollte. Er holte aus und sein Arm zuckte vorwärts und trieb die Klinge vor sich her. Licht flammte auf, als die Schwertspitze die Kugel berührte. Ab erstarrte mitten in der Bewegung. Grüne Blitze huschten knisternd die Klinge entlang, dann über den Knauf und schließlich über den Mann. Bei der Berührung dieser Energien bog sich Abs Rücken durch und sein Mund öffnete sich zu einem wortlosen Schrei.

Die Blitze verschwanden so rasch, wie sie gekommen waren, und ließen eine verkohlte Leiche zurück, die ein geschwärztes Schwert hielt. Die Leiche brach auf dem Laufsteg zusammen.

»Vehr beschütze uns«, flüsterte Kim.

Lange Zeit sagte niemand etwas. Yan ging zu Teletha. Als sie den Kopf hob, hatten ihre Augen einen verzweifelten, verängstigten Ausdruck. Ihm fielen keine tröstenden Worte ein.

»Das ist wohl nicht geglückt«, stellte Arham fest.

»Ich könnte noch einmal versuchen, den Zauber von seiner Energiezufuhr zu trennen«, sagte Yan.

»Warum tut Ihr es dann nicht?«, schrie Arham.

»Es ist gefährlich. Ich könnte …«

»Es ist gefährlich«, sagte Arham spöttisch. »Irgendwas ist es immer. Ich weiß es nicht. Ich verstehe es nicht. Hätte ich doch dies oder hätte ich doch das. Ihr habt Euch selbst, Magier, und Ihr seid nutzlos.«

Arhams Spott traf Yan. Es war Yans Schuld, dass Douganans Bücher noch oben standen. Wie konnte er nur so dumm gewesen sein und sie dort gelassen haben? Ihm hätte klar sein müssen, dass sie nötig waren, um den Zauber zu verstehen. Er war viel zu begierig gewesen, zum Kern der Angelegenheit vorzudringen, er war immer viel zu begierig. Er war schlampig im Denken gewesen. Wozu war ein Magier nütze, dessen Denken schlampig war?

Wozu? Wozu war er überhaupt nütze?

»Vielleicht gibt es eine andere Möglichkeit, diese Dinger zu erledigen«, sagte Teletha, indem sie ihre Pistole zog.

Sie hatte ebenfalls die Hoffnung in Yan aufgegeben und sich Arhams blutiger Lösung verschrieben. Gab es wirklich keine andere Möglichkeit?

»Wie könnt Ihr nur?«, fragte er.

Sie sah ihn an und ihr Blick bat ihn um Verzeihung.

»Ihr hattet Euren Versuch und es ist nicht gelungen. Diese Magie ist zu groß für Euch, Yan. Ihr solltet es nicht persönlich nehmen. Niemand beherrscht jeden Aspekt seines Handwerks. Es gibt immer jemanden, der etwas schneller oder etwas stärker ist. Jemanden, der einen Trick auf Lager hat, den Ihr nicht kennt. Findet Euch damit ab. Man muss tun, was man kann, um zu überleben. Arhams Lösung ist die einzig mögliche.«

Sie gab ihm Gelegenheit, etwas einzuwenden, aber er hatte nichts zu sagen.

Teletha zielte auf die am weitesten entfernte Kugel und schoss. Yan schloss unwillkürlich die Augen, als der Knall des Schusses in seinen Ohren widerhallte. Er schrak zusammen, als habe ihn jemand gestochen, doch niemand hatte ihn auch nur berührt. Es war ein Schlag von der Magie. Er öffnete die Augen und betrachtete Telethas Ziel in der Erwartung, dass es sich in Todesqualen wand. Zu seiner Überraschung schwebte das Wesen wie zuvor in friedlichem Schlummer zusammengerollt, gehalten von der Magie. Die Kugel, die Teletha abgefeuert hatte, hing an der Grenze der Kugel aus Magie bewegungslos in der Luft.

»Vielleicht müsst Ihr es doch noch einmal versuchen, Meister Tanafres«, sagte Teletha.

Yan schaute auf die schwebende Pistolenkugel und die verkohlte Leiche. Mit dieser Magie hatte es noch mehr auf sich, als er gespürt hatte. Es gab Absicherungen, von deren Möglichkeit er nichts gewusst hatte. Wenn die alten Magier sich vor physikalischen Gefahren geschützt hatten, würden sie auch Vorsichtsmaßnahmen gegen magische Gefahren ergriffen haben. Seine Meisterschaft war nichts im Vergleich zu ihrer. Sein Wille, getrieben von seinem verzweifelten Drang zu überleben, gestattete es ihm vielleicht, diese elegante Magie mit schierer Gewalt zu überwinden, aber was war sein Wille im Vergleich zu den sechs Willen – den sechs geübten Willen – mit unbekannten, aber offensichtlich großartigen Möglichkeiten?

»Ich kann nicht«, sagte er.

»Könnt Ihr nicht oder wollt Ihr nicht?«, fragte Teletha.

»Ich kann nicht gezielt gegen diese Magie vorgehen und hoffen, Sieger zu bleiben. Diese Wesen sind zu gut geschützt.«

»Dann sind wir verloren«, sagte Kim.

»Es sei denn, wir finden einen Weg, diese schwarzen Bastarde zu töten«, erwiderte Arham. »Was gäbe ich jetzt für eine Kanone.«

Horm machte eine guttural getönte Bemerkung in einer Yan unbekannten Sprache, aber Arham lachte rau. Teletha ging zu ihren verzagten Fliegern, während Arham und seine Briganten ebenfalls Kriegsrat hielten. Sie suchten nach einer Möglichkeit, um gegen diese Wesen vorzugehen und sie zu töten, ohne dabei jemanden der gefährlichen Magie auszusetzen. Yan glaubte nicht, dass sie eine Lösung finden würden: Alles, was ein Mensch hielt, würde die Magie leiten und den Halter verkohlen, während jede Schusswaffe unterhalb von Arhams nicht existenter Kanone den magischen Schild nicht überwinden konnte.

Yan überdachte seine eigenen Möglichkeiten. Er konnte versuchen, den magischen Fluss zu stören. Aber dann würde er Abs Schicksal teilen und sterben. Douganan hatte eine Möglichkeit gefunden, die alte Magie gefahrlos nutzbar zu machen. Zweifellos war dieses Geheimnis in seinen Büchern irgendwo niedergeschrieben, aber die befanden sich noch oben im Turm. Und selbst wenn er sie hier bei sich gehabt hätte, vielleicht stand das Geheimnis in einem der Bücher, die in der Sprache dieser alten Wesen verfasst waren und die Yan nicht lesen konnte. Zweifellos hatte Douganan diese Sprache wenigstens teilweise erlernt. Mit der Zeit …

In der Tat, mit der Zeit.

Zeit schien alles zu sein, was sie besaßen. Reichlich Zeit, um nachzudenken. Reichlich Zeit, um zu streiten. Reichlich Zeit, um zu verzweifeln. Die Berührung von

Telethas Hand auf seinem Arm riss ihn aus derart lähmenden Grübeleien.

»Meister Tanafres, sagtet Ihr nicht, die Wesen in diesen Kugeln seien sterblich?«

»Ja.«

»Nun, alles, was sterblich ist, muss atmen, nicht wahr? Sie atmen doch?«

»Sie atmen, obwohl sie es so langsam tun, dass wir es nicht sehen können.«

Sie nickte eifrig. »Es ist mir gleich, wie schnell sie atmen. Wichtig ist, dass sie es überhaupt tun. Sie brauchen die Luft ebenso wie wir.«

»Unzweifelhaft.« Worauf wollte sie hinaus?

»Also muss Luft durch ihre Schutzschilde dringen. Und wenn Luft hindurch dringt, dann würde sie auch Rauch durchdringen, weil er sich genauso verhält wie Luft.«

»Rauch?«

»Aye, Rauch. Ich habe Leichen nach einem Feuer gesehen, die genauso tot waren wie ihre verbrannten Kameraden und doch keine einzige Verbrennung oder Wunde aufwiesen. Ich würde meinen, dass der Rauch sie irgendwie getötet hat.«

»Ja«, sagte Yan, der sich an ein bestimmtes gescheitertes Experiment Gan Tidonis erinnerte. »Ein Raum kann so voller Rauch sein, dass der Rauch den Platz der Luft einzunehmen scheint, sodass man nur noch husten und nicht mehr atmen kann.«

»Sogar in einer Rauchfahne, die von einem Feuer aufsteigt, kann man unter Umständen nicht mehr atmen.«

»Durchaus. Ich würde vermuten, dass der Rauch überall dort, wo er sich befindet, den Platz der Luft einnimmt.«

»Und eine Person daran hindert zu atmen«, beendete sie den Satz für ihn. »Wenn wir ein Feuer anzünden, würde sein Rauch den oberen Teil der Kammer ausfüllen. Es wäre so ähnlich wie beim Füllen des Ballons eines Luftschiffs. Und wenn diese Kammer einmal voller Rauch ist, müssen diese Wesen Rauch statt Luft atmen.«

»Aber wir haben nichts, was wir verbrennen könnten, um so eine solche Menge Rauch zu erzeugen«, stellte Yan fest.

»Habt Ihr auch dafür keine Magie?«

Er sah weg, um ihrem enttäuschten Blick auszuweichen.

Wiederum berührte sie seinen Arm. »Ich wollte Euch nicht beleidigen.«

»Das habt Ihr nicht. Es ist nur so, dass … Schon gut. Es tut mir leid, dass ich nicht helfen kann.«

»Mir tut es auch leid, aber ich hätte gar nicht erst damit rechnen sollen. Ich war immer der Ansicht, dass die Magie unzuverlässig ist. Ihr habt mir lediglich meine Sichtweise der Dinge bestätigt. Wenn die Götter anderswo beschäftigt sind, kann man sich nur auf sich selbst verlassen.«

Er wollte ihr sagen, dass sie sich irrte, aber abgesehen davon, dass er ihre Aussage gefühlsmäßig ablehnte, fehlten ihm die Argumente. Er wusste, dass sie das nicht anerkennen würde. »Man kann sich nur auf sich selbst verlassen«, hatte sie gesagt. Nun, er hatte geglaubt, niemanden außer sich selbst zu brauchen, und wozu hatte das geführt? Es hatte dazu geführt, dass sie alle hier unten in der Falle saßen. Er und Peyto, Teletha und ihre Flieger, Arham und seine Briganten, sogar Douganans jämmerlicher Bediensteter. Sie saßen alle gemeinsam in der Falle, nicht jeder für sich. Sie alle.

Alle?

Yan betrachtete Douganans Bediensteten, der sich unter Horms wachsamem Blick wand. Der Mann war alt und Yan konnte sich erinnern, dass er hinkte. So ein Mann konnte nicht schnell laufen oder flink vor suchenden Briganten fliehen. Wo hatten er und sein Herr sich also aufgehalten, nachdem sie durch die Schutzvorrichtung gegangen waren? Sie konnten nicht zurückgegangen sein, ohne ein astrales Zeichen zu hinterlassen, das Yan bei seiner Untersuchung der Schutzvorrichtung aufgefallen wäre. Konnte Douganan hier unten noch eine zweite Werkstatt haben? Eine, in der er die Geheimnisse finden würde, die er kennen musste, um die Schutzvorrichtung zu überwinden?

»Kommt mit«, sagte er zu Teletha, da er zu dem Bediensteten ging.

»Wie heißt du, Mann?«, fragte er, während der alte Mann ihn verängstigt anstarrte.

»Ich bin nur ein Bediensteter, Herr. Ich habe nichts getan.«

»Ich habe nach deinem Namen gefragt.«

»Capurmes, wenn es Euch gefällt, Herr«, stotterte der alte Mann.

»Capurmes, wo hast du dich mit Laird Douganan versteckt gehalten?«

Der Mann zitterte.

»Du brauchst keine Angst davor zu haben, deinen Herrn zu verraten, Capurmes. Da, wo er jetzt ist, kann ihn niemand mehr verraten.«

»Glaubt Ihr, er kennt einen Ausgang?«, fragte Teletha.

»Das nicht«, sagte Yan. »Aber Douganan könnte sich hier unten eine geheime Werkstatt eingerichtet haben.«

»Mit noch mehr magischem Zeug?«, fragte sie.

»Ich hoffe es.«

»Lieber nicht«, sagte sie. »Mir wäre eine nette einfache Hintertür lieber.«

Keine vielversprechende Hoffnung. Wahrscheinlich würde sie unbrauchbar sein, falls es sie gab. Die Schutzvorrichtung würde auch diesen Weg versperren. Er wandte sich an den Bediensteten. »Nun, Capurmes? Wirst du uns zeigen, wo ihr euch versteckt habt?«

Der Mann zögerte und Horm knuffte ihn.

»Rede«, knurrte der Bregil.

»Horm wird sehr böse, wenn du nicht redest«, fügte Arham hinzu.

Der eingeschüchterte alte Mann wandte sich an Yan. »Bitte, Herr, lasst nicht zu, dass er mir etwas tut. Ich zeige es Euch.«

»Zeig's uns allen«, sagte Horm.

Capurmes sah Yan an. Der Mann schien furchtbare Angst vor dem Bregil zu haben.

»Er wird dir nichts tun, wenn du es uns zeigst«, versicherte ihm Yan.

»Uns allen«, wiederholte Horm.

»Uns allen«, pflichtete Yan ihm bei.

»Ich wusste doch, dass es einen Ausweg geben muss«, sagte Arham hämisch.

»Seid nicht so sicher«, sagte Yan.

»Wenn es Euch hier gefällt, könnt Ihr gern hier bleiben. Wir übrigen verschwinden von hier. Hab ich nicht recht, Leute?« Arhams Männer schrien ihre Zustimmung heraus. Kim und Danel schrien mit ihnen. Arham grinste Yan an. »Und wenn Ihr nichts dagegen habt, werden wir jetzt dafür sorgen, dass dieser alte Kerl sich an die Arbeit macht.«

Von Arham und Horm gedrängt, führte Capurmes sie in einen Raum, in dem Yan einen erkannte, den sie bereits durchsucht hatten, einen derjenigen mit Fenstern, durch die man Erde sah. Der Bedienstete trat zu einem Fenster und drückte mit beiden Händen gegen die gestampfte Erde, die daraufhin nach hinten schwang. Licht, hell und warm wie die Morgensonne, flutete durch das Fenster in die Kammer.

Alle Hoffnungen auf einen Fluchtweg, die Yans Begleiter gehegt hatten, zerschlugen sich rasch, als sie sahen, dass das Licht aus Laternen stammte, die an Säulen in der Kammer hinter der Geheimtür hingen. Auch Yans Hoffnungen zerschlugen sich, als er sah, was in der Kammer lag. Sie war voller Ballen und Kisten und Holzstapel. Es gab keine Bücher, keinen Schreibtisch, keine Werkbank. Gornal und sein Bediensteter hatten sich in einem geheimen Lagerraum versteckt.

Arhams Männer schwärmten aus, um einen zweiten Ausgang zu suchen. Die Flieger schlossen sich an und ließen Teletha und Yan mit Capurmes allein. Yan sprach leise mit dem alten Bediensteten.

»Und es gibt keinen anderen Ausgang?«

»Keinen, von dem ich wüsste, Herr.«

Der Bedienstete schien nicht zu lügen. Sie waren am Ende einer weiteren Sackgasse angelangt. Er wandte sich an Teletha, um sich dafür zu entschuldigen, ihr Hoffnungen gemacht zu haben, und stellte fest, dass sie sich mit einem dünnen Lächeln auf den Lippen im Lagerraum umsah.

»Was ist los?«, fragte er.

»Wir haben unseren Ausweg«, sagte sie.

»Aber es gibt keinen Ausgang, Herrin«, winselte Capurmes.

»Er hat nicht gelogen«, sagte Yan.

»Nicht Euren Ausweg, Meister Tanafres. Meinen. Das Zeug hier wird wunderbar brennen.«

Yan stand vor der Öffnung der Ritualkammer und sah zu, wie der Rauch vom brennenden Scheiterhaufen aufstieg und den unteren Teil der Kugel füllte. Er hatte das Feuer mit Magie entzündet und dafür gesorgt, dass der Scheiterhaufen überall brannte, damit die Kammer sich schneller mit Rauch füllte. Aber er wünschte, er wäre an dieser Tat nicht beteiligt gewesen. Dennoch war es die sicherste Lösung.

Der Rauch sammelte sich unter dem Dach der Kammer, zuerst in trägen Schwaden, dann in immer größeren Wolken. Die Luft wurde immer schlechter und mehrere Briganten fingen an zu husten. In dem dichter werdenden Qualm konnte Yan die leuchtenden Kugeln noch sehen, obwohl die Gestalten darin kaum mehr als Umrisse darstellten. Auch einige der Flieger husteten.

»Wir sterben an unserer eigenen Medizin, wenn wir hier bleiben«, sagte Teletha.

Mit einem sonderbaren Widerstreben, den Raum zu verlassen, nickte Yan.

Sie zogen sich auf die Treppe zurück, doch auch dort wich die Luft bald dem Rauch.

»Die Kaverne?« Teletha klang unsicher.

»Warum nicht die Schutzvorrichtung?«, schlug Yan vor. »Darum geht es doch bei alledem. Wir können ebensogut dort sein, falls sie zusammenbricht.«

»Wenn sie zusammenbricht«, sagte sie in dem Versuch, zuversichtlich zu klingen – aber der Versuch misslang.

Peyto erwartete sie an der Schutzvorrichtung. Teletha erklärte dem Sekretär ihren Plan und er nickte an jeder wichtigen Stelle. »Sehr schlau, wenn es gelingt.«

In der Tat sehr schlau.

Yan berührte die Barriere. Sie war so stark wie eh und je. Er stach sich mit dem Messer in den Finger und schmierte einen Tropfen Blut auf die Barriere. Er blieb in der Luft hängen, vom Stillstand der Zeit darin am Fallen gehindert. Durch die Verbindung zu seinem Blut spürte er die Barriere wie einen nagenden, halb vergessenen Gedanken im Hinterkopf. Er setzte sich auf die Rampe, den Rücken an die glänzende schwarze Steinmauer gelehnt und zuversichtlich, dass ihnen eine lange Wartezeit bevorstand.

Die anderen machten es sich ebenfalls gemütlich. Zeit verstrich. Wie viel? Wer konnte das sagen? Auf der anderen Seite der Schutzvorrichtung gewiss mehr als auf dieser. Schließlich dösten sie ein. Danels Husten war das erste Anzeichen, dass der Rauch zu ihnen strömte.

»Der Rauch steigt die Treppe und die Rampe empor«, sagte Arham.

»Wir sollten nach unten gehen«, sagte Horm.

Doch unter ihnen war der Rauch erheblich dichter. Niemand schien Horms Rat befolgen zu wollen. Sogar Horm selbst schien seinem Vorschlag abgeneigt zu sein. Kim hämmerte mit den Fäusten gegen die Barriere, bis er hustend zusammenbrach.

»Löscht die Fackeln und Laternen und legt euch hin«, befahl Teletha. »Haltet das Gesicht ganz dicht über dem Boden.«

Verängstigte Leute folgten ihren Befehlen und legten sich dicht gedrängt auf die Rampe. Yan kam der Gedanke, dass sie bereits wie Leichen aussahen, dahingeschlachtet wie ein Wild am Ende einer langen Jagd.

Er hustete.

Ihre Zeit lief ab.

Er schaute hoch zu seinem Tropfen Blut auf der Barriere. Blinzelte, da er glaubte, der Rauch trübe seine Sicht. Hatte er sich bewegt?

Er rieb sich die Augen und sah noch einmal hin.

Ja, er hing tiefer als zuvor.

Yan versetzte sich in Trance, tastete die Schutzvorrichtung mit seinen magischen Sinnen ab und befühlte die Magie, bis er sich davon überzeugt hatte, dass die Barriere schwächer wurde. Die Wesen unten mussten die Auswirkungen des Rauchs spüren. Dort unten starben diese unglaublich alten Wesen und ihre ganz besondere Magie starb mit ihnen.

Aber sie starben nicht schnell genug.

Während Yan die Barriere geprüft hatte, war der Qualm noch dichter geworden. Penit, Danel und alle Briganten schienen das Bewusstsein verloren zu haben, denn sie husteten nicht mehr. Dasselbe galt für Peyto. Teletha hustete schwach in regelmäßigen Abständen und Kim lag zusammengekrümmt am Fuß der Barriere und schluchzte und hustete im Wechsel.

Bei diesem Tempo würden sie vor den Wesen sterben.

Yan tastete nach der Barriere.

Sie stand noch immer.

Er sammelte alle seine Kräfte und schleuderte sie der Barriere entgegen. Er versuchte sie mit seinem Überlebenswillen einzureißen, aber er bekam sie nicht zu fassen. Dennoch, er spürte, wie sie unter seinem Druck nachgab, was zuvor nicht der Fall gewesen war. Die Barriere war schwächer, aber immer noch zu stark für ihn.

Er versuchte es noch einmal, indem er einen Energiefaden in eine Lücke schleuste, die er zwischen Douganans Werk und der Energie fand, die den Zauber speiste. Er wurde sofort zurückgeschleudert. Der Rückschlag griff aus der Astralebene auf die irdische Ebene aus, doch es gelang ihm, die Energie zu zerstreuen. Die Anstrengung löste einen Hustenanfall aus. Er hatte das Gefühl, als stehe seine Lunge in Flammen. So flach wie möglich atmend, beruhigte er sich und bereitete sich auf einen letzten Versuch vor, denn er wusste, dass ihm keine Zeit für mehr blieb.

Wenn er diesmal scheiterte, waren sie alle verloren. Vielleicht war es ohnehin schon zu spät. Die Welt würde Arham und seine Briganten nicht vermissen, aber was war mit den Fliegern? Sie hatten nicht darum gebeten, hierher zu kommen, sie waren Unschuldige, die den Tod nicht verdient hatten, der ihnen drohte. Wenn Yan versagte, würde Peyto nie wieder die Zivilisation sehen, nach der er sich so sehnte, seine Flucht vor den *Baratani* und den Haien würde ganz umsonst gewesen sein. Doch das Bestürzendste war, wenn Yan versagte, war auch Teletha verloren, die Magie hasste und ihr Schicksal dennoch in seine Hände gelegt hatte, die sich der Magie gestellt hatte, um diejenigen zu retten, für die sie verantwortlich war.

Doch wer hatte sie alle hierher geführt? Wer hatte sie dazu überredet, die Barriere zu durchschreiten?

Yan wusste nur zu gut, wer in Wirklichkeit verantwortlich war.

Die alte Magie mochte seinen Geist in Stücke reißen oder seinen Körper verbrennen, aber er musste es versuchen. Nicht nur für sich, sondern für sie alle. Für Teletha.

Teletha.

Er wusste nicht, ob er laut gesprochen hatte, aber sie stöhnte und tastete mit einer Hand nach ihm. Sie berührte sein Bein. Als ihre Hand suchend über seinen Oberschenkel strich, spürte er die Hitze ihrer Berührung bei jedem noch so flüchtigen Kontakt durch den Stoff seiner Hose. Dann hörten die Berührungen auf, um auf dem Arm wiederzukehren, den er in ihre Richtung ausgestreckt hatte. Ihre Hand glitt in seine und er wusste, dass noch ein kleiner Teil des Bandes vorhanden war, das sie geschmiedet hatten, als sie sein Seelenanker gewesen war.

Er spürte ihre Kraft, ihren Überlebenswillen, und er wusste, dass er sie nicht im Stich lassen konnte. Er zwang seinen Willen in die Barriere hinein. Kräfte trommelten auf seinen Geist ein, zerrten an seinen Schilden, doch er gab nicht nach. Die letzten Reste von

Douganans Zauber zerstoben, aber sie hatten ihr Werk zu gründlich verrichtet. Sie hatten den alten Magiern gestohlene Energie verzerrt und jetzt wahrte diese Energie die Form, die Douganan ihr aufgezwungen hatte. Die Schutzvorrichtung hatte noch immer Bestand, bildete immer noch eine Barriere.

Yan fand das unerträglich.

Er rang mit der alten Magie, warf seine ganze Kraft dagegen, bereit, es mit dem vereinten Willen der sechs alten Magier aufzunehmen.

Aber er konnte sie nicht finden.

Nur ein Echo brillianter Geister, umnebelt, ausgelöscht und verschwunden.

Er durchschwamm die Echos, suchte. Endlich fand er etwas, eine Macht hinter der Magie. Das Etwas bewegte sich träge bei seiner Berührung. Obschon dem Tode nah, lebte einer der alten Magier noch. Einen einzigen, blendenden Augenblick lang nahm Yan denselben Platz wie dieser Geist ein – und er schrie vor Schmerzen laut auf. Visionen stürmten auf ihn ein. Bilder, Gerüche, Geräusche liefen in seinem Verstand Amok. Er war woanders, lebte ein anderes Leben. Sein Schwanz störte ihn. Aber er hatte gar keinen Schwanz! Heulend kämpfte er gegen das anstürmende Chaos an. Das war nicht sein Leben, nicht er selbst. Er war ein Mensch, kein … kein …

Es war weg.

In Yans Kopf hallte ein einziger fremdartiger Gedanke nach, Worte, die keine waren. Ein Gefühl der Erleichterung. Eine Frage.

Ist es Zeit, Bruder?

Ein einzelner Tropfen Blut fiel auf seine Hand.

Sein Blut.

Er fiel in kühle, liebliche Dunkelheit, wo kein Feuer im Geist eines Menschen brannte und merkwürdige Wesen nicht mehr auf zwei Beinen gingen, den

Schwanz stolz in die Höhe gereckt, da sie die Sterne anriefen und das Wesen der Magie ergründeten. Ganz in sich zurückgezogen, empfand er etwas, Störungen, die seinen Körper betrafen. Er wusste, er hätte ihnen Bedeutung beimessen sollen, aber sie waren so weit entfernt. Vielleicht erlebte sie sogar jemand anders. Doch nein. Er erlebte sie. Er, Yan Tanafres. Ein Magier?

Irgendwoanders lagen Telethas Hände auf ihm. Die raue Oberfläche der Rampe kratzte über die Stellen, wo seine Haut entblößt war. Kalte, frische Luft blies über sein Gesicht.

Dann eine letzte Empfindung: ein warmer Körper, der auf seinem lag.

Teletha.

~ 20 ~

Yan kehrte auf die irdische Ebene zurück und musste feststellen, dass ihm die Hände auf dem Rücken gefesselt waren. Als er sich mühsam aufrichtete, sah er einen der Briganten, der ihn angrinste, da Yans Bemühungen ihn offenbar belustigten.

Yan wollte eine Frage stellen, doch Horm kam zu ihm und verpasste ihm eine Ohrfeige. Der Schlag warf Yan um und hätte ihn beinahe wieder in die Dunkelheit zurückgeschickt.

»Du redest, wenn wir es dir sagen«, befahl der Bregil.

Als sich die Welt nicht mehr um ihn drehte, rappelte Yan sich wieder auf. Das war ihm anscheinend nicht verboten worden und es ermöglichte ihm einen besseren Überblick.

Was er sah, gefiel ihm nicht.

Sie befanden sich in Douganans Ritualkammer. Für einen Augenblick kam ihm die Schrift an den Wänden beinahe leserlich vor, aber der Augenblick verstrich und ihre Bedeutung war Yan wieder genauso rätselhaft wie zuvor. In der Kammer stank es nach Rauch. Er konnte nicht sagen, ob der Geruch einfach in der Luft lag oder ob er von ihrer verräucherten Kleidung aufstieg.

Yan sah, dass Horm und der grinsende Mann nicht die Einzigen in der Kammer waren. Zwei weitere von Arhams Briganten und Arham selbst waren ebenfalls anwesend. Yan sah den Mann nicht, der Douganans Waffenmann gleich hinter der Schutzvorrichtung niedergestochen hatte. Abgesehen von ihren eigenen

Waffen trugen die Söldner jetzt die Pistolen, die Yan zuletzt in den Händen der Flieger gesehen hatte. Einer der Briganten hatte Penits Helm requiriert und korrigierte den Sitz des Futters, um ihn seinem Kopf anzupassen.

Die Flieger lagen in einer Reihe an der Wand, ebenso gefesselt wie Yan. Kim war wach und bedachte jeden Briganten, der an ihm vorbeiging mit giftigen Blicken, aber die anderen schienen noch bewusstlos zu sein. Der Verband um Danels Bein war blutrot, als habe sich seine Wunde wieder geöffnet. Aus seiner Stellung konnte Yan nicht erkennen, ob Danel und Penit noch atmeten, und in seinem Kopf ging zu viel durcheinander, um ihre Aura überprüfen zu können. Er hoffte, dass sie nicht tot waren.

Wo waren die anderen?

Ein Husten hinter ihm ließ ihn den Kopf wenden. Er sah Peyto dort sitzen, vornübergebeugt, da seine eine Hand an die Füße gefesselt war. Der Sekretär sah aus, als habe er in eine saure Frucht gebissen.

Um Peytos funkelndem Starren auszuweichen, richtete Yan seine Aufmerksamkeit auf Arham, der sich über Teletha gebeugt hatte und sie eindringlich musterte. Als sie stöhnte und sich umdrehen wollte, lächelte der Söldnerführer. Er wartete, bis sie die Augen öffnete und ihn ansah, bevor er sprach.

»Ah, Kapitän. Ich hatte schon befürchtet, Ihr würdet Euch nicht wieder zu uns gesellen.«

»Bindet mich los«, sagte sie mit heiserer Stimme.

»Alles zu seiner Zeit, Kapitän. Es hat den Anschein, als hättet Ihr mehr Glück als ich. Alle Mitglieder *Eurer* Mannschaft haben den Rauch überlebt.«

Yan war unsagbar froh, das zu hören. Es war nur gerecht, wenn der Mörder des Waffenmanns auf der anderen Seite der Barriere gestorben war.

»Offenbar ist es mit meinem Glück nicht so weit

her«, sagte Teletha zu Arham. »Ihr seid zuerst aufgewacht.«

»Die Götter meinen es gut mit denen, die bereit sind, ihr Los zu verbessern«, sagte Arham.

»Was wollt Ihr?«, fragte sie.

Arham betrachtete sie von oben bis unten, bevor er antwortete. »Ihr meint natürlich, abgesehen vom Offensichtlichen.«

Sie funkelte ihn an. Die Steifheit seiner Gesichtsmuskeln ließ Yan erkennen, dass er offenbar ebenfalls äußerst grimmig dreinschaute. Ein Blick auf seinen Bewacher zeigte, dass das Grinsen des Mannes noch breiter geworden war. Yan zwang sich zu entspannen.

Arham fuhr mit dem Finger über die Reihe der Knöpfe an ihrer Büffellederjacke. »Was kann ich schon anderes wollen als Euer Luftschiff?«

»Ihr könnt es nicht fliegen.« Yan war mehr als überrascht, dass Telethas Stimme ruhig blieb, als Arhams Finger ihren Gürtel passierte und über ihren Schritt fuhr.

»Das weiß ich, aber ich musste zu meinem Leidwesen feststellen, dass ich das Luftschiff brauche«, sagte Arham. »Seht Ihr, während Ihr schlieft, habe ich meine Leute kundschaften geschickt. Es scheint so, als hätten die dreimal verfluchten Bauern dieses Dorfs unsere Pferde gestohlen, während wir dort unten versuchten, uns zu rösten. Ohne Pferde habe ich zwei Möglichkeiten: Ich kann dieses Tal zu Fuß verlassen oder ich kann fliegen. Und ich hasse es, zu Fuß zu gehen, seit ich mit Graf Raldry in dem Jahr marschiert bin, als er die Rebellen aus Oric vertrieben hat. Horm hat nichts gegen das Marschieren einzuwenden, aber ich und der Rest meiner Leute sind im Herzen Kavalleristen. Wir laufen alle nicht gern, wenn wir unterwegs sind. Also brauchen wir Euer Luftschiff. Und da ich es nicht fliegen kann, brauche ich jemanden, der dazu fähig ist.«

»Wenn es nicht zu einer Feste der *Goltianna* gehen soll, bin ich vielleicht bereit, Euch hinzufliegen«, sagte Teletha. »Aber Ihr müsst mich jetzt losbinden.«

»In Eurer Lage steht es Euch nicht zu, Forderungen zu stellen, Kapitän. Aber wenn Ihr Euch dadurch besser fühlt, ich habe nicht vor, unter den Eingeborenen zu leben und mich diesen dem Untergang geweihten Rebellen anzuschließen. Ich glaube, dass ich in dieser Gegend jetzt etwas willkommener bin als ihr Kaiserlichen, also dachte ich daran, in die Megeed zu gehen. Dort kann man ein Vermögen machen, vor allem dann, wenn man Startkapital hat. Euer Luftschiff wird dort einen guten Preis erzielen, mehr als genug, um meine Leute mit Pferden und guten Waffen auszurüsten.«

Teletha spie ihm vor die Füße. »Ihr werdet mein Schiff nicht verkaufen.«

»Zügelt Euer Temperament, Kapitän. Das Schiff gehört jetzt mir und wenn Ihr nicht vernünftiger seid, könnte ich auf die Idee kommen, Euch und Eure Mannschaft obendrein zu verkaufen. In der Megeed gibt es immer einen Markt für gesunde Sklaven, besonders für weibliche.«

Darüber schien Teletha eine Weile nachzudenken. »Ihr lasst uns laufen, wenn wir Euch dorthin fliegen, wohin Ihr wollt?«

»Wenn Ihr mich anständig behandelt, behandle ich Euch genauso. Ich bin ein vernünftiger Mann«, sagte Arham mit einem Lächeln.

»Euer Wort darauf? Bei Vehrs Schwert?«

»Selbstverständlich, Kapitän. Ihr habt mein Wort. Fliegt uns in die Megeed, dann lasse ich Euch und Eure Besatzung laufen.«

»Aber Ihr behaltet das Schiff.«

»Ja. Ich behalte das Schiff. Der alte Gornal hat sein Vermögen zu gut versteckt. Ich kann dieses Unternehmen unmöglich mit leeren Händen abschließen. Ihr versteht das selbstverständlich.«

»Ich verstehe das sehr gut.« Sie schaute zu Boden. »Ich bin mit Euren Bedingungen einverstanden.«

»Seht Ihr, ich wusste doch, Ihr könnt vernünftig sein. Horm, mach sie los.« Der Bregil machte Anstalten, dem Befehl nachzukommen, doch Arham hielt ihn mit einer Geste auf. »Augenblick noch. Ihr wolltet mein Wort, als wir uns unten ergaben. Ich meine, jetzt sollte ich Euch Eures abnehmen. Schwört Ihr bei Vehrs Schwert und gebt Ihr mir Euer Ehrenwort?«

»Ich habe Euren Bedingungen bereits zugestimmt.«

»Entscheidet Euch, Kapitän. Euer Ehrenwort oder Ihr bleibt gefesselt.«

Teletha schwieg so lange, dass Yan bereits glaubte, sie werde Arhams Angebot ablehnen. Arham war sichtlich gereizt und ging dazu über, in stetem Rhythmus mit der Faust auf seine Dolchscheide zu schlagen. Als Teletha schließlich antwortete, tat sie das sehr leise, beinahe kleinlaut. Yan bezweifelte, dass Peyto von seinem Platz hinter Yan aus sie noch verstehen konnte.

»Möge Vehrs Schwert mein Herz finden, sollte ich gegen Euch oder Eure Leute zu den Waffen greifen, solange Ihr Euch an unsere Abmachung haltet.«

»Und Eure Besatzung?«

»Tut, was ich sage.«

»Sehr gut. Das war doch gar nicht so schwer, oder?« Arham nickte und Horm durchschnitt Telethas Fesseln.

Teletha blieb zunächst liegen und rieb ihre Handgelenke, um wieder Gefühl in die Hände zu bekommen. Yan sah, wie sie und Kim Blicke wechselten und sich dann zunickten. Sie schaute Yan an und er lächelte, um ihr zu zeigen, dass er wohlauf war. Sie nickte. Arham brachte ihr einen Becher Wasser.

»Wie viele Personen trägt Euer Schiff?«, fragte er.

»Das Schiff hat bei unserem Herflug über die Berge Schaden genommen«, sagte Teletha.

»Ich bin zuversichtlich, dass Ihr den reparieren werdet. Beantwortet meine Frage.«

Teletha trank ihre Tasse aus, bevor sie antwortete. »Mein Schiff ist für eine sechsköpfige Besatzung ausgelegt, trägt aber zehn, wenn es nicht auf Geschwindigkeit ankommt.«

»Zehn? Dann fürchte ich, dass wir trotz unserer Verluste zu viel Ballast haben. Mal sehen. Da wären Horm und ich, Ean, Worton und Ars. Das sind fünf. Ihr natürlich. Euer Erster Offizier und die beiden Flieger sind drei weitere. Macht zusammen neun. Wir haben ein wenig Beute gemacht, die mehr wiegt als ein Mann, fürchte ich. Also können wir sonst niemanden mitnehmen. Ihr hattet gehofft, Euren Magierfreund nicht zurücklassen zu müssen?«

Teletha zuckte die Achseln und Yans Mut sank.

Arham kicherte. »Tja, Horm, wie es aussieht, liegt Ihr nichts an ihm, also wirst du wohl doch noch mit ihm spielen können. Und kümmere dich auch um den Sekretär, wenn du einmal dabei bist.«

Teletha meldete sich wieder zu Wort. »Ihr versteht nicht, Arham. Ich meinte nur, dass Ihr Euch irrt.«

»Spielt nicht mit mir, Kapitän. Gornal Douganan hat das versucht und Ihr wisst, wie es ihm ergangen ist. Der Magier bleibt. Unter der Erde, damit er keine peinlichen Geschichten erzählt.«

»Der Magier kommt mit.«

»Für einen Handel habt Ihr nichts anzubieten.« Mit einem schmierig-lüsternen Grinsen fügte er hinzu: »Nun, da gäbe es vielleicht doch *eine* Sache.«

»So dumm, den Magier zu töten, seid Ihr nicht.«

»Wie meint Ihr das?«, fragte Arham argwöhnisch.

»Die Bergwinde sind heimtückisch. Wir brauchen

den Magier. Seine Magie trägt dazu bei, dass der Ballon fliegt und das Schiff sich bewegt. Außerdem kann er den Wind beschwören, den wir brauchen, um die Gipfel zu überfliegen.«

Yan wusste, dass sie log, und rechnete damit, dass Arham ihre Lüge sofort durchschauen würde. Der Söldnerführer überraschte ihn jedoch. »Also deswegen hattet Ihr ihn dabei. In Ordnung, er kommt mit, aber dafür bleibt jemand anders.«

In einem Grab, dachte Yan. Würde sie eines ihrer Besatzungsmitglieder für ihn opfern? Diesmal überraschte ihn Teletha.

»Nicht unbedingt«, sagte sie. »Wenn der Magier hart arbeitet, schafft das Schiff auch noch zwei Personen mehr.«

»Zwei?«

»Eure Beute und den Sekretär. Der Magier braucht seinen Helfer.«

Arham sah sie stirnrunzelnd an. »Um Euretwillen hoffe ich, dass Ihr nicht lügt. Horm mag es nicht, wenn er um seinen Spaß gebracht wird.«

»Spart Euch die Drohungen. Lasst uns lieber anfangen.«

Damit war Arham mehr als einverstanden. Trotz seiner großen Töne war klar, dass er so schnell wie möglich weg wollte. Die Briganten verschwendeten keine Zeit und nicht lange danach hatten sie alle den Turm verlassen und befanden sich im Stall. Sie packten sogar mit an, als es galt, das Luftschiff aus dem Stall zu ziehen. Das erwies sich als umständlicher Vorgang, da der Ballon durchsackte und fast gänzlich luftleer war. Arham machte einen besorgten Eindruck.

»Was ist los? Das Ding sieht tot aus.«

»Der Ballon ist nur erschlafft«, erwiderte Teletha. »Wie ein Mann, nachdem er seinen Spaß gehabt hat.

Wie ich schon sagte, es gibt einiges zu tun, um das Schiff wieder flugtauglich zu machen.«

Teletha machte Anstalten, an Bord zu gehen, und gab ihren Leuten dabei Befehle. Arham hielt sie am Arm fest.

»Diese Vorgehensweise will mir nicht gefallen, Kapitän. Überlasst Eurer Mannschaft die Arbeit. Ihr, ich und der Magier werden währenddessen hier sitzen und zusehen. Horm wird dafür sorgen, dass Eure Leute hart arbeiten.«

»Wir sind ohnehin schon zu wenig«, protestierte sie.

»Meine Leute werden ihnen helfen.«

»Wissen sie, wie man die Tragleinen durch die Luvnocken zieht? Oder wie man den Ballon wetterfest macht? Oder den Anker setzen muss, um das Schiff an Ort und Stelle zu halten, wenn der Ballon prall gefüllt ist?«

»Natürlich nicht, aber ich wette, Euer Erster Offizier weiß es. Er kann alle nötigen Anweisungen geben.«

»Ihr wollt, dass ich hier sitze und Kim die Arbeit überlasse?«

»Ganz genau, Kapitän.«

Teletha runzelte die Stirn, dann seufzte sie. »Ihr habt gehört, was er gesagt hat, Kim. Befolgt meine Befehle.«

»Aber Kapitän«, protestierte Kim.

»Tut es!«

»Ihr habt einen anständigen Kommandoton, Kapitän«, sagte Arham offenbar in aufrichtiger Bewunderung.

Teletha beachtete das Kompliment nicht, kehrte Arham den Rücken und suchte sich einen Platz im Schatten eines Baumes. Yan gesellte sich zu ihr und als er Arham die Sicht auf sie versperrte, zwinkerte sie ihm zu.

Das war mit Sicherheit ein Zeichen. Aber wofür?

Arham setzte sich zu ihnen und die drei sahen den anderen bei der Arbeit am Luftschiff zu. Zunächst beaufsichtigte Kim das Verankern des Schiffs und vergewisserte sich, dass der Anker auch tatsächlich fest saß. Nachdem er fast eine Stunde lang Penit und zweien der Briganten Anweisungen gegeben hatte, während die drei auf der schlaffen und träge wehenden Ballonhülle herumkletterten, war Kim schließlich mit der Takelage zufrieden. Er nahm sich eine Auszeit für einen kurzen Streit mit Peyto und beendete das Gespräch dadurch, dass er den Sekretär mittschiffs zum Feuerkessel schickte und ihn damit beauftragte, sich um das Feuer zu kümmern, das Kim dort entzündete. Während die anderen arbeiteten, fuhr Peyto fort, die Takelage zu betrachten und dabei ausgiebig den Kopf zu schütteln. Doch niemand beachtete ihn, da alle viel zu hart arbeiteten. Danel, dessen Beinwunde ihn zu weniger anstrengender Arbeit verurteilte, wurde als Helfer für Peyto eingeteilt und ab und zu hörte man ihn Fragen des Sekretärs unterbinden und wiederholt zum Schweigen auffordern. In gemeinschaftlicher Arbeit entfernten die Flieger und die Söldner beide Ruderschaufeln und begradigten die Ruderwelle im Heck des Luftschiffs. In der Hälfte der Zeit, die sie für das Entfernen gebraucht hatten, brachten sie die Ruderschaufeln wieder an. Kim ging an Bord und drehte ein paarmal das Ruder, um sich zu vergewissern, dass alles in Ordnung war, bevor er Teletha ein entsprechendes Zeichen gab. Über dem schiffsförmigen Rumpf schwebte der große Ballon und wehrte sich gegen die Takelage.

»Sieht schon viel besser aus«, bemerkte Arham. Für Yans Ohren besaß Arhams Stimme einen Unterton, der Ehrfurcht, aber ebensogut auch Gier verraten mochte.

»Wie ein Mann«, sagte Teletha. »Groß und begierig zu Beginn des Ritts.«

Arham lachte laut. »Hoffen wir, dass das Durchhaltevermögen in diesem Fall größer ist.«

Der Söldnerführer befahl, Ausrüstung und Beute an Bord zu bringen. Als Teletha sich über die Menge beklagte und andeutete, es sei gut möglich, dass Yan sich überarbeite, befahl Arham, Ausrüstung der Flieger über Bord zu werfen, und sagte: »Wir wollen doch nicht, dass er zu schnell ausgelaugt ist.«

Horm und der Brigant, der Penits Helm trug, waren damit beschäftigt den Bug des Schiffs mit allem möglichen Zeug vollzustopfen, während Teletha durch das Schiff ging und den Männern ihre Stationen anwies. Yan und Peyto beorderte sie ›wie üblich‹ an eine Stelle etwas achtern vom Feuerkessel. Arham teilte ihnen eine Wache zu.

»Worton, behalte den Magier im Auge. Töte ihn, wenn er etwas tut, was er nicht tun sollte.«

»Woher soll ich wissen, ob er etwas tut, was er nicht tun sollte?«, fragte Worton.

»Ich verlasse mich ganz auf dein Urteil«, sagte Arham zu ihm. »Er ist nützlich, aber nicht unentbehrlich.«

Yan erwartete, der Brigant werde seine Pistole ziehen, doch stattdessen zog Worton seinen Dolch. Er betastete die Schneide mit dem Daumen und trat hinter Yan, danach packte er einen von Yans Armen und drehte ihn auf den Rücken, um Yan dann noch die Klinge vor die Kehle zu halten. »Mir hat Magie schon vor dieser Sache nicht gefallen. Jetzt gefällt sie mir noch weniger. Verstanden, Magier? Gib mir keinen Anlass. Was mich betrifft, ich warte nur auf eine Gelegenheit, dir den Hals durchzuschneiden.«

Teletha beauftragte Kim damit, sich um das Feuer zu kümmern und forderte den letzten verbliebenen Söldner auf, Kim dabei zu helfen.

»Warum nehmt Ihr keinen von Euren Leuten?«,

fragte Arham. »Oder den Sekretär? Der hat seine Sache doch ganz gut gemacht.«

»Aber jetzt muss er dem Magier helfen. Danel und Penit brauche ich an Deck. Wir haben keine Zeit, Euren Leuten alles beizubringen, was sie wissen müssen. Aber jeder Idiot kann sich um ein Feuer kümmern.«

»Ihr könnt gut mit Worten umgehen. Dann sind wir also startbereit?«

»Fast«, sagte Teletha. Sie führte ihn zum Steuerruder und begann mit einer Kontrolle der Ketten. Arham beobachtete jeden ihrer Handgriffe und beugte sich sogar vor, um besser sehen zu können.

»Ich habe nicht vor, das Schiff abstürzen zu lassen«, sagte sie verärgert.

»Das habe ich auch nicht angenommen. Im Falle eines Absturzes hätten Ihr und Eure Leute ebenso darunter zu leiden wie wir.«

»Wenn Ihr mir vertraut, geht mir aus dem Weg.«

»Ich will nur wissen, wie man dieses Ding segelt«, sagte Arham beinahe entschuldigend. »Wenn es mir gefällt, verkaufe ich es vielleicht doch nicht an einen Megeed-Baron. Ich könnte mich von einigen anwerben lassen. Eine gute Mannschaft würde gut bezahlt werden, vor allem eine, die von einem erfahrenen Kapitän geführt wird.«

»Ist das ein Angebot?«

»Seid Ihr interessiert?«

Teletha zögerte, als denke sie tatsächlich darüber nach. Sie schien sich mehr und mehr für Arham zu erwärmen. Konnte sie ernsthaft in Erwägung ziehen, sich mit dem Briganten zusammenzutun?

»Lasst uns von hier verschwinden, bevor wir irgendwelche Entscheidungen treffen. Vielleicht gefällt Euch das Fliegen nicht.« Sie öffnete einen Korb und entnahm ihm ein Gewirr von Gurten und Seilen.

»Habt Ihr je auf einem gewöhnlichen Schiff gearbeitet?«

»Ich hasse das Wasser.«

»Ich auch. Tja, auch wenn Ihr noch nie gesegelt seid, die Handhabung ist nicht allzu schwierig. Wenn man etwas lernen will, ist es am besten, man tut es. Ein Mann wie Ihr will immer das Ruder in der Hand haben.«

»Ich dachte, das wäre Euer Platz.«

»Und ich werde ihn einnehmen, wenn Ihr wollt, aber es ist nicht schwer, das Schiff in die Luft zu bringen. Ihr könntet ein Gefühl dafür bekommen.«

»Warum tut Ihr das?«

»Ihr sagtet, Ihr wollt mein Schiff vielleicht behalten. Ich würde es lieber in der Hand eines Soldaten sehen als in den Pfoten irgendeines Raubritters aus der Megeed, der es doch nur bei seinem ersten Flug in die Bäume steuern würde.«

»Hah«, lachte Arham. »Ich wusste doch, dass mehr in Euch steckt, als sich durch den Eid eines Reichslakaien unterdrücken lässt.«

»Genau«, sagte sie. »Stellt Euch hierher. Und legt das hier an.«

»Was ist das?«, fragte Arham argwöhnisch.

»Ein Sicherheitsgeschirr. Das bewahrt Euch davor, über Bord zu gehen, wenn das Schiff schaukelt. Der Weg nach unten ist ziemlich weit, wenn man keine Flügel hat.« Als er das Geschirr übergestreift hatte, sagte sie: »Lasst mich die Gurte prüfen.«

Teletha zog die Gurte durch die Schlaufen, wickelte die losen Enden der Gurte darum und knotete sie fest. Sie nahm die Sicherungsleinen, zog sie durch Klampen neben Arhams Füßen und sicherte sie mit großen, dicken Knoten. Schließlich verknotete sie die langen losen Enden, die sie beiläufig über die Ruderwelle warf.

»Penit«, rief sie. »Wirf mir die Webeleinen her.«

Penit sah sie fragend an. »Die und die. Wirf sie mir nur her.«

Als Teletha sie an Arhams Geschirr festmachte, fragte er: »Wofür sind die?«

»Das sind Kontrollleinen. Damit fühlt Ihr den Ballon. Auf diese Weise wisst Ihr sofort, wenn Ihr guten Auftrieb habt.«

»Ich habe so etwas noch nie gemacht. Woran erkenne ich, dass der Auftrieb gut ist?« Arham klang mittlerweile ziemlich eifrig.

»Ihr werdet es sofort erkennen. Ihr spürt es.«

»Wie lange noch, bis wir starten können?«

»Wir können jetzt starten, wenn Eure Leute alles an Bord haben.«

»Alles an Bord«, erwiderte Horm. Der Bregil kauerte sich im Bug zusammen und schloss die Augen. Zumindest er schien nicht das Bedürfnis zu haben, Flieger zu werden.

»An die Trageklampen«, befahl Teletha.

Penit, die sich mit Danel unterhalten hatte, kam dem Befehl umgehend nach und lief los. Danel, der sein verwundetes Bein nachzog, war langsamer. Als sie auf ihren Stationen waren, gab Teletha den nächsten Befehl.

»Heizt das Feuer im Kessel an.«

Ars folgte Kims Beispiel und warf Holz in den Kessel.

»Magier, seid Ihr bereit?«, rief Teletha. »Ich will nicht, dass diese Gondel zurückbleibt, wenn Ihr nicht bereit seid.«

Yan räusperte sich und sagte zu dem Briganten hinter ihm: »Ich brauche beide Hände und etwas mehr Freiheit am Hals, wenn ich zaubern soll.«

»Meine Klinge ist scharf und ich bin schnell. Sie ist nicht weit weg«, warnte Worton ihn.

Yan wusste das nur allzu gut. Er hoffte zu begreifen, was Teletha vorhatte. »Bereit«, rief er.

»Dann sind wir startklar«, erwiderte Teletha. »Ean, oder wie du heißt, stell dich ans Ankertau und zieh ihn hoch, wenn der Befehl zum Abheben kommt.« Sie wartete, bis der Söldner im Bug die Hände am Ankertau hatte, und wandte sich dann an Arham. »Gut, Arham, jetzt seid Ihr an der Reihe. Aber nehmt die Hände ans Ruder, Ihr müsst das Schiff beim Aufstieg in der Waage halten. Ihr müsst auf die Bodenwinde reagieren können.«

Arham steckte seine Pistole in den Gürtel, sorgsam darauf achtend, dass der Kolben nicht in Telethas Reichweite war. »Wie lautet der Befehl?«

»Zum Abheben? ›Hoch mit dem Ballon.‹«

»Hoch mit dem Ballon!«, rief Arham.

Penit und Danel zogen an ihren Leinen und ließen sie dann los, sodass diese durch die Luvnocken rutschten. Die Flaschenzüge quietschten und der Rumpf fing an zu schaukeln und hob ein Stück vom Boden ab, bevor er wieder aufsetzte. Kim gab Ars den Befehl, mehr Holz nachzulegen, und schürte seinerseits das Feuer, während Ean vergeblich versuchte, das Ankertau einzuholen.

»Der Anker sitzt fest«, rief er.

»Zieh weiter«, rief Teletha zurück, da sie hinter Arham trat.

Yan sah den Söldnerführer in Erwartung seines ersten Flugs grinsen.

»Ich kann den Auftrieb spüren!« Arhams Grinsen wurde breiter. »Ich spüre, wie der Ballon sich hebt.«

»Gut«, sagte Teletha, indem sie mit der Hand um Arham herum reichte und die Pistole aus seinem Gürtel riss.

»Was tut Ihr da?«

»Euch verabschieden, Arham.« Sie nahm die Leine,

die sie auf die Ruderwelle gelegt hatte, und zog daran. Ihre dicken Knoten lösten sich auf, sodass Arham nicht mehr an das Schiffsdeck gebunden war. Der Söldner stieg in die Höhe.

Als seine Füße das Deck verließen, fing er an zu schreien.

Yan spürte, dass Wortons Aufmerksamkeit sich von ihm abwandte, und stieß den Kopf nach hinten und dem Mann ins Gesicht. Er spürte, wie Wortons Nase brach. Die Dolchklinge hob sich vor seinen Augen. Yan duckte sich daran vorbei, schloss die linke Hand um die rechte und rammte dem Briganten den Ellbogen in den Magen. Worton grunzte und ging zu Boden.

Arham hielt zwar das Steuer umklammert, doch seine Kraft reichte nicht aus, um dem Auftrieb des Ballons standzuhalten. Leinen hinter sich her ziehend, erhob er sich über den Schiffsrumpf, der reglos auf seinen Landekufen verharrte.

Kim holte aus und schlug seinem überraschten Helfer über den Kessel hinweg das Holzscheit ins Gesicht, das er in der Hand hielt. Der Brigant heulte auf. Kim trat um den Kessel herum und bearbeitete ihn mit den Fäusten. Die beiden gingen miteinander ringend zu Boden.

Ean hatte seinen Platz am Ankertau verlassen und starrte Arham hinterher, der immer höher in den Himmel stieg. Horm kam wie eine Kanonenkugel aus dem Bug geschossen und blieb plötzlich stehen, als er in den Lauf der Pistole starrte, die Teletha auf ihn gerichtet hatte.

»Ich warte«, sagte sie grinsend.

Yan und Peyto entwaffneten den stöhnenden Worton. Peyto nahm dessen Pistole an sich und half mit, die beiden Söldner im Bug in Schach zu halten. Kim ging blutig, aber siegreich aus seinem Kampf am Kessel hervor.

Über ihnen verloren sich Arhams Schreie allmählich in der Ferne.

»Ihr habt Euren Ballon verloren«, sagte Yan zu Teletha.

»Das Schiff hätte es mit dieser Ladung niemals über die Berge geschafft.«

Yan hob eine Augenbraue. »Auch dann nicht, wenn der Magier sich besonders schwer ins Zeug gelegt hätte?«

»Magier? Ich wusste nicht, dass Fliegen irgendetwas mit Magie zu tun hat.«

»Arham auch nicht«, sagte Yan.

Sie lächelte schalkhaft. »Das war das Wichtigste.«

Teletha lachte. Einen Augenblick später fiel Yan in ihr Gelächter ein.

Epilog

Der Ballon, der Arham davontrug, hätte ebenso gut eine Signalrakete sein können, denn Jhezi tauchte auf, bevor eine Stunde vergangen war. Die Flieger debattierten immer noch, was sie mit ihren Gefangenen tun sollten. Yan sprach kurz mit Jhezi und sagte ihr, die Gefangenen seien die letzten von Arhams Briganten und sie und die anderen Dorfbewohner seien jetzt in Sicherheit. Jhezi verschwand wieder im Wald und kam kurze Zeit später mit zwei grimmig dreinschauenden Dorfbewohnern zurück, die sich ebenfalls mit Yan unterhielten und dann in den Wald zurückgingen. Noch vor Sonnenuntergang kehrte die erste Familie – Jhezis – ins Dorf zurück. Sie brachten alles mit, was sie an Habseligkeiten mit in den Wald genommen hatten, und trieben Vieh vor sich her.

In jener Nacht brauste ein heftiger Sturm durch das Tal. Regen und Schnee wechselten sich mit Hagel und Graupel ab und der Wind heulte beständig. Es war, als versuche die Welt, das gesamte – vom Tal aufgrund seiner magisch herbeigeführten Sonderstellung – versäumte Wetter in einen einzigen Sturm zu pressen.

Es dauerte mehrere Tage, bis sich alle verstreuten Dorfbewohner zur Rückkehr bewegen ließen. In dieser Zeit befragten Yan und die Flieger die Heimkehrer, doch ohne Ergebnis. Nur wenige Dorfbewohner wussten mehr als nur ihre eigene Geschichte zu berichten und diese Geschichte war im Grunde bei allen dieselbe: Jede Familie hatte sich aus Angst vor den Söldnern im Wald versteckt. Als die Söldner in Richtung

Turm verschwanden, hatten die Dorfbewohner eiligst ihre Toten begraben, die wichtigsten Habseligkeiten zusammengerafft und wieder die Flucht in den Wald ergriffen, um dort das Schreckensregiment auszusitzen. Niemand hatte viel Notiz von seinen Nachbarn genommen, ob lebendig oder tot.

Bert und Iaf, die draußen vor dem Turm zurückgelassen worden waren, befanden sich nicht unter den Rückkehrern. Auch nicht Rom, der Flieger, der lieber geflohen war, anstatt durch die Schutzvorrichtung zu gehen. Von den Dorfbewohnern hatte niemand sie oder die Pferde gesehen, auf denen Yan, Peyto und Iaf hergeritten waren. Yan hoffte, dass sie nicht den Kundschaftern zum Opfer gefallen waren, die Arham nach ihrer gelungenen Flucht aus dem Turm gesandt hatte, doch niemand fand Leichen oder Spuren, die auf Gewaltanwendung hindeuteten.

Unter den letzten Rückkehrern befand sich ein gewisser Shay Miller. Er hatte die Geistesgegenwart besessen, das Vieh aus dem Stall zu treiben, sodass die Briganten es nicht schlachten konnten. Er beantwortete auch die Frage, die Yan bisher allen Dorfbewohnern vergeblich gestellt hatte. Shay hatte Demisi als letzter lebendig gesehen und ihre verstümmelten sterblichen Überreste persönlich begraben.

Da Laird Douganan tot war, gab es keinen Herrscher mehr im Tal. Teletha berief sich auf ihre Autorität als Offizier des Koronareichs und stellte einen Rat aus Dorfbewohnern zusammen. Dem Rat übertrug sie die Verantwortung dafür, Frieden und Gerechtigkeit im Tal zu bewahren, bis der Kaiser Laird Douganans Nachfolger anerkannt haben würde. Sie beklagten sich, Shay am lautesten von allen, dass sie nicht ihr Herr sei und ihnen keine derartige Verantwortung aufzwingen könne. Diese Klagen wurden leiser, als sie die Gefangenen ihrer Gerichtsbarkeit auslieferte.

Während die Ratsmitglieder über das Schicksal berieten, das die Briganten verdienten, stellte Yan Überlegungen an, das Tal zu verlassen. Teletha gesellte sich zu ihm und er erfuhr bald, dass er nicht der Einzige war.

»Was glaubt Ihr, wie viel Zeit dort draußen verstrichen ist?«, fragte sie.

»Das lässt sich nicht sagen. Wir müssen uns wohl überraschen lassen.«

»Wird es noch dieselbe Welt sein?«

»Nein. Aber schließlich verändert sich die Welt auch jeden Tag.«

»Und ich dachte, Ihr hättet etwas gelernt.«

»Was meint Ihr?«

Sie kicherte seines überraschten Stirnrunzelns wegen. »Ich dachte, Ihr hättet gelernt, ohne Umschweife zu reden. Nicht wie die Jahrmarktspropheten mit ihren mystischen Wendungen wie: ›Ihr werdet es herausfinden‹.«

»Es tut mir Leid.«

»Das muss es nicht. Ich nehme an, es ist zu viel verlangt, von Euch zu erwarten, dass Ihr Euch so schnell ändert. Schließlich seid Ihr bereits … wie viele Jahre Magier?«

Yan schaute zum Himmel und betrachtete die Berge ringsumher, die mittlerweile mit Schnee überzuckert waren. Hatte er tatsächlich erst letztes Jahr im Frühling sein *Claviarm* bekommen? Vor so kurzer und doch so langer Zeit?

»Im nächsten Frühjahr werden es zwei Jahre«, erwiderte er schüchtern.

»Zwei Jahre? Im nächsten Frühjahr?«

Yan spürte, wie seine Wangen heiß wurden. Er fürchtete, seine Antwort habe ihn jegliche Achtung gekostet, die sie vor ihm gehabt haben mochte.

»Kein Wunder, dass Ihr über so wenig wirkungsvolle Magie verfügt«, bestätigte sie seine Befürchtung.

»Ich bin wirklich sehr gut in Ritualen«, protestierte er.

»Wirklich? Warum klingt Ihr dann so, als erwartetet Ihr nicht, dass ich Euch glaube?«

Yan hätte beinahe gesagt, *weil ich es tatsächlich nicht erwarte,* kam aber zu dem Schluss, dass eine solche Antwort eine zu große Öffnung seines Innersten bedeuten würde. Er war bereits offen genug gewesen. Er zuckte lediglich die Achseln.

»Für einen Anfänger habt Ihr Euch ziemlich gut gehalten«, lobte Teletha. »Mit Eurer Hilfe haben wir Briganten und schreckliche Magie überlebt. Die Zeit fließt wieder vertraut und das Land ist zur richtigen Jahreszeit zurückgekehrt. Es gibt einige, die solche Taten großartig nennen würden. Ich nehme an, das Reich wird Euch einen großzügigen Dank anbieten, sobald der Kaiser von der magischen Bedrohung erfährt, die Ihr hier aus der Welt geschafft habt.«

»Die *wir* aus der Welt geschafft haben.«

»Wie jemand einmal feststellte, war ich als Reichsoffizier dazu verpflichtet.« Sie schien kurz nachzudenken. »Trotzdem könnte es eine Belohnung geben. Werdet Ihr uns zu meinem Befehlshaber begleiten?«

Yan dachte an Larra und sein Versprechen, hier in Gegenwart Telethas ein unbehaglicher Gedanke.

»Ich habe vielleicht nicht die Autorität, Euch zu belohnen«, sagte sie. »Aber ich kann Euch sagen, dass das Koronareich immer Verwendung für Leute hat, die klar denken können, auch wenn es sich um Magier handelt. Ich könnte Euch meinen Vorgesetzten vorstellen, was Euch Gelegenheit gäbe, ihnen zu zeigen, was Ihr könnt. Oberst Jessidern hat Verbindungen am Hof.«

Das war der Traum, um dessentwillen Yan Talinfad verlassen hatte. Warum zögerte er also? »Ich denke darüber nach.«

»Ihr sagt besser zu«, meldete Peyto sich zu Wort,

der sich zu ihnen gesellte. Der Sekretär hatte die ärgerliche Angewohnheit, immer dann in Yans Unterhaltungen zu platzen, wenn er am wenigsten erwünscht war. Dieses Mal stellte vielleicht die große Ausnahme dar. Peytos beständiges Verlangen, Scothandir zu verlassen, lenkte Teletha möglicherweise ab. Zumindest würde es das Gespräch in sichereres, vertrauteres Fahrwasser lenken.

»Ich bin Magier«, sagte Yan, »kein Höfling.«

»Ihr seid ein Idiot, wenn Ihr glaubt, der Aufenthalt hier in dieser Provinz könnte Euch auf Dauer zufriedenstellen«, gab Peyto zurück.

»Sehr offen«, bemerkte Teletha.

»Vonnöten, Kapitän. Dieser junge Mann ist für Feinheiten und Anspielungen nicht sehr empfänglich.« Peyto lächelte sie an. »Wie sehen eigentlich Eure Pläne aus, Kapitän?«

»Ich muss zu meinem Kommandeur zurück.«

»Und wie wollt Ihr das anstellen? Der Ballon ist nicht mehr da.«

»Man mag es schlau oder dumm nennen, aber dieser Shay war so mutig, die Pferde der Söldner in den Wald zu führen. Ich habe ihm bereits gesagt, dass ich sie im Namen des Reichs beschlagnahme. Er hat meine Quittung dafür angenommen, aber er war nicht sonderlich glücklich darüber. Die Pferde reichen für uns alle, auch für euch zwei.«

»Ein großzügiges Angebot, Kapitän. Ich bin sicher, dass wir beide ...«

»Ich muss ins Dorf zurück«, sagte Yan.

Peyto seufzte und bedachte Teletha mit einem Blick, der von langem Leiden kündete.

»Das ist doch ein Fischerdorf, nicht wahr?«, fragte Teletha. »Laufen dort oft Schiffe ein?«

»Kein einziges in der Zeit, die wir dort eingesperrt waren«, antwortete Peyto.

»Wie Peyto sagt, Schiffe laufen dort nicht ein. Aber auf dem Weg zum Dorf stoßen wir auf eine Straße nach Glaebur. Dort werden Schiffe liegen, wenngleich nicht viele bereit sein werden, so spät im Jahr noch auszulaufen.«

»Zuerst reiten wir hin, dann machen wir uns Gedanken um Schiffe«, sagte Teletha. »Wir könnten bis zur Kreuzung zusammen reiten, als Weggefährten. Vielleicht wäre es sogar das Beste, wenn wir Euch den ganzen Weg bis zum Dorf begleiteten. In diesem Land geht es recht turbulent zu.«

»Ich glaube nicht, dass Ihr Euch unseretwegen Sorgen machen müsst«, sagte Yan.

»Seid nicht unhöflich, Meister Tanafres«, mischte Peyto sich lächelnd ein. »Ich finde das Angebot des Kapitäns so großzügig, dass wir es auf keinen Fall ablehnen sollten.«

Warum nicht? Damit ihr zwei mich gemeinsam bearbeiten könnt? »In dem Dorf gibt es wenig zu sehen, Kapitän. Ihr würdet nur Eure Zeit verschwenden. Am besten reitet Ihr auf kürzestem Wege nach Glaebur.«

»Trotz allem, ich glaube, ich würde sehr gern den Fischer kennenlernen, der euch zwei aus dem Meer aufgefischt hat«, erwiderte Teletha.

»Eigentlich hat er uns von einem Floß gerettet«, sagte Yan.

»Wie auch immer«, meinte Teletha achselzuckend. »Dann ist es beschlossen. Wir reiten gemeinsam zum Dorf und dann weiter nach Glaebur.«

»Eine ausgezeichnete Lösung«, sagte Peyto. »Dabei fällt mir gerade ein, Kapitän, dass Ihr den Rumpf Eures Luftschiffs aufgeben müsst, wenn wir reiten.«

Telethas Gesicht nahm einen traurigen Ausdruck an. »Wir bergen, was wir können, und packen es auf die Pferde. Der Rest wird verbrannt. So lauten die Befehle.«

Peyto schüttelte den Kopf. »Welch eine Verschwendung.«

»Befehle können manchmal so sein«, sagte sie. Sie riss sich sichtlich zusammen. »Diese Reise über Land wird voller Reize sein. Vielleicht gelingt es uns sogar, sie für das Reich nützlich zu gestalten. Wir können den Scothen zeigen, dass das Reich nicht nur von Ogern bevölkert ist.«

»Die Rückreise wird schwierig, wenn wir nicht bald aufbrechen«, sagte Peyto fröhlich.

Yan sah keinen Grund zur Fröhlichkeit. Die Rückreise würde schwierig, gleichgültig wann sie aufbrachen.

»Was ist so wichtig in diesem Dorf?«, fragte Teletha, da sie auf ihren Pferden gemächlich dem Weg durch den Wald folgten.

»Ein unerfülltes Versprechen«, erwiderte Yan. Eigentlich sogar mehr als eines, aber nur eins schien sich für das Gespräch mit Teletha zu eignen. »Ich muss Larra und ihrer Familie von Demisi erzählen.«

»Larra?«

»Das ist die … äh … Freundin, von der ich Euch erzählt habe. Die mich darum bat, dieses Dorf aufzusuchen.«

»Aha.«

Eine Zeitlang ritten sie schweigend dahin.

Beim Gedanken an Larra verspürte Yan Unbehagen. Sein massiver Kontakt mit Magie hatte ihm unmissverständlich klar gemacht, dass er, was er auch sonst noch sein mochte, immer noch ein Magier war. Magie würde immer zu seinem Leben gehören. Und bei ihrer Abneigung gegen alles Magische würde Larra niemals die Frau eines Magiers werden.

Er wusste nicht, was ihn erwartete. Er hatte gedacht, er könne Larra überreden, das Dorf zu verlassen und mit ihm auf die Inseln zu gehen, nach Sharhumrin, doch jetzt hatte er das Gefühl, dass dieser Plan nur ein Traum gewesen war. Er konnte Larra nicht darum bitten, ihr Leben aufzugeben, um ihm zu folgen. Nun ja, er konnte sie bitten, aber wem würde das etwas nützen? Sie würde mit seiner Magie nie glücklich werden, sie würde ihn nie verstehen. Wie konnte sie? Er war nicht einmal sicher, dass er selbst verstand, was ihn trieb.

Aber er war zu der Erkenntnis gelangt, dass er seine Bedürfnisse nicht in einer Fischerhütte in einem winzigen Dorf in der Wildnis Scothandirs befriedigen konnte. Er hatte jetzt Gornal Douganans Bücher, einen unermesslich wertvollen Schatz magischen Wissens und möglicherweise eine Einladung zur Verdammnis.

Er musste Entscheidungen treffen.

Seit Gan Tidoni ihm gezeigt hatte, wie man die Verbindung zur Magie herstellte, sehnte Yan sich danach, mehr zu wissen, mehr zu lernen, mehr zu verstehen. Douganans Bücher versprachen so viel. Zu viel für Yan, um daran vorbeizugehen. Sie enthielten zu viele Geheimnisse. Und er würde mehr benötigen als die Mittel, die ein Fischerdorf in der Provinz zu bieten hatte, um sich diese Geheimnisse zu erschließen.

Und damit, wurde ihm klar, hatte er eine Entscheidung bereits getroffen. Er musste eben mit den Folgen dieser Entscheidung leben.

Das war alles.

So eine Kleinigkeit.

Zeit war während seines Aufenthalts im Tal verstrichen, vielleicht viel Zeit. Yan fragte sich, ob Larra ihn vergessen und jemanden gefunden hatte, der inzwischen seinen Platz einnahm. Er hoffte es. In diesem Fall würde es für beide leichter sein.

Und wenn nicht? Konnte er ihr begreiflich machen, dass es besser für sie war, besser für sie beide, wenn er ging und sie blieb? Er versuchte sich zu überlegen, was er zu ihr sagen würde, aber jeder Ansatz schien ins Chaos zu führen und er wusste, dass er innerlich nicht so ruhig und gefasst war, wie er gedacht hatte. Er begann sich vor dem Wiedersehen mit Larra zu fürchten.

Als sie die letzten Bäume passierten, wehte ihnen eine kühle Brise vom Pass entgegen und ließ sie schaudern.

»Mannars Atem«, bemerkte Peyto. »Die Himmelskönigin warnt uns vor dem Ende eines Herbsts, den wir dank Laird Douganans Magie nie gesehen haben.«

»Ich wollte, Mannar brächte uns das Ende aller Magie«, sagte Kim.

»Magie ist ein Teil der Welt«, erwiderte Yan.

Teletha seufzte. »Ein Teil, auf den wir verzichten können. Magie hätte beinahe die Zeit zerstört, wie wir sie kennen.«

»Ein unbeabsichtigter Effekt«, sagte er.

»Dennoch, sie ist gefährlich«, meinte sie. »Die Welt wäre ohne sie besser dran.«

»Ohne meine Magie wären wir alle tot«, stellte Yan fest.

»Aber Magie hat die Gefahr überhaupt erst verursacht«, konterte sie.

»Magie ist weder gut noch böse«, erklärte Yan stur.

»Lasst das keinen Kirchenmann hören, er würde Euch sofort die Anerkennung entziehen.«

»Was ich sagen wollte, ist, dass es die Schuld des Magiers war, nicht der Magie.«

»Also sollten wir uns vielleicht der Magier entledigen«, sagte sie lachend.

Durch ihre Bemerkung verletzt, richtete Yan sich hochmütig im Sattel auf. »Ich bin ein Magier.«

»Und Ihr habt den Zauber nicht beendet. Nein, seid nicht beleidigt, so war es nicht gemeint. Doch es war keine Magie erforderlich, um diese aus dem Ruder gelaufene Magie zu beenden, wir mussten lediglich Naturgesetze mit Sinn und Verstand anwenden. Seht Ihr denn nicht, Yan, dass die natürliche Welt ohne Magie auf lange Sicht stärker ist? Die Zeit der Magie ist abgelaufen.«

Telethas Worte riefen das Echo einer uralten Stimme in Yans Gedanken wach. *Ist es Zeit, Bruder?* Zeit? Oder das Ende der Zeit? Während Yan dem Echo in seinem Kopf lauschte, fuhr Teletha fort: »Die Jahreszeiten wechseln, wie sie müssen. Und wir durchlaufen sie, wie wir müssen.«

Veränderte sich die Welt nicht tatsächlich in die Richtung, die Teletha aufzeigte? Gan Tidoni hatte Yan jahrelang erzählt, dass Magie nicht mehr das sei, was sie einmal war. Unter dem Turm hatten sie es mit einem aus der Magie geborenen Problem zu tun gehabt. Und wie sie gesagt hatte, Yan hatte den Zauber nicht mit Magie beendet, sondern Telethas wissenschaftliche Vorgehensweise hatte es bewerkstelligt. Konnte die Zeit der Magie tatsächlich vorbei sein?

War dies die Veränderung, die Adain vorhergesehen hatte? »Das Rad des Universums dreht sich«, hatte er gesagt. Standen sie am Beginn einer neuen Jahreszeit, einer Jahreszeit ohne Magie? Und welchen Platz hatte ein Magier in einer Welt ohne Magie?

Die Zeit würde es erweisen.

»Spart Euch Eure Grübeleien besser für später auf«, schlug Teletha vor. »Wenn ich mich nicht irre, bringen diese Wolken mehr Schnee, und wir müssen aus den Bergen heraus.«

Sie spornten die Pferde zu einer schnelleren Gangart an.